10|18
12, avenue d'Italie — Paris XIIIe

*Du même auteur
aux Éditions 10/18*

SÉRIE « Charlotte et Thomas Pitt »

L'ÉTRANGLEUR DE CATER STREET, n° 2852
LE MYSTÈRE DE CALLANDER SQUARE, n° 2853
LE CRIME DE PARAGON WALK, n° 2877
RESURRECTION ROW, n° 2943
RUTLAND PLACE, n° 2979
LE CADAVRE DE BLUEGATE FIELDS, n° 3041
MORT À DEVIL'S ACRE, n° 3092

SÉRIE « William Monk »

UN DEUIL DANGEREUX, n° 3063
DÉFENSE ET TRAHISON, n° 3100

UN ÉTRANGER
DANS LE MIROIR

PAR

ANNE PERRY

Traduit de l'anglais
par Roxane Azimi

10|18

INÉDIT

« Grands Détectives »
dirigé par Jean-Claude Zylberstein

Si vous désirez être régulièrement tenu au courant
de nos publications, écrivez-nous :

Éditions 10/18
c/o 10 Mailing (titre n° 2978)
35, rue du Sergent Bauchat
75012 Paris

Titre original :
The Face of a Stranger

© Anne Perry, 1990
© Éditions 10/18, U.G.E. Poche, 1998
pour la traduction française
ISBN 2-264-02718-5

A Christine M. J. Lynch, avec ma gratitude
pour une vieille amitié retrouvée.

1

Lorsqu'il ouvrit les yeux, il ne vit qu'une vague grisaille au-dessus de lui, uniforme comme un ciel d'hiver, lourde et menaçante. Il cligna des paupières et regarda de nouveau. Il était couché sur le dos : la grisaille était celle d'un plafond, noir de crasse et de fumée.

Il remua légèrement. Le lit sur lequel il reposait était court et dur. Il tenta de s'asseoir et trouva l'effort particulièrement pénible. Une douleur fulgurante lui déchira la poitrine. Couvert de bandages, son bras gauche lui faisait mal. Sitôt qu'il se fut soulevé, il eut l'impression qu'on lui martelait la tête entre les yeux.

A un mètre de lui, il y avait un autre lit en bois, semblable au sien ; son occupant, un homme au teint blafard, bougeait sans cesse. Sa couverture grise était déchirée, et sa chemise, maculée de sueur. Plus loin, il y en avait un troisième, avec des bandages ensanglantés aux jambes, puis un quatrième, et ainsi de suite, tout le long de l'immense salle jusqu'au poêle noir au bout sous le plafond encrassé par la fumée.

Une vague de panique le submergea, lui donnant la chair de poule. Il était dans un asile de nuit ! Dieu du ciel, comment en était-il arrivé là ?

Pourtant, il faisait grand jour ! Il changea maladroitement de position pour regarder autour de lui. Tous les lits étaient occupés, jusqu'au dernier. Aucun asile de nuit n'aurait toléré cela! Il fallait se lever pour travailler, pour le salut de son âme sinon pour remplir les caisses de l'asile. Même les enfants n'étaient pas autorisés à se livrer au péché de l'oisiveté.

Mais bien sûr, c'était un hôpital. Il n'y avait pas d'autre explication! Il se recoucha, tout doucement; lorsque sa tête toucha l'oreiller de son, il éprouva un très grand soulagement. Il n'avait strictement aucune idée de la façon dont il avait atterri là, aucun souvenir d'avoir été blessé... et pourtant, il était indubitablement mal en point. Son bras était raide; il ressentait maintenant une sourde douleur dans les os. Et sa poitrine le faisait souffrir à chaque inspiration. Une tempête faisait rage sous son crâne. Que lui était-il arrivé? L'accident avait dû être grave : un mur qui s'écroule, une violente chute de cheval, un saut dans le vide. Mais nulle sensation ne lui revint en mémoire, pas même le souvenir d'avoir eu peur.

Il s'efforçait toujours de se rappeler quelque chose quand un visage souriant apparut au-dessus de lui, et une voix l'interpella gaiement :

— Alors, on est à nouveau réveillé, hein?

Il leva les yeux, scrutant cette figure lunaire, large et taillée à coups de serpe, avec la peau gercée et un grand sourire révélant une rangée de dents cassées.

Il tenta de s'éclaircir les idées.

— A nouveau? répéta-t-il, confus.

Le passé s'étendait derrière lui dans un sommeil sans rêves, tel un couloir blanc dépourvu de commencement.

— Vous êtes un drôle d'oiseau, vous!

L'homme soupira, bon enfant.

— Vous savez rien de rien, pas vrai? Ça m'étonnerait pas que vous ne vous rappeliez pas votre propre nom! Comment ça va aujourd'hui? Comment va votre bras?

— Mon nom ?

Il n'y avait rien, absolument rien.

— Ouais.

La voix était patiente et joyeuse.

— Comment vous appelez-vous ?

Il devait bien savoir son nom ! Il s'appelait... Les secondes passaient, inutiles.

— Alors ?

Il continuait à lutter. Mais rien ne venait, hormis une panique froide, pareille à une tempête de neige dans le cerveau, un tourbillon dangereux et sans but.

— Vous avez oublié ! fit l'homme, stoïquement résigné. C'est bien ce que je pensais. Ben, les argousins étaient là, l'autre jour... votre nom, y z'ont dit, c'était Monk, William Monk. Qu'avez-vous fabriqué, pardi, pour avoir la rousse sur le dos ?

Il tapota l'oreiller avec ses énormes mains, puis rajusta la couverture.

— Vous voulez pas boire quelque chose de chaud ? Il fait un froid de canard ici. En plein juillet... on se croirait en novembre ! Je vais vous chercher un bon bol de gruau, hein, qu'en dites-vous ? Il pleut des cordes, dehors. Vous êtes bien mieux ici.

— William Monk ?

Il répéta son nom.

— Exact, en tout cas d'après les roussins. Y avait un type appelé Runcorn, Mr. Runcorn... un inspecteur, j'suis sûr !

Il haussa ses sourcils broussailleux.

— Qu'avez-vous fait, dites ? Vous seriez pas de la pègre qui chipe les porte-monnaie et autres montres en or aux gentlemen ?

Ses yeux ronds, bienveillants, n'exprimaient pas le moindre reproche.

— Vous en aviez l'air, quand on vous a apporté ici. Drôlement chic vous étiez, bien que tout boueux et tout déchiré, et malgré tout ce sang.

Monk ne dit rien. La tête lui tournait dans l'effort de percer le brouillard, de capter ne serait-ce qu'un seul souvenir concret. Mais même son nom n'avait pas de signification réelle. « William » lui semblait vaguement familier, mais comme c'était un prénom courant, tout le monde devait connaître des William par dizaines.

— Ça vous revient toujours pas, dit l'homme, amical et quelque peu amusé.

Lui qui avait rencontré toutes sortes de faiblesses humaines ne trouvait à cela rien d'extraordinaire ni d'effrayant. Il avait vu des hommes mourir de la vérole ou de la peste, grimper aux murs en proie à une terreur imaginaire. Un homme adulte incapable de se rappeler la journée d'hier était certes une curiosité, mais pas de quoi en faire tout un plat.

— Ou bien vous voulez pas le dire, poursuivit-il. Je vous comprends.

Il haussa les épaules.

— Pas la peine de raconter plus qu'il n'en faut à la flicaille. Alors, que dites-vous d'un bol de gruau ? Du bon gruau bien épais, ça fait un moment qu'il mijote sur le fourneau. Ça va vous donner du cœur au ventre.

Monk avait faim, et même sous la couverture, il se rendit compte qu'il avait froid.

— Oui, s'il vous plaît, acquiesça-t-il.

— Bon, allons-y pour le gruau. Demain, j'suis sûr, faudra que je vous redise votre nom, et vous me regarderez avec le même air ahuri. Ou bien vous avez reçu un sacré coup sur la tête, ou bien vous avez une peur bleue de la rousse. Qu'avez-vous fait ? Chipé les joyaux de la Couronne ou quoi ?

Et, riant dans sa barbe, il se dirigea vers le poêle noir au fond de la salle.

La police ! Serait-il un voleur ? L'idée était accablante, pas seulement en raison de la peur qu'elle suscitait, mais en elle-même, à cause de ce qu'elle faisait de lui. Et cependant, il n'avait aucun moyen de savoir si c'était vrai.

Qui était-il ? Quelle espèce d'homme ? Avait-il été blessé au cours d'un acte de bravoure ? Ou l'avait-on poursuivi comme un animal pour quelque crime ? Avait-il joué de malchance, simple victime, à la mauvaise heure au mauvais endroit ?

Il passa son cerveau au peigne fin, mais ne trouva rien, pas un début de pensée ni de sensation. Il habitait bien quelque part, connaissait des gens avec un visage, une voix, des émotions. Or il n'y avait rien ! A en croire sa mémoire, il était venu au monde ici, sur ce lit dur dans une morne salle d'hôpital.

Mais lui-même était connu. De la police.

L'homme revint avec le gruau et nourrit Monk soigneusement, à la cuillère. C'était fade et liquide, mais il lui en fut reconnaissant. Ensuite, il s'allongea, mais malgré tous ses efforts, même la peur ne l'empêcha pas de sombrer dans un sommeil profond, et apparemment sans rêves.

Le lendemain matin, à son réveil, deux choses au moins lui parurent parfaitement claires : son nom et le lieu où il se trouvait. Il se rappelait nettement les maigres événements de la veille : l'infirmier, le gruau chaud, l'homme qui tournait et gémissait dans le lit d'à côté, le plafond gris-blanc, le contact des couvertures, la douleur dans sa poitrine.

Il n'avait aucune idée du temps ; d'après ses estimations, ce devait être en milieu d'après-midi que le policier vint le voir. C'était un homme de haute taille ; du moins, c'était l'impression qu'il donnait vêtu de la pèlerine et du haut-de-forme de la police métropolitaine. Il avait un visage osseux, un long nez et une grande bouche, un beau front, mais des yeux trop enfoncés pour en déterminer la couleur : une figure avenante, intelligente, mais dont les lèvres et les sourcils trahissaient un tempérament irascible. Il s'arrêta devant le lit de Monk.

— Alors, vous me reconnaissez cette fois-ci? demanda-t-il d'un ton enjoué.

Monk ne secoua pas la tête : il avait trop mal.

— Non, dit-il simplement.

L'homme contint son irritation ; il paraissait presque déçu. Il examina Monk de la tête aux pieds, l'œil nerveusement plissé comme pour avoir une vision plus nette.

— Vous avez l'air d'aller mieux, décréta-t-il.

Disait-il vrai, Monk avait-il l'air d'aller mieux ? Ou bien Runcorn cherchait-il simplement à l'encourager ? D'ailleurs, de quoi avait-il l'air, au juste ? Il n'en avait pas la moindre idée. Était-il brun ou blond, laid ou agréable à regarder ? Il ne pouvait même pas voir ses mains, et encore moins son corps sous les couvertures. Il n'allait pas s'en préoccuper maintenant... il attendrait le départ de Runcorn.

— Ainsi, vous ne vous souvenez de rien, poursuivit ce dernier. Vous ne vous rappelez pas ce qui vous est arrivé ?

— Non.

Monk errait dans le brouillard le plus complet. Cet homme le connaissait-il personnellement ou avait-il seulement entendu parler de lui ? Était-ce un personnage public que Monk serait censé reconnaître ? Ou bien le poursuivait-il dans quelque but officiel et anonyme ? Avait-il besoin d'informations ou pouvait-il lui apprendre autre chose que son nom, habiller de chair et de mémoire le morne fait de son existence ?

Bien que couvert jusqu'au menton, Monk se sentait mentalement nu, aussi vulnérable que quelqu'un qu'on expose à la risée générale. Son premier réflexe fut de se cacher, de dissimuler sa faiblesse. Cependant, il devait savoir. Il était sûrement connu de dizaines de personnes, et pourtant, il ne savait rien. C'était un handicap total, paralysant. Il ignorait qui l'aimait ou le haïssait, à qui il avait pu nuire, qui il avait aidé. Il était comme un affamé n'osant toucher à la nourriture de peur de tomber sur une bouchée empoisonnée.

Son regard revint se poser sur le policier. Runcorn était son nom, d'après l'infirmier. Il fallait qu'il se jette à l'eau.

— Ai-je eu un accident?

— J'en ai bien l'impression, répondit Runcorn d'un ton détaché. Votre cab s'est retourné, vous parlez d'une pagaille! Vous aviez dû heurter quelque chose à toute allure. Le cheval s'est affolé.

Il secoua la tête; les coins de sa bouche s'affaissèrent.

— Le cocher a été tué sur le coup, le pauvre diable. Sa tête a cogné le trottoir. Comme vous étiez à l'intérieur, ça vous a partiellement protégé. J'ai eu un mal de chien à vous dégager. Un poids mort. Jamais je n'aurais cru que vous étiez aussi costaud. Vous ne vous souvenez pas? Même pas de la frayeur?

A nouveau, ses yeux s'étrécirent.

— Non.

Aucune image ne vint à l'esprit de Monk, aucun souvenir de la vitesse, du choc ou de la douleur.

— Vous ne vous rappelez pas où vous alliez? reprit Runcorn sans grand espoir. Sur quelle affaire travailliez-vous?

Monk se cramponna à la perche, enfin quelque chose de tangible; il craignait presque de poser la question, de peur qu'elle ne se désintègre à son contact. Il dévisagea Runcorn. Il devait forcément connaître cet homme, personnellement, voire même de près. Mais sa vue n'éveilla pas le moindre souvenir.

— Eh bien? insista le visiteur. Vous ne vous souvenez toujours pas ? On ne vous avait envoyé nulle part ! Que diable fabriquiez-vous ? Vous aviez dû découvrir quelque chose de votre côté. Vous rappelez-vous ce que c'était ?

Le brouillard demeurait impénétrable.

Monk remua imperceptiblement la tête en signe de négation, mais la bulle de joie à l'intérieur de lui persista. Il était lui-même de la police, voilà pourquoi on le connaissait ! Il n'était ni voleur ni fugitif.

Runcorn se pencha en avant, surveillant son visage d'un œil perçant.

— Ça vous revient ! déclara-t-il, triomphant. Allons, mon vieux... dites-moi ce que c'est.

Comment lui expliquer que la mémoire n'y était pour rien, que c'était la peur qui l'avait quitté, sous sa forme la plus aiguë ? La brume suffocante était toujours là, intacte, mais elle avait perdu son caractère menaçant.

Runcorn attendait, guettant sa réaction.

— Non, dit Monk lentement. Pas encore.

Runcorn se redressa, soupira, s'efforçant de se contenir.

— Ça viendra.

— Depuis quand suis-je ici ? demanda Monk. J'ai perdu la notion du temps.

Voilà qui paraissait suffisamment plausible ; cela pouvait arriver à n'importe quel malade.

— Depuis plus de trois semaines. Nous sommes le 31 juillet... 1856, ajouta Runcorn avec une pointe d'ironie.

Dieu miséricordieux ! Plus de trois semaines, et il ne se souvenait que d'hier. Il ferma les yeux ; c'était bien pire que ça... toute une vie, longue de combien d'années ? Et lui ne se souvenait que d'hier ! Quel âge avait-il ? Combien d'années avait-il perdues ? La panique monta en lui ; l'espace d'un instant, il eut envie de hurler : Aidez-moi, quelqu'un, qui suis-je ? Rendez-moi ma vie, mon moi !

Mais les hommes ne hurlent pas en public, et même en privé, ils n'appellent pas au secours. Couvert de sueur froide, il se raidit dans son lit, serrant les poings. Runcorn allait penser qu'il souffrait, souffrait physiquement. Il devait sauver les apparences. Lui laisser croire qu'il n'avait pas oublié son métier. Sinon, c'était l'asile de nuit pour de bon... désespoir, épuisement, jour après jour de labeur servile, sans objet.

Il se força à revenir au présent.

— Plus de trois semaines ?
— Oui.

Runcorn toussa et s'éclaircit la voix. Il était peut-être gêné. Que dire à un homme qui ne se souvient pas de vous, qui ne sait même plus qui il est ? Monk eut pitié de lui.

— Ça viendra, répéta Runcorn. Quand vous serez sur pied, quand vous aurez repris le collier. Un congé, voilà ce qu'il vous faut, un congé pour récupérer. Prenez une semaine ou deux. Vous n'avez pas le choix. Revenez au poste quand vous serez en état de travailler. Alors, je suis sûr, tout redeviendra clair.

— Oui, acquiesça Monk, plus pour Runcorn que pour lui-même.

Il n'y croyait pas.

Trois jours plus tard, Monk quittait l'hôpital. Il était assez fort pour marcher, et personne ne restait là-dedans plus qu'il ne le fallait. Pas seulement pour des raisons financières : c'était une question de survie. Bon nombre de gens mouraient d'une infection nosocomiale plutôt que de la maladie ou de la blessure qui les avait conduits là en premier lieu. Il l'apprit, sur un mode joyeusement résigné, par l'infirmier qui au départ lui avait dit son nom.

C'était facilement concevable. Durant la courte période de son séjour qu'il avait gardée en mémoire, il avait vu les médecins passer d'une plaie sanglante ou suppurante à une autre, d'un patient en proie à la fièvre à un autre, pris de vomissements ou couvert d'ulcérations, et ainsi de suite. Le sol était jonché de bandages souillés ; le linge était rarement lavé, même si, sans nul doute, ils faisaient de leur mieux avec le peu de moyens dont ils disposaient.

Pour être honnête, jamais on n'admettait volontairement un malade atteint de typhoïde, de choléra ou de petite vérole ; sitôt le mal diagnostiqué, les médecins rectifiaient leur erreur. Les malheureux étaient mis en quarantaine chez eux, pour y mourir ou se rétablir, par la grâce de Dieu. Ainsi, ils représentaient un moindre danger pour la société. Tout le monde connaissait le drapeau noir se balançant mollement aux deux extrémités d'une rue.

Runcorn lui avait laissé sa pèlerine de policier et son haut-de-forme, soigneusement dépoussiérés et ravaudés après l'accident. Au moins, ils étaient à sa taille, bien qu'un peu lâches en raison du poids qu'il avait perdu pendant tout le temps qu'il était resté couché. Mais ce n'était que provisoire. Il était grand et fort, tout en muscles ; cependant, comme l'infirmier s'était chargé de le raser, il n'avait toujours pas vu son visage. Il l'avait senti, palpé du bout des doigts quand personne ne le regardait. C'était un visage buriné, avec une grande bouche, il n'en savait pas plus ; ses mains étaient lisses — rien à voir avec les mains calleuses d'un travailleur — et parsemées de poils noirs au dos.

Apparemment, il avait quelques pièces de monnaie sur lui quand on l'avait transporté à l'hôpital : elles lui furent rendues au moment de la sortie. Quelqu'un avait dû payer pour les soins : sans doute son salaire de policier y avait-il suffi. A présent, il se retrouvait sur les marches avec huit shillings et onze pence dans sa poche, un mouchoir en coton et une enveloppe portant son nom et l'adresse « 27, Grafton Street ». Elle contenait un reçu de son tailleur.

Il regarda autour de lui et ne reconnut rien. La journée était belle, ensoleillée, avec des nuages qui couraient dans le ciel, poussés par un vent tiède. A cinquante mètres de là, il y avait une intersection. Un petit garçon balayait le carrefour pour le débarrasser du crottin et autres immondices. Une calèche passa à toute allure, tirée par un fringant couple d'alezans.

Monk descendit — il se sentait encore faible — et se dirigea vers la rue principale. Il lui fallut cinq minutes pour repérer un cab vide, le héler et donner l'adresse au cocher. Il prit place à l'intérieur et regarda défiler les rues et les places, les autres véhicules : calèches, certaines avec laquais en livrée, cabs, haquets de brasseurs, charrettes de marchands des quatre-saisons. Il vit des colporteurs, des vendeurs ambulants, un qui vendait des anguilles fraîches, un autre avec des tartes chaudes, des puddings... ç'avait l'air bon, il avait faim, mais ignorant le prix de la course, il n'osa pas s'arrêter.

Un jeune vendeur de journaux criait quelque chose, mais ils le dépassèrent trop vite ; ses cris se perdirent dans le bruit des sabots. Un cul-de-jatte vendait des allumettes.

Les rues avaient quelque chose de familier, mais qu'il n'aurait su définir. Il était incapable de nommer une seule d'entre elles ; simplement, elles ne lui semblaient pas étrangères.

Tottenham Court Road. Une rue très passante : équipages, fardiers, carrioles, femmes en jupes amples enjambant les ordures dans le caniveau, deux soldats rieurs et légèrement éméchés, leurs tuniques rouges formant une tache de couleur, une fleuriste et deux blanchisseuses.

Le cab bifurqua dans Grafton Street et s'arrêta.

— Voilà, m'sieur. Numéro vingt-sept.

— Merci.

Monk descendit gauchement ; il était encore raide et désagréablement faible. Même cet effort insignifiant l'avait fatigué. Il n'avait pas la moindre idée de la somme qu'il devait. Il tendit un florin, deux pièces de six pence, un penny et un demi-penny dans sa paume ouverte.

Le cocher hésita, prit une pièce de six pence et le demi-penny, souleva son chapeau et fit claquer les rênes sur la croupe de son cheval, laissant Monk sur le trottoir. Ce dernier s'attardait, pris d'une peur soudaine. Il ignorait totalement qui il allait trouver... ou quoi.

Deux passants lui lancèrent un regard curieux. Ils durent le croire perdu. Il se sentait stupide, embarrassé. Qui lui ouvrirait ? Reconnaîtrait-il la personne en question ? S'il habitait là, elle le connaissait certainement. Jusqu'à quel point ? S'agissait-il d'un ami ou d'un simple propriétaire ? Aussi grotesque que cela pût paraître, il ne savait même pas s'il avait une famille.

S'il en avait une, elle serait venue le voir. Puisque Runcorn était venu, ils auraient su où le trouver. Ou bien était-il de ces hommes qui n'inspirent pas l'amour, mais seulement une courtoisie professionnelle ? Était-ce pourquoi Runcorn lui avait rendu visite, parce que c'était son métier ?

Était-il un bon policier, efficace dans son travail ? Était-il apprécié ? C'était ridicule... pathétique.

Il se secoua. Assez d'enfantillages. S'il avait eu une famille, une épouse, un frère ou une sœur, Runcorn le lui aurait dit. A lui de découvrir une chose après l'autre, puisqu'il était officier de police. Il réunirait les informations, pièce par pièce, jusqu'à former le tableau complet de sa vie. Pour commencer, il allait frapper à la porte, une porte en bois foncé fermée en face de lui.

Il leva la main et tambourina sur le battant. De longues minutes désespérées s'écoulèrent, avec toutes sortes de questions se bousculant dans son esprit, puis enfin la porte s'ouvrit sur une femme replète entre deux âges, vêtue d'un tablier. Bien qu'en désordre, ses cheveux coiffés en arrière étaient propres et épais, et son visage respirait la générosité.

— Ça alors! s'exclama-t-elle impulsivement. Ma parole, si ce n'est pas Mr. Monk! Ce matin encore, je disais à Mr. Worley que si vous ne reveniez pas, je serais obligée de louer votre appartement, mais pas de gaieté de cœur, croyez-moi. Seulement, faut bien vivre. Remarquez, Mr. Runcorn était passé pour nous dire que vous aviez eu un accident, et qu'on vous avait emmené à l'hospital dans un sale état.

Accablée, elle pressa sa main contre sa joue.

— Dieu nous préserve de ces hospitals! Vous êtes le premier que j'vois sortir de là sur ses deux jambes. A vrai dire, je m'attendais tous les jours qu'on vienne m'annoncer votre mort.

Plissant le visage, elle l'examina attentivement.

— Ma foi, vous avez encore une p'tite mine. Entrez donc, je vais vous préparer un bon repas. Vous devez mourir de faim; j'parie que vous n'avez pas mangé correctement depuis votre départ. Il faisait un froid d'enfer le jour que vous êtes parti.

Et elle le précéda dans un bruissement de ses amples jupes.

Il la suivit dans le couloir lambrissé de panneaux de bois et orné de gravures sentimentales, puis au premier étage, sur un vaste palier. Tirant un trousseau de clés de sa ceinture, elle ouvrit l'une des portes.

— Vous avez perdu votre propre clé, j'suppose, sans quoi vous auriez pas frappé; ça tombe sous le sens, hein?

— J'avais ma propre clé? demanda-t-il avant de se rendre compte qu'il s'était trahi.

— Évidemment, Dieu préserve, répondit-elle, surprise. Vous pensez pas que j'vais me lever chaque fois pour vous ouvrir à pas d'heure ? On a besoin de dormir, nous autres. Y a que vous pour rentrer en pleine nuit, à force de courir après les brigands, j'imagine.

Elle se retourna vers lui.

— Dame, vous avez l'air mal en point. Vous avez dû être drôlement sonné. Allez vous asseoir, j'vous apporte à boire et à manger. Ça va vous requinquer.

Elle renifla et rajusta énergiquement son tablier.

— Moi, je dis qu'à l'hospital, on s'occupe pas assez de vous. La moitié des gens qui meurent là-bas, y doivent mourir de faim.

Sur ce, crispée d'indignation sous son taffetas noir, elle sortit majestueusement de la pièce, laissant la porte ouverte.

Monk alla la fermer, puis fit face à la pièce, vaste, toute en boiseries sombres et papier vert. Le mobilier avait bien servi. Au centre se dressait une lourde table en chêne avec quatre chaises assorties, début XVIIe, pieds sculptés se terminant par des pattes griffues. Le buffet contre le mur du fond datait de la même époque, bien que sa présence ne fût nullement justifiée : il ne contenait ni porcelaine ni couverts dans ses tiroirs. Toutefois, dans les tiroirs du bas, Monk trouva des nappes et des serviettes de table, fraîchement repassées et en bon état. Il y avait également un bureau en chêne avec deux petits tiroirs plats. Et, sur le mur à côté de la porte, une belle bibliothèque remplie de livres. Faisaient-ils partie des meubles ? Étaient-ils à lui ? Plus tard, il jetterait un œil sur les titres.

Les fenêtres étaient drapées plutôt qu'habillées de rideaux de velours à frange, dans les tons vert pistache. Les appliques à gaz sur les murs étaient ouvragées, et il leur manquait des pièces. Le cuir du fauteuil était usé aux accoudoirs ; la fourrure des coussins, aplatie. Les couleurs du tapis avaient depuis longtemps viré au prune foncé, bleu marine et vert sapin : un fond agréable. Il y avait quelques tableaux hédonistes aux murs, et un avertissement lugubre au-dessus de la cheminée : Dieu voit tout.

Étaient-ce les siens ? Sûrement pas... la mièvrerie des sujets lui arracha une grimace de mépris.

C'était une pièce confortable, habitée, mais singulièrement impersonnelle, sans photographies ni souvenirs, sans aucune trace de ses propres goûts. Il avait beau la parcourir des yeux, sa vue n'éveillait nul écho familier dans sa mémoire.

Il alla voir la chambre. C'était pareil : elle était confortable, vieillotte, usée. Un grand lit trônait au milieu, garni de draps frais, d'un traversin immaculé et d'un édredon lie-de-vin aux bords volantés. Sur la massive table de toilette, il y avait un joli bassin en porcelaine et une aiguière pour se laver les mains. Une belle brosse en argent était posée sur la commode.

Il effleura les surfaces. Ses doigts restaient propres. Au moins, Mrs. Worley savait tenir une maison.

Il allait ouvrir les tiroirs pour poursuivre son inspection quand on frappa vivement à la porte extérieure, et Mrs. Worley parut, portant un plateau avec une tourte fumante, du chou bouilli avec haricots et carottes, et un morceau de tarte arrosé de crème anglaise.

— Là, fit-elle avec satisfaction, déposant le plateau sur la table.

Il vit avec soulagement qu'elle avait apporté les couverts, ainsi qu'un grand verre de cidre.

— Ça ira mieux quand vous aurez mangé.

— Merci, Mrs. Worley.

Sa gratitude était sincère ; il n'avait pas mangé un bon repas depuis... ?

— Je ne fais que mon devoir de chrétienne, Mr. Monk, répondit-elle en hochant la tête. Et puis, vous m'avez toujours payée rubis sur l'ongle, faut dire ce qui est... sans discuter, et jamais en retard ! Allez, mangez et au lit. Vous tenez plus que par la peinture. J'sais pas ce que vous avez fait et j'veux pas le savoir. De toute façon, on n'a pas à s'en mêler, nous autres.

— Que dois-je faire de...

Il regarda le plateau.

— Ben, mettez-le devant la porte, comme d'habitude ! dit-elle en haussant les sourcils.

Elle le considéra avec attention et soupira.

— Si jamais vous vous sentez pas bien cette nuit, vous aurez qu'à crier, et je viendrai vous voir.

— Ce ne sera pas nécessaire... je me sens parfaitement bien.

Elle renifla, incrédule, et sortit dans un froissement de jupes, refermant bruyamment la porte derrière elle. Aussitôt, il se rendit compte de sa grossièreté. Elle avait proposé de se lever en pleine nuit pour l'aider, et pour tout remerciement, il avait rétorqué qu'il n'avait pas besoin d'elle. Elle n'avait pas paru surprise, ni vexée. Était-il donc toujours aussi discourtois ? Il payait... comptant, disait-elle, et sans rechigner. Leur relation s'arrêtait-elle là, dénuée de chaleur, d'amitié, simple relation entre un locataire solvable et une logeuse qui s'acquittait de son devoir de chrétienne parce que c'était dans sa nature ?

Le tableau n'était guère reluisant.

Il reporta son attention sur la nourriture. Bien qu'ordinaire, elle se révéla succulente, et Mrs. Worley ne lésinait certes pas sur la quantité. Il se demanda non sans inquiétude combien il payait pour toutes ces commodités et s'il aurait les moyens d'en bénéficier plus longtemps, alors qu'il ne travaillait pas. Plus vite il recouvrerait ses forces et ses esprits pour reprendre ses fonctions dans la police, mieux cela vaudrait. Il pouvait difficilement la prier de lui faire crédit, surtout après ses remarques et son propre comportement. Plût au ciel qu'il ne lui doive pas déjà de l'argent pour les semaines passées à l'hôpital !

Le repas terminé, il déposa le plateau dehors, sur la table du palier, où elle viendrait le récupérer. Ensuite il revint dans la pièce, ferma la porte et s'assit dans l'un des fauteuils, décidé à examiner le contenu du bureau dans l'embrasure de la fenêtre. Mais la fatigue et le confort des coussins aidant, il s'assoupit.

Lorsqu'il s'éveilla, fourbu et gelé, les côtes endolories, il faisait déjà noir, et il tâtonna pour allumer le gaz. Il était toujours las et serait volontiers allé se coucher, mais il savait que l'attrait du bureau, tout comme la crainte qu'il lui inspirait, l'empêcherait de trouver le sommeil, aussi épuisé fût-il.

Il alluma la lampe au-dessus du bureau et l'ouvrit. Il vit un plateau avec un encrier, un bloc-notes en cuir et une douzaine de petits tiroirs fermés.

Il commença par celui de gauche, tout en haut, et les inspecta l'un après l'autre. Il devait être quelqu'un de méthodique. Il y avait là des factures avec leurs reçus, des coupures de journaux, parlant exclusivement de crimes, violents en général, et louant le travail brillant de la police ; trois horaires de chemins de fer, des lettres professionnelles et une note du tailleur.

Le tailleur. Voilà donc où partait son argent... futile individu. Il devait jeter un œil sur sa garde-robe pour connaître ses goûts. Des goûts de luxe, à en croire la facture dans sa main. Un policier qui voulait ressembler à un gentleman ! Il eut un rire bref : un chasseur de rats avec prétentions... c'était donc ça ? L'image était ridicule. Et quelque peu blessante ; il la repoussa avec une amère ironie.

Dans d'autres tiroirs, il découvrit des enveloppes, du papier à lettres, de bonne qualité... la vanité, encore elle ! A qui écrivait-il ? Il y avait aussi de la cire à cacheter, de la ficelle, un coupe-papier, une paire de ciseaux et nombre de menus objets pratiques. Ce fut seulement dans le dixième tiroir qu'il trouva la correspondance privée. Toutes les lettres venaient de la même personne, jeune à en juger par son écriture, ou alors peu éduquée. Une seule personne lui écrivait... la seule, du moins, dont il avait cru bon de garder les lettres. Il ouvrit la première, furieux de constater que ses mains tremblaient.

Elle était très simple, commençant par « Cher William », avec des nouvelles d'ordre domestique, et se terminant par « ta sœur affectionnée, Beth ».

Il la reposa : les caractères ronds dansaient devant ses yeux. Il se sentait étourdi, fébrile et soulagé à la fois, et peut-être légèrement déçu, émotion qu'il chassa aussitôt. Il avait une sœur, quelqu'un qui le connaissait depuis toujours ; mieux encore, qui l'aimait. Il saisit à nouveau la lettre, la déchirant presque dans sa hâte de la relire. Il s'en dégageait une impression de douceur, de sincérité et de tendresse, oui : on ne parlait pas aussi ouvertement à quelqu'un en qui l'on n'avait pas confiance, que l'on n'aimait pas.

Et cependant, il n'y avait rien là-dedans qui ressemblât à une réponse, aucune indication qu'il lui eût écrit. Tout de même, il avait dû écrire. Il n'aurait pas traité une telle femme de façon aussi cavalière.

Quelle sorte d'homme était-il ? S'il l'avait ignorée, s'il n'avait pas répondu à ses lettres, il y avait sûrement une raison. Mais comment expliquer, comment se justifier alors qu'il ne se souvenait de rien ? Il était comme un accusé, seul face au tribunal, sans aucune défense.

De longues, pénibles minutes s'écoulèrent avant qu'il n'eût l'idée de regarder l'adresse. La surprise fut de taille : c'était dans le Northumberland. Il la répéta plusieurs fois, à voix haute. Elle lui semblait familière, mais il n'arrivait pas à la situer. Il dut se lever pour aller chercher un atlas dans la bibliothèque. Il mit du temps à la trouver. C'était tout petit : un nom en caractères minuscules sur la côte, un village de pêcheurs.

Un village de pêcheurs ! Que faisait donc sa sœur là-bas ? Avait-elle épousé quelqu'un du cru ? Le nom sur l'enveloppe était Bannerman. Ou bien était-il lui-même né là-bas, pour monter plus tard à Londres ? Il eut un rire sans joie. Était-ce la clé de ses prétentions ? Était-il fils de pêcheur, rêvant à un avenir meilleur ?

Quand ? Quand était-il venu vivre à Londres ?

Il s'aperçut, atterré, qu'il ignorait jusqu'à son propre âge. Il ne s'était toujours pas regardé dans la glace. Pourquoi ? Que craignait-il ? En quoi l'apparence physique comptait-elle pour un homme ? Pourtant, il tremblait.

Il déglutit avec effort et prit la lampe à huile sur le bureau. Lentement, il entra dans la chambre et posa la lampe sur la table de toilette. Il y avait forcément un miroir quelque part, assez grand pour lui permettre de se raser.

C'était un miroir pivotant ; voilà pourquoi il ne l'avait pas remarqué, son œil ayant été attiré par la brosse en argent. Tout doucement, il l'abaissa vers lui.

Le visage qui lui apparut était sombre et énergique, à forte ossature : nez légèrement aquilin, grande bouche, lèvre supérieure plutôt mince, lèvre inférieure plus pleine avec une vieille cicatrice juste au-dessous, yeux d'un gris lumineux dans la lueur vacillante de la lampe. C'était un visage imposant, mais pas avenant. S'il reflétait l'humour, c'était de l'humour noir, esprit plutôt que gaieté. Il pouvait avoir entre trente-cinq et quarante-cinq ans.

Monk prit la lampe et regagna la pièce principale, à l'aveugle, hanté par le visage entrevu dans le miroir terne. Non pas qu'il lui déplût spécialement, mais c'était le visage d'un étranger, de quelqu'un qui ne se livrait pas facilement.

Le lendemain, sa décision était prise. Il irait voir sa sœur dans le Nord. Au moins, elle serait capable de lui parler de son enfance, de sa famille. D'après ses lettres, et la date récente de la dernière, elle lui avait gardé son affection, méritée ou non. Il lui écrivit donc dans la matinée, disant simplement qu'il avait eu un accident, mais s'était rétabli maintenant et entendait lui rendre visite dès qu'il serait en état de voyager, autrement dit dans un jour ou deux.

Entre autres, il avait trouvé dans un tiroir du bureau une modeste somme d'argent. Visiblement, le tailleur était sa seule extravagance : la coupe impeccable et l'excellente étoffe de ses habits en témoignaient. Et la bibliothèque peut-être... à supposer que les livres fussent à lui. En dehors de cela, il avait économisé régulièrement ; dans quel but, il n'en savait rien, et cela n'avait plus guère d'importance. Il remit à Mrs. Worley un mois de loyer d'avance — moins les repas qu'il ne prendrait pas en son absence — et lui annonça qu'il partait voir sa sœur dans le Northumberland.

— Très bonne idée.

Elle hocha la tête avec sagacité.

— Il était temps, si vous voulez mon avis. Vous me l'avez pas demandé, c'est vrai. Et j'suis pas du genre à me mêler des affaires des autres...

Elle reprit sa respiration.

— Mais vous êtes pas allé la voir depuis que je vous connais, et ça fait un bail. La pauvrette, elle vous écrit souvent... quant à lui répondre, c'est une autre paire de manches !

Elle mit l'argent dans sa poche et le regarda attentivement.

— Prenez donc soin de vous... mangez correctement et vous tuez pas à courir après les gens. Laissez les malfrats tranquilles et occupez-vous de vot'personne.

Sur cet ultime conseil, elle lissa son tablier et s'éloigna dans un cliquetis de talons vers la cuisine.

Le 4 août, Monk prit le train à Londres, s'embarquant pour un long voyage.

Le Northumberland était vaste et désolé, lande de bruyère balayée par le vent, mais la simplicité même de ce paysage sous un ciel tumultueux lui plut énormément. Était-ce un sentiment familier, un souvenir d'enfance, ou bien réagissait-il à la beauté comme il aurait réagi devant les plaines lunaires ? Longtemps, il resta à la station, son sac à la main, avant de se mettre en mouvement. Pour commencer, il lui fallait un moyen de transport : il était à quinze kilomètres de la mer et du hameau qu'il cherchait. En temps normal, il aurait sans doute parcouru cette distance à pied, mais il était encore faible. Sa côte lui faisait mal quand il inspirait profondément, et il n'avait pas complètement recouvré l'usage de son bras cassé.

C'était juste une carriole tirée par un poney, et qui lui avait coûté une coquette somme, pensa-t-il. Mais il était content qu'on l'emmène jusqu'à la maison de sa sœur, dont il avait donné le nom, et qu'on le dépose avec son sac dans la rue étroite devant sa porte. Tandis que la carriole s'éloignait en cahotant sur les pavés, il se reprit, chassa son appréhension et le sentiment de franchir le point de non-retour, et frappa fort.

Il allait frapper à nouveau, quand la porte s'ouvrit sur une jolie femme au teint frais. Ronde, très brune, elle ne lui ressemblait que de par son large front et, vaguement, le contour des pommettes. Ses yeux étaient bleus ; son nez évoquait la force sans l'arrogance, et sa bouche était infiniment plus douce. Tout cela lui traversa l'esprit, en même temps que la pensée : ce devait être Beth, sa sœur. Elle ne comprendrait pas et s'offusquerait sans doute s'il ne la reconnaissait pas.

— Beth !

Il lui tendit les deux mains.

Le visage de Beth s'éclaira d'un grand sourire ravi.

— William ! Je t'ai à peine reconnu, tellement tu as changé ! Nous avons reçu ta lettre — tu parles d'un accident — as-tu été blessé ? Nous ne t'attendions pas de sitôt...

Elle rougit.

— Évidemment, tu es le bienvenu.

Il trouva son accent de Northumberland très plaisant à l'oreille. Était-ce parce qu'il lui était familier ou parce qu'il lui semblait musical après Londres ?

— William ?

Elle le regardait fixement.

— Entre... tu es sûrement fatigué et tu dois avoir faim.

Et elle esquissa un geste comme pour le tirer à l'intérieur.

Il la suivit en souriant, subitement soulagé. Elle le connaissait ; manifestement, elle ne lui tenait pas rigueur de sa longue absence, ni des lettres qu'il n'avait pas écrites. Sa spontanéité rendait les explications inutiles. Et il s'aperçut qu'effectivement, il avait faim.

La cuisine était petite, mais propre comme un sou neuf ; la table était presque blanche. Elle n'éveilla pas l'ombre d'un souvenir dans son esprit. Ça sentait le pain chaud, le poisson au four et le vent salé de la mer. Pour la première fois depuis son réveil à l'hôpital, il sentit qu'il commençait à se détendre, que les nœuds se résorbaient progressivement.

Pendant qu'il mangeait la soupe, il raconta à Beth ce qu'il savait de son accident, inventant des détails pour combler les lacunes et ne pas avoir l'air de dissimuler. Elle écoutait, tout en continuant à remuer le plat qui mijotait sur le fourneau ; puis elle fit chauffer le fer à repasser et s'attaqua à une série de vêtements d'enfants et une chemise blanche d'homme. Si elle jugeait son récit étrange ou peu plausible, elle n'en fit rien paraître. Peut-être que la vie à Londres dépassait son entendement, de toute façon, et ses habitants menaient une existence incompréhensible qui échappait à la raison du commun des mortels.

Le soir d'été tombait quand son mari rentra à la maison : c'était un homme blond et robuste, au visage tanné et paisible. Son regard gris semblait refléter la mer. Il salua Monk avec une surprise amicale, mais sans donner l'impression d'avoir été troublé dans ses sentiments ou dans la quiétude de son foyer.

Personne ne demanda d'explications à Monk, pas même les trois enfants timides revenus de leurs tâches et leurs jeux, et comme il n'en avait pas, le sujet fut passé sous silence. Cette curieuse distance entre eux, il la nota avec un pincement au cœur : visiblement, il n'avait jamais été suffisamment proche des siens pour qu'ils remarquent une quelconque différence.

Les jours se succédaient, parfois radieux quand le vent soufflait au large et que le sable s'effritait sous ses pas. A d'autres moments, le vent tournait à l'est, et ses rafales glacées présageaient alors la tempête. Monk marchait le long de la plage, le sentant qui le secouait, lui fouettait le visage, lui tirait les cheveux, et sa violence même l'effrayait et le rassurait tout à la fois. Le vent n'avait rien d'humain ; il était aveugle, impersonnel.

Monk était là depuis une semaine et sentait ses forces lui revenir quand l'alerte fut donnée. Il était près de minuit, et le vent gémissait autour des maisons en pierre lorsque retentirent les cris et qu'on tambourina à la porte.

Rob Bannerman était déjà debout, enfilant ciré et bottes de marin alors qu'il n'était même pas encore réveillé. Monk sortit dans le couloir, perdu, désemparé ;

au début, il fut incapable de s'expliquer les raisons de cette panique. Puis il vit le visage de Beth tandis qu'elle se précipitait vers la fenêtre. Il la suivit et aperçut en bas les lanternes mouvantes, les reflets de lumière sur les silhouettes qui couraient, les cirés brillants sous la pluie : il comprit alors ce que c'était. Instinctivement, il passa un bras autour de Beth, et elle se rapprocha imperceptiblement de lui, mais son corps était rigide. Elle priait tout bas, d'une voix entrecoupée de larmes.

Rob était déjà dehors. Il était parti sans mot dire, sans un instant d'hésitation ; tout juste avait-il effleuré la main de Beth en passant.

C'était un naufrage, un bateau poussé par les vents déchaînés sur les rochers à fleur d'eau, avec Dieu sait combien de malheureux se raccrochant aux planches qui cédaient déjà sous l'assaut des vagues en furie.

Le premier choc passé, Beth courut s'habiller, criant à Monk d'en faire autant. Ensuite, il ne fut plus question que de couvertures, de réchauffer la soupe, de rallumer les feux pour secourir les survivants... à condition, plût au ciel, qu'il y en ait.

Le travail dura toute la nuit. Les canots de sauvetage allaient et venaient, avec des hommes reliés par une corde. Trente-cinq personnes furent sorties des flots ; dix furent portées disparues. Tous les survivants furent ramenés dans les quelques maisons du village. La cuisine de Beth s'emplit de gens livides et grelottants : elle et Monk servaient à tour de bras la soupe chaude en prodiguant toutes les paroles de réconfort qui leur venaient à l'esprit.

Rien ne fut épargné. Beth vida entièrement son garde-manger, sans se demander comment elle allait nourrir les siens le lendemain. Les vêtements secs furent sortis et distribués jusqu'au dernier.

Une femme était assise dans un coin, trop paralysée par le chagrin d'avoir perdu son mari pour pleurer. Beth la considéra avec une compassion qui la rendait belle. Entre deux tâches, Monk la vit se pencher, prendre les mains de la femme, les presser entre les siennes pour lui insuffler un peu de chaleur et lui parler doucement comme à un petit enfant.

Une douleur poignante transperça Monk ; il se sentit soudain seul, étranger à cette tempête de souffrance et de pitié à laquelle il s'était trouvé mêlé par un pur hasard. Il n'avait apporté qu'une aide matérielle ; il ne se rappelait même pas s'il l'avait déjà fait dans le passé, si ces gens-là faisaient partie de son monde ou non. Avait-il déjà risqué sa vie sans renâcler ni hésiter, à l'instar de Rob Bannerman ? Il était dévoré d'envie de prendre part à la beauté de l'instant. Avait-il jamais eu ce courage, cette générosité-là ? Y avait-il dans sa vie passée quelque chose dont il pût être fier, quelque chose à quoi se raccrocher ?

Il n'avait personne à qui le demander...

Déjà, l'urgence de la situation reprenait le dessus. Il se baissa vers un enfant qui tremblait de froid et de peur, l'enveloppa dans une couverture chaude et le serra contre lui, le berçant avec des paroles douces et répétitives comme un animal effrayé.

A l'aube, c'était terminé. La mer continuait à se déchaîner, mais Rob rentra, trop las pour parler et trop abattu par la disparition de ceux qui avaient péri dans la tourmente. Il se contenta d'ôter ses habits mouillés dans la cuisine et alla se coucher.

Une semaine plus tard, Monk avait entièrement récupéré ; seuls, ses rêves le troublaient encore, vagues réminiscences de peur, de douleur violente, la sensation d'avoir été frappé et de perdre l'équilibre, puis la suffocation. Il s'éveillait pantelant, en sueur, le cœur battant, mais il ne subsistait rien hormis la peur, aucun fil à dévider pour arriver à se souvenir. Le besoin de rentrer à Londres devenait plus pressant. Il avait retrouvé son passé lointain, ses origines, mais sa mémoire demeurait vide, et Beth n'avait pas grand-chose à lui révéler sur sa vie depuis son départ, à une époque où elle-même sortait à peine de l'enfance. Apparemment, il n'en avait pas parlé dans ses lettres ; il ne lui écrivait que des banalités, des nouvelles de tous les jours comme on en trouve dans les journaux, quand il ne mentionnait pas sa santé et ne s'enquérait pas de la sienne. C'était la première visite qu'il lui rendait depuis huit ans, et il ne fut pas fier de l'apprendre. Il semblait être un individu froid, uniquement préoccupé par ses ambitions. Était-ce pourquoi il avait travaillé aussi dur, ou bien avait-il été très pauvre ? Il aurait aimé croire qu'il avait une excuse, mais à en juger par l'argent dans son bureau à Grafton Street, celle-ci n'était point d'ordre financier.

Il fouilla son cerveau à la recherche d'une quelconque émotion, d'une lueur de souvenir quant à l'homme qu'il était, à ses valeurs, à ses aspirations. Mais rien ne vint, aucune explication à son manque d'intérêt pour les autres.

Il fit ses adieux à Beth et Rob, les remerciant gauchement de leur gentillesse ; ils en furent surpris et gênés, et leur réaction l'embarrassa à son tour. Mais il était sincère. Comme ils étaient des étrangers pour lui, il avait l'impression qu'ils l'avaient accepté, lui, un étranger, en toute confiance. Ils avaient l'air confus ; Beth s'empourpra timidement. Il ne chercha pas à s'expliquer ; il n'en avait pas les mots et, de toute façon, il ne tenait pas à se trahir.

Londres lui parut immense, sale et indifférent lorsqu'il descendit du train et sortit de l'édifice baroque, noirci par la fumée, de la gare. Il prit un cab pour se rendre à Grafton Street, annonça son retour à Mrs. Worley, puis monta se changer car ses habits avaient été usés et chiffonnés par son voyage. Après quoi, il alla au poste de police que Runcorn avait nommé en parlant à l'infirmier. Le séjour chez Beth dans le Northumberland lui avait redonné confiance. C'était un nouveau saut dans l'inconnu, mais à chaque pas franchi sans surprise déplaisante au bout, son appréhension s'estompait.

Une fois descendu du cab et après avoir réglé la course, il s'arrêta sur le trottoir. Le poste de police lui était aussi inconnu que le reste... non pas étrange, mais simplement dépourvu de tout repère familier. Il poussa la porte et, voyant le brigadier assis à la réception, se demanda combien de fois il avait dû accomplir ce même geste.

— Bonjour, Mr. Monk.

L'homme leva les yeux, étonné et nullement ravi.

— Sale accident. Ça va mieux maintenant, hein ?

Sa voix était froide, teintée de méfiance. Monk le regarda. Âgé d'une quarantaine d'années, il avait un visage rond et placide, peut-être un rien indécis : un homme facile à apprivoiser et facile à écraser. Monk eut honte, sans raison apparente, sinon la lueur prudente dans son regard. Il semblait s'attendre à une remarque à laquelle il serait incapable de répondre avec assurance. C'était un subalterne, lent d'esprit, et il le savait.

— Oui, je vous remercie.

Monk n'arrivait pas à se rappeler son nom. Il se méprisait maintenant : quelle sorte d'homme faut-il être pour humilier quelqu'un qui ne peut pas riposter ? Pourquoi ? Y avait-il une histoire d'incompétence ou de tromperie là-dessous ?

— Vous voulez sûrement voir Mr. Runcorn.

Visiblement, le brigadier n'avait remarqué aucun changement chez Monk et était pressé de se débarrasser de lui.

— Oui, s'il est là... s'il vous plaît.

Le brigadier s'écarta pour le laisser franchir le comptoir.

Monk s'arrêta : il se sentait ridicule. Il ne savait pas où aller, et se tromper de chemin paraîtrait suspect. Une bouffée de chaleur accompagnée d'un picotement désagréable l'avertit qu'on ne l'épargnerait pas : il n'était pas aimé.

— Ça ne va pas, m'sieu ? s'enquit le brigadier anxieusement.

— Si, si... Mr. Runcorn est-il toujours...

Il jeta un coup d'œil autour de lui et dit au hasard :

— ... au premier ?

— Oui, m'sieu, il n'a pas bougé !

— Merci.

Et Monk gravit les marches rapidement, avec le sentiment de passer pour un imbécile.

Runcorn était dans le premier bureau en partant de l'escalier. Monk frappa et entra. La pièce était sombre, encombrée de dossiers, d'étagères et de corbeilles à papiers, mais confortable, en dépit d'un certain dépouillement institutionnel. Les lampes à gaz chuintaient doucement sur les murs. Assis derrière un grand bureau, Runcorn mâchonnait un crayon.

— Ah ! fit-il avec satisfaction à la vue de Monk. Prêt à reprendre le collier, hein ? Il serait temps. Le travail, c'est la santé. Asseyez-vous donc, asseyez-vous. On réfléchit mieux assis.

Monk obtempéra, les membres rigides. Il avait l'impression que le bruit de sa respiration couvrait le sifflement du gaz.

— Bien, bien, poursuivit Runcorn. On a du pain sur la planche, comme toujours. Je parie qu'on vole plus dans certains quartiers de cette ville qu'on n'achète ou on ne vend honnêtement.

Il repoussa une pile de papiers et remit le crayon dans son support.

— Et la pègre nous donne de plus en plus de fil à retordre. Toutes ces énormes crinolines. Les crinolines ont été faites pour le vol ; avec tous ces jupons superposés, on ne sent pas la main qui vous frôle. Mais j'ai autre chose pour vous. Je vous ai gardé un morceau de choix, dit-il avec un pâle sourire.

Monk attendait.

— Un vilain meurtre.

Se renversant sur son siège, Runcorn regarda Monk bien en face.

— On a beau faire, jusque-là on n'a rien trouvé. J'avais mis Lamb sur l'affaire. Le pauvre diable est tombé malade ; il est au fin fond de son lit. Je vous confie le dossier : voyez ce que vous pouvez en tirer. Tâchez d'être efficace. Nous sommes tenus d'aboutir à un résultat.

— Qui a été tué ? demanda Monk. Et quand ?

— Un dénommé Joscelin Grey, frère cadet de Lord Shelburne, d'où l'importance de mener à bien notre enquête.

Pas un instant il n'avait quitté Monk des yeux.

— Quand ? Eh bien, c'est ça, le pire... il y a un bon bout de temps déjà, et on continue à patauger. Ça fait presque six semaines, à l'époque de votre accident. Maintenant que j'y pense, c'était précisément ce jour-là. Une soirée pourrie, avec orage et trombes d'eau. Un quelconque malfrat qui l'aurait suivi chez lui, mais les conditions sont particulièrement atroces : il l'a pratiquement réduit en bouillie. Évidemment, la presse outragée crie vengeance, et voilà où l'on en arrive, et que fait la police... On vous donnera tout ce que le pauvre Lamb aura recueilli, bien sûr, et un excellent collaborateur du nom d'Evan, John Evan ; il a travaillé avec Lamb jusqu'à ce qu'il tombe malade. Voyez ce que vous pouvez faire. Trouvez-leur quelque chose !

— Oui, monsieur.

Monk se leva.

— Où est Mr. Evan?

— Quelque part en vadrouille; la piste est déjà froide. Commencez demain matin, à la première heure. C'est trop tard maintenant. Rentrez vous reposer. Dernier soir de liberté, hein? Profitez-en; à partir de demain, vous allez trimer comme un poseur de rails!

— Oui, monsieur.

Monk s'excusa et sortit. Dehors, le crépuscule tombait déjà, et le vent sentait la pluie. Mais il savait où il allait, il savait ce qu'il ferait le lendemain; à présent, il avait une identité... et un but.

2

Monk arriva de bonne heure pour rencontrer John Evan et étudier tout ce que Lamb avait appris jusque-là sur le meurtre du frère de Lord Shelburne, Joscelin Grey.

Il ne s'était toujours pas départi d'une certaine appréhension : sur lui-même, il n'avait découvert que des choses banales, des détails anodins, ses goûts et dégoûts, sa vanité — sa garde-robe en témoignait pleinement —, son manque de considération qui avait échaudé le brigadier de la réception. Mais il n'avait pas oublié la chaleur du Northumberland, et ce souvenir suffisait à le remonter. Et puis, il était obligé de travailler ! Son argent ne lui durerait pas éternellement.

John Evan était un jeune homme grand et mince au point de paraître frêle, mais à sa façon de se tenir, Monk jugea que cette apparence était trompeuse : son élégante veste pouvait bien cacher un corps musclé, et il portait ses habits avec une grâce naturelle qui n'avait rien d'efféminé. Il avait un visage expressif, tout en nez et yeux, et une épaisse chevelure châtain clair coiffée en arrière. Par-dessus tout, il avait l'air intelligent, ce qui était à la fois indispensable et effrayant. Monk n'était pas encore prêt à collaborer avec quelqu'un d'aussi vif ni doté d'un esprit aussi pénétrant.

Mais il n'avait guère le choix en la matière. Runcorn lui présenta Evan, jeta une pile de papiers sur la grande table en bois au plateau rayé dans le bureau de Monk, une pièce de bonne dimension remplie d'étagères et de tiroirs, avec une fenêtre à guillotine donnant sur un passage. Le tapis provenait d'une quelconque récupération, mais c'était mieux qu'un plancher nu, et il y avait deux chaises avec un siège en cuir. Runcorn sortit, les laissant seuls.

Evan hésita un instant, peu désireux visiblement d'usurper l'autorité, mais comme Monk ne bougeait pas, il toucha les papiers avec l'extrémité de son long doigt.

— Voici les dépositions des témoins, monsieur. Sans grand intérêt, hélas.

Monk dit la première chose qui lui passait par la tête :

— Étiez-vous avec Mr. Lamb au moment où elles ont été recueillies ?

— Oui, monsieur, à l'exception du balayeur. Mr. Lamb l'a interrogé pendant que je cherchais le cocher du cab.

— Le cocher du cab ?

L'espace d'un instant, Monk eut le fol espoir que l'agresseur avait été vu, était connu et qu'on avait besoin seulement d'établir ses faits et gestes. Mais il abandonna aussitôt cette idée. Si tout avait été aussi simple, l'enquête n'aurait pas duré six semaines. Qui plus est, il avait lu sur le visage de Runcorn une expression de défi, voire une sorte de satisfaction perverse.

— Le cocher qui avait ramené le major Grey chez lui, monsieur, répondit Evan, contrit, étouffant l'espoir dans l'œuf.

— Ah...

Monk allait lui demander si la déposition de cet homme contenait des renseignements utiles quand il se rendit compte que ce serait faire preuve d'incompétence. Il avait les papiers sous les yeux. Il prit le premier, et Evan attendit en silence devant la fenêtre pendant qu'il lisait.

L'écriture était nette et très lisible : il s'agissait, précisait l'intitulé, de la déposition de Mary Ann Brown, mercière ambulante. La grammaire, pensa Monk, avait dû être quelque peu modifiée, et l'on avait rajouté des voyelles, mais le ton y était.

« Je me tenais à l'endroit habituel dans Doughty Street près de Mecklenburgh Square, à l'angle comme toujours, vu que ces immeubles sont habités par des dames de la haute, et qui ont des femmes de chambre pour leur faire de la couture.

Question de Mr. Lamb : Donc, vous étiez là à 6 heures du soir ?

— Sûrement, bien que je puisse pas dire l'heure, et j'ai pas de montre. Mais j'ai vu le gentleman arriver, celui qui a été tué. C'est terrible, franchement, quand même la noblesse n'est pas à l'abri.

— Vous avez vu le major Grey ?

— Oui, monsieur. Un vrai gentleman, l'air tout heureux et guilleret.

— Était-il seul ?

— Oui, monsieur.

— Est-il rentré directement ? Après avoir payé le cocher, j'entends ?

— Oui, monsieur.

— A quelle heure avez-vous quitté Mecklenburgh Square ?

— Je saurais pas vous dire exactement. Mais j'ai entendu l'horloge de St Mark sonner le quart juste au moment où j'arrivais.

— Chez vous ?

— Oui, monsieur.

— Habitez-vous loin de Mecklenburgh Square ?

— A moins de deux kilomètres, dirais-je.
— Où se trouve votre domicile ?
— Dans une rue qui donne sur Pentonville Road, monsieur.
— A une demi-heure de marche ?
— Oh non, monsieur, plutôt un quart d'heure. Il pleuvait trop pour traîner dehors. Et puis, une fille qui traîne dans la rue à cette heure-là risque d'être mal comprise, ou bien pire.
— Tout à fait. Vous êtes donc partie de Mecklenburgh Square vers 19 heures ?
— C'est à peu près ça.
— Avez-vous vu quelqu'un pénétrer au numéro six, après Mr. Grey ?
— Oui, monsieur, un autre gentleman en manteau noir avec un grand col de fourrure. »

Une note entre parenthèses après cette dernière déclaration précisait qu'il s'agissait d'un habitant de l'immeuble, au-dessus de tout soupçon.

Le nom de Mary Ann Brown figurait en bas de page, écrit de la même main, avec une croix grossièrement esquissée à côté.

Monk reposa le document. Sa valeur était purement négative : il excluait la possibilité que l'assassin de Joscelin Grey l'eût suivi chez lui. Mais par ailleurs le crime avait été commis en juillet, alors qu'il faisait jour jusqu'à 21 heures. Quelqu'un qui projetait un meurtre, voire un cambriolage, éviterait d'être vu aussi près de sa victime.

Evan, près de la fenêtre, l'observait sans bouger, indifférent au vacarme qui montait de la rue : les cris d'un charretier qui essayait de faire reculer son cheval, le marchand des quatre-saisons vantant ses légumes, le cliquetis des roues sur les pavés.

Monk prit la déposition suivante, au nom d'Alfred Cressent, un garçon de onze ans qui balayait le carrefour à l'angle de Mecklenburgh Square et de Doughty Street, pour le débarrasser du crottin et autres déchets pouvant tomber au passage des voitures.

Il disait sensiblement la même chose, sauf qu'il avait quitté Doughty Street une demi-heure environ après la mercière.

Le cocher du cab affirmait avoir pris Grey à un club militaire peu avant 18 heures et l'avoir déposé directement à Mecklenburgh Square. Son passager s'était contenté de faire une remarque sur le temps, réellement épouvantable, et lui avait souhaité le bonsoir en partant. Il ne se rappelait rien d'autre; à sa connaissance, personne ne les avait suivis, et ils n'avaient pas fait l'objet d'une attention particulière. Il n'avait vu aucun individu louche ou singulier aux abords de Guilford Street ou de Mecklenburgh Square, ni sur le trajet ni au moment de repartir, hormis les habituels camelots, balayeurs, marchandes de fleurs et quelques gentlemen d'allure discrète qui pouvaient très bien être des employés rentrant chez eux après une longue journée de travail, des pickpockets attendant une victime ou mille autres choses encore. Cette déposition-là non plus ne leur était pas d'une grande utilité.

Monk la posa sur les deux autres et, levant la tête, croisa le regard d'Evan, à la fois timide et empreint d'une lueur d'autodérision. D'instinct, il éprouva de la sympathie pour lui... ou bien était-ce la solitude, parce qu'il n'avait pas d'amis, pas de relations autres que les urbanités au bureau et la gentillesse impersonnelle de Mrs. Worley accomplissant son « devoir de chrétienne » ? Avait-il eu des amis dans le passé ou souhaité en avoir ? Et si oui, où étaient-ils ? Pourquoi n'y avait-il eu personne pour l'accueillir à son retour ? Pas même une lettre. La réponse était désagréablement évidente : parce qu'il ne l'avait pas mérité. Il était intelligent, ambitieux... plutôt évolué pour un chasseur de rats.

Mais pas sympathique. Cependant, il ne fallait pas qu'Evan voie sa faiblesse. Il devait se montrer professionnel, maître de la situation.

— Sont-elles toutes comme ça ? demanda-t-il.

— En très grande partie, répondit Evan, se redressant maintenant qu'on lui avait adressé la parole. Personne n'a rien vu ni entendu qui puisse nous fournir une heure ou ne serait-ce qu'un signalement. Ni, à ce propos, un mobile clairement défini.

Surpris, Monk s'efforça de ramener ses pensées sur l'affaire en cours. Il ne devait pas laisser vagabonder son esprit. C'était déjà assez difficile de paraître efficace sans bayer aux corneilles.

— Pas de cambriolage ? s'enquit-il.

Evan secoua la tête en haussant imperceptiblement les épaules. Sans aucun effort, il possédait cette élégance innée à laquelle Monk aspirait et dont Runcorn manquait totalement.

— A moins qu'il n'ait été dérangé. Il y avait de l'argent dans le portefeuille de Grey et plusieurs bibelots de valeur, faciles à emporter, dans la pièce. Un détail cependant : Grey n'avait pas de montre sur lui. Or les gentlemen comme lui ont généralement une belle montre, gravée et tout. En revanche, il avait une chaîne.

Monk s'assit sur le bord de la table.

— L'aurait-il mise au clou ? L'a-t-on déjà vu avec une montre ?

C'était une question judicieuse, et elle lui était venue tout naturellement. Même les nantis se retrouvaient parfois à court de liquidités, ou alors s'habillaient et dînaient au-dessus de leurs moyens, ce qui leur valait de connaître un embarras momentané. Comment avait-il eu l'idée de demander cela ? Ses compétences étaient peut-être si profondément ancrées qu'elles ne dépendaient pas de la mémoire ?

Evan rougit légèrement, et ses yeux noisette reflétèrent une gêne subite.

— Malheureusement, nous n'avons pas la réponse, monsieur. Les gens que nous avons interrogés ne se souvenaient pas clairement; certains croyaient se rappeler vaguement l'existence d'une montre, d'autres non. Nous n'avons pas réussi à en obtenir la description. Nous nous sommes demandé également s'il ne l'avait pas mise en gage, mais nous n'avons pas trouvé le reçu, et nous avons essayé tous les monts-de-piété du coin.

— Rien?

Evan secoua la tête.

— Absolument rien, monsieur.

— Nous ne pourrions donc pas l'identifier, même si elle réapparaissait, fit Monk, déçu, avec un geste en direction de la porte. Quelque pauvre diable peut entrer ici en l'exhibant, et on ne sera pas plus avancés. Enfin, à supposer que l'assassin l'ait prise, il a dû la jeter dans le fleuve de toute façon, après qu'on a sonné l'hallali. Ou alors il est trop stupide pour avoir agi seul.

Se retournant, il regarda la pile de papiers et la feuilleta négligemment.

— Quoi d'autre là-dedans?

La déposition suivante était celle du voisin d'en face, un certain Albert Scarsdale, peu loquace et extrêmement chatouilleux. A l'évidence, il déplorait le manque de considération de Grey qui avait eu le mauvais goût de se faire assassiner à Mecklenburgh Square et estimait que moins il en disait, plus vite l'affaire serait oubliée et plus vite il pourrait se dissocier de cet épisode sordide.

Il reconnaissait avoir entendu quelqu'un sur le palier entre leurs deux appartements aux environs de 8 heures, et à nouveau probablement vers dix heures moins le quart. Il n'aurait su dire s'il s'agissait de deux visiteurs distincts ou d'un seul qui était arrivé et reparti plus tard; du reste, il n'aurait pas juré que ce n'était pas une bête errante, un chat par exemple, ou bien le portier effectuant sa ronde... son choix de mots laissait entendre qu'à ses yeux, les deux se valaient largement. Ce pouvait même être un garçon de courses égaré ou n'importe qui d'autre. Trop occupé par ses propres activités, il n'avait rien vu ni entendu d'extraordinaire. La déclaration était paraphée et authentifiée par une signature fleurie, témoignant d'un caractère irascible.

Monk regarda Evan, toujours debout devant la fenêtre.

— Ce Mr. Scarsdale m'a l'air d'un petit bonhomme remuant et peu coopératif, observa-t-il sans aménité.

— Absolument, monsieur, acquiesça Evan, les yeux brillants mais sans sourire. Ce doit être à cause du scandale dans l'immeuble ; ça attire les indésirables et nuit à la réputation en société.

— Il est tout sauf un gentleman.

Le jugement de Monk fut immédiat et cruel.

Evan feignit de ne pas comprendre, bien que ce fût une attitude simulée.

— Tout sauf un gentleman, monsieur ?

Il plissa le visage.

Monk répondit sans réfléchir, sans se demander d'où lui venait cette certitude.

— Parfaitement. Lorsqu'on est sûr de son statut social, on ne se laisse pas affecter par un scandale dont la proximité n'est qu'un hasard géographique et qui ne vous atteint pas personnellement. Sauf si, évidemment, il connaissait Grey de près ?

— Non, monsieur.

Le regard d'Evan reflétait une totale compréhension. Manifestement, Scarsdale ne s'était toujours pas remis du cuisant mépris de Grey ; Monk ne l'imaginait que trop bien.

— Non, il a nié toute relation entre eux. Soit il ment, soit c'est très bizarre. S'il était le gentleman qu'il prétend être, il aurait forcément connu Grey, du moins superficiellement. Après tout, il était son voisin de palier.

Monk ne voulut pas cultiver le désenchantement.

— Ce n'est peut-être qu'une simple question de fatuité, mais ça vaut le coup de s'y pencher de plus près.

Il regarda à nouveau les papiers.

— Qu'y a-t-il d'autre là-dedans ?

Il leva les yeux sur Evan.

— Qui l'a trouvé, au fait ?

S'approchant, Evan sortit deux dépositions de la pile et les tendit à Monk.

— La femme de ménage et le portier, monsieur. Leurs déclarations concordent, sauf que le portier en dit davantage, car naturellement, nous l'avons interrogé sur la soirée aussi.

Monk fut momentanément perdu.

— Aussi ?

Evan rougit légèrement, irrité par son propre manque de clarté.

— Il n'a été découvert que le lendemain, quand la femme qui s'occupe de tenir sa maison est arrivée et n'a pas pu entrer. Il ne lui avait pas donné de clé ; visiblement, il ne lui faisait pas confiance. Il lui ouvrait lui-même et, s'il n'était pas là, elle s'en allait et revenait une autre fois. Normalement, il laissait un message au portier.

— Je vois. S'absentait-il souvent ? Nous savons où il allait, je présume ?

Instinctivement, une note autoritaire s'était glissée dans sa voix, teintée d'impatience.

— D'après le portier, il partait occasionnellement en week-end, et parfois plus longtemps, une semaine ou deux à la campagne, en saison.

— Que s'est-il passé donc quand Mrs. — comment s'appelle-t-elle ? — est arrivée sur les lieux ?

Evan se mit presque au garde-à-vous.

— Huggins. Elle a frappé comme d'habitude et, n'obtenant pas de réponse au bout de la troisième tentative, est descendue voir le portier, Grimwade, pour savoir s'il y avait un message. Grimwade lui a dit qu'il avait vu Grey rentrer la veille et qu'il n'était pas ressorti depuis ; elle n'avait qu'à réessayer. Peut-être que Grey était dans la salle de bains ou bien dormait d'un sommeil de plomb ; en ce moment même, il était déjà probablement sur le palier, pressé d'avoir son petit déjeuner.

— Mais bien entendu, il n'y était pas, dit Monk inutilement.

— En effet. Mrs. Huggins est revenue quelques minutes plus tard, dans tous ses états — ces femmes-là adorent dramatiser —, et a exigé de Grimwade qu'il intervienne sur-le-champ. A son infinie satisfaction...

Evan sourit faiblement.

— ... elle a déclaré que Grey devait être là-haut, assassiné, baignant dans son sang, et qu'il fallait appeler la police. Elle a dû me répéter ça une dizaine de fois, ajouta-t-il en esquissant une petite moue. Maintenant, elle est convaincue d'avoir le don de double vue, et j'ai passé un quart d'heure à lui démontrer qu'elle aurait tort d'abandonner le ménage pour dire la bonne aventure... bien qu'elle ait déjà les honneurs de la presse locale et sûrement du pub du coin !

Monk se surprit à sourire à son tour.

— Encore une qui ne finira pas dans un stand de foire, mais qui continuera à servir dans les bonnes maisons. Héroïne d'un jour... et gin à volonté chaque fois qu'elle racontera son histoire dans les six prochains mois. Grimwade l'a-t-il accompagnée en haut ?

— Oui, avec un passe, bien sûr.

— Et qu'ont-ils découvert, exactement ?

Ceci était peut-être le fait le plus important : le compte rendu précis de la découverte du corps.

Evan se concentra, et l'on n'aurait su dire s'il répétait le récit du témoin ou bien sa propre description des lieux.

— La petite entrée était parfaitement en ordre. Décor traditionnel : portemanteau, porte-chapeaux, un joli porte-parapluies, rangement à chaussures, guéridon pour cartes de visite, et rien d'autre. Tout était propre et bien rangé. La porte donnait directement sur le salon ; au-delà, il y avait la chambre et les commodités.

Une ombre passa sur son visage singulier. Il se détendit et, à demi inconsciemment, s'adossa au chambranle de la fenêtre.

— Le salon, c'était une tout autre histoire. Les rideaux étaient tirés, et le gaz, allumé, bien qu'il fasse jour dehors. Grey lui-même était couché à moitié sur le sol, à moitié dans le grand fauteuil, la tête en bas. Il y avait beaucoup de sang, et il était dans un triste état.

Evan ne cilla pas, mais Monk vit que cela lui demandait un certain effort.

— J'avoue que j'en ai vu, des morts, poursuivit-il, mais jamais d'aussi violentes que celle-ci. Il a été battu à mort avec un objet contondant assez fin — pas un gourdin, j'entends —, frappé à de nombreuses reprises. Visiblement, il y avait eu bagarre. Une petite table avait été renversée, avec un pied cassé, plusieurs bibelots étaient par terre, ainsi qu'un gros fauteuil rembourré, celui dans lequel il était affalé.

Evan fronça les sourcils en se souvenant ; son visage était pâle.

— Les autres pièces n'avaient pas été touchées, dit-il avec un geste de dénégation. On a mis un moment pour faire recouvrer ses esprits à Mrs. Huggins et la persuader de jeter un œil sur la chambre et la cuisine ; quand elle a fini par le faire, elle a déclaré que ces pièces étaient dans l'état où elle les avait laissées la veille.

Monk inspira profondément, réfléchissant. Il fallait

trouver quelque chose d'intelligent à dire, pas une lapalissade quelconque. Les yeux rivés sur lui, Evan attendait. Il se sentit intimidé.

— Ainsi, semble-t-il, il aurait eu de la visite dans la soirée, hasarda-t-il avec moins d'assurance qu'il ne l'eût souhaité. Son visiteur s'est disputé avec lui ou alors l'a carrément agressé. Ils se sont battus violemment, et Grey a perdu.

— Plus ou moins, acquiesça Evan, se redressant à nouveau.

— Aucune trace d'entrée par effraction ?

— Non, monsieur. De toute façon, je doute qu'un cambrioleur pénètre par effraction dans une maison avec toutes les lumières allumées.

— En effet.

Monk maudit sa stupidité. Avait-il toujours été aussi sot ? Evan ne paraissait nullement étonné. Bonne éducation ? Ou crainte d'indisposer un supérieur réputé peu commode ?

— Évidemment, dit-il tout haut. J'imagine qu'il n'aurait pas pu être surpris par Grey, puis allumer la lumière pour tromper son monde ?

— C'est peu probable, monsieur. S'il était aussi effronté, il aurait sûrement pris des objets de valeur, non ? Ou ne serait-ce que l'argent dans le portefeuille de Grey, dont il serait impossible d'établir l'origine.

N'ayant rien à répondre à cela, Monk soupira et s'assit derrière le bureau. Il ne prit pas la peine d'inviter Evan à s'asseoir également. Il lut le reste de la déposition du portier.

Lamb l'avait interrogé en détail sur tous les visiteurs de la veille, sur la présence éventuelle de garçons de courses, messagers et même animaux errants. Grimwade était outré. Certainement pas : les garçons de courses étaient toujours escortés jusqu'à destination, quand Grimwade ne se chargeait pas lui-même de la commission. Jamais un animal errant n'avait profané l'accès de l'immeuble... un animal, c'était sale et susceptible de souiller les lieux. Que donc croyait la police ? Cherchait-on à l'insulter ou quoi ?

Monk se demanda quelle avait été la réaction de Lamb. Lui-même aurait sûrement riposté par une remarque cinglante sur les mérites comparés des animaux et des humains errants ! Une ou deux répliques acerbes lui montaient déjà à l'esprit.

Grimwade jurait qu'il y avait eu deux visites, et deux seulement. Il était parfaitement sûr que personne d'autre n'était passé devant sa fenêtre. La première était une dame, aux environs de 20 heures, et il préférait ne pas préciser chez qui elle allait ; en matière de vie privée, il fallait savoir rester discret, mais une chose était certaine : elle ne s'était pas arrêtée chez Mr. Grey. D'ailleurs, vu sa constitution fragile, elle n'aurait pas pu infliger les blessures qu'on avait relevées sur le cadavre. Le second visiteur venait voir Mr. Yeats, un résident de longue date ; Grimwade l'avait accompagné jusque sur le palier et l'avait vu entrer.

Manifestement, l'assassin de Grey s'était soit servi de l'un des visiteurs comme d'un paravent, soit il était déjà sur place, sous un déguisement quelconque qui lui avait permis de passer inaperçu. Jusque-là, c'était logique.

Monk reposa le papier. Il faudrait interroger Grimwade plus minutieusement, explorer la moindre possibilité ; peut-être trouveraient-ils un début de réponse.

Evan se percha sur l'appui de fenêtre.

La déposition de Mrs. Huggins était exactement telle qu'il l'avait résumée, sinon beaucoup plus verbeuse. Monk la lut uniquement pour avoir le temps de réfléchir.

Puis il prit le dernier document, le rapport médical. C'était celui qu'il jugeait le plus déplaisant, mais aussi peut-être le plus indispensable. Il était rédigé d'une écriture nette et petite, très ronde. Elle lui fit penser à un petit médecin avec des lunettes rondes et des doigts très propres. Ce fut seulement plus tard qu'il se demanda s'il avait connu un tel personnage et s'il s'agissait d'un début de réminiscence.

Clinique à l'extrême, le compte rendu disséquait le corps comme si Joscelin Grey était une espèce et non un individu, un être humain avec des passions et des soucis, des humeurs et des espoirs, brutalement fauché dans la fleur de l'âge, et qui avait dû traverser tous les stades de la douleur et de la terreur durant ces quelques minutes analysées avec un tel détachement.

Le corps avait été examiné peu après 9 h 30 du matin. Il s'agissait d'un homme d'une trentaine d'années, frêle mais bien nourri, et ne souffrant apparemment d'aucune maladie ni infirmité, à l'exception d'une blessure récente à la jambe droite, qui avait pu causer un léger boitillement. D'après le médecin, c'était une blessure superficielle, comme il en avait vu souvent chez d'anciens soldats, et vieille de cinq ou six mois. La mort remontait à une dizaine d'heures, douze au maximum; il était impossible d'être plus précis.

La cause du décès était visible à l'œil nu : une succession de coups puissants et violents sur la tête et les épaules avec un instrument contondant long et fin. Une lourde canne ou un bâton vraisemblablement.

Monk posa le rapport, atterré par les détails de cette mort. Paradoxalement, le langage dénué de toute émotion ne la rendait que plus proche. Son imagination la lui dépeignit vivement; il en sentit même l'odeur fétide et entendit bourdonner les mouches. Avait-il eu beaucoup de meurtres à résoudre? Il pouvait difficilement poser la question.

— Très désagréable, dit-il sans regarder Evan.

— Très, répondit Evan en hochant la tête. Il y a eu

énormément d'échos dans la presse. Qui nous a reproché de n'avoir pas trouvé l'assassin. Outre le fait que les gens ont eu peur, Mecklenburgh Square est un bon quartier, et s'il n'est plus sûr, où peut-on encore se sentir en sécurité ? Qui plus est, Joscelin Grey était un jeune officier inoffensif, aimé de son entourage et fils d'une excellente famille. Il avait fait la guerre de Crimée et a été démobilisé pour invalidité. Il était plutôt bien vu de ses supérieurs, a assisté à la charge de la brigade légère, a été grièvement blessé à Sébastopol.

Le visage crispé d'Evan reflétait l'embarras et la pitié.

— Beaucoup considèrent que son pays l'a laissé tomber, d'abord à cause de ce qui est arrivé, et ensuite parce qu'on n'a même pas retrouvé l'auteur du crime.

Il regarda Monk, déplorant une pareille injustice, mais aussi parce qu'il la comprenait.

— Ce n'est pas juste, je sais, mais une bonne cause, ça permet de vendre des journaux ! Et bien sûr, les chansonniers y sont allés de leur couplet... sur le retour du héros et tout.

Monk grimaça.

— Ils ont frappé fort ?

— Assez, oui, reconnut Evan avec un petit haussement d'épaules. Et on n'a pas le moindre début de piste. On a passé et repassé en revue tous les indices : il n'y a rien qui le relie à quiconque. N'importe quel malfrat aurait pu pénétrer dans l'immeuble en évitant le portier. Personne n'a rien vu ni entendu d'utile ; nous voici donc à la case départ.

Il se leva sombrement et s'approcha de la table.

— Il faudrait, je suppose, que vous jetiez un œil sur les pièces à conviction... le peu dont nous disposons. Puis vous voudrez sans doute voir l'appartement, au moins pour vous mettre dans l'ambiance ?

Monk se leva également.

— Allons-y. On ne sait jamais ; on va peut-être tomber sur quelque chose.

Seulement, il ne voyait pas sur quoi. Si Lamb n'avait pas réussi, ni ce fin et délicat jeune officier de police, que pouvait-il espérer ? Il sentit l'échec qui le guettait, sombre et pesant. Runcorn lui aurait-il confié cette enquête en sachant qu'il allait échouer ? Était-ce un moyen discret et efficace pour se débarrasser de lui sans passer pour un monstre ? Comment être certain du reste que Runcorn n'était pas un vieil ennemi ? Lui avait-il causé du tort autrefois ? L'hypothèse était glaçante, et bien réelle. Le personnage brumeux qui se profilait devant lui était visiblement dénué de tout réflexe de compassion, de toute velléité de chaleur ou de gentillesse susceptible d'inspirer la sympathie. Monk se découvrait comme on découvre un étranger, et ce qu'il voyait pour le moment ne lui plaisait guère. Il avait infiniment plus d'estime pour Evan que pour lui-même.

Il s'était imaginé avoir totalement dissimulé sa perte de mémoire, mais peut-être que c'était flagrant, que Runcorn s'en était aperçu et en avait profité pour régler un vieux compte ? Seigneur, si seulement il savait qui il était, quel genre d'homme ! Qui l'aimait, qui le détestait... et pour quelle raison ? Avait-il jamais aimé une femme, l'avait-on aimé ? Même cela, il l'ignorait !

Evan marchait à vive allure devant lui ; ses longues jambes le portaient avec une rapidité surprenante. Monk brûlait de lui faire confiance, mais son ignorance le paralysait. A chacun de ses pas, il s'enfonçait dans les sables mouvants. Il ne savait rien. Tout était spéculation, tâtonnements constants dans le noir.

Il réagissait automatiquement, ne pouvant compter que sur son instinct et la force de l'habitude.

Les pièces à conviction, fort peu nombreuses, ressemblaient à un bagage oublié aux objets trouvés : reliefs embarrassants et pitoyables de la vie d'un autre, dépouillés à présent de leur utilité et de leur signification... un peu comme ses propres possessions à Grafton Street, dont on avait effacé l'histoire et les émotions.

Il s'arrêta à côté d'Evan et prit une pile d'habits. Le pantalon foncé, bien coupé dans une étoffe de belle qualité, était taché de sang. Les bottes soigneusement polies étaient à peine usées aux semelles. Le linge de corps avait été changé très récemment; la chemise était coûteuse, en soie, le plastron maculé de sang. La veste dernier cri, irrémédiablement ruinée, était déchirée à une manche. Tout cela ne lui apprit rien hormis la taille et la stature supposée de Joscelin Grey, ainsi que l'excellence de son goût et de son porte-monnaie. Il n'y avait rien à déduire des taches de sang, puisqu'ils connaissaient déjà la nature des blessures.

Monk reposa les habits et se tourna vers Evan qui l'observait.

— Sans grand intérêt, hein, monsieur?

Evan les considéra avec un mélange de consternation et de dégoût. Une pitié apparemment sincère se lisait sur ses traits. Peut-être était-il trop sensible pour travailler dans la police.

— On peut le dire, concéda Monk, désabusé. Et quoi d'autre?

— L'arme, monsieur.

Evan prit une lourde canne d'ébène avec un pommeau en argent massif. Elle aussi était barbouillée de sang et de cheveux.

Monk grimaça. S'il avait déjà vu des choses aussi macabres dans le passé, son immunité s'était évanouie en même temps que sa mémoire.

— Très vilain.

Ses yeux noisette rivés sur Monk, Evan esquissa une moue.

Monk était gêné et abasourdi. Cette pitié, ce dégoût étaient-ils pour lui? Evan se demandait-il pourquoi un policier chevronné se montrait soudain aussi émotif ? Ravalant péniblement sa révulsion, il prit la canne. Elle était inhabituellement lourde.

— La blessure de guerre, commenta Evan sans le quitter des yeux. D'après les témoins, il s'en servait pour marcher ; ce n'était pas un simple accessoire, je veux dire.

— La jambe droite, fit Monk, se remémorant le rapport médical. D'où son poids.

Il reposa la canne.

— Autre chose ?

— Deux verres cassés, monsieur, et une carafe, brisée elle aussi. Ils devaient être sur la table qui a été renversée, à en juger par sa position. Plus deux ou trois bibelots. Il y a un croquis de la pièce telle qu'elle était dans le dossier de Mr. Lamb. Je ne vois pas trop ce qu'on pourrait en tirer. Mais Mr. Lamb a passé des heures à l'étudier.

Monk éprouva une bouffée de commisération pour Lamb, puis pour lui-même. En cet instant, il aurait voulu pouvoir changer de place avec Evan, abandonner les décisions, les jugements à quelqu'un d'autre et désavouer l'échec. Dieu, qu'il détestait l'échec ! Il se rendait compte maintenant à quel point il brûlait de résoudre ce crime — de gagner —, de rabattre le caquet à Runcorn.

— Ah... l'argent, monsieur.

Evan sortit une boîte en carton et l'ouvrit. Il y prit un beau portefeuille en porc et, séparément, plusieurs souverains d'or, deux cartes d'un club et d'un restaurant très select. Il y avait aussi une douzaine de cartes de visite gravées au nom du « Major l'honorable Joscelin Grey, six, Mecklenburgh Square, Londres ».

— C'est tout ? s'enquit Monk.

— Oui, monsieur. L'argent représente douze livres, sept shillings et six pence au total. S'il s'agit d'un voleur, je trouve bizarre qu'il ne l'ait pas pris.

— Peut-être qu'il a eu peur... ou qu'il était lui-même blessé.

C'était la seule chose qui lui était venue à l'esprit. Il fit signe à Evan de ranger la boîte.

— Bon, je suppose qu'il est temps d'aller jeter un œil sur Mecklenburgh Square.

— Oui, monsieur.

Evan se redressa, prêt à obéir.

— C'est à une demi-heure à pied. Êtes-vous suffisamment rétabli pour marcher ?

— Trois kilomètres ? Bon sang, c'est un bras que je me suis cassé, pas les deux jambes !

Et, d'un geste brusque, il s'empara de sa veste et de son chapeau.

Evan avait été un peu trop optimiste. Avançant contre le vent, avec précaution pour éviter les camelots et les autres piétons, ainsi que les chevaux et leur crottin sur la chaussée, ils mirent quarante bonnes minutes pour arriver à Mecklenburgh Square, contourner le jardin et s'arrêter devant le numéro six. Le jeune balayeur s'affairait au coin de Doughty Street ; Monk se demanda si c'était le même que le soir du meurtre. Il ressentit de la pitié pour cet enfant, dehors par tous les temps, avec le crachin ou la neige s'engouffrant entre les hauts immeubles, à se faufiler entre les charrettes et les calèches pour ramasser les déjections. Quelle façon exécrable de gagner sa vie ! Puis il se mit en colère contre lui-même... foin des sensibleries ! Il devait faire face à la réalité. Bombant le torse, il pénétra dans le hall. Le portier se tenait à l'entrée d'un petit bureau, à peine plus grand qu'une guérite.

— Monsieur ?

Il s'avança avec courtoisie, tout en leur bloquant le passage.

— Grimwade ? lui demanda Monk.

— Monsieur ? fit l'homme, surpris et embarrassé.

Désolé, monsieur, je n'arrive pas à me souvenir de vous. D'habitude, je suis assez physionomiste...

Il laissa sa phrase en suspens, espérant que Monk l'aiderait. Puis il regarda Evan, et une lueur de réminiscence s'alluma dans ses yeux.

— Police, dit Monk simplement. Nous aimerions jeter un autre coup d'œil sur l'appartement du major Grey. Vous avez la clé?

Le soulagement du portier fut très mitigé.

— Oh oui, monsieur, et on laisse entrer personne. La serrure est exactement comme Mr. Lamb l'a laissée.

— Bien, je vous remercie.

Monk s'apprêtait à lui montrer un quelconque insigne de sa fonction, mais visiblement satisfait d'avoir reconnu Evan, Grimwade alla chercher la clé dans sa guérite.

Il réémergea une minute plus tard et les conduisit en haut avec la gravité propre à la présence de la mort, surtout d'une mort violente. L'espace d'un éclair, Monk eut la désagréable impression que le cadavre de Joscelin Grey serait là, intact, qui les attendait.

C'était ridicule, et il s'empressa de chasser cette idée. Elle prenait la tournure répétitive d'un cauchemar, comme si un événement pouvait se produire plus d'une fois.

— Nous y sommes, monsieur.

Evan était devant la porte, la clé du portier à la main.

— Il y a aussi une porte de service, bien sûr, dans la cuisine, mais elle donne sur le même palier, une dizaine de mètres plus haut, pour les livraisons et autres.

Monk se ressaisit.

— Mais on est tout de même obligé de passer devant le portier dans l'entrée?

— Oh oui, monsieur. Je suppose qu'il ne sert à rien d'avoir un portier s'il y a moyen de le contourner. N'importe quel mendiant ou colporteur pourrait venir vous déranger à tout moment.

Il fit une moue extravagante en réfléchissant au train de vie des aristocrates.

— Ou les créanciers, ajouta-t-il d'un ton lugubre.

— Tout à fait, acquiesça Monk, sardonique.

Evan introduisit la clé dans la serrure. Il le fit à contrecœur, comme rebuté par le souvenir du carnage entrevu derrière cette porte. Ou bien Monk avait-il tendance à projeter ses propres pensées sur lui ?

Le vestibule était tel qu'Evan l'avait décrit : bien rangé, bleu avec boiseries et moulures blanches, très propre et élégant. Il vit le porte-chapeaux avec son compartiment pour cannes et parapluies, le guéridon pour cartes de visite, et ainsi de suite. Evan le précéda, raide comme un piquet, pour ouvrir la porte du salon.

Monk entra derrière lui. Il ne savait pas trop à quoi il s'attendait ; lui aussi était crispé, comme en prévision d'une agression, d'une confrontation brutale avec l'innommable.

La décoration était raffinée et, à l'origine, luxueuse, mais à la lumière blafarde, sans gaz ni feu de cheminée, elle parut morne et assez quelconque. Les murs bleu porcelaine étaient immaculés à première vue, et les moulures blanches, sans la moindre éraflure, mais une fine couche de poussière recouvrait le bois verni du chiffonnier et du bureau et ternissait les couleurs du tapis. Le regard de Monk se posa machinalement sur la fenêtre, puis sur les autres meubles : console sculptée aux bords marquetés, jardinière avec un vase japonais, bibliothèque en acajou... jusqu'à ce qu'il s'arrête sur le fauteuil renversé, la table cassée, assortie à l'autre, le bois clair de la face interne comme une pâle cicatrice sur sa surface veloutée. On aurait dit une bête avec les pattes en l'air.

Soudain, il vit la tache de sang sur le sol. Elle n'était pas très étendue, mais foncée, presque noire. Grey avait dû beaucoup saigner à cet endroit. Se détournant, il constata alors qu'une bonne partie de ce qu'il avait cru être le motif du tapis, c'étaient en fait des traces plus claires de sang. Sur le mur du fond, il y avait un tableau de travers; en le regardant de plus près, il aperçut une entaille dans le plâtre. La peinture était légèrement rayée. C'était une mauvaise aquarelle de la baie de Naples, dans les tons bleu criard, avec, en arrière-plan, la silhouette conique du Vésuve.

— Ça a dû être une sacrée bagarre, dit-il doucement.
— Oui, monsieur.

Evan était planté au milieu de la pièce, ne sachant pas très bien quoi faire.

— Le cadavre présente plusieurs ecchymoses aux bras et aux épaules et une jointure écorchée. A mon avis, il s'est débattu comme un beau diable.

Monk le regarda en fronçant les sourcils.

— Je ne me souviens pas de ça dans le rapport médical.

— Je crois qu'on y mentionne seulement « des traces de lutte », monsieur. Mais la vue de cette pièce parle d'elle-même, fit-il en la parcourant des yeux. Il y a du sang sur le fauteuil aussi.

Il désigna le lourd fauteuil rembourré couché sur le dos.

— C'est là qu'il était, la tête en bas. L'homme qu'on recherche est un violent, monsieur.

Il frissonna légèrement.

Monk regarda autour de lui, essayant de visualiser ce qui s'était passé dans cette pièce six semaines plus tôt, la peur, le choc du corps à corps, les ombres mouvantes, ombres parce qu'il ne les connaissait pas, les meubles qui s'écroulent, le verre qui vole en éclats. Et tout à coup, la scène devint réelle, plus vivante, plus sauvage que dans son imagination... rage et terreur aveugle, les coups de canne. La vision s'évanouit, le laissant tremblant et nauséeux. Grands dieux, qu'était-il arrivé ici pour que l'écho en subsiste encore dans la pièce, tel un fantôme tourmenté ou une bête de proie ?

Il pivota et sortit, sans se soucier d'Evan derrière lui, cherchant la porte à tâtons. Il fallait qu'il quitte cet appartement pour retrouver la grisaille ordinaire de la rue, le bruit des voix, les impératifs du présent. Il ne savait même pas si Evan l'avait suivi.

3

Une fois dehors, Monk se sentit mieux, mais le malaise qui l'avait assailli ne se dissipa pas complètement. Sa force avait été telle qu'il s'était retrouvé trempé de sueur, puis grelottant et véritablement malade à la simple pensée de tant de bestialité.

D'une main tremblante, il toucha sa joue mouillée. Le vent apportait avec lui une pluie drue et oblique.

Se retournant, il vit Evan derrière lui. Si Evan avait senti la même présence sauvage, il n'en laissait rien paraître. Il était perplexe, un peu inquiet, mais Monk ne déchiffra rien d'autre dans son expression.

— Un homme violent.

Il répéta les paroles d'Evan entre ses dents.

— Oui, monsieur, dit Evan gravement en le rejoignant.

Il voulut ajouter quelque chose, puis se ravisa.

— Par quoi allez-vous commencer ? demanda-t-il.

Monk mit un moment à rassembler ses idées pour répondre. Ils marchaient dans Doughty Street en direction de Guilford Street.

— Le contre-interrogatoire des témoins.

Il s'arrêta au bord du trottoir tandis qu'un cab passait à toute allure devant eux, faisant jaillir la boue sous ses roues.

— Je ne vois rien d'autre à faire. J'opte pour la solution la moins prometteuse. Le petit balayeur est là.

Il montra le garçon qui, à quelques mètres d'eux, ramassait le crottin avec une pelle, s'interrompant seulement pour attraper le penny qu'on lui avait jeté.

— Est-ce lui ?

— Je crois que oui, monsieur ; je ne vois pas son visage d'ici.

C'était peu dire : les traits de l'enfant étaient masqués par la crasse et les retombées de son activité, et sa tête était coiffée d'un énorme bonnet pour le protéger de la pluie.

Monk et Evan s'engagèrent sur la chaussée pour se rapprocher de lui.

— Alors ? fit Monk.

Evan hocha la tête.

Monk fouilla ses poches à la recherche d'une pièce ; il se sentait obligé de compenser le manque à gagner qui allait résulter de leur entretien. Il repêcha une pièce de deux pence et la tendit à l'enfant.

— Alfred, je suis de la police et j'aimerais te parler du gentleman assassiné au numéro six du square.

Le garçon prit la pièce.

— Oui, chef, sauf que j'sais rien que j'aie pas déjà dit à vot'collègue.

Il renifla et leva les yeux avec espoir. Un homme qui distribuait les pièces de deux pence méritait qu'on le soigne.

— Peut-être, concéda Monk, mais je voudrais te parler quand même.

Une charrette passa en brinquebalant devant eux en direction de Grey's Inn Road, les éclaboussant de boue et laissant deux ou trois feuilles de chou presque à leurs pieds.

— Si on remontait sur le trottoir ? suggéra Monk en cachant son aversion.

Ses belles bottes étaient souillées, et le bas de son pantalon, trempé.

Le garçon hocha la tête et, constatant leur inaptitude à éviter les roues et les sabots, les pilota avec une condescendance de professionnel vers le trottoir.

— Oui, chef? fit-il avec empressement, reniflant bruyamment et enfouissant la pièce dans les replis de ses multiples gilets.

Par déférence vis-à-vis de leur rang, il se retint de s'essuyer le visage avec le dos de la main.

— Tu as vu le major Grey rentrer chez lui le jour où il a été assassiné? demanda Monk gravement comme il se doit.

— Oui, chef, et y avait personne qui le suivait, pour autant que j'sache.

— Y avait-il du monde dans la rue?

— Non, le temps était pourri pour un mois de juillet, ça pleuvait dur. Y avait p'têt' deux pelés, trois tondus, et ils traînaient guère dans la rue.

— Depuis combien de temps es-tu à ce carrefour?

— Ben, ça fait deux ans.

Ses fins sourcils blonds s'arquèrent de surprise; visiblement, il ne s'attendait pas à cette question.

— Tu connais donc la plupart des gens qui habitent ici?

— Je pense, oui.

Son regard s'illumina subitement.

— Vous voulez savoir si j'ai vu quelqu'un qui s'rait pas du quartier?

Monk salua sa perspicacité d'un hochement de tête.

— Exactement.

— Il a été battu comme plâtre, c'est ça?

— Oui.

Cette expression, très appropriée, fit tiquer Monk.

— C'est pas une femme que vous cherchez, alors?

— Non.

Soudain, Monk pensa qu'un homme aurait pu s'habiller en femme, à supposer que l'assassin de Grey ne fût pas un étranger, mais quelqu'un qui le connaissait, qui avait nourri des années durant la haine dont l'ombre planait encore sur l'appartement.

— A moins qu'elle ne soit très grande, ajouta-t-il, et très forte sans doute.

Le garçon ricana sous cape.

— Celles que j'ai vues, elles étaient plutôt maigrichonnes. Une femme qui se défend, faut qu'elle soit jolie, qu'elle ressemble à une femme, quoi. On voit pas de grandes sauterelles par ici, ou de radeuses.

Il renifla à nouveau et grimaça férocement pour exprimer sa réprobation.

— Les gen'lemen qu'ont de l'oseille, y veulent ce qu'y a de plus classe.

Et il désigna d'un geste les frontons tarabiscotés des maisons en direction du square.

— Je vois, dit Monk, dissimulant un bref sourire. Et tu as vu une femme de cette sorte entrer au numéro six ce soir-là ?

C'était probablement sans intérêt, mais à ce stade de l'enquête, il ne fallait négliger aucun indice.

— C'est toujours les mêmes qu'on voit, chef.
— A quelle heure ?
— Juste quand j'allais rentrer.
— Vers sept heures et demie ?
— 'zact.
— Et avant ça ?
— Rapport au numéro six ?
— Oui.

Il ferma les yeux, profondément concentré, s'efforçant d'être utile : il y aurait peut-être une autre pièce de deux pence.

— Un de ces gen'lemen qui habitent au six, il est rentré avec un autre type, un petit bonhomme avec un col comme de la fourrure, mais tout bouclé.

— De l'astrakan ?

— J'sais pas comment on appelle ça. Ben, il est arrivé vers six heures et je l'ai jamais vu ressortir. Ça peut vous aider, chef ?

— Peut-être. Merci beaucoup.

Monk lui parla très sérieusement, lui donna un autre penny, à la grande surprise d'Evan, et le regarda se faufiler avec entrain sur la chaussée, louvoyant parmi le trafic, pour reprendre ses fonctions.

Evan avait l'air pensif, absorbé ; méditait-il sur les réponses de l'enfant ou sur ses moyens de subsistance, Monk ne le lui demanda pas.

— La mercière n'est pas là aujourd'hui.

Evan scruta le trottoir de Guilford Street.

— Qui désirez-vous interroger maintenant ?

Monk réfléchit un instant.

— Où peut-on trouver le cocher du cab ? Nous avons son adresse, j'imagine ?

— Oui, monsieur, mais je doute qu'il y soit en ce moment.

Monk se tourna face au vent d'est, chargé de bruine.

— A moins qu'il ne soit malade, concéda-t-il. C'est une bonne soirée pour les affaires. Personne ne voudra se déplacer à pied par un temps pareil, s'il a les moyens de se payer un cab.

Il était content de lui : c'était une remarque pertinente et pleine de bon sens.

— On va envoyer un message pour le convoquer au poste. Il n'aura sûrement pas grand-chose à ajouter à sa déposition.

Il sourit, sarcastique.

— Sauf si c'est lui qui a tué Grey !

Ne sachant pas trop s'il plaisantait, Evan ouvrit de grands yeux. Tout à coup, Monk se rendit compte qu'il ne le savait pas lui-même. Ils n'avaient aucune raison de croire le cocher. Peut-être qu'il avait eu des mots avec son passager, une querelle stupide, pour une broutille comme le prix de la course, par exemple. Peut-être qu'il avait suivi Grey jusque chez lui, portant une valise ou un paquet; il avait vu l'appartement, la chaleur, l'espace, la décoration et avait agi sous le coup de l'envie. Peut-être même qu'il était soûl; il ne serait pas le premier cocher à lever le coude pour arriver à supporter les longues heures sous la pluie et dans le froid. Que Dieu les préserve, ils étaient déjà assez nombreux à mourir de la bronchite ou de la consumption.

Evan le regardait toujours, l'air incertain.

Monk exprima ses dernières pensées tout haut.

— Il faudrait vérifier auprès du portier que Grey est effectivement rentré seul. Il aurait pu ne pas faire attention au cocher portant un bagage, invisible comme un postier; nous sommes tellement habitués à eux que l'œil voit, mais le cerveau n'enregistre pas.

— C'est possible.

Une note de conviction perçait dans la voix d'Evan.

— Il pouvait repérer le terrain pour le compte d'un autre, noter les adresses des clients fortunés, victimes potentielles. Ce serait une façon lucrative d'arrondir ses fins de mois, non?

— Tout à fait.

Monk commençait à geler en restant sur ce trottoir.

— Moins efficace que d'envoyer un petit ramoneur en éclaireur, mais meilleure pour se tenir au courant des allées et venues de la victime. Si c'était ça, son idée, il a certainement sous-estimé Grey.

Il frissonna.

— Passons le voir plutôt que de lui envoyer un message: ça risque de l'effaroucher. Il se fait tard; allons déjeuner à la taverne du coin et écouter ce qu'on raconte. Puis vous retournerez au poste pour recueillir un maximum de renseignements sur ce cocher: quelle est sa réputation, est-il connu de nos services, par exemple, et qui sont ses associés. Moi, je m'occupe du portier et, si possible, des voisins.

A la taverne, bruyante et chaleureuse, on leur servit poliment de l'ale et des sandwiches, tout en gardant une certaine distance : ils n'étaient pas du quartier, et leur tenue trahissait peut-être leur état de policiers. Il y eut deux ou trois remarques égrillardes, mais apparemment, Grey ne faisait pas partie des habitués et ne suscitait pas de sympathie particulière, en dehors de l'intérêt macabre qu'on porte généralement à un meurtre.

Ensuite, Evan regagna le poste, et Monk revint dans Mecklenburgh Square, voir Grimwade. Il commença par le commencement.

— Oui, monsieur, dit Grimwade patiemment. Le major Grey est rentré vers six heures et quart ou un tout petit peu avant, et il m'avait l'air parfaitement normal.

— Il est arrivé en cab ?

Monk voulait s'assurer qu'il ne l'avait pas influencé, n'avait pas suggéré la réponse qu'il souhaitait entendre.

— Oui, monsieur.

— Comment le savez-vous ? Vous avez vu le cab ?

— Absolument, monsieur.

Grimwade oscillait entre la nervosité et l'indignation.

— Il s'est arrêté là, juste devant la porte ; c'était un soir à ne pas mettre un chien dehors.

— Avez-vous vu le cocher ?

— Je comprends pas bien où vous voulez en venir.

L'indignation prenait nettement le dessus.

— L'avez-vous vu ? répéta Monk.

La figure de Grimwade se plissa.

— Pas que je m'en souvienne, reconnut-il.

— Est-il descendu de son siège pour aider le major Grey à porter un paquet, une valise ?

— Pas que je sache, non.

— Vous en êtes sûr ?

— Et comment que j'en suis sûr ! Il n'a jamais passé cette porte.

Cette hypothèse au moins était à éliminer. Vieux comme il l'était dans le métier, il n'aurait pas dû céder au désappointement, mais il n'avait pas d'expérience pour le soutenir. Apparemment, il avait gardé ses réflexes, mais la plupart relevaient d'un simple bon sens.

— Il est monté tout seul ?

Il essaya une dernière fois, pour balayer définitivement le doute.

— Oui, monsieur.

— Vous a-t-il parlé ?

— Pas spécialement. Je m'en souviens pas, donc ça m'étonnerait. Il a jamais dit qu'il avait peur, en tout cas, ou qu'il attendait quelqu'un.

— Il y a eu des visites, cependant, ici, dans l'après-midi et la soirée ?

— Oui, mais c'est pas des gens capables de tuer.

— Vraiment ?

Monk haussa les sourcils.

— Vous n'allez pas me dire que le major Grey s'est tué lui-même dans quelque étrange accident ? Ou alors, il y a l'autre solution : que l'assassin était déjà sur les lieux.

De résignée, l'expression de Grimwade se fit outragée, puis totalement horrifiée. Il dévisagea Monk, mais aucun mot ne lui vint à l'esprit.

— Vous avez une autre idée ? C'est bien ce que je pensais. Moi non plus, soupira Monk. Alors, réfléchissons encore. Vous dites qu'il y a eu deux visiteurs après l'arrivée du major Grey : une femme vers 7 heures, et plus tard un homme vers dix heures moins le quart. Allons, Mr. Grimwade, qui cette femme venait-elle voir et comment était-elle ? Et de grâce, pas d'altérations cosmétiques au nom de la discrétion !

— Pas de quoi ?

— Je veux la vérité, rétorqua Monk sèchement. Ça

risque d'être très gênant pour vos locataires, si nous sommes obligés d'enquêter par nous-mêmes.

Grimwade le considéra d'un œil torve ; il avait parfaitement reçu le message.

— Une dame de petite vertu, monsieur, nommée Mollie Ruggles, fit-il entre ses dents. Une jolie rouquine. Je sais où elle habite, mais je vous serais extrêmement obligé de vous arranger pour ne pas préciser comment vous avez appris qu'elle était venue ici.

Il était presque comique dans son effort de cacher son animosité et de prendre un air implorant.

Monk ravala ses sarcasmes : il ne voulait pas l'indisposer davantage.

— D'accord, acquiesça-t-il.

C'était dans son propre intérêt ; bien traitées, les prostituées pouvaient être une mine de renseignements.

— Chez qui allait-elle ?

— Chez Mr. Taylor, monsieur, appartement numéro cinq. Elle vient le voir régulièrement.

— Et c'était réellement elle ?

— Oui, monsieur.

— L'avez-vous escortée jusqu'à la porte de Mr. Taylor ?

— Oh non, monsieur. Depuis le temps, elle connaît le chemin. Et puis, Mr. Taylor...

Il haussa les épaules.

— Ce serait indélicat, comme qui dirait. Quoiqu'on vous demande pas d'être délicat, dans votre métier ! ajouta-t-il d'un air entendu.

— Non, en effet.

Monk sourit légèrement.

— Vous n'avez donc pas quitté votre poste quand elle est arrivée ?

— Non, monsieur.

— D'autres femmes, Mr. Grimwade ?

Il le regarda bien en face.

Grimwade évita son regard.

— Dois-je enquêter par moi-même ? le menaça Monk. Et laisser des policiers en civil ici, pour qu'ils suivent les gens ?

Choqué, Grimwade releva vivement la tête.

— Vous allez pas faire ça, monsieur ! Y a que des gentlemen par ici. Ils partiront. Ils supporteront pas une chose pareille.

— Alors, ne m'y acculez pas.

— Vous êtes pas un commode, Mr. Monk.

Mais au-delà du chagrin, il y avait un respect involontaire dans la voix du portier. Ce qui, en soi, était déjà une petite victoire.

— Je veux retrouver celui qui a assassiné le major Grey, lui répondit Monk. Quelqu'un est entré ici, dans cet immeuble, est monté jusqu'à l'appartement, a battu le major Grey à mort avec une canne et, même après, a continué à frapper.

Il vit Grimwade tiquer et ressentit de l'aversion lui-même. Le souvenir de l'angoisse éprouvée dans cette pièce lui revint à l'esprit. Les murs avaient-ils une mémoire ? La violence ou la haine pouvaient-elles imprégner l'atmosphère, une fois le forfait accompli, et projeter sur quelqu'un de sensible, d'imaginatif, l'ombre de l'horreur ?

Non, c'était ridicule. L'imagination n'avait rien à voir là-dedans ; c'était plutôt une affaire de cauchemars. Ses propres peurs, la terreur qui resurgissait occasionnellement dans ses rêves, son absence de passé empiétaient sur le présent et faussaient son jugement. Il fallait laisser le temps au temps, se reconstruire peu à peu une identité, apprendre à se connaître, et ses souvenirs s'ancreraient dans la réalité. Il recouvrerait la raison, s'enracinerait dans un passé, se découvrirait de nouvelles émotions, de nouvelles connaissances.

Ou était-ce possible... était-ce possible que ce fût le

début de quelque réminiscence confuse, distordue comme dans un rêve ? Seraient-ce les échos de la peur, de la douleur qu'il avait ressenties quand le cab s'était retourné, l'emprisonnant sous sa masse, le hurlement de terreur lorsque le cheval était tombé, et que le cocher, éjecté de son siège, s'écrasait sur les pavés de la rue ? Il avait dû éprouver une frayeur violente et, juste avant de sombrer dans le néant, une douleur aiguë, aveuglante même, dans ses os fracturés. Était-ce cela qu'il avait perçu ? Sans rapport aucun avec Grey, une résurgence de sa propre mémoire, juste un éclair, une sensation, l'intensité du ressenti avant le retour à la clarté des perceptions ?

Il devait en savoir davantage sur lui-même : que faisait-il ce soir-là, où allait-il, d'où revenait-il sinon ? Quelle sorte d'homme avait-il été, vers qui allaient ses sympathies et antipathies ? A qui était-il redevable ? A quoi attachait-il de l'importance ? Tout individu avait des relations, tout individu avait des sentiments, voire des appétits ; tout être vivant suscitait un certain nombre de passions chez autrui. Il y avait bien des gens quelque part qui éprouvaient des sentiments pour lui... autres que la rancune ou la rivalité professionnelle. Il n'était tout de même pas mauvais, ou inconsistant, au point de n'avoir laissé aucune empreinte dans une existence autre que la sienne.

Sitôt qu'il quitterait son service, il abandonnerait Grey, cesserait de vouloir assembler sa vie pièce par pièce, et se pencherait plutôt sur la sienne, sur les quelques indices à sa disposition qu'il décrypterait avec toute l'habileté dont il était capable.

Grimwade attendait, l'observant avec curiosité : il avait remarqué que Monk avait l'esprit ailleurs.

Monk reporta son attention sur lui.

— Eh bien, Mr. Grimwade ? fit-il doucement. Quelles sont les autres femmes ?

Grimwade interpréta cette soudaine baisse de ton comme une menace supplémentaire.

— Une qui est venue voir Mr. Scarsdale, monsieur, bien qu'il m'ait grassement payé pour ne pas le dire.

— Quelle heure était-il ?

— Environ 8 heures du soir.

Scarsdale disait avoir entendu quelqu'un à 8 heures. Parlait-il de sa visiteuse, cherchant à se couvrir, au cas où quelqu'un d'autre l'aurait aperçue ?

— Êtes-vous monté avec elle ?

Monk regarda le portier.

— Non, monsieur, vu que c'était pas la première fois et qu'elle connaissait le chemin. Puis, je savais qu'elle était attendue.

Il sourit légèrement, l'air entendu, d'homme à homme.

Monk acquiesça en silence.

— Et à dix heures moins le quart ? L'homme qui est venu voir Mr. Yeats, m'avez-vous dit. Ce n'était pas la première fois non plus ?

— Si, monsieur. Je suis monté avec lui, vu qu'il ne connaissait pas bien Mr. Yeats et qu'il n'était jamais venu ici. Ça, je l'ai dit à Mr. Lamb.

— C'est exact.

Monk s'abstint de lui reprocher l'épisode de la visiteuse de Scarsdale. L'indisposer davantage nuirait à son propos.

— Vous êtes donc monté avec cet homme ?

— Oui, monsieur.

Grimwade était catégorique.

— J'ai vu Mr. Yeats lui ouvrir la porte.

— Comment était-il ?

Grimwade plissa les paupières.

— Ma foi, grand, costaud et... pardi !

Sa mine s'allongea.

— Vous croyez que c'était lui, hein ?

Il souffla lentement, les yeux écarquillés.

— Dame, p'têt' bien! Maintenant que j'y pense.

— Ce n'est pas impossible, répondit Monk prudemment. Seriez-vous capable de le reconnaître, si jamais vous le revoyiez?

Grimwade se rembrunit.

— Là, je vous avoue, monsieur, ça m'étonnerait fort. Je l'ai pas vu de près, vous comprenez, quand il est entré. Et dans l'escalier, j'ai regardé seulement où je mettais les pieds, vu qu'il faisait noir. Il avait un gros manteau sur le dos... le temps était pourri, il pleuvait des cordes. Normal que par un temps pareil, on relève son col et on enfonce son chapeau sur la tête. Il était brun; ça, j'en suis à peu près sûr, et s'il avait une barbe, elle devait pas se voir beaucoup.

— Il était sans doute brun et rasé de près.

Monk s'efforça de cacher sa déception. Il ne fallait pas que par crainte de l'irriter, le portier se sente obligé de lui raconter n'importe quoi, juste pour lui faire plaisir.

— Il était grand, monsieur, fit Grimwade avec espoir. Un mètre quatre-vingts, au moins. Ça élimine déjà pas mal de monde, pas vrai?

— En effet. Quand est-il parti?

— Je l'ai entrevu du coin de l'œil, monsieur. Il est passé devant ma fenêtre vers dix heures et demie, ou un peu avant.

— Du coin de l'œil? Et vous êtes sûr que c'était lui?

— Forcément; il est pas sorti plus tôt ni plus tard, et c'était le même. Même manteau, même chapeau, même taille, même carrure. Il ressemblait à personne d'ici.

— Lui avez-vous parlé?

— Non, il avait l'air pressé. P'têt' qu'il voulait rentrer chez lui. Un temps de chien il faisait ce soir-là, monsieur, c'est comme je vous ai dit.

— Oui, je sais. Merci, Mr. Grimwade. Si vous vous

rappelez autre chose, tenez-moi au courant ou laissez un message au poste. Au revoir.

— Au revoir, monsieur, fit Grimwade, infiniment soulagé.

Monk résolut d'attendre Scarsdale, d'abord pour le confronter à son mensonge concernant la femme, et ensuite pour essayer d'en apprendre davantage sur Joscelin Grey. Il se rendit compte, vaguement étonné, qu'il ne savait rien de lui, hormis les circonstances de sa mort. La vie de Grey était aussi opaque que la sienne... une figure fantomatique circonscrite par quelques faits matériels, sans substance ni coloration susceptibles d'inspirer l'amour ou la haine. Car haine il y avait chez celui qui avait battu Grey à mort et avait continué à frapper longtemps après que ce fut totalement inutile. Était-ce Grey lui-même qui, innocemment ou en toute conscience, avait engendré une telle passion, ou avait-il simplement servi de catalyseur à quelque chose qui le dépassait et qui s'était retourné contre lui ?

Monk sortit dans le square et trouva un banc d'où il pouvait surveiller l'entrée du numéro six.

Une bonne heure s'écoula avant l'arrivée de Scarsdale ; le jour déclinait, et l'air avait fraîchi, mais l'importance de sa mission incitait Monk à attendre.

Il le vit rentrer à pied et le suivit de près, s'enquérant auprès de Grimwade dans le hall s'il s'agissait bien de Scarsdale.

— Oui, monsieur, répondit Grimwade à contrecœur.

Mais Monk ne s'intéressait guère aux états d'âme du portier.

— Faut que je vous accompagne ?

— Non, merci, je trouverai.

Il monta les marches quatre à quatre et arriva sur le palier juste au moment où la porte se refermait. Il s'approcha et frappa énergiquement. Il y eut une brève hésitation, puis la porte s'ouvrit. Laconique, il déclina son identité et l'objet de sa visite.

Scarsdale n'était pas ravi de le voir. C'était un petit homme sec dont le seul atout était sa moustache blonde, que déparaient ses cheveux clairsemés et ses traits quelconques. Il était vêtu avec élégance, sinon une certaine affectation.

— Désolé, je ne peux pas vous recevoir ce soir, déclara-t-il avec brusquerie. Il faut que je me change pour aller dîner. Repassez demain ou après-demain.

Monk, qui le dominait de sa haute taille, n'était pas d'humeur à se faire congédier de façon aussi cavalière.

— J'ai d'autres gens à voir demain, dit-il, bloquant à moitié le passage à Scarsdale. J'ai besoin de certains renseignements maintenant.

— Eh bien, je n'ai rien... commença Scarsdale, reculant comme pour fermer la porte.

Monk fit un pas en avant.

— Par exemple, le nom de la jeune personne qui est venue chez vous le soir de l'assassinat du major Grey, et pourquoi vous nous avez menti à son sujet.

L'effet fut immédiat. Scarsdale s'arrêta net et bafouilla, ne sachant s'il devait y aller au bluff ou bien tenter une réconciliation. Monk l'observait d'un œil méprisant.

— Je... euh... je crois que vous avez mal compris... euh...

Il n'arrivait toujours pas à se décider.

Le visage de Monk se durcit.

— Peut-être préférez-vous en discuter dans un endroit plus tranquille que le couloir ?

Il regarda les marches et le palier sur lequel donnaient d'autres portes... y compris celle de Grey.

— Oui... oui, certainement.

Scarsdale était extrêmement mal à l'aise ; de fines gouttes de sueur perlaient sur son front.

— Quoique je n'aie rien à vous apprendre concernant de près ou de loin l'affaire qui vous intéresse.

Il pénétra à reculons dans son propre vestibule, suivi de Monk.

— La demoiselle qui m'a rendu visite n'a aucun lien avec le pauvre Grey, et elle n'a rien vu ni entendu de particulier.

Monk ferma la porte d'entrée et le rejoignit au salon.

— Vous l'aviez donc invitée, monsieur? s'enquit-il en feignant l'intérêt.

— Évidemment!

Maintenant qu'il était dans un décor familier, Scarsdale commençait à se ressaisir. Allumé à fond, le gaz faisait reluire le cuir verni, le vieux tapis turc et les photographies aux cadres d'argent. Il était un gentleman, face à un simple fonctionnaire de la police métropolitaine.

— Bien entendu, si j'avais pu vous aider dans votre travail, je l'aurais fait.

Il avait prononcé le mot « travail » sur un ton vaguement condescendant, pour bien marquer le fossé entre eux. Il n'invita pas Monk à s'asseoir et resta lui-même debout, assez gauchement, entre le buffet et le canapé.

— Et cette demoiselle, vous la connaissez bien, naturellement?

Monk ne prit pas la peine de dissimuler son propre dédain sarcastique.

Décontenancé, Scarsdale hésita entre s'offusquer et gagner du temps, puisqu'il ne trouvait pas de riposte suffisamment cinglante. Il opta pour la seconde solution.

— Je vous demande pardon? fit-il avec raideur.

— Vous pouvez répondre de sa parole?

Monk le fixa avec un sourire amer.

— Outre son... *travail*...

Il avait délibérément choisi le même mot.

— ... est-ce quelqu'un de totalement fiable?

Scarsdale rougit comme une pivoine, et Monk

comprit qu'il avait perdu toute chance d'obtenir sa coopération.

— Vous outrepassez vos fonctions! aboya Scarsdale. Vous n'êtes qu'un impertinent. Ma vie privée ne vous regarde pas. Surveillez votre langage, ou je serai obligé de me plaindre à vos supérieurs.

Il jeta un coup d'œil sur Monk et décida que ce n'était pas une bonne idée.

— La femme en question n'a aucune raison de mentir, dit-il d'un ton compassé. Elle est venue seule et repartie seule, et elle n'a vu personne, excepté Grimwade, le portier; il pourra vous le confirmer. On n'entre pas ici sans sa permission.

Il renifla très légèrement.

— Ce n'est pas un vulgaire immeuble de rapport, vous savez.

Son regard glissa sur les beaux meubles avant de revenir sur Monk.

— Dans ce cas, Grimwade a certainement vu l'assassin, répliqua Monk sans le quitter des yeux.

Scarsdale saisit l'implication et blêmit; il était arrogant et probablement sectaire, mais pas stupide.

Monk joua alors son va-tout.

— Vous qui êtes un gentleman d'un statut social similaire...

Il grimaça intérieurement devant sa propre hypocrisie.

— ... et le voisin immédiat du major Grey, vous pouvez peut-être me fournir quelques renseignements personnels à son sujet. Car je ne sais rien sur lui.

Scarsdale fut trop heureux de changer de sujet et, malgré son irritation, flatté.

— Mais oui, bien sûr, acquiesça-t-il avec empressement. Rien du tout?

— Rien du tout.

— C'était le plus jeune frère de Lord Shelburne.

Les yeux agrandis, Scarsdale traversa enfin la pièce et s'assit sur une chaise sculptée au dossier en bois. D'un geste vague de la main, il autorisa Monk à en faire autant.

— Ah bon ?

Monk prit une autre chaise afin de ne pas se tenir comme un subalterne devant lui.

— Une très vieille famille, dit Scarsdale avec délectation. Sa mère, la douairière Lady Shelburne, est la fille aînée du duc de Ruthven, du moins il me semble que c'est lui. En tout cas, il était duc de quelque chose.

— Joscelin Grey, lui rappela Monk.

— Ah oui. Un garçon très agréable, ancien officier de Crimée, je ne sais plus quel régiment, mais une carrière distinguée.

Il hocha vigoureusement la tête.

— Il a été blessé à Sébastopol, je crois, puis démobilisé pour invalidité. Il boitait, le pauvre diable. Oh, ce n'était pas un gros handicap ! Il était beau garçon, beaucoup de charme, très aimé, vous savez.

— Une famille aisée ?

— Les Shelburne ?

Scarsdale, que l'ignorance de Monk amusait, commençait à reprendre confiance en lui.

— Bien sûr. Mais vous le savez peut-être, ou peut-être pas.

Il toisa Monk avec hauteur.

— Naturellement, toute la fortune est allée au fils aîné, l'actuel Lord Shelburne. C'est comme ça que ça se passe : l'aîné hérite de tout, avec le titre. Ça permet de conserver le domaine intact ; autrement, tout s'en irait en morceaux, comprenez-vous ? Tout le pouvoir de la terre !

Monk se retint de lui faire ravaler sa condescendance : il connaissait parfaitement les lois de la primogéniture.

— Oui, je vous remercie. D'où Joscelin Grey tirait-il ses revenus ?

Scarsdale agita ses mains qui étaient petites, avec de grosses jointures et des ongles très courts.

— Il devait avoir des intérêts dans les affaires. A mon avis, il n'était pas très riche, mais il ne semblait pas être dans le besoin non plus. Toujours très bien vêtu. C'est très parlant, la façon dont on s'habille.

A nouveau, il regarda Monk avec une légère moue, mais voyant la qualité de son habit et de la chemise en dessous, il se ravisa, la mine déconcertée.

— A votre connaissance, il n'était ni marié ni fiancé ?

Impassible, Monk réussit à cacher presque entièrement sa satisfaction.

Tant d'incompétence surprit Scarsdale.

— Comment, vous ne savez pas ça ?

— Si, nous connaissons sa situation officielle, répondit Monk, se hâtant de rattraper son erreur. Mais vous êtes mieux placé pour savoir s'il entretenait des relations... ou portait un intérêt spécifique à quelqu'un.

La bouche plutôt charnue de Scarsdale s'affaissa aux coins.

— Si vous voulez parler d'un arrangement de convenance, je ne suis pas au courant. Mais enfin, un homme d'éducation ne se mêle pas des goûts personnels — ou dispositions — d'un autre gentleman.

— Il ne s'agit pas d'une question financière, répliqua Monk avec l'ombre d'un rictus. Je pensais à une dame qu'il aurait pu... admirer, voire courtiser.

Scarsdale s'empourpra, offensé.

— Pas que je sache.

— Aimait-il le jeu ?

— Aucune idée. Moi-même, je ne joue pas, sauf avec des amis, bien sûr, et Grey n'en faisait pas partie. Je n'ai rien entendu, si c'est ça que vous voulez dire.

Monk comprit qu'il n'en obtiendrait pas davantage ce soir-là, et il était fatigué. L'énigme de sa propre vie pesait lourd sur ses épaules. C'était curieux, comme le vide pouvait être envahissant. Il se leva.

— Merci, Mr. Scarsdale. Si vous apprenez quoi que ce soit qui jette un éclairage sur les derniers jours du major Grey ou sur la personne qui lui voulait du mal, je suis sûr que vous nous le ferez savoir. Plus vite nous arrêterons le coupable, plus ce sera sécurisant pour tout le monde.

Scarsdale se leva également, irrité par cette allusion subtile et déplaisante à ce qui s'était passé dans l'appartement d'en face, et qui constituait une menace pour sa propre sécurité en ce moment même.

— Oui, naturellement, fit-il d'un ton cassant. Maintenant, si vous voulez avoir la bonté de me laisser me changer... on m'attend à dîner.

En arrivant au poste de police, Monk trouva Evan qui l'attendait. Le plaisir intense qu'il éprouva à sa vue le prit au dépourvu. Avait-il toujours été un solitaire ou était-ce le fait d'être privé de mémoire, coupé de tout sentiment de chaleur ou d'affection ? Il avait bien un ami quelque part, un être qui avait partagé ses joies et ses peines, du moins qui avait vécu les mêmes expériences. Il devait bien y avoir une femme — dans le passé, sinon aujourd'hui —, des souvenirs partagés de tendresse, de rires et de larmes. Ou alors il avait un cœur de pierre. Peut-être y avait-il eu un drame dans sa vie ? Ou quelque gros problème ?

Le néant se refermait sur lui, menaçant d'engloutir le précaire instant présent. Il ne pouvait même pas recourir au réconfort de l'habitude.

Le visage expressif d'Evan, tout en nez et yeux, lui fit un bien fou.

— Du nouveau, monsieur ?

Il se leva de la chaise en bois sur laquelle il était assis.

— Pas grand-chose, répondit Monk d'une voix plus forte et plus ferme qu'il n'était nécessaire. Je ne vois personne qui aurait pu passer inaperçu, à part l'homme qui est venu chez Yeats vers dix heures moins le quart. Grimwade dit qu'il était grand, emmitouflé, ce qui est normal par un temps pareil. Il l'a vu partir en gros à dix heures et demie. Il l'a accompagné en haut, mais ne l'a pas vu de près et serait incapable de l'identifier.

Evan était excité et dépité tout à la fois.

— Diantre! explosa-t-il. Ce pourrait être n'importe qui!

Il jeta un coup d'œil sur Monk.

— Mais nous savons au moins comment il est entré. C'est un grand pas en avant... félicitations, monsieur!

Monk se ragaillardit. Le compliment était immérité : ce n'était qu'un tout petit pas. Il s'assit derrière le bureau.

— Un mètre quatre-vingts environ, récapitula-t-il. Brun et vraisemblablement rasé de près. Voilà qui limite un peu notre champ d'investigation.

— Qui le limite considérablement, monsieur, fit Evan avec fougue, se rasseyant à son tour. Nous savons maintenant que ce n'était pas un simple voleur. S'il est allé voir Yeats, ou du moins l'a prétendu, c'est qu'il l'avait prévu et avait pris la peine de se renseigner sur l'immeuble et ses habitants. Et puis, bien sûr, il y a Yeats lui-même. L'avez-vous rencontré?

— Non, il n'était pas là, et de toute façon, je préfère en savoir plus sur lui avant de l'entreprendre là-dessus.

— Oui, oui, certainement. S'il était au courant de quelque chose, il va forcément nier.

Evan ne cachait pas sa fébrilité; il était tendu sous son habit élégant comme si un événement soudain allait se produire ici, au poste même.

— Côté cocher, ça n'a rien donné, au fait. C'est un type parfaitement respectable, qui travaille depuis vingt ans dans le quartier, avec une femme et sept ou huit enfants. Il n'y a jamais eu de plaintes contre lui.

— Grimwade dit qu'il n'a pas pénétré dans l'immeuble; apparemment, il n'est même pas descendu de son siège.

— Que dois-je faire à propos de Yeats? demanda Evan en souriant imperceptiblement. Demain, c'est dimanche; on aura du mal à recueillir des informations.

Monk avait oublié.

— C'est vrai. Attendons lundi. L'affaire date de sept semaines; on ne peut pas dire que la piste soit chaude.

Le sourire d'Evan s'élargit rapidement.

— Merci, monsieur. Effectivement, j'avais d'autres projets pour demain.

Il se leva.

— Passez un bon dimanche, monsieur. Bonsoir.

En le regardant partir, Monk se sentit abandonné. C'était grotesque. Naturellement, Evan avait des amis, une famille, des centres d'intérêt, peut-être même une femme dans sa vie. Jusque-là, il n'y avait même pas pensé. Cette idée contribua à accroître son impression d'isolement. Que faisait-il normalement de son temps? Avait-il des amis en dehors de sa profession, des occupations ou un passe-temps préféré? Il devait bien y avoir autre chose que cet individu tenace et ambitieux qu'il connaissait pour l'instant.

Il en était encore à interroger vainement son imagination quand on frappa à la porte, hâtivement, mais sans conviction, comme si au fond de lui le visiteur aurait préféré n'avoir pas de réponse pour pouvoir repartir tranquillement.

— Entrez, dit Monk d'une voix forte.

La porte s'ouvrit sur un robuste garçon en uniforme de constable. Il avait l'air anxieux, et son visage par ailleurs débonnaire était rose.

— Oui ?

Le jeune homme se racla la gorge.

— Mr. Monk ?

— Oui ? répéta ce dernier.

Connaissait-il cet homme ? A en juger par sa mine circonspecte, il avait dû se passer quelque chose entre eux que lui du moins n'avait pas oublié. Planté au milieu de la pièce, il se dandinait d'un pied sur l'autre, et le regard fixe de Monk ne faisait qu'ajouter à son malaise.

— Que puis-je pour vous ?

Monk s'efforça de prendre un ton rassurant.

— Vous avez quelque chose à me dire ?

Si seulement il pouvait se rappeler son nom !

— Non, monsieur... enfin, oui, monsieur, j'ai une question à vous poser.

Il inspira profondément.

— J'ai là un rapport sur une montre trouvée chez un prêteur sur gages que j'ai vu cet après-midi, monsieur, et... et j'ai pensé que ça pouvait concerner le gen'leman assassiné... vu qu'il n'avait pas de montre sur lui, juste une chaîne. Monsieur.

Et il tendit une feuille de papier avec une belle écriture moulée comme si elle allait exploser.

Monk prit le papier et le parcourut des yeux. C'était la description d'une montre de gousset en or avec le monogramme J. G. gravé sur le couvercle. Il n'y avait aucune inscription à l'intérieur.

Il regarda le constable.

— Merci, dit-il avec un sourire. C'est fort possible... les initiales concordent. Que savez-vous à son sujet ?

Le constable piqua un fard.

— Pas grand-chose, Mr. Monk. Y jure ses grands dieux que ça appartient à un client régulier. Mais à mon sens, il ment comme il respire. Il a pas envie d'être mêlé à un meurtre, c'est clair.

Monk jeta un œil sur le papier où figuraient le nom et l'adresse du prêteur sur gages. Il pouvait l'interroger à n'importe quel moment.

— C'est très probable, acquiesça-t-il. Mais on pourra peut-être glaner quelques informations, si on arrive à prouver que c'est la montre de Grey. Je vous remercie... vous avez fait preuve d'une grande présence d'esprit. Puis-je garder ceci ?

— Oui, monsieur. On en a pas besoin ; y a largement de quoi le coffrer.

Cette fois, il avait rosi de plaisir, tout en ayant l'air manifestement surpris. Cloué au sol, il ne bougeait toujours pas.

— Il y avait autre chose ?

Monk haussa les sourcils.

— Non, monsieur ! C'était tout. Merci, monsieur.

Pivotant sur ses talons, le constable sortit pesamment, trébucha sur le seuil et se rua dans le couloir.

Presque immédiatement, la porte s'ouvrit à nouveau sur un brigadier maigre et sec avec une moustache noire.

— Tout va bien, monsieur ? demanda-t-il en voyant Monk froncer les sourcils.

— Oui. Qu'est-ce qui lui prend, à... euh...

Il agita la main en direction du constable qui venait de partir, désespéré de ne pas savoir son nom.

— 'Arrison ?

— Oui.

— Rien... il a peur de vous, c'est tout. Pas étonnant, vu le savon que vous lui avez passé devant tout le monde quand l'autre margoulin lui avait filé entre les doigts... et c'était pas sa faute, vu qu'on avait affaire à un véritable contorsionniste. Plus difficile à tenir qu'une anguille, je vous dis. Et si on lui avait brisé les os, bigre, la veuve patibulaire, c'était pour nous !

Désemparé, Monk ne savait que dire. Avait-il été

injuste avec ce garçon ou bien sa réaction avait-elle été fondée ? A première vue, cela ressemblait à de la méchanceté gratuite, mais en même temps, il n'entendait qu'un seul son de cloche : il n'y avait personne pour le défendre, pour expliquer, fournir ses raisons et lui dire ce qu'il savait et que les autres ignoraient peut-être.

Il avait beau se creuser la cervelle, il ne voyait rien, pas même le visage de Harrison... et encore moins un quelconque souvenir de cet incident.

Il se sentait stupide sous l'œil critique du brigadier qui, visiblement, ne l'aimait pas et ce, considérait-il, pour une bonne raison.

Monk brûlait de se justifier ! Plus encore, il voulait savoir pour mieux comprendre lui-même. Combien d'épisodes semblables allaient refaire surface, odieux en apparence, pour quelqu'un qui ne connaissait pas sa version des faits ?

— Mr. Monk ?

Il se ressaisit rapidement.

— Oui, brigadier ?

— Vous serez p'têt' content d'apprendre qu'on a pincé le marlou qu'avait occis le vieux Billy Marlowe. Il va finir au gibet, c'est sûr. Un sale type.

— Oh... merci. Bien joué.

Il ignorait totalement de quoi on lui parlait, mais à l'évidence, il était censé être au courant.

— Très bien joué, ajouta-t-il.

— Merci, monsieur.

Le brigadier se redressa et sortit, refermant la porte d'un coup sec.

Monk se replongea dans son travail.

Une heure plus tard, il quitta le poste de police et rentra par les rues sombres et humides à Grafton Street.

Au moins, la maison de Mrs. Worley lui devenait

enfin familière. Il savait où se trouvaient les objets ; qui plus est, son appartement était un refuge : personne ne viendrait l'y déranger, interrompre ses réflexions, ses tentatives de dévider le fil.

Après avoir dîné d'un ragoût de mouton, chaud et consistant, sinon un peu lourd, il remercia Mrs. Worley venue chercher le plateau, la raccompagna jusqu'à l'escalier, puis entreprit à nouveau d'explorer le contenu de son bureau. Les factures ne s'avéraient pas d'une grande utilité ; il pouvait difficilement aller demander à son tailleur : « Quel genre d'homme suis-je ? Qu'est-ce qui compte le plus dans ma vie ? Vous suis-je sympathique ou antipathique, et pourquoi ? » Seule maigre consolation, il était apparemment bon payeur ; il n'y avait pas de relances, et les reçus dataient tous de quelques jours après la présentation de la facture. Il avait découvert quelque chose, une broutille : il était quelqu'un de méthodique.

Les lettres personnelles de Beth lui apprirent beaucoup sur elle, sur la simplicité, la spontanéité des sentiments, la routine de tous les jours. Jamais elle ne parlait de difficultés ou des rigueurs de l'hiver, ni même de naufrages ou d'expéditions de sauvetage. Son inquiétude pour lui découlait de son affection et ne reposait, visiblement, sur aucune information concrète ; c'était juste sa manière de lui manifester son amour et son intérêt pour sa vie, en partant du principe qu'il éprouvait la même chose. Pas besoin d'explications pour comprendre qu'il ne lui disait rien ; peut-être même n'écrivait-il pas régulièrement. C'était une pensée déplaisante... il avait honte de lui. Il se promit de lui écrire rapidement, de composer une lettre en apparence rationnelle, mais qui amènerait Beth à lui répondre en lui fournissant d'autres renseignements.

Le lendemain matin, il se réveilla tard pour entendre Mrs. Worley frapper à sa porte. Il lui ouvrit, et elle posa le plateau du petit déjeuner sur la table avec force soupirs et hochements de tête. Il fut obligé de manger avant de s'habiller, sinon ça allait refroidir. Ensuite, il reprit ses recherches qui se révélèrent tout aussi infructueuses; l'homme qui possédait toutes ces choses impeccables et coûteuses continuait à lui échapper. Elles ne lui apprirent rien, sinon qu'il avait bon goût... qu'il cherchait à se faire admirer, peut-être? Mais que valait l'admiration, si elle tenait uniquement au luxe discret d'une apparence? Un homme superficiel? Vain? Ou bien un homme qui manquait d'assurance dans un monde d'où il se sentait rejeté?

L'appartement lui-même était impersonnel, avec des meubles classiques, des tableaux sentimentaux. Sans doute le choix de Mrs. Worley plutôt que le sien.

Après le déjeuner, il en fut réduit à fouiller les derniers recoins, et notamment les poches de ses autres habits accrochés dans le placard. Dans sa plus belle redingote, bien coupée et assez stricte, il trouva un morceau de papier et, le dépliant avec soin, vit que c'était le prospectus d'un service de vêpres dans une église inconnue.

Peut-être qu'elle était dans le quartier. Un espoir insensé l'envahit. Il faisait peut-être partie de la congrégation. Le pasteur le connaissait. Il avait des amis là-bas, des croyances, voire une fonction ou une vocation quelconque. Il plia la feuille avec précaution, la mit dans son bureau, puis alla se laver et se raser, avant d'enfiler ses plus beaux habits, y compris la redingote où il avait trouvé le prospectus. A cinq heures, il était prêt. Il descendit alors demander à Mrs. Worley où était l'église de St Marylebone.

Quelle ne fut pas sa déception lorsqu'elle avoua sa complète ignorance en la matière. Le sang de Monk ne fit qu'un tour. Elle devait savoir! Mais son visage carré, placide, était dénué de toute expression.

Il allait tempêter, lui crier qu'elle devrait le savoir quand il se rendit compte à quel point ce serait stupide. Il ne ferait que l'indisposer, et perdre son amitié qui lui était si précieuse.

Elle le dévisageait, le front plissé.

— Dame, vous êtes dans un état ! Je vais demander à Mr. Worley ; il connaît la ville comme sa poche. Évidemment, j'imagine que c'est dans Marylebone Road, mais où 'zactement, j'en sais trop rien. Elle est bigrement longue, cette rue.

— Merci, fit-il, penaud. C'est assez important pour moi.

— Vous allez à un mariage, hein ?

Elle regarda sa redingote noire, soigneusement brossée.

— Ce qu'il vous faut, c'est un cocher de cab qui connaît bien son chemin ; il vous y conduira vite fait.

C'était une solution évidente ; il s'étonna de ne pas y avoir pensé lui-même. Il la remercia, et quand Mr. Worley, sollicité à son tour, hasarda que ce devait être en face de York Gate, il sortit à la recherche d'un cab.

Le service avait déjà commencé lorsqu'il gravit les marches à la hâte et pénétra dans le vestibule. A l'intérieur, des voix grêles s'élevaient aux accords du premier cantique, plus par obligation, semblait-il, qu'avec une ferveur véritable. Était-il religieux ou, plus exactement, l'avait-il été ? Il n'éprouvait aucun sentiment de réconfort ou de révérence, sinon pour la beauté sobre de l'architecture.

Il entra rapidement, marchant presque sur les carres de ses souliers vernis pour ne pas faire de bruit. Deux ou trois têtes se retournèrent vivement, avec réprobation. Il les ignora et se glissa dans la rangée du fond, tâtonnant à la recherche d'un livre de cantiques.

Le rituel ne lui était guère familier ; il joignit sa voix aux autres simplement parce que la mélodie était banale, faite de clichés musicaux. Il s'agenouillait avec les autres fidèles, et se relevait en même temps qu'eux. Quant aux réponses, elles lui échappèrent complètement.

Lorsque le prêtre monta à la chaire pour parler, Monk scruta son visage à la recherche d'un signe quelconque. Pouvait-il aller se confesser à cet homme et lui demander de dire tout ce qu'il savait ? D'une voix monocorde, le ministre du culte égrenait son chapelet de platitudes ; l'intention était bonne, mais empêtrée dans le discours au point de devenir inintelligible. Monk s'enfonçait dans un désarroi de plus en plus profond. Comment ce prêtre se souviendrait-il de la personnalité de ses paroissiens, s'il était incapable de suivre le cours de son propre raisonnement d'une phrase à l'autre ?

Après qu'on eut chanté le dernier amen, Monk regarda les gens sortir, dans l'espoir que quelqu'un éveillerait un écho dans sa mémoire ou, mieux encore, lui adresserait la parole.

Il allait renoncer même à cette idée-là quand il vit une jeune femme en noir, mince et de taille moyenne, avec des cheveux bruns encadrant un visage presque lumineux, des yeux sombres, une peau fragile et une bouche trop grande, trop généreuse. C'était un visage qui masquait une nature non pas faible, mais prompte aussi facilement au rire qu'au drame. Ce fut sa démarche gracieuse qui attira et retint l'attention de Monk.

Parvenue à sa hauteur, elle sentit son regard et se retourna. Ses yeux s'agrandirent ; elle parut hésiter. Elle prit son inspiration comme pour parler.

Il attendit, plein d'espoir et en proie à une excitation ridicule, comme s'il s'apprêtait à recevoir une révélation.

Mais l'instant fut bref ; elle se ressaisit et, relevant légèrement le menton, ramassa ses jupes sans grande nécessité et poursuivit son chemin.

Il lui emboîta le pas, mais elle se fondit dans un groupe de paroissiens dont deux, eux aussi vêtus de noir, semblaient l'accompagner. Le premier était un grand blond âgé d'une trentaine d'années : il avait le cheveu lisse, la mine sérieuse et le nez long. La seconde était une femme qui se tenait très droit ; ses traits trahissaient une forte personnalité. Le trio se dirigea vers la rue et les voitures qui attendaient ; aucun d'eux ne tourna la tête en sortant.

Monk rentra chez lui tourmenté par l'incompréhension, la peur et un espoir fou, troublant.

4

Mais lorsque Monk arriva lundi matin, à bout de souffle et légèrement en retard, il ne put commencer son enquête sur Mr. Yeats et son visiteur. Dans son bureau, il tomba sur Runcorn qui arpentait la pièce en agitant une feuille de papier bleu. Dès qu'il entendit le pas de Monk, il s'arrêta et fit volte-face.

— Ah!

L'œil gauche étréci, presque fermé, il brandit le papier d'un air farouchement vindicatif.

Le salut matinal mourut sur les lèvres de Monk.

— Une lettre d'en haut, fit Runcorn en levant la feuille bleue. Une fois de plus, nous avons les autorités sur le dos. La douairière Lady Shelburne a écrit à Sir Willoughby Gentry pour annoncer audit membre du Parlement...

Il accorda à chaque voyelle sa pleine valeur en volume de mépris que lui inspirait cette institution.

— ... qu'elle n'était pas contente des efforts déployés par la police métropolitaine pour retrouver le forcené qui avait si odieusement assassiné son fils à son propre domicile. Il n'existe aucune excuse à notre laxisme dilatoire et notre totale incapacité à appréhender le coupable.

Outré par l'injustice de cette accusation, il était

devenu rouge brique, mais loin d'être effondré, il fulmina de plus belle.

— Que diable fabriquez-vous, Monk? Vous qui êtes un détective hors pair, bon sang, qui briguez le grade de commissaire... ou, que sais-je, de préfet de police! Qu'allons-nous répondre à cette... cette gente dame?

Monk inspira profondément. Il était plus abasourdi par les allusions de Runcorn à lui-même, à ses ambitions, que par le contenu de la lettre. N'y avait-il point de limites à sa soif de réussir? Mais il n'avait pas le temps de se justifier; planté devant lui, Runcorn exigeait une réponse.

— Lamb a bien déblayé le terrain, monsieur.

Il tenait à rendre justice à son collègue.

— Il a examiné tout ce qu'il pouvait, interrogé les autres résidents, les camelots, les gens du coin, quiconque aurait pu détenir une information.

Il vit à l'expression de Runcorn qu'il n'arrivait à rien; néanmoins, il ne désarma pas.

— Malheureusement, il faisait particulièrement mauvais ce soir-là, et tout le monde était pressé, tête baissée et col relevé pour se protéger de la pluie. Comme il tombait des cordes, personne ne s'attardait dehors et, le ciel étant couvert, il a fait nuit plus tôt que d'ordinaire.

Runcorn trépignait d'impatience.

— Lamb a passé beaucoup de temps à contrôler les mauvais sujets que nous connaissons, poursuivit Monk. Il est consigné dans son rapport qu'il a parlé à tous les marlous et informateurs du coin. Sans résultat. Ils ne savent rien, ou alors ne veulent rien dire. Lamb serait d'avis qu'ils ne racontent pas d'histoires. J'ignore ce qu'il aurait pu faire d'autre.

S'il était incapable de puiser une solution dans son expérience, son intelligence n'avait relevé aucune omission. Lamb avait toute sa sympathie.

— Le constable Harrison a découvert une montre avec des initales J. G. chez un prêteur sur gages... mais nous ne savons pas si elle appartenait à Grey.

— Non, acquiesça Runcorn, dégoûté, suivant du doigt les barbes de la feuille.

C'était un luxe qu'il ne pouvait pas s'offrir.

— Je le vois bien! Et alors, qu'attendez-vous? Faites-la porter à Shelburne Hall... pour identification.

— Harrison est déjà en route.

— Ne pouvez-vous pas établir au moins comment ce misérable est entré?

— Je pense que si, répondit Monk posément. Quelqu'un est venu voir Mr. Yeats, un voisin. Il est arrivé vers 21 h 45 et reparti aux environs de 22 h 30. Un homme de haute taille, brun, bien emmitouflé. C'est le seul visiteur qui n'ait pas d'alibi; les autres étaient des femmes. Sans vouloir précipiter les choses, ce pourrait bien être notre assassin. Sinon, je ne vois pas comment un étranger aurait pu s'introduire dans l'immeuble. Grimwade verrouille la porte à minuit, ou plus tôt si tout le monde est là, et ensuite, même les résidents sont obligés de sonner pour qu'il vienne leur ouvrir.

Runcorn posa soigneusement la lettre sur le bureau de Monk.

— Et à quelle heure a-t-il fermé ce soir-là?

— 23 heures, fit Monk. Ils étaient tous chez eux.

— Que dit Lamb à propos de cet homme venu voir Yeats?

Runcorn plissa le visage.

— Pas grand-chose. Apparemment, il n'a parlé à Yeats qu'une seule fois. Il a passé le plus clair de son temps à essayer de récolter des informations sur Grey. La signification de cette visite lui a peut-être échappé sur le moment. Grimwade dit qu'il l'a accompagné jusqu'à la porte de Yeats, et que Yeats l'a reçu. Lamb recherchait encore un éventuel voleur de passage alors...

— Alors ! répéta Runcorn avec vivacité. Et que cherchez-vous maintenant ?

Monk se rendit compte de ce qu'il venait de dire et qu'il le pensait réellement. Fronçant les sourcils, il choisit ses mots avec un soin extrême :

— Quelqu'un qui le connaissait, je crois, et qui le haïssait. Quelqu'un qui avait l'intention de le tuer.

— Pour l'amour du ciel, surtout ne dites pas ça à la douairière Lady Shelburne ! l'avertit Runcorn, menaçant.

— Ça m'étonnerait que j'aie l'occasion de lui parler, répliqua Monk, sarcastique.

— Détrompez-vous !

Runcorn triomphait ; son visage massif s'était coloré.

— Vous partez pour Shelburne aujourd'hui même afin d'assurer madame la marquise que nous faisons tout ce qui est humainement possible pour appréhender l'assassin, et qu'après de brillants efforts et un travail intense, nous sommes enfin sur la piste du monstre.

Il esquissa une moue imperceptible.

— Vous êtes tellement abrupt, tellement grossier presque malgré vos grands airs qu'elle ne vous prendra pas pour un menteur.

Soudain, il changea de ton, et sa voix se radoucit.

— Au fait, pourquoi croyez-vous que c'est quelqu'un qui le connaissait ? Un forcené peut provoquer un vrai carnage ; un dément peut frapper encore et encore, sans raison.

— Peut-être.

Monk lui rendit son regard, tout aussi peu amène.

— Mais ils n'iront pas se renseigner sur les noms des voisins et se présenter à leur porte avant d'aller tuer quelqu'un d'autre. S'il s'agit simplement d'un fou assoiffé de sang, pourquoi n'a-t-il pas tué Yeats ? Pourquoi s'être rendu chez Grey ?

Runcorn écarquillait les yeux; à contrecœur, il fut obligé de donner raison à Monk.

— Tâchez d'en savoir le plus possible sur ce Yeats, ordonna-t-il. Discrètement, j'entends. Je ne veux pas l'effaroucher.

— Et qu'en sera-t-il de Lady Shelburne?

Monk feignit l'innocence.

— Allez la voir. Et soyez poli, Monk... faites un effort! Evan se chargera de Yeats et vous mettra au courant à votre retour. Prenez le train. Restez à Shelburne un jour ou deux. Vu le ramdam qu'elle a fait, la marquise douairière ne sera pas surprise de vous voir. Elle a réclamé un rapport sur l'avancement de l'enquête, de vive voix. Vous logerez à l'auberge du coin. Eh bien, allez-y, partez! Ne restez pas planté là comme une potiche.

Monk prit un train en direction du nord à la gare de King's Cross. Il traversa le quai en courant et sauta dans le wagon, claquant la portière au moment même où la locomotive crachait un nuage de vapeur, poussait un cri strident et s'ébranlait lourdement. C'était grisant, cette sensation de puissance, de rugissement contenu, tandis qu'ils prenaient de la vitesse en émergeant de la caverne de la gare au grand soleil de l'après-midi.

Monk s'installa sur un siège libre face à une femme corpulente vêtue de bombasin[1] noir avec un col de fourrure (malgré la saison) et un chapeau noir perché de guingois. Elle avait un paquet de sandwiches qu'elle ouvrit immédiatement et commença à manger. Un petit homme avec de grosses lunettes les regarda avec convoitise, mais ne dit rien. Un autre homme en pantalon rayé était absorbé dans la lecture du *Times*.

Ils dépassaient en brinquebalant maisons, baraque-

---

1. Tissu de soie ou de coton croisé. (*N.d.T.*)

ments et usines, églises, hôpitaux et autres édifices publics qui peu à peu se dispersaient, entrecoupés de plages de verdure, jusqu'au moment où ils quittèrent la ville, et Monk contempla avec un réel plaisir la beauté du paysage paisible déployé dans toute la luxuriance de l'été. D'immenses frondaisons se penchaient sur les champs chargés de futures récoltes; les haies verdoyantes étaient constellées de roses sauvages. Entre les collines doucement vallonnées se blottissaient des bosquets, et les villages étaient facilement repérables aux clochers pointus des églises et, çà et là, à une tour normande de forme plus carrée.

Shelburne arriva trop vite, alors qu'il se délectait encore de ce spectacle enchanteur. Il attrapa sa valise sur le filet et poussa précipitamment la portière, s'excusant auprès de la femme en bombasin qui le regarda descendre dans un silence réprobateur. Une fois sur le quai, il demanda au chef de gare la direction de Shelburne Hall. C'était à quinze cents mètres, apprit-il. L'homme lui indiqua le chemin d'un geste de la main, puis ajouta en reniflant :

— Mais le village est à l'opposé, à trois kilomètres d'ici. C'est sûrement là que vous allez, non ?

— Non, merci, répondit Monk. J'ai affaire au château.

Le chef de gare haussa les épaules.

— Puisque vous le dites. Dans ce cas, vous n'avez qu'à suivre le chemin sur votre gauche. Toujours tout droit.

Monk le remercia de nouveau et se mit en route.

Un quart d'heure plus tard, il arrivait au portail. L'endroit était vraiment magnifique, un manoir d'inspiration classique haut de trois étages, avec une belle façade couverte ici et là de vigne vierge et de plantes grimpantes, auquel on accédait par une allée plantée de hêtres et de cèdres. Le parc semblait s'étendre jusqu'aux champs lointains où se trouvait probablement un corps de ferme.

S'arrêtant à l'entrée, Monk regarda longuement la maison. La grâce de ses proportions, la façon dont elle s'inscrivait dans le paysage plutôt que de le déparer étaient non seulement très plaisantes à l'œil, mais témoignaient peut-être de la nature de ceux qui étaient nés et avaient grandi ici.

Finalement, il franchit la distance considérable qui le séparait du manoir, au moins huit cents mètres, et contourna les communs et les écuries pour aller frapper à la porte de service. Il fut reçu par un valet impatient.

— Nous n'achetons pas aux colporteurs, dit-il froidement en regardant la valise de Monk.

— Je n'ai rien à vendre, riposta Monk plus sèchement qu'il ne l'aurait voulu. Je suis de la police métropolitaine. Lady Shelburne a demandé un rapport sur l'enquête en cours concernant la mort du major Grey. Je suis venu le lui présenter.

Le valet haussa les sourcils.

— Ah oui? Ce doit être la douairière Lady Shelburne. Elle vous attend?

— Pas que je sache. Peut-être pouvez-vous la prévenir de mon arrivée.

— Bon, eh bien, entrez.

Il ouvrit la porte de mauvaise grâce. Monk entra et, sans autre explication, l'homme disparut, l'abandonnant dans le vestibule. C'était une version plus petite, plus dépouillée et plus fonctionnelle du grand hall, les tableaux en moins, meublée seulement à l'usage des domestiques. Sans doute était-il allé consulter quelque autorité, peut-être même le maître absolu du rez-de-chaussée — voire des étages supérieurs —, le majordome. Au bout de plusieurs minutes, il revint et fit signe à Monk de le suivre.

— Lady Shelburne va vous recevoir dans une demi-heure.

Il laissa Monk dans un petit salon attenant au bureau de la gouvernante, un endroit approprié pour un policier, pas tout à fait négociant ou domestique, mais certainement pas personne de qualité.

Après le départ du valet, Monk fit lentement le tour de la pièce, examinant les meubles usés, les fauteuils bruns aux pieds arqués, le buffet et la table en chêne. La tapisserie était défraîchie; les tableaux, anonymes et passablement puritains, exaltaient les attributs du rang et les vertus du devoir. Il préférait l'herbe humide et les grands arbres descendant vers le plan d'eau derrière la fenêtre.

Comment était-elle, cette femme capable de contenir sa curiosité pendant trente longues minutes plutôt que de faillir à sa dignité devant un subalterne? Lamb ne parlait absolument pas d'elle. Se pouvait-il qu'il ne l'eût même pas vue? Plus il y réfléchissait, plus il en était convaincu. Lady Shelburne n'aurait pas adressé sa requête à un simple fonctionnaire, et il n'y avait pas eu matière à l'interroger personnellement.

Mais Monk tenait à s'entretenir avec elle. Si Grey avait été assassiné par quelqu'un qui le haïssait, non pas un dément dans le sens d'un homme qui aurait perdu la raison, mais un homme qui aurait cédé à la passion jusqu'à commettre un homicide, alors il était impératif de savoir qui était Grey. Consciemment ou non, sa mère était susceptible de révéler quelque chose le concernant, à travers ses souvenirs et son chagrin, qui pût éclairer le tableau d'un jour nouveau.

Il avait eu le temps de penser à Grey et de formuler mentalement ses questions quand le valet reparut et le conduisit le long du couloir dans le boudoir de Lady Fabia. La pièce elle-même était discrètement décorée de velours rose foncé et de mobilier en bois de rose. Lady Fabia trônait sur une causeuse Louis XV et, à sa vue, toutes les idées préconçues de Monk s'évanouirent. Elle n'était pas très grande, mais dure et fragile comme une porcelaine, le teint parfait, sans l'ombre d'un bouton, pas un cheveu blond ne dépassant de sa coiffure. Elle avait des traits réguliers et de grands yeux bleus; seul un menton légèrement proéminent troublait l'harmonie de ce visage délicat. Et elle était peut-être un peu trop maigre; sa minceur était devenue anguleuse. Elle était habillée de noir et de violet, comme il sied à une personne en deuil, quoique chez elle ce fût visiblement plus une question de dignité personnelle qu'une marque de douleur. Elle paraissait tout sauf éplorée.

— Bonjour, dit-elle d'un ton énergique, congédiant le valet d'un signe de la main.

Elle ne manifesta pas un intérêt particulier à l'égard de Monk; son regard l'effleura à peine.

— Vous pouvez vous asseoir si vous le désirez. D'après ce qu'on m'a dit, vous êtes là pour m'informer de l'avancement de l'enquête visant à découvrir et à appréhender l'assassin de mon fils. Je vous écoute.

Elle était assise en face de lui, droite comme un pieu d'avoir été dressée des années durant par les gouvernantes, d'avoir marché, enfant, avec un livre sur la tête pour acquérir un bon maintien et d'être montée en amazone dans le parc ou à l'occasion des parties de chasse. Monk n'eut pas d'autre choix que d'obéir; gêné, il s'assit à contrecœur sur une chaise sculptée.

— Alors? questionna-t-elle comme il restait silencieux. La montre que votre constable a apportée n'était pas à mon fils.

Monk fut frappé par son ton, par cette certitude quasi instinctive de sa supériorité. Autrefois, il avait dû en avoir l'habitude, mais il avait oublié, et maintenant, c'était comme une brûlure, une écorchure à vif, comme si on l'avait traîné sur du gravier. Il songea à la douce Beth. Elle n'aurait sûrement pas eu l'idée de s'en formaliser. Pourquoi cette différence entre eux ? Pourquoi n'avait-il pas son mélodieux accent du Northumberland ? S'en était-il débarrassé intentionnellement, masquant ses origines dans l'effort de se faire passer pour un gentleman ? L'incongruité de cette explication le fit rougir.

Lady Shelburne avait les yeux fixés sur lui.

— Nous avons déterminé le seul moment où un homme aurait pu pénétrer dans l'immeuble, répondit-il avec la raideur que confère une blessure d'amour-propre. Et nous avons le signalement du seul individu qui l'a fait.

Il la regarda droit dans ses yeux bleus froids et légèrement surpris.

— Un mètre quatre-vingts environ, solidement bâti, pour autant qu'on puisse en juger avec un lourd pardessus. Brun, rasé de près. Il est monté ostensiblement chez un certain Mr. Yeats qui habite dans le même immeuble. Nous n'avons pas encore parlé à ce Mr. Yeats...

— Et pourquoi ?

— Parce que vous avez demandé que je vienne vous informer de l'état des investigations, madame.

Elle arqua ses sourcils avec une incrédulité teintée de mépris. La note sarcastique lui avait complètement échappé.

— Vous n'êtes tout de même pas le seul à diriger une enquête aussi importante ? Mon fils était un soldat courageux et distingué qui a risqué sa vie pour sa patrie. Est-ce tout ce que vous êtes capable de lui offrir en retour ?

— Londres regorge de crimes, madame ; à chaque homicide, quelqu'un perd un être cher.

— Vous n'allez pas comparer la mort d'un fils de marquis à celle de quelque voleur ou mendiant dans la rue ! siffla-t-elle en réponse.

— Chacun de nous n'a qu'une vie, madame, et tous les hommes sont égaux devant la loi, du moins en théorie.

— Balivernes ! Il y a des hommes qui donnent l'exemple à la société ; mon fils était de ceux-là.

— Certains n'ont rien à... commença-t-il.

— C'est leur propre faute ! l'interrompit Lady Fabia. Mais épargnez-moi vos vues philosophiques. Je suis désolée pour les gens du ruisseau, quelles que soient leurs circonstances, mais franchement, ils ne m'intéressent pas. Que faites-vous pour appréhender ce détraqué qui a tué mon fils ? Qui est-il ?

— Nous l'ignorons...

— Alors qu'attendez-vous pour le retrouver ?

S'il y avait des émotions sous son exquise apparence, elle avait, comme des générations de ses semblables, appris à les dissimuler, à ne jamais céder à la faiblesse ou la vulgarité. Ses dieux se nommaient courage et bon goût, et aucun sacrifice n'était trop beau pour eux, consenti jour après jour et sans bruit.

Monk ne tint pas compte de la mise en garde de Runcorn, se demandant au passage combien de fois il avait déjà bravé ses recommandations de la sorte. Runcorn lui avait parlé avec une aspérité que ni sa rage impuissante ni la lettre de Lady Shelburne ne suffisaient à expliquer entièrement.

— A notre avis, c'est quelqu'un qui connaissait le major Grey, dit-il. Et qui avait projeté de le tuer.

— Sottises !

Sa réaction fut immédiate.

— Qui donc, connaissant mon fils, aurait voulu le tuer ? C'était un garçon plein de charme ; tout le monde l'aimait, même ceux qui l'approchaient de loin.

Elle se leva et s'approcha de la fenêtre, lui tournant le dos à moitié.

— Vous avez peut-être du mal à le comprendre,

puisque vous ne l'avez jamais rencontré. Lovel, mon fils aîné, est quelqu'un de sérieux et de responsable ; il sait diriger les hommes. Menard est très doué pour les faits et les chiffres. Il est capable de rentabiliser n'importe quoi. Mais c'était Joscelin qui avait du charme, Joscelin qui savait me faire rire.

Sa voix se brisa ; une authentique détresse y perçait à présent.

— Menard est incapable de chanter comme Joscelin, et Lovel n'a aucune imagination. Il fera un excellent maître pour Shelburne. Il saura administrer le domaine avec justice, dans la mesure du raisonnable, mais, mon Dieu...

Elle s'exprimait avec fougue, presque avec passion.

— Comparé à Joscelin, il est tellement assommant !

Monk fut touché soudain par la souffrance qu'on devinait à travers ses paroles, par la solitude, le sentiment que toute joie avait irrémédiablement déserté son existence et que dorénavant, elle vivrait en partie tournée vers le passé.

— Je regrette, dit-il, et il était sincère. Je sais que cela ne vous le rendra pas, mais nous trouverons le coupable, et il sera châtié.

— Pendu, fit-elle d'une voix blanche. Emmené un matin, et son cou rompu au bout d'une corde.

— Oui.

— Ce n'est pas une consolation pour moi.

Elle se retourna vers lui.

— Mais c'est mieux que rien. Veillez à ce que ce soit fait.

Elle lui donnait congé, mais il n'était pas prêt à partir. Il avait d'autres questions à poser. Il se leva.

— J'en ai bien l'intention, madame, mais j'ai encore besoin de vous...

— De moi ?

Sa voix exprimait la surprise, et la réprobation.

— Oui, madame. Si je veux découvrir qui haïssait le major Grey au point de le tuer...

Il remarqua son expression.

— ... pour quelque raison que ce soit. Les meilleurs d'entre nous, madame, peuvent inspirer l'envie, la convoitise, la jalousie à cause d'une femme, à moins qu'il ne s'agisse d'une dette d'honneur qu'on ne peut payer...

— Vous n'avez pas tort.

Elle cligna des paupières, et les muscles de son cou maigre se contractèrent.

— Quel est votre nom ?

— William Monk.

— Eh bien. Que désirez-vous savoir au sujet de mon fils, Mr. Monk ?

— Pour commencer, j'aimerais bien rencontrer le reste de la famille.

Ses sourcils s'arquèrent, imperceptiblement ironiques.

— Vous croyez que je suis partiale, Mr. Monk, que je ne vous ai pas dit toute la vérité ?

— Nous avons tendance à nous montrer sous notre jour le plus flatteur à ceux que nous aimons, et qui nous aiment, répondit-il doucement.

— Quelle perspicacité !

Il se demanda quelle souffrance secrète masquait ce ton cinglant.

— Quand pourrai-je parler à Lord Shelburne ? Et à quiconque a bien connu le major Grey ?

— Si vous le jugez nécessaire, alors faites-le.

Elle se dirigea vers la porte.

— Attendez ici. Je vais le prier de vous recevoir à sa convenance.

Elle poussa la porte et sortit sans lui accorder un regard.

Il s'assit, à demi tourné vers la fenêtre. Dehors, une

femme passa, vêtue d'une simple robe de laine, un panier sur le bras. L'espace d'un instant de vertige, la mémoire lui revint. Il vit un enfant à ses côtés, une fillette brune, et reconnut la rue pavée derrière les arbres, descendant vers l'eau. Il manquait cependant quelque chose; il fit un effort pour se souvenir et sut que c'était le vent, les cris des mouettes. Il ressentait une impression de bonheur, de sécurité totale. Était-ce son enfance... peut-être sa mère avec Beth?

La vision disparut. Il s'efforça de la retenir, de se concentrer pour en revoir les détails, mais plus rien ne vint. Il était redevenu adulte, de retour à Shelburne, avec le meurtre de Joscelin Grey sur les bras.

Il attendait depuis un quart d'heure quand la porte se rouvrit, et Lord Shelburne entra dans la pièce. Agé de trente-huit ou quarante ans, il était plus robuste que Joscelin, à en juger par le signalement et les habits de ce dernier; mais Monk se demanda si Joscelin arborait ce même air assuré et légèrement, peut-être même inconsciemment, supérieur. Moins blond que sa mère, Lovel Grey différait d'elle aussi par son expression, raisonnable, sans une once d'humour.

Monk se leva par courtoisie... et s'en voulut mortellement.

— C'est vous, le type de la police? fit Lovel en fronçant les sourcils.

Comme il restait debout, Monk fut obligé d'en faire autant.

— Bon, alors que voulez-vous? Je ne vois vraiment pas comment tout ce que je peux vous dire sur mon frère vous aidera à retrouver le fou furieux qui est entré par force chez lui et l'a tué, le pauvre diable.

— Personne n'est entré par force, monsieur, rectifia Monk. Qui que ce soit, le major Grey lui a ouvert de son plein gré.

— Ah oui?

Les sourcils réguliers s'arquèrent imperceptiblement.
— Cela m'étonnerait fort.
— Dans ce cas, vous n'êtes pas familiarisé avec les faits.

C'était exaspérant, cette morgue et cette condescendance chez quelqu'un qui prétendait connaître son travail mieux que Monk lui-même simplement parce qu'il était un gentleman. Avait-il toujours été aussi chatouilleux ? Aussi prompt à réagir ? Runcorn avait parlé de manque de diplomatie, mais il ne se rappelait plus à quel propos. Il revit l'église, la veille, la femme qui avait hésité en passant devant lui dans la travée. Son visage lui apparaissait aussi nettement ici, à Shelburne, que là-bas ; le bruissement du taffetas, le parfum très léger, presque imaginaire, ses yeux agrandis. A ce souvenir, son cœur battit la chamade, et sa gorge se serra d'excitation.

— Je sais que mon frère a été battu à mort par un fou.

La voix de Lovel le tira brusquement de ses pensées.
— Et vous ne l'avez pas attrapé. Ça, ce sont les faits !

Monk se força à revenir au présent.
— Avec tout mon respect, monsieur.

Il essaya de choisir ses mots avec tact.
— Nous savons qu'il a été battu à mort. Nous ignorons encore par qui et pourquoi, mais il n'y avait pas de traces d'effraction, et la seule personne qui n'ait pas d'alibi et qui a pu pénétrer dans l'immeuble se rendait apparemment chez quelqu'un d'autre. L'agresseur du major Grey s'est entouré d'un grand nombre de précautions et, à notre connaissance, il ne lui a rien volé.

— Et vous en déduisez que c'était une de ses relations ?

Lord Shelburne était sceptique.
— Cela et la violence du crime, acquiesça Monk, se

plaçant face à lui pour voir son visage en pleine lumière. Un voleur ordinaire ne continue pas à frapper sa victime alors que, visiblement, elle est déjà morte depuis un moment.

Lovel réprima une grimace.

— A moins qu'il ne soit fou ! Ça, c'était mon point de vue. Vous avez affaire à un fou, Mr... euh...

Il ne se rappelait pas le nom de Monk et n'attendit pas qu'on le lui souffle. C'était sans importance.

— A mon avis, vous avez peu de chances de le retrouver maintenant. Vous feriez mieux d'aller faire la chasse aux voyous et aux pickpockets, je ne sais pas quelle est votre occupation habituelle.

Monk ravala sa colère avec difficulté.

— Lady Shelburne ne semble pas partager cette opinion.

Lovel Grey n'avait pas l'impression d'avoir été rude ; on ne peut pas rudoyer un policier.

— Maman ?

Son visage trahit brièvement une émotion inaccoutumée, qui s'évanouit tout aussi vite, laissant ses traits lisses comme avant.

— Ma foi, les femmes sont sujettes à ce genre de sentiments. Elle a très mal pris la mort de Joscelin, pire que s'il avait été tué en Crimée.

Cela avait l'air de le surprendre.

— C'est normal, répondit Monk, tentant une approche différente. Il avait beaucoup de charme, paraît-il... et il était très aimé.

Lovel s'était adossé au manteau de la cheminée. Ses bottes brillaient au soleil qui entrait à flots par la porte-fenêtre. Irrité, il donnait des coups de pied dans le garde-feu en laiton.

— Joscelin ? Oui, peut-être. Toujours souriant, une heureuse nature en quelque sorte. Bon musicien et excellent conteur. Ma femme avait beaucoup d'affection pour lui. Dommage, c'est un sacré gâchis, tout ça à cause d'une espèce de fou.

Il secoua la tête.

— C'est dur pour ma mère.
— Venait-il souvent ici ?

Monk avait flairé un filon prometteur.

— Oh, tous les deux mois environ. Pourquoi ?

Il leva les yeux.

— Vous ne croyez tout de même pas que quelqu'un l'aurait suivi depuis Shelburne ?
— Il ne faut négliger aucune piste, monsieur.

Monk s'appuya légèrement contre le buffet.

— Vous a-t-il rendu visite peu de temps avant sa mort ?
— Oui, c'est exact, une quinzaine de jours avant. Mais je pense que vous vous trompez. Tout le monde le connaissait depuis des années et tout le monde l'aimait.

Son visage s'assombrit momentanément.

— A vrai dire, c'était le chouchou des domestiques. Il avait toujours un mot gentil pour chacun et se rappelait tous les noms, même s'il ne vivait plus ici depuis longtemps.

Monk imaginait le tableau : le frère aîné solide et travailleur, digne de respect mais rasoir ; le cadet au profil encore nébuleux, et le benjamin qui se démène pour découvrir que le charme peut lui procurer ce dont il a été privé de par la naissance : il fait rire les autres, se moque du protocole, feint de s'intéresser à la vie familiale des domestiques, obtient des petites faveurs de préférence à ses frères... et gagne l'amour de sa mère.

— On peut cacher sa haine, monsieur, dit-il tout haut. C'est ce qu'on fait généralement, quand on a des idées de meurtre.

— Certainement, concéda Lovel.

Il se redressa, tournant le dos à l'âtre vide.

— Mais je continue à penser que vous n'êtes pas sur

la bonne piste. Cherchez donc un détraqué à Londres, un voleur et une brute : ils doivent être légion. N'avez-vous pas de contacts, des gens qui informent la police ? Pourquoi ne pas essayer de ce côté-là ?

— Nous avons déjà épuisé cette possibilité. Mr. Lamb, mon prédécesseur, a passé des semaines à chercher dans cette direction. C'était la première chose à faire.

Il changea brusquement de sujet, espérant déjouer sa méfiance.

— D'où le major Grey tirait-il sa subsistance, monsieur ? Pour le moment, nous ne lui avons trouvé aucune activité dans les affaires.

— En quoi diable cela peut-il vous intéresser ?

Lovel était déconcerté.

— Vous n'allez pas lui inventer un rival dans les affaires qui l'aurait battu à mort avec une canne ! C'est grotesque !

— C'est pourtant ce qui lui est arrivé.

Il fronça le nez, dégoûté.

— Ça, je ne l'ai pas oublié ! Je n'ai aucune idée de ses occupations. Naturellement, il touchait une petite rente sur les revenus du domaine.

— Combien, monsieur ?

— Je doute que cela vous regarde.

A nouveau, il ne cachait pas son irritation : un policier fourrait son nez dans ses affaires. Distraitement, il donna un coup de pied dans le garde-feu derrière lui.

— Bien sûr que cela me regarde, monsieur.

Monk était parfaitement calme ; il avait la situation en main et un objectif à atteindre.

— Votre frère a été assassiné, vraisemblablement par quelqu'un qui le connaissait. L'argent peut très bien entrer en ligne de compte ; c'est un mobile courant pour un homicide.

Lovel le contempla sans répondre.

Monk attendit.

— Oui, c'est possible, dit Lovel enfin. Quatre cents livres par an... et bien entendu, il touchait une pension de l'armée.

Monk trouvait que c'était une somme généreuse. On pouvait avoir un excellent train de vie, entretenir une famille et deux domestiques avec moins de mille livres. Mais peut-être que Joscelin Grey avait eu des goûts beaucoup plus extravagants : vêtements, clubs, chevaux, jeu et femmes probablement, ou du moins cadeaux pour les femmes. Jusque-là, ils n'avaient pas exploré le cercle de ses fréquentations, convaincus qu'il s'agissait d'un étranger de la rue et que Grey avait été victime de la malchance, plutôt que d'une de ses propres relations.

— Merci, fit-il à l'adresse de Lord Shelburne. Rien d'autre, vous ne savez pas ?

— Mon frère ne discutait pas avec moi de sa situation financière.

— Vous dites que votre femme l'aimait bien ? Me serait-il possible de m'entretenir avec Lady Shelburne, je vous prie ? Il lui a peut-être confié quelque chose lors de sa dernière visite qui pourrait nous éclairer.

— Sûrement pas, sinon elle m'en aurait parlé, et je vous l'aurais dit, à vous ou à quiconque dirige l'enquête.

— Une remarque insignifiante aux yeux de Lady Shelburne peut revêtir une importance pour moi, observa Monk. De toute façon, ça vaut la peine d'essayer.

Lovel s'avança au milieu de la pièce, comme s'il eût voulu le pousser vers la porte.

— Ça m'étonnerait. Et puis, elle a déjà subi un énorme choc ; je ne vois pas l'intérêt de la tourmenter davantage avec des détails sordides.

— J'allais la questionner sur la personnalité du

major Grey, répliqua Monk avec une pointe d'ironie. Ses amis et ses occupations, rien d'autre. Ou bien son attachement était-il si grand que cela risque de la bouleverser plus que de raison ?

— Je n'aime pas votre insolence ! déclara Lovel sèchement. Bien sûr que non. Je n'ai pas envie de remuer le couteau dans la plaie, c'est tout. Il n'est pas très agréable d'avoir quelqu'un dans sa famille qu'on a battu à mort.

Monk lui fit face. Un mètre les séparait à peine.

— Tout à fait, et raison de plus pour retrouver le coupable.

— Puisque vous y tenez.

Avec humeur, il enjoignit à Monk de le suivre, et ils quittèrent le décor très féminin du boudoir pour gagner par un petit couloir le hall central. Monk s'efforçait de ne rien perdre de l'environnement pendant que Shelburne le conduisait vers l'une des belles portes donnant sur le hall. Les murs étaient revêtus de bois à hauteur d'homme ; le parquet était jonché de tapis ras de Chine aux magnifiques tons pastel, et le tout était dominé par un superbe escalier qui se dédoublait au milieu, s'élevant de part et d'autre d'un palier à balustrade. Il y avait des tableaux aux cadres dorés partout, mais il n'eut pas le temps de les regarder.

Shelburne ouvrit la porte du grand salon et attendit avec impatience que Monk entre pour la refermer. La pièce était longue et orientée plein sud, avec des portes-fenêtres donnant sur une pelouse bordée d'éclatants massifs de fleurs. Assise sur une chaise longue brochée, Rosamond Shelburne tenait un métier à broder à la main. Les entendant entrer, elle leva la tête. A première vue, elle ressemblait à sa belle-mère : même blondeur, même front lisse, même forme d'yeux, bien que les siens fussent marron foncé. Mais l'expression du visage était différente : ses traits ne s'étaient pas encore durcis ; l'on y sentait de l'humour, une imagination qui ne demandait qu'à prendre son envol. Elle était vêtue sobrement, comme il seyait à quelqu'un qui venait de perdre un beau-frère, mais sa jupe ample était couleur lie-de-vin, et seul son collier était noir.

— Désolé, ma chère.

Shelburne jeta un regard appuyé sur Monk.

— Cet homme est de la police, et il pense que vous pourriez lui donner des renseignements utiles sur Joscelin.

Il passa devant elle et s'arrêta à la première fenêtre, suivant des yeux la danse du soleil sur l'herbe.

Le visage clair de Rosamond se colora très légèrement. Elle évitait de regarder Monk.

— Ah oui ? fit-elle poliment. Je sais très peu de choses sur la vie londonienne de Joscelin, Mr... ?

— Monk, madame. J'ai cru comprendre que le major Grey vous aimait bien. Peut-être vous a-t-il parlé d'un ami ou d'une connaissance susceptible de nous mettre sur une piste.

— Oh.

Elle reposa son ouvrage : un motif de roses autour d'un texte.

— Je comprends. Malheureusement, je ne vois rien de particulier. Mais je vous en prie, asseyez-vous. Je ferai de mon mieux pour vous être utile.

Monk obéit et la questionna en douceur, non parce qu'il espérait apprendre quelque chose directement, mais pour pouvoir l'observer, écouter les intonations de sa voix pendant qu'elle triturait ses doigts sur ses genoux.

Peu à peu, le portrait de Joscelin Grey se dessinait devant ses yeux.

— Il avait l'air très jeune quand je suis arrivée ici après mon mariage, dit Rosamond avec un sourire, regardant au-delà de Monk par la fenêtre. Bien sûr, c'était avant qu'il ne parte en Crimée. Il était déjà officier; il venait tout juste d'acheter sa charge, et il était tellement...

Elle chercha le mot juste.

— ... tellement primesautier! Je revois le jour où il est apparu en uniforme, tunique écarlate, galon doré et bottes étincelantes. On ne pouvait pas s'empêcher de se réjouir pour lui.

Elle baissa la voix.

— A l'époque, ça ressemblait à une aventure.
— Et ensuite?

Monk épiait le délicat jeu d'ombres sur son visage, la quête de quelque signe entrevu et incompris, si ce n'était par l'instinct.

— Il a été blessé, vous êtes au courant?

Elle le regarda en fronçant les sourcils.

— Oui.
— A deux reprises... et assez sérieusement.

Elle scruta ses yeux pour voir s'il en savait plus qu'elle, mais il n'y avait rien à puiser dans sa mémoire.

— Il a beaucoup souffert, continua-t-elle. Il a été désarçonné lors de la charge à Balaklava et blessé d'un coup de sabre à la jambe à Sébastopol. Il n'a jamais voulu nous parler de son séjour à l'hôpital de Scutari; il disait que c'était trop horrible à raconter et que ça nous ferait trop de peine.

La broderie glissa sur la surface soyeuse de sa jupe et roula sur le sol. Elle ne fit aucun effort pour la ramasser.

— Et ça l'avait transformé? demanda Monk.

Elle sourit lentement. Elle avait une jolie bouche, plus douce et plus sensible que sa belle-mère.

— Oui... mais il n'avait pas perdu son sens de l'humour; il était toujours capable de rire et apprécier les belles choses. Il m'a offert une boîte à musique pour mon anniversaire.

A cette pensée, son sourire s'épanouit.

— Avec un couvercle laqué décoré d'une rose peinte. Elle jouait *Für Elise*[1]... de Beethoven... vous savez...

— Voyons, ma chère! l'interrompit Lovel, se détournant de la fenêtre. Cet homme est là pour mener une enquête de police. Il ne connaît pas Beethoven et n'a que faire de la boîte à musique de Joscelin. Tâchez, s'il vous plaît, de vous rappeler les faits pertinents... à supposer qu'il en existe. Il veut savoir si Joscelin a offensé quelqu'un... s'il avait des dettes, ou Dieu sait quoi encore!

Rosamond changea d'expression, si imperceptiblement qu'on aurait pu croire à un défaut d'éclairage, si le ciel derrière les fenêtres n'avait pas été d'un bleu limpide. Tout à coup, elle parut fatiguée.

— Je sais que Joscelin avait quelques petits problèmes financiers de temps à autre, dit-elle doucement. Mais je ne connais pas les détails, ni s'il devait de l'argent à quelqu'un.

— Il n'aurait sûrement pas raconté ces choses-là à mon épouse.

Lovel pivota sur ses talons.

— S'il avait besoin d'un prêt, il serait venu me voir... encore qu'il ait eu le bon sens de ne pas essayer. Sa rente était déjà assez généreuse comme ça.

Monk jeta un regard fébrile sur la pièce somptueuse, les tentures en velours, le parc et s'abstint de tout commentaire sur la générosité. Il reporta son attention sur Rosamond.

— Vous n'êtes jamais venue à son aide, madame?

Rosamond hésita.

— De quelle manière? s'enquit Lovel en haussant les sourcils.

---

1. En allemand dans le texte. (*N.d.T.*)

— Je pensais à un cadeau, suggéra Monk, s'efforçant de faire preuve de tact. Ou à un petit prêt pour faire face à un embarras momentané.

— J'en conclus seulement que vous cherchez à semer le trouble, dit Lovel, acide. Cela est odieux ; si vous persistez, je vous ferai retirer le dossier.

Monk resta sans voix ; loin de vouloir offenser quiconque, il cherchait simplement à établir un fait. Ménager les susceptibilités était le cadet de ses soucis, et il trouva la réaction de Lovel stupide et déplacée.

Lovel s'en aperçut et prit son agacement pour de l'incompréhension.

— Mr. Monk, une femme mariée ne possède rien en son nom propre dont elle puisse faire don... à un beau-frère ou à qui que ce soit d'autre.

Monk rougit, piqué par le ton condescendant et vexé d'avoir passé pour un imbécile. Bien sûr qu'il connaissait la loi. D'un point de vue juridique, même les bijoux personnels de Rosamond ne lui appartenaient pas. Si Lovel s'opposait à ce qu'elle s'en sépare, elle ne pouvait pas les donner. Bien qu'à son hésitation, à un battement de ses cils, Monk n'eût pas le moindre doute qu'elle l'avait déjà fait.

Il n'avait aucune envie de la trahir ; il lui suffisait de savoir. Il ravala donc la réplique qu'il avait au bout de la langue.

— Je ne pensais pas à une action commise sans votre permission, milord, mais à un simple geste amical de la part de Lady Shelburne.

Lovel ouvrit la bouche pour répondre, se ravisa et regarda à nouveau par la fenêtre, les traits crispés et les épaules rigides.

— Le major Grey a-t-il été très affecté par la guerre ?

Monk se tourna vers Rosamond.

— Oh oui !

L'espace d'un instant, elle céda à l'émotion avant de se rappeler où elle était et de recouvrer son calme avec effort. N'eût-elle pas été élevée dans le respect des droits et des devoirs d'une lady, elle aurait fondu en larmes.

— Oui, répéta-t-elle. Oui, bien qu'il se soit conduit avec beaucoup de courage. Il a mis des mois à redevenir lui-même... enfin, presque. Il jouait du piano et chantait pour nous quelquefois.

Rosamond avait l'air ailleurs, perdue dans quelque lieu secret de sa mémoire.

— Il nous racontait toujours des histoires drôles et nous faisait rire. Mais par moments, il lui arrivait de penser à ses camarades morts et à ses propres souffrances, j'imagine.

Le tableau se précisait : fringant jeune officier, d'un commerce agréable, sinon un brin superficiel, confronté à l'expérience de la guerre avec tout ce que cela supposait de sang et de privations, ainsi qu'une responsabilité totalement nouvelle pour lui, déterminé, de retour chez lui, à reprendre sa vie d'avant ; le fils cadet sans fortune, mais avec énormément de charme et un certain courage.

Il n'avait pas l'air de quelqu'un qui pouvait s'attirer des inimitiés de par son attitude vis-à-vis des autres... mais il ne fallait pas beaucoup d'imagination pour admettre qu'il aurait pu éveiller des jalousies, suffisamment pour aller jusqu'au meurtre. Tous les ingrédients nécessaires pouvaient très bien se trouver dans cette jolie pièce, avec ses tapisseries et sa vue sur le parc.

— Merci, Lady Shelburne, dit-il d'un ton formel. Grâce à vous, j'ai une vision beaucoup plus claire de ce qu'il était. Je vous en suis très reconnaissant.

Il se tourna vers Lovel.

— Merci, milord. S'il m'était possible de parler à Mr. Menard Grey...

— Il n'est pas là, répondit Lovel d'un ton peu amène. Il est allé voir l'un des métayers, je ne sais pas lequel, ce n'est donc pas la peine de faire le tour du domaine. De toute façon, vous cherchez l'assassin de Joscelin, vous n'écrivez pas une nécrologie !

— Pour écrire une nécrologie, il faudrait connaître le mot de la fin.

Monk soutint son regard sans ciller.

— Alors allez-y ! aboya Lovel. Ne restez pas là au soleil... trouvez-vous une occupation utile.

Monk sortit sans mot dire et referma la porte du salon derrière lui. Dans le hall, un valet attendait discrètement pour le reconduire... ou peut-être pour s'assurer qu'il ne partirait pas avec le plateau en argent destiné à recevoir les cartes de visite ou avec le coupe-papier à manche d'ivoire.

Le temps avait changé du tout au tout ; le ciel s'était couvert d'un seul coup, et les premières gouttes de pluie l'accueillirent à sa sortie.

Il se dirigeait sous l'averse vers l'allée principale quand, tout à fait par hasard, il tomba sur le dernier membre de la famille. Il la vit arriver d'un pas énergique, ramassant ses jupes pour ne pas les accrocher aux ronces qui débordaient sur le sentier. En âge et tenue vestimentaire, elle était proche de Fabia, l'élégance hautaine en moins. Elle avait un nez plus long, une coiffure plus échevelée, et n'avait visiblement jamais été une beauté, même quarante ans auparavant.

— Madame.

Il souleva son chapeau en un petit geste de politesse.

S'arrêtant net, elle le considéra avec curiosité.

— Bonjour. Vous n'êtes pas de Shelburne. Que faites-vous là ? Vous êtes perdu ?

— Non, je vous remercie. Je suis de la police métropolitaine. J'étais venu présenter un rapport sur notre enquête concernant le meurtre du major Grey.

Ses yeux s'étrécirent; il ne sut pas trop si c'était de l'ironie ou autre chose.

— Vous m'avez l'air beaucoup trop bien mis pour un messager. Je suppose que vous étiez venu voir Fabia?

Ne sachant pas qui elle était, il se trouva momentanément à court de réponses polies.

Elle comprit sur-le-champ.

— Je suis Callandra Daviot; feu Lord Shelburne était mon frère.

— Le major Grey était donc votre neveu, Lady Callandra?

Il avait prononcé son titre sans réfléchir; en y repensant par la suite, il se demanda à quelle sorte d'expérience, quel genre d'intérêt il devait d'être aussi bien renseigné. Mais pour le moment, tout ce qu'il voulait, c'était un autre écho sur Joscelin Grey.

— Évidemment, acquiesça-t-elle. En quoi ceci peut-il vous être utile?

— Vous l'avez bien connu.

Ses sourcils en broussaille s'arquèrent légèrement.

— Certes. Peut-être même un peu mieux que Fabia. Pourquoi?

— Étiez-vous très proche de lui? fit-il rapidement.

— Au contraire, j'étais plutôt à une certaine distance.

Il en était sûr maintenant : les yeux de Lady Callandra pétillaient d'un humour caustique.

— Et vous voyiez d'autant plus clair? acheva-t-il.

— Je pense que oui. Vous tenez absolument à rester sous ces arbres, jeune homme? Je ne cesse de recevoir des gouttes.

Il secoua la tête et rebroussa chemin pour la raccompagner.

— C'est malheureux que Joscelin ait été assassiné,

reprit-elle. Il aurait mieux valu qu'il soit mort à Sébastopol... pour Fabia, en tout cas. Que voulez-vous de moi ? Je n'aimais pas particulièrement Joscelin, et il me le rendait bien. J'ignore tout de ses activités et ne vois pas qui aurait pu lui souhaiter tant de mal.

— Vous ne l'aimiez pas ? dit Monk avec curiosité. Pourtant, on m'a assuré qu'il était charmant.

— C'est vrai.

Elle se dirigeait à grands pas non pas vers l'entrée principale de la maison, mais par un chemin de gravier vers les écuries. Il n'eut pas d'autre choix que de la suivre.

— Je ne fais pas grand cas du charme.

Elle le regarda droit dans les yeux et il s'aperçut qu'il aimait son franc-parler.

— Peut-être parce que je n'en ai jamais eu, ajouta-t-elle. Mais ça m'a l'air trop caméléonesque ; on ne peut jamais savoir la vraie couleur de l'animal qui est dessous. Et maintenant, voulez-vous, je vous prie, retourner à la maison ou bien aller votre chemin. Je n'ai pas l'intention de me faire tremper plus que je ne le suis déjà, or il va se remettre à pleuvoir. Et je n'ai pas envie de rester plantée dans la cour des écuries à débiter des platitudes qui ne vous seront d'aucun secours.

Il eut un grand sourire et inclina légèrement la tête. Lady Callandra était la seule personne à Shelburne Hall qui lui fût spontanément sympathique.

— Certainement, madame, merci pour votre...

Il hésita, peu désireux de mettre les pieds dans le plat en parlant d'honnêteté.

— ... votre temps. Je vous souhaite le bonjour.

Elle le considéra, amusée, et, avec un petit signe de la tête, pénétra dans la salle d'attelage en appelant le palefrenier d'une voix de stentor.

Monk descendit à nouveau l'allée — comme elle l'avait prédit, sous une belle averse — et franchit le portail pour suivre la route jusqu'au village. Fraîche après la pluie, miroitant au soleil qui perçait à travers les nuages, la nature était d'une splendeur telle qu'il en éprouva une bouffée de nostalgie, comme s'il était incapable d'en retenir l'image une fois qu'il l'aurait perdue de vue. Çà et là, un bosquet déployait ses volutes verdoyantes au-dessus d'une prairie et, derrière de lointains murs de pierre, les champs de blé pareils à un océan d'or ondoyaient sous le vent.

Il marcha pendant près d'une heure ; le paysage serein lui fit oublier momentanément la question du meurtre de Joscelin Grey pour ramener ses pensées au problème existentiel de sa propre identité. Ici, personne ne le connaissait ; l'espace d'une soirée, il repartirait de zéro, sans préjugés favorables ou défavorables à son égard. Peut-être en apprendrait-il plus sur la nature profonde de l'homme qu'il était, vierge de toute espérance. Quelles étaient ses croyances, ses vraies valeurs ? Quel était son moteur dans la vie... à l'exception de l'ambition et de la vanité ?

Il passa la nuit à l'hostellerie du village et profita de la matinée pour interroger discrètement quelques autochtones, sans que cela étoffe de manière significative le portrait de Joscelin Grey. Il constata en revanche que ses deux aînés étaient extrêmement respectés, chacun à sa façon. On ne les aimait pas — leur rang et leur mode de vie ne se prêtaient guère à une telle familiarité —, mais on leur faisait confiance. Ils correspondaient à l'image qu'on avait de la noblesse terrienne ; leurs rapports avec les villageois étaient régis par un code de politesse réciproque.

Avec Joscelin, ç'avait été différent. On pouvait même parler d'affection. On évoquait sa courtoisie, ses largesses compatibles avec sa position de fils du château. Si d'aucuns ne partageaient pas cet avis, ils s'abstinrent de le dire à un étranger. Qui plus est, Joscelin avait été soldat, et les morts avaient droit au respect.

Monk se montra volontiers poli, gracieux même. Il n'inspirait pas la crainte — une certaine méfiance, oui, puisqu'il était de la police —, mais sa présence n'impressionnait personne, et tout le village semblait aussi motivé que lui pour retrouver l'assassin de leur héros.

Il déjeuna dans la salle commune avec quelques braves villageois qu'il réussit à mêler à la conversation. Le soleil ruisselait par la porte grande ouverte; le cidre, le fromage et la tarte aux pommes aidant, les langues allaient bon train. Monk s'anima, et bientôt ses remarques fusèrent, claires, drôles et acérées. Ce fut seulement en partant qu'il se rendit compte qu'elles avaient aussi été parfois méchantes.

Il gagna en début d'après-midi la petite gare endormie d'où, cahotant et soufflant la vapeur, le train le ramena à Londres.

Arrivé peu après 16 heures, il prit un cab pour se rendre directement au poste de police.

— Alors? fit Runcorn, haussant un sourcil. Avez-vous réussi à amadouer la marquise douairière? Je suis sûr que vous vous êtes conduit en gentleman!

Toujours cette même pointe d'aigreur dans sa voix, teintée de ressentiment. Pour quelle raison? Désespérément, Monk essaya de se souvenir, ou ne fût-ce que d'imaginer ce qu'il avait pu faire pour mériter cela. Ce n'était tout de même pas parce qu'il avait mauvais caractère? Il n'avait pas commis la sottise de rudoyer un supérieur? Mais rien ne vint. C'était pourtant grave... très grave. Runcorn détenait la clé de son emploi, la seule valeur sûre dans sa vie actuelle, son seul moyen de subsistance, en fait. Sans travail, non seulement il deviendrait totalement anonyme, mais en l'espace de quelques semaines il serait réduit à la misère. Et donc confronté à la même alternative amère que tous les miséreux : la mendicité, avec le risque de mourir de faim ou de se retrouver en prison pour vagabondage, ou bien l'hospice. Et Dieu sait que des deux maux, beaucoup choisissaient le premier.

— A mon avis, Lady Shelburne a compris que nous faisions notre possible, répondit-il. Et que nous avions dû éliminer les probabilités les plus évidentes d'abord, comme l'intrusion d'un voleur. Elle conçoit que nous soyons obligés maintenant d'envisager la piste d'une quelconque relation de son fils.

Runcorn émit un grognement.

— Vous l'avez questionnée à son sujet, non ? Quel genre de type c'était ?

— Oui, monsieur. Évidemment, elle n'est pas objective...

— Évidemment, répliqua Runcorn d'un ton sec, ses sourcils disparaissant presque sous ses cheveux. Mais vous devriez être suffisamment fin pour lire entre les lignes.

Monk ignora l'allusion.

— Apparemment, il était son préféré. Le plus attachant de ses fils, en tout cas. Tout le monde est de cet avis, même au village. Mis à part le fait qu'on ne dénigre pas les morts.

Il eut un sourire en coin.

— Ni le fils du château. Outre ces considérations, on obtient quand même le portrait d'un garçon plein de charme, qui s'est distingué à l'armée, sans vices ni défauts particuliers, sinon qu'il avait du mal à joindre les deux bouts, qu'il était impulsif et parfois moqueur, mais généreux ; il se rappelait les anniversaires et les noms des domestiques et savait faire rire. Il semblerait que la jalousie pourrait être un mobile.

Runcorn soupira.

— Pas simple, décréta-t-il, plissant l'œil gauche. J'ai horreur de fouiner dans les rapports familiaux, et plus on monte, plus c'est nauséabond.

Inconsciemment, il rajusta son habit sans pour autant avoir l'air élégant.

— C'est ça, votre haute société : quand ils veulent, ils arrivent à brouiller les pistes mieux qu'un de vos criminels lambda. Ce n'est pas souvent qu'ils commettent une erreur, ces gens-là, mais quand ils s'y mettent, ah, mes aïeux !

Il pointa le doigt en direction de Monk.

— Croyez-moi, s'il y a du vilain là-dessous, ça ira de mal en pis avant que ça n'aille mieux. L'aristocratie vous fascine peut-être, mon garçon, mais ils sont capables des pires crasses pour protéger leur petit monde, je vous en donne ma parole !

Monk ne savait que répondre. Si seulement il se rappelait ce qu'il avait pu dire ou faire pour inspirer ces piques-là à Runcorn... Était-il un arriviste impénitent ? L'idée était odieuse, voire pathétique ; chercher à paraître ce qu'on n'est pas pour impressionner des gens qui se moquent totalement de vous et peuvent aisément détecter vos origines avant même que vous n'ayez ouvert la bouche !

Mais n'était-ce pas propre à la nature humaine de vouloir s'améliorer lorsqu'on en avait l'opportunité ? Son ambition était-elle démesurée ? Avait-il été assez sot pour le montrer ?

La question qui le tracassait le plus, sans lui laisser un jour de répit, c'était pourquoi il n'était pas allé voir Beth une seule fois en l'espace de huit ans. Visiblement, il n'avait pas d'autre famille, et pourtant, il l'avait négligée. Pourquoi ?

Runcorn ne le quittait pas des yeux.

— Alors ?

— Oui, monsieur.

Il se ressaisit.

— Je suis bien de votre avis. Ce pourrait être extrêmement désagréable. Il faut beaucoup de haine pour battre quelqu'un à mort comme c'est arrivé à Grey. Si jamais ça touche la famille, ils feront tout pour étouffer l'affaire, c'est certain. D'ailleurs, le fils aîné, l'actuel Lord Shelburne, n'est pas très chaud pour que je fouille de ce côté-là. Il a tenté de me faire revenir à l'hypothèse du voleur ou du fou.

— Et la douairière ?
— Elle veut qu'on continue.
— Eh bien, elle sera servie !

La bouche tordue dans un rictus, Runcorn hocha la tête.

— Car c'est précisément ce que nous allons faire.

Monk comprit qu'on le congédiait.

— Bien, monsieur. Je vais commencer par Yeats.

Il s'excusa et gagna son propre bureau.

Assis derrière la table, Evan était occupé à écrire. En entendant Monk, il leva la tête et sourit. Et Monk s'aperçut qu'il était infiniment content de le voir. Déjà, il considérait Evan plus que comme un collègue : presque un ami.

— Alors, comment était-ce, Shelburne ?
— Très grandiose, répliqua-t-il. Et très guindé. Et comment était Mr. Yeats ?
— Très respectable.

La bouche d'Evan tressaillit d'hilarité contenue.

— Et très quelconque. Personne n'a rien à dire à son discrédit. Rien à dire, c'est l'expression qui convient ; la plupart des gens ont du mal à se rappeler précisément qui c'est.

Chassant Yeats de ses pensées, Monk parla de sa préoccupation du moment.

— D'après Runcorn, l'affaire risque de tourner au vinaigre, et il compte beaucoup sur nous...
— Je pense bien.

Evan le considérait d'un œil limpide.

— C'est pourquoi il vous a précipité dedans, alors

que vous étiez à peine remis. C'est toujours délicat de se frotter à l'aristocratie. Il ne faut pas se leurrer ; un policier est généralement considéré comme l'égal de la femme de chambre, et sa présence est aussi souhaitable que la proximité d'un égout, nécessaire pour la société, mais dont la place n'est guère au salon.

Monk aurait ri, s'il n'avait pas été au supplice.

— Pourquoi moi ?

Sincèrement étonné, Evan masqua son embarras sous un semblant de formalité.

— Monsieur ?

— Pourquoi moi ? répéta Monk, plus brutalement.

Sa voix monta d'un ton ; il était incapable de se contrôler.

Mal à l'aise, Evan baissa les yeux.

— Vous voulez une réponse honnête, monsieur, même si vous la connaissez aussi bien que moi ?

— Oui, s'il vous plaît !

Evan fixa sur lui un regard fiévreux et troublé.

— Parce que vous êtes le meilleur détective de l'équipe, et le plus ambitieux. Parce que vous savez vous habiller et vous exprimer ; si quelqu'un peut soutenir la comparaison avec les Shelburne, c'est bien vous.

Il hésita, se mordit la lèvre et enchaîna :

— Et... et si vous tombez sur un bec soit parce que vous aurez échoué, soit parce que vous aurez indisposé la marquise et qu'elle se sera plainte de vous, il y en a quelques-uns qui ne seront pas fâchés de vous voir rétrograder. Pis encore, si jamais il s'agit d'un membre de la famille... et que vous soyez obligé de l'arrêter...

Monk le regarda fixement, mais Evan ne broncha pas. Une désagréable bouffée de chaleur envahit Monk.

— Y compris Runcorn ? demanda-t-il tout bas.

— Je pense que oui.

— Et vous ?

Evan ne cacha pas sa surprise.

— Non, pas moi, dit-il simplement.

Il ne multiplia pas les protestations, et Monk le crut.

— Bien.

Il inspira profondément.

— Demain, nous irons voir Mr. Yeats.

— Oui, monsieur.

Evan souriait ; l'ombre s'était dissipée.

— Je serai là à 8 heures.

L'heure fit tiquer Monk, mais il ne put qu'accepter. Prenant congé d'Evan, il quitta son bureau pour rentrer chez lui.

Mais une fois dans la rue, il partit en sens inverse, sans réfléchir, jusqu'au moment où il se rendit compte qu'il prenait la direction de l'église de St Marylebone. C'était à trois quarts d'heure de marche, et il était fatigué. Il avait déjà beaucoup marché à Shelburne ; il avait les jambes lourdes et les pieds endoloris. Il héla donc un cab et donna l'adresse de l'église.

Tout était calme et silencieux à l'intérieur. Une faible clarté filtrait par les vitres qui commençaient déjà à s'obscurcir. Les candélabres projetaient de petits arcs de lumière jaune.

Pourquoi l'église ? Le silence et la quiétude, il les avait chez lui, dans son appartement, et ce n'était sûrement pas la pensée de Dieu qui l'avait conduit ici. Il s'assit sur un banc.

Pourquoi était-il venu ? Malgré le temps qu'il consacrait à son travail, malgré son ambition, il devait bien connaître quelqu'un, avoir un ami ou même un ennemi. Sa vie était sûrement liée à d'autres vies... en dehors de Runcorn.

Assis dans l'obscurité, il avait perdu la notion du temps à essayer de se rappeler... n'importe quoi, un visage, un nom, une émotion, une image de l'enfance comme à Shelburne, quand, à quelques pas de lui, il vit la jeune femme en noir.

Il fut pris de court. Elle semblait si proche, si familière. Ou était-ce sa beauté qui lui évoquait des sentiments oubliés ?

Pourtant, elle n'était pas vraiment belle. Elle avait la bouche trop grande, des yeux trop enfoncés. Et elle le regardait.

Brusquement, il eut peur. Était-il censé la connaître ? Se montrait-il inexcusablement grossier en ne lui adressant pas la parole ? Mais il avait dû côtoyer toutes sortes de gens, de tous les milieux. Elle pouvait très bien être fille de notable comme prostituée !

Non, pas avec ce visage-là.

Ridicule, il y avait des filles publiques tout aussi radieuses, avec les mêmes yeux lumineux, du moins tant qu'elles étaient jeunes et que la nature n'avait pas gravé son empreinte sur la façade.

Sans s'en rendre compte, il la regardait toujours.

— Bonsoir, Mr. Monk, dit-elle lentement.

Un léger embarras lui fit cligner des yeux.

Il se leva.

— Bonsoir, madame.

Il n'avait aucune idée de son nom et commençait à paniquer, regrettant déjà d'être venu. Que devait-il dire ? Dans quelle mesure le connaissait-elle ? Il se sentit transpirer, la bouche sèche, les pensées figées en une masse informe.

— Comme vous vous taisiez, reprit-elle, j'ai craint que vous n'ayez découvert quelque chose que vous n'osez pas me dire.

Découvert ! Était-elle mêlée à une affaire criminelle ? Une affaire ancienne, alors ; depuis l'accident, il travaillait sur le dossier Joscelin Grey. Il chercha une réponse qui, sans trop le compromettre, aurait quand même un sens.

— Non, malheureusement, je n'ai rien découvert d'autre.

Sa voix sonnait faux même à ses propres oreilles. Seigneur, pourvu qu'il ne se couvre pas de ridicule devant elle !

— Oh...

Elle baissa la tête. Apparemment, elle ne trouvait plus rien à dire quand soudain, elle se redressa et le regarda droit dans les yeux. Lui songea seulement qu'elle-même avait les yeux très sombres... non pas marron, mais un puits d'ombres.

— Vous pouvez me dire la vérité, Mr. Monk. Même s'il s'est tué, et pour quelque raison que ce soit, j'aime mieux le savoir.

— C'est la vérité, répondit-il simplement. J'ai eu un accident il y a environ sept semaines. Mon cab s'est retourné ; j'ai eu les côtes et le bras cassés, et je me suis cogné la tête. Je ne m'en souviens même pas. J'ai passé presque un mois à l'hôpital, puis je suis parti en convalescence dans le Nord, chez ma sœur. Hélas, je n'ai pas pu me pencher sur la question depuis.

— Oh, mon Dieu !

Son visage exprimait la plus vive inquiétude.

— Je suis désolée. Mais vous allez mieux maintenant ? Vous êtes sûr de vous être complètement rétabli ?

On eût dit que la santé de Monk la préoccupait réellement. Absurdement réchauffé par sa sollicitude, il chassa de sa tête l'idée que c'était juste de la compassion, ou une simple preuve de bonne éducation.

— Oui, je vous remercie, bien que j'aie encore des trous de mémoire.

Pourquoi lui disait-il cela ? Pour expliquer sa conduite... au cas où il l'aurait offensée ? Mais pour qui se prenait-il donc ? Au nom de quoi s'intéresserait-elle à lui, autrement que par courtoisie ? Il se souvint de dimanche ; elle avait également porté du noir, mais du noir chic, en soie, à la dernière mode. Son compagnon était habillé comme jamais Monk n'aurait les moyens de se le permettre. Son mari ? Cette pensée était déprimante, douloureuse même. Il avait complètement oublié l'autre femme.

— Oh...

A nouveau, elle se trouva à court de mots.

Il tâtonnait, cherchant un indice, troublé par sa présence, par l'odeur, très faible, bien qu'elle fût à quelques pas de lui, de son parfum. Ou était-ce son imagination ?

— Quelle est la dernière chose que je vous ai dite ? Je veux parler de...

Il ne savait pas du tout de quoi il voulait parler.

Mais elle n'hésita qu'une fraction de seconde avant de répondre :

— Ce n'était pas grand-chose. Vous m'avez dit que papa avait découvert que c'était une escroquerie, mais vous ne saviez pas encore s'il l'avait annoncé aux autres associés. Vous aviez vu quelqu'un, sans le citer nommément, mais il y avait un certain Mr. Robinson qui disparaissait chaque fois que vous essayiez de mettre la main sur lui.

Son visage s'assombrit.

— Vous ignoriez si papa avait été assassiné parce qu'on voulait le faire taire, ou s'il s'était donné la mort pour laver sa honte. J'ai peut-être eu tort de vous demander d'enquêter là-dessus. Mais j'étais tellement atterrée qu'il ait choisi cette solution-là plutôt que de se battre, de démasquer les escrocs. Ce n'est pas un crime, d'avoir été trompé !

Une lueur de colère brilla dans ses yeux ; elle fit un effort pour se maîtriser.

— J'avais envie de croire qu'il serait resté en vie, les aurait attaqués, aurait fait face à ses amis, même ceux qui avaient perdu de l'argent, au lieu de...

Elle s'interrompit pour ne pas fondre en larmes. Parfaitement immobile, elle déglutit avec difficulté.

— Je suis navré, dit-il tout bas.

N'était-ce le sentiment pénible de la distance qui les séparait, il aurait tendu la main vers elle. Mais une pareille familiarité briserait la confiance, l'illusion d'intimité.

Elle attendit un instant quelque chose qui ne vint pas, puis renonça.

— Je vous remercie. Vous avez fait votre possible. Sans doute ai-je vu ce que je voulais voir.

Il y eut un mouvement en haut de la nef, et le pasteur parut dans la travée, l'air vague, suivi de la femme aux traits remarquablement expressifs que Monk avait aperçue lors de sa première venue à l'église. Elle aussi portait une simple robe de deuil, et ses cheveux épais, légèrement ondulés, étaient tirés en arrière d'une façon plus expéditive que coquette.

— C'est vous, Mrs. Latterly? demanda le pasteur, incertain, scrutant la pénombre. Voyons, ma chère, que faites-vous là toute seule? Il ne faut pas broyer du noir, vous savez. Oh!

Il vit Monk.

— Toutes mes excuses. Je n'avais pas remarqué que vous aviez de la compagnie...

— C'est Mr. Monk, expliqua-t-elle. De la police. Il a eu la bonté de nous aider quand papa... est mort.

Le pasteur considéra Monk d'un œil réprobateur.

— Vous m'en direz tant. Franchement, ma chère enfant, il serait plus sage d'abandonner la question. Observez le deuil, bien entendu, mais laissez votre pauvre beau-père reposer en paix.

Il esquissa distraitement un signe de croix dans l'air.

— Oui... en paix.

Monk se leva. Mrs. Latterly; donc elle était mariée... ou veuve. Il se trouva ridicule.

— Si jamais j'ai du nouveau, Mrs. Latterly...

La gorge nouée, il avait du mal à parler.

— ... désirez-vous que je vous tienne au courant ?

Il ne voulait pas la perdre, la voir disparaître dans son passé comme tout le reste. Il n'apprendrait sans doute rien de plus, mais il lui fallait absolument savoir où elle habitait, avoir un prétexte pour la revoir.

Elle le regarda longuement, indécise, en proie à un débat intérieur.

— Oui, soyez gentil, répondit-elle enfin, circonspecte. Mais je vous en prie, n'oubliez pas votre promesse. Bonsoir.

Elle pivota sur elle-même ; ses jupes balayèrent les pieds de Monk.

— Bonsoir, pasteur. Tu viens, Hester, c'est l'heure de rentrer. Charles nous attend à dîner.

Et elle se dirigea lentement vers le portail. Monk la regarda sortir au bras de l'autre femme comme si, en partant, elle avait emporté la lumière.

Dehors, dans la fraîcheur du soir, Hester Latterly se tourna vers sa belle-sœur.

— A mon avis, il est grand temps que tu t'expliques, Imogen, dit-elle doucement, mais d'un ton pressant. Qui est cet homme, exactement ?

— Il est chez les forces de l'ordre, répliqua Imogen, accélérant le pas pour gagner leur équipage stationné devant le trottoir.

Le cocher descendit, ouvrit la portière et les aida à monter, d'abord Imogen, puis Hester. Toutes deux acceptèrent son aide comme allant de soi ; Hester arrangea ses jupes uniquement pour être à l'aise, et Imogen, pour ne pas froisser le tissu.

— Comment ça, « chez » ? s'enquit Hester lorsque la calèche s'ébranla. On ne fréquente pas occasionnellement la police ; on dirait une visite mondaine ! « Miss Smith passe la soirée chez Mr. Jones. »

— Ne sois pas aussi pédante, protesta Imogen. On

peut dire la même chose d'une bonne... « Tilly est actuellement chez les Robinson » !

Hester haussa les sourcils.

— Ah oui ? Cet homme-là est donc employé comme valet dans la police ?

Imogen garda le silence.

— Pardonne-moi, dit Hester au bout d'un moment. Je sais que quelque chose te tracasse, et je me sens inutile parce que j'ignore ce que c'est.

Imogen étreignit sa main avec force.

— Il n'y a rien, fit-elle d'une voix à peine audible entre les cahots de la voiture, le sourd martèlement des sabots et les bruits de la rue. C'est juste la mort de papa et tout ce qui a suivi. On n'est pas encore tout à fait remis du choc, et je te suis vraiment reconnaissante d'avoir tout abandonné pour rentrer à la maison.

— C'était la moindre des choses, répondit Hester honnêtement, bien que son travail dans les hôpitaux de Crimée l'eût transformée au-delà de tout ce qu'Imogen et Charles pouvaient soupçonner.

Ce fut une lourde obligation que de quitter son poste d'infirmière et la passion de soigner, de réformer, d'améliorer qui animait non seulement Miss Nightingale, mais bien d'autres femmes. Pourtant la mort de son père, puis de sa mère à quelques semaines d'intervalle l'avait contrainte de rentrer pour remplir son devoir envers les défunts et assister son frère et sa belle-sœur dans leur tâche. Naturellement, Charles s'était occupé de régler les formalités, mais il fallait fermer la maison, congédier les domestiques, rédiger d'innombrables lettres, distribuer les vêtements aux pauvres, ne pas oublier les legs d'ordre personnel et respecter indéfiniment les convenances. Il eût été profondément injuste de demander à Imogen de porter ce fardeau-là toute seule. Aussi Hester n'avait-elle pas hésité une seconde ; elle s'était excusée, avait fait ses bagages et embarqué.

Le contraste fut frappant par rapport aux années tragiques en Crimée avec leur macabre lot de souffrances : les blessures, les corps déchiquetés par balles ou à coups d'épée ; pire encore, ravagés par la maladie, les douleurs lancinantes et les nausées du choléra, du typhus et de la dysenterie ; le froid et la faim ; et, la rendant folle de rage, une incompétence crasse.

Comme la poignée d'autres femmes, elle avait travaillé jusqu'à l'épuisement, nettoyant les déjections humaines en l'absence d'installations sanitaires, lorsque les excréments des malades coulaient sur le sol et gouttaient sur les malheureux entassés dans les caves au-dessous. Elle avait soigné la fièvre, la gangrène des membres amputés à la suite d'un coup de fusil, d'un coup de canon, d'un coup de sabre, voire de gelures dans les redoutables bivouacs d'hiver où hommes et chevaux avaient péri par milliers. Elle avait accouché les femmes de soldats, affamées et négligées, enterré bon nombre de nouveau-nés, puis consolé les mères.

Et lorsqu'elle eut épuisé ses réserves de pitié, elle employa ses dernières forces à combattre l'ineptie et les incohérences du commandement, qui à ses yeux manquait totalement de bon sens, sans parler de l'aptitude à diriger.

Elle avait perdu un frère et beaucoup d'amis, dont Alan Russell, brillant correspondant de guerre qui avait expédié en Angleterre quelques désagréables vérités sur l'une des campagnes les plus absurdement téméraires de l'histoire. Il les avait partagées avec elle, lui donnant ses articles à lire avant de les envoyer.

Entre deux accès de fièvre, il lui avait dicté sa dernière lettre, et elle l'avait postée. Lorsqu'il mourut à l'hôpital de Scutari, Hester, sous l'emprise d'une violente émotion, rédigea une dépêche elle-même et la signa du nom d'Alan comme s'il était toujours en vie.

Son papier avait été accepté et publié. Les informations glanées auprès d'autres malades et blessés lui avaient permis de se faire une idée des batailles, sièges et guerre de tranchées, charges insensées et longues semaines d'oisiveté forcée. De nouvelles dépêches suivirent, toutes signées du nom de Russell. Dans la confusion générale, personne ne s'en aperçut.

A présent, elle était de retour chez son frère où l'on observait le deuil avec dignité et sobriété, comme s'il n'existait pas d'autres morts au monde et qu'il n'y eût rien à faire à part broder, écrire des lettres et apporter sa contribution discrète aux bonnes œuvres. Et, bien sûr, obéir aux ordres pontifiants de Charles qui leur dictait en permanence quoi faire, quand et comment. C'en était presque insupportable. Elle avait l'impression d'être un zombie. Elle qui avait pris l'habitude d'exercer son autorité, de décider, d'être au cœur de l'action, même exténuée, profondément insatisfaite, partagée entre la colère et la pitié, travaillant nuit et jour.

Charles devenait fou, incapable de la comprendre, d'appréhender la métamorphose de la jeune fille ombrageuse et cérébrale qu'il avait connue ; il ne voyait pas non plus quel homme respectable pourrait la demander en mariage. L'idée qu'elle passe le reste de sa vie sous son toit le rendait positivement malade.

Cette perspective ne souriait pas davantage à Hester, bien décidée à réagir. Tant qu'Imogen aurait besoin d'elle, elle serait là ; après quoi, elle envisagerait son avenir et les possibilités qui s'offraient à elle.

Assise aux côtés de sa belle-sœur tandis qu'ils traversaient en brinquebalant la ville au crépuscule, elle eut la conviction qu'Imogen leur cachait la cause de ses tourments, à elle et à Charles, déterminée à en porter le poids toute seule. C'était plus qu'un simple chagrin ; son trouble ne touchait pas seulement au passé, mais aussi au futur.

5

Après avoir vu Grimwade très brièvement, Monk et Evan montèrent directement chez Yeats. Comme il était 8 heures du matin passées, ils espéraient le trouver en plein petit déjeuner, et peut-être même avant.

Yeats ouvrit la porte lui-même : c'était un petit homme âgé d'une quarantaine d'années, placide et replet, aux cheveux clairsemés lui tombant sur le front. Déconcerté, il tenait une tartine de confiture d'oranges à la main. Il considéra Monk d'un air alarmé.

— Bonjour, Mr. Yeats, dit Monk d'un ton ferme. Nous sommes de la police et nous aimerions vous parler du meurtre du major Joscelin Grey. Pouvons-nous entrer, s'il vous plaît ?

Il ne bougea pas ; sa haute stature suffisait à intimider Yeats, et il en profitait délibérément.

— Ou-oui, ou-oui, bien sûr, bégaya Yeats en reculant, sans lâcher sa tartine. Mais je vous assure q-que je vous ai t-tout dit. Je n-ne sais rien d'autre. Enfin, pas à vous... à Mr. Lamb qui...

— Je sais.

Monk le suivit dans l'appartement. Il avait conscience de le brusquer, mais l'heure n'était pas aux urbanités. Yeats avait vu l'assassin de ses propres yeux ; peut-être même était-il en collusion avec lui, volontairement ou non.

— Mais nous avons appris des faits nouveaux, ajouta-t-il, depuis que Mr. Lamb est tombé malade et que j'ai repris le dossier.

— Ah ?

Yeats laissa tomber la tartine et se baissa pour la ramasser, sans se préoccuper de la confiture sur le tapis. Son salon, plus petit que celui de Grey, était encombré de meubles en chêne massif couverts de photographies et de napperons brodés. Les deux fauteuils étaient munis de têtières.

— Vraiment ? fit Yeats nerveusement. Vraiment ? Toutefois, je ne crois pas... euh... pouvoir...

— Me permettez-vous de vous poser quelques questions, Mr. Yeats ?

Monk ne tenait pas à l'affoler au point qu'il fût incapable de rassembler ses idées ou ses souvenirs.

— Oui... si vous voulez. Oui, oui... si vous...

Il battit en retraite et s'assit abruptement dans le fauteuil proche de la table. Monk prit l'autre fauteuil. Derrière lui, Evan s'installa sur une chaise à haut dossier près du mur. Il se demanda brièvement ce qu'Evan pensait de lui, s'il le trouvait trop dur, obnubilé par son ambition, par son désir de réussir. Car Yeats pouvait aisément n'être que cela : un petit homme effrayé que la malchance avait placé dans l'axe d'un crime.

Monk commença en douceur, songeant avec dérision qu'il modérait son langage moins pour rassurer Yeats que pour gagner l'approbation d'Evan. Comment en était-il arrivé à un tel stade d'isolement que l'opinion d'Evan prenait autant d'importance à ses yeux ? Avait-il été trop occupé à étudier, à grimper les échelons, à se perfectionner pour consacrer son temps à l'amitié, et encore moins à l'amour ? D'ailleurs, était-il capable de sentiments ?

Yeats le fixait comme un lapin face à une hermine, trop épouvanté pour réagir.

— Vous-même avez eu de la visite ce soir-là, lui dit Monk d'un ton apaisant. Qui était-ce ?

— Je n'en sais rien ! glapit Yeats. Je ne le connais pas ! Je l'ai dit à Mr. Lamb. Il est venu ici par erreur ; ce n'est même pas moi qu'il voulait voir !

Monk leva la main comme pour calmer un enfant surexcité, ou un animal.

— Mais vous l'avez vu, Mr. Yeats.

Il continuait à lui parler doucement.

— Vous vous souvenez certainement de son physique, peut-être même de sa voix. Il a dû vous adresser la parole, non ?

Même si Yeats mentait, il ne servait à rien de l'attaquer de front ; il ne ferait que se retrancher davantage dans son ignorance.

Yeats cligna des yeux.

— J-je... ne saurais vraiment pas vous dire, Mr... Mr...

— Monk, pardonnez-moi, répondit-il, s'excusant de ne pas s'être présenté. Et mon collègue est Mr. Evan. Votre visiteur était-il grand ou petit ?

— Oh, grand, très grand. Aussi grand que vous et plutôt massif ; évidemment, il avait un gros pardessus... il faisait très mauvais ce soir-là... il pleuvait des cordes...

— Oui, je m'en souviens. A votre avis, était-il plus grand que moi ?

Monk se leva pour l'aider. Yeats le dévisagea.

— Non, je ne le crois pas. A peu près de la même taille, si mes souvenirs sont bons. C'était il y a longtemps déjà.

Il hocha la tête d'un air accablé.

Monk se rassit, non sans avoir remarqué qu'Evan prenait discrètement des notes.

— Il n'est resté qu'une minute ou deux, protesta Yeats, tenant toujours la tartine qui commençait à s'émietter sur son pantalon. Il m'a vu, m'a posé une question concernant mon négoce et, s'apercevant que je n'étais pas la personne qu'il cherchait, il est reparti aussitôt. C'est vraiment tout ce qu'il y a eu.

Il fit une tentative infructueuse pour nettoyer son pantalon.

— Croyez-moi, si j'avais pu vous aider, je l'aurais fait volontiers. Pauvre major Grey, quelle fin terrible !

Il réprima un frisson.

— Un si charmant jeune homme. La vie nous joue quelquefois des tours pendables, ne trouvez-vous pas ?

Monk dressa l'oreille.

— Vous connaissiez donc le major Grey ? s'enquit-il négligemment.

— Oh non, pas très bien, non, non !

Yeats ne chercha même pas à se vanter de côtoyer l'aristocratie.

— On se croisait dans la journée, c'est tout. Mais il était très poli, toujours un mot gentil à la bouche, pas comme certains de ces jeunes dandys d'aujourd'hui. Et il ne faisait pas semblant d'avoir oublié votre nom.

— Quel est votre métier, Mr. Yeats ? Je ne pense pas que vous l'ayez mentionné.

— Oh, probablement pas.

La tartine s'effritait dans sa main, mais il n'y prêtait plus attention.

— Je suis négociant en timbres et pièces rares.

— Et votre visiteur, il était dans le négoce également ?

Yeats eut l'air surpris.

— Il ne l'a pas précisé, mais ça m'étonnerait. C'est un tout petit cercle, vous savez ; tôt ou tard, on finit par rencontrer tous ceux qui gravitent là-dedans.

— Il était donc anglais ?

— Je vous demande pardon ?

— Ce n'était pas un étranger, que vous n'auriez pas connu même s'il était dans le métier ?

— Oh, je vois.

La figure de Yeats s'éclaira.

— Oui, oui, il était anglais.

— Et qui cherchait-il, si ce n'était pas vous, Mr. Yeats ?

— J-je n'en ai réellement aucune idée, fit Yeats en gesticulant. Il m'a demandé si je faisais collection de cartes ; j'ai répondu que non. Il a dit qu'on l'avait mal renseigné, et sur ce, il est parti.

— Pas tout à fait, Mr. Yeats. Je pense qu'il est allé chez le major Grey et, dans les trois quarts d'heure qui ont suivi, l'a battu à mort.

— Dieu de la miséricorde !

Yeats se tassa sur lui-même et parut s'enfoncer dans son fauteuil. Derrière Monk, Evan eut un geste comme pour l'aider, avant de changer d'avis et de se rasseoir.

— Ça vous surprend ? s'enquit Monk.

Yeats s'étranglait, incapable de proférer un son.

— Vous êtes sûr que cet homme vous était inconnu ?

Monk ne lui laissa pas le temps de reprendre ses esprits : c'était le moment d'enfoncer le clou.

— Oui, oui, parfaitement inconnu.

Il se cacha le visage dans les mains.

— Oh, bonté divine !

Monk regarda Yeats. Il n'y avait plus rien à en tirer, soit qu'il fût frappé d'horreur, soit qu'il feignît habilement de l'être. Il se tourna vers Evan, figé d'embarras parce que leur présence avait mis le malheureux dans tous ses états, ou tout simplement parce qu'il en était témoin.

Se levant, Monk entendit le son de sa propre voix comme si elle venait de très loin. Il savait qu'il prenait un risque et qu'il le faisait à cause d'Evan.

— Merci, Mr. Yeats. Navré de vous avoir contrarié. Une dernière chose : cet homme avait-il une canne ?

Yeats releva la tête ; il était blême, et sa réponse se réduisit à un murmure.

— Oui, très jolie même, je l'avais remarquée.
— Lourde ou légère ?
— Assez lourde. Oh non !

Il ferma les yeux pour chasser l'image qui s'imposait à lui.

— Vous n'avez rien à craindre, Mr. Yeats, dit Evan derrière lui. Nous pensons qu'il s'agit d'une relation personnelle du major Grey, et pas d'un quelconque détraqué. Rien ne porte à croire qu'il s'en serait pris à vous. A mon avis, c'est le major Grey qu'il cherchait ; il s'est juste trompé de porte.

Une fois dehors, Monk se rendit compte qu'Evan avait dû dire cela uniquement pour consoler le petit homme. Ce ne pouvait être vrai. Le visiteur avait expressément demandé à voir Yeats. Il coula un regard oblique vers Evan qui marchait en silence à côté de lui sous la pluie fine, mais s'abstint de tout commentaire.

Grimwade ne leur avait rien appris de plus. Il n'avait pas vu l'homme redescendre de chez Yeats ni se rendre chez Joscelin Grey. Il s'était absenté pour satisfaire un besoin naturel et ne l'avait revu que trois quarts d'heure après, lorsqu'il était parti à dix heures et quart.

— Il n'y a qu'une seule conclusion, dit Evan, abattu, avançant la tête baissée. En sortant de chez Yeats, il est allé directement chez Grey où il a passé une demi-heure environ et, après l'avoir tué, il a quitté les lieux au moment où Grimwade l'a vu partir.

— Cela ne nous renseigne pas sur son identité.

Monk enjamba une flaque d'eau et contourna l'infirme qui vendait des lacets dans la rue. Un chiffonnier les dépassa avec sa charrette, psalmodiant des mots à peine intelligibles.

— Une chose me tracasse, reprit Monk. Qui aurait pu haïr Joscelin Grey avec cette passion-là ? Car il y avait de la haine dans cette pièce. Une haine incontrôlable au point que l'assassin a continué de frapper un mort.

Evan frissonna ; la pluie lui coulait sur le nez et le menton. Il remonta son col pour cacher ses oreilles. Son visage était pâle.

— Mr. Runcorn avait raison, dit-il lugubrement. C'est une sale affaire. Il faut bien connaître quelqu'un pour le haïr à ce point-là.

— Ou alors avoir subi un préjudice irréparable, ajouta Monk. Mais vous n'avez pas tort : en général, ça se passe en famille, ces choses-là. C'est soit ça, soit une aventure amoureuse.

Evan eut l'air choqué.

— Vous voulez dire que Grey était... ?

— Non, répondit Monk avec un sourire semblable à une grimace. Ce n'est pas à ça que je pensais, bien que ce ne soit pas exclu. C'est même très possible. Non, moi je pensais à une femme, avec un mari derrière.

Evan se détendit imperceptiblement.

— J'imagine que le crime est trop violent pour une simple dette de jeu ou autre ? dit-il sans grand espoir.

Monk réfléchit un instant.

— Ce pourrait être le chantage, affirma-t-il avec conviction.

L'idée, bien que nouvelle, lui plut.

Evan fronça les sourcils. Ils marchaient le long de Gray's Inn Road en direction du sud.

— Vous croyez ?

Il regarda Monk en biais.

— Moi, ça me paraît peu plausible. On n'a encore relevé aucun revenu extraordinaire. Évidemment, on n'a pas beaucoup cherché. Il est vrai que la victime d'un chantage peut être acculée à une haine viscérale, c'est tout à fait compréhensible. Quand on vous harcèle, qu'on vous dépouille de tous vos biens et qu'on continue à vous menacer de faillite, il arrive un moment où la raison s'égare.

— Il faudra vérifier ses fréquentations, voir qui aurait commis une erreur suffisamment préjudiciable pour prêter le flanc au chantage à un degré susceptible de mener jusqu'au meurtre.

— Peut-être s'il était homosexuel? hasarda Evan avec un regain d'aversion, et Monk sut qu'il n'y croyait pas lui-même. Il aurait pu avoir un amant qui le payait pour qu'il se taise... et qui, poussé à bout, l'a tué?

Monk fixait le trottoir mouillé.

— Comme dit Runcorn, ça m'a l'air très vilain.

La pensée de Runcorn l'aiguilla sur une autre piste. Il expédia Evan interroger les commerçants, les gens du club où Grey avait passé son dernier soir, pour essayer d'en savoir plus sur ses fréquentations.

Evan commença par le marchand de vin dont le nom figurait sur une traite trouvée dans l'appartement de Grey. C'était un gros homme à la moustache tombante et aux manières onctueuses. Il se dit consterné par la disparition du major Grey. Quel terrible malheur! Quelle ironie du sort qu'un si fringant officier réchappe à la guerre pour périr de la main d'un fou sous son propre toit! Quelle tragédie! Il ne savait que dire... et ne se priva pas de le répéter, pendant qu'Evan s'efforçait de placer un mot et de poser quelque question pertinente.

Lorsqu'il y parvint enfin, la réponse fut sans surprise. Le major Grey — l'honorable Joscelin Grey — était un client de choix. Il avait très bon goût... normal pour un gentleman. Il s'y connaissait en vins français, et il s'y connaissait en vins allemands. Il aimait les meilleurs crus. Que le présent établissement se faisait un plaisir de lui livrer. Ses factures ? Pas forcément à jour... mais réglées en temps voulu. Question argent, tous les aristocrates étaient pareils... c'était comme ça. Il n'avait rien à ajouter... plus rien du tout. Mr. Evan était-il amateur de bon vin ? Il avait un excellent bordeaux à lui recommander.

Non, Mr. Evan, hélas, n'était pas amateur de bon vin ; il était fils d'un pasteur de campagne, extrêmement bien élevé, mais avec une bourse trop maigre pour se permettre des extras, sinon quelques habits de bonne qualité, infiniment plus utiles que le plus prestigieux des grands crus. Le marchand, toutefois, n'en sut rien.

Ensuite, il fit le tour des tavernes et estaminets du quartier, terminant par une gargote qui servait de la bière, mais aussi un excellent ragoût avec un pudding aux raisins, ainsi qu'Evan put le constater.

— Le major Grey ? fit le patron, pensif. Çui qu'a été assassiné ? Sûr que je l'ai connu. Y venait souvent ici.

Evan ne savait pas s'il fallait le croire. Ce n'était pas impossible ; la nourriture était abondante et bon marché, et l'ambiance, tout à fait acceptable pour quelqu'un qui avait servi à l'armée, dont deux ans sur les champs de bataille en Crimée. D'un autre côté, c'était profitable pour son commerce, déjà florissant au demeurant, que d'avoir compté parmi ses clients la victime d'une célèbre affaire de meurtre. C'était une manière de se faire de la réclame en jouant sur la curiosité morbide du public.

— A quoi ressemblait-il ? demanda Evan.
— Ma parole !
Le patron le considéra d'un œil soupçonneux.
— C'est vous qui menez l'enquête ou quoi ? Vous savez pas ça ?
— Je ne l'ai jamais vu vivant, répondit Evan, placide. La différence est énorme, vous savez.

L'homme suçota ses dents.

— Ah ça, oui... désolé, chef, question stupide. Il était grand et bâti un peu comme vous, genre frêle... mais drôlement chic avec ça ! Un vrai gen'leman, ça se voyait même avant qu'il ouvre la bouche. Ça se sent, ces choses-là. Il était blond, avec un joli sourire.

— Beaucoup de charme, dit Evan.

Plus qu'une question, c'était un constat.

— Pour sûr, acquiesça le patron.

— Très entouré ?

— Et comment ! Y racontait toujours plein d'histoires. Les gens aiment ça... ça fait passer le temps.

— Généreux ? poursuivit Evan.

— Généreux ?

Le patron haussa les sourcils.

— On peut pas dire. Large de bouche, oui, mais étroit de ceinture. A mon sens, y n'était pas si riche que ça. Mais les gens aimaient bien l'inviter... comme je vous ai dit, y était drôle. Un peu fanfaron sur les bords. Des fois, y payait la tournée générale, mais pas très souvent... une fois par mois p'têt'.

— Régulièrement ?

— Comment ça ?

— Tous les mois à la même date ?

— Oh non... ça pouvait être n'importe quand, deux fois dans le même mois, ou alors rien du tout pendant deux mois.

Le jeu, pensa Evan.

— Merci, fit-il tout haut. Merci beaucoup.

Il termina son cidre, posa une pièce de six pence sur la table et sortit à contrecœur sous la bruine.

Le reste de l'après-midi, il rendit visite aux bottiers, chapeliers, chemisiers et tailleurs qui lui apprirent ce que son bon sens lui avait révélé déjà.

Il acheta une tourte à l'anguille fraîche chez un marchand de Guilford Street devant l'hôpital Foundling, puis prit un cab jusqu'à St James et se fit déposer au Boodles, le club de Joscelin Grey.

Là, il dut procéder avec infiniment plus de discrétion. Dans un établissement aussi select, le personnel ne colportait pas de ragots sur les membres, car nul ne tenait à perdre un emploi aussi enviable que lucratif. Tout ce qu'il obtint au bout d'une heure et demie de circonlocutions, ce fut la confirmation que le major Grey était bel et bien membre du club, qu'il venait régulièrement lorsqu'il était en ville, que bien sûr il jouait comme tous les gentlemen et qu'il réglait ses dettes... avec un certain décalage dans le temps, mais il les réglait. Jamais un gentleman ne levait le pied quand il s'agissait d'une dette d'honneur. Un commerçant peut-être, mais pas un gentleman. La question ne se posait même pas.

Serait-il possible de parler à l'une des relations du major Grey ?

A moins d'avoir un mandat à cet effet, c'était totalement exclu. Mr. Evan avait-il un mandat ?

Non, Mr. Evan n'en avait pas.

Il rentra donc bredouille, mais avec un certain nombre d'idées derrière la tête.

Evan parti, Monk rentra promptement au poste et monta dans son bureau. Là, il sortit tous ses anciens dossiers et se plongea dans la lecture. Le tableau n'était guère réconfortant.

Si ses craintes concernant l'affaire en cours se justifiaient — scandale mondain, perversion sexuelle, chantage et assassinat —, alors, en tant qu'enquêteur, il oscillait périlleusement entre le risque d'un échec retentissant et celui, plus grave encore, de dévoiler à force de tâtonnements le drame qui avait précipité l'explosion finale. Or un homme capable de battre à mort son amant devenu maître chanteur pour préserver son secret n'hésiterait pas à briser un simple policier. Parler d'une « sale » affaire était un euphémisme.

Runcorn l'avait-il fait exprès ? En consultant les archives de sa carrière, succès après succès, Monk s'interrogea sur le prix qu'il avait dû payer : lui et qui d'autre ? A l'évidence, il consacrait tous ses efforts à son travail, à perfectionner ses connaissances, ses compétences, ses manières, sa façon de parler et de s'habiller. Vue de l'extérieur, son ambition touchait à l'obsession : les longues heures, le souci méticuleux du détail, les éclairs d'intuition pure, le jugement porté sur les autres, sur leurs aptitudes — et leurs lacunes —, toujours à assigner les tâches en fonction de la compétence de chacun. Il était corps et âme au service de la justice. Comment Runcorn, qui se trouvait sur son chemin, aurait-il pu ne pas s'en apercevoir ?

Du village de pêcheurs dans le Nord au poste d'inspecteur dans la police métropolitaine, son ascension avait été fulgurante. Il avait mis douze ans à réaliser ce que peu d'hommes arrivent à accomplir en vingt. Il talonnait Runcorn ; à ce rythme-là, il pouvait espérer bientôt une nouvelle promotion : la place de Runcorn... ou mieux.

Cela dépendait peut-être de l'affaire Grey ?

Il n'était sûrement pas monté aussi haut en grade, ni aussi vite, sans avoir écrasé quelques pieds au passage. Et il commençait à craindre que ce fût là le cadet de ses soucis. Il avait feuilleté les dossiers. Il vénérait aveuglément la vérité et — là où la loi se montrait silencieuse ou ambiguë — sa propre conception de la justice. Mais s'il avait éprouvé de la compassion, une émotion sincère devant les victimes, ses notes n'en avaient gardé aucune trace. Sa colère était impersonnelle : contre les institutions sociales qui avaient engendré la pauvreté, la détresse et le crime ; contre la monstruosité des taudis, des exploiteurs, des profiteurs de tout poil, de la violence, de la prostitution et de la mortalité infantile.

Il admirait l'homme qu'il découvrait à travers ses

archives, sa capacité, son cerveau, son énergie et sa ténacité, voire même son courage. Il l'admirait, mais ne l'aimait pas. Il ne sentait chez lui aucune chaleur, aucune vulnérabilité ; rien qui révèle ses angoisses ou ses espoirs, aucune de ces particularités qui trahissent les aspirations de l'âme. Le seul semblant de passion, c'était l'obstination impitoyable avec laquelle il livrait combat contre l'injustice ; cependant, lisant entre les lignes, il crut comprendre que c'était le mal qu'il combattait. Quant aux victimes de ce mal, il les considérait comme un sous-produit du crime.

Pourquoi donc Evan tenait-il tant à travailler avec lui ? Pour apprendre le métier ? Il éprouva une bouffée de remords à l'idée de ce qu'il pourrait lui transmettre. Il ne voulait pas en faire son double. Les hommes changeaient ; chaque jour portait en lui sa différence, une menue découverte, un oubli. Pouvait-il s'imprégner à son tour de l'humanité d'Evan et lui enseigner l'excellence sans l'ambition qui l'accompagnait ?

Il imaginait aisément que les sentiments de Runcorn à son égard fussent pour le moins mitigés. Que lui avait-il fait pendant qu'il était occupé à gravir les échelons ? Quel contraste offraient-ils à la hiérarchie ? Quel affront lui avait-il infligé par manque d'attention... Avait-il jamais considéré Runcorn comme un homme plutôt que comme un obstacle sur sa route vers les sommets ?

Il pouvait difficilement en vouloir à Runcorn d'avoir profité de l'occasion pour lui confier une affaire inextricable ; soit que l'enquête échoue, soit qu'il réussisse trop bien en exhumant un scandale que ni la société ni par conséquent le préfet de police ne lui pardonneraient.

Monk fixa la pile de dossiers. L'homme qui les avait rédigés lui était étranger, aussi schématique et superficiel que Joscelin Grey, voire plus, puisqu'il avait parlé à des gens qui aimaient Grey, lui trouvaient du charme, des gens avec qui il avait partagé des rires et des souvenirs communs, et qui ne se remettaient pas de son absence.

Lui, Monk, n'avait plus de souvenirs, pas même de Beth, excepté l'image fugitive de l'enfance entrevue à Shelburne. D'autres images reviendraient certainement, à condition de ne pas forcer la nature, de les laisser venir d'elles-mêmes.

Et cette femme à l'église, cette Mrs. Latterly... pourquoi ne se souvenait-il pas d'elle ? Il l'avait vue seulement deux fois après l'accident ; pourtant, son visage était gravé dans sa mémoire, auréolé d'une douceur qui ne le quittait jamais totalement. Avait-il passé beaucoup de temps sur cette affaire ? L'avait-il interrogée souvent ? Il était absurde d'envisager quelque chose de personnel ; le fossé entre eux était infranchissable et, s'il en avait caressé l'espoir un jour, alors effectivement son ambition était sans limites, et impardonnable. Il rougit en songeant à la façon dont elle aurait pu interpréter ses paroles, son attitude. Le pasteur l'avait appelée « Mrs. » : portait-elle le deuil de son beau-père ou bien était-elle veuve ? La prochaine fois qu'il la reverrait, il faudrait rectifier le tir, lui montrer qu'il était loin de nourrir un projet aussi audacieux.

Mais auparavant, il devait absolument se replonger dans le dossier pour savoir de quoi il y était question, outre le fait que son beau-père venait de mourir.

Il fouilla tous ses papiers, ses fichiers et le contenu de son bureau : le nom de Latterly ne figurait nulle part. Une pensée consternante lui vint à l'esprit, une évidence même ; l'enquête avait été transmise à quelqu'un d'autre. Forcément, pendant qu'il était malade. Runcorn n'aurait pas classé l'affaire, surtout en présence d'une mort suspecte.

Mais alors, pourquoi l'autre détective n'avait-il pas contacté Mrs. Latterly... ou plus exactement son mari, s'il était en vie ? Ce qui n'était peut-être pas le cas.

Était-ce la raison pour laquelle c'était elle qui avait fait la demande ? Il rangea les dossiers et alla voir Runcorn. En passant devant une fenêtre, il remarqua avec surprise que le jour commençait à décliner.

Runcorn était encore dans son bureau, mais sur le point de partir. Il n'eut pas l'air étonné de voir Monk.

— Alors, on a repris ses horaires habituels ? lâcha-t-il, ironique. C'est normal que vous soyez célibataire ; vous avez épousé votre travail. Ça ne doit pas vous garder bien chaud les soirs d'hiver, ajouta-t-il avec satisfaction. Qu'y a-t-il ?

— Latterly, dit Monk, agacé qu'on lui rappelle ce qu'il ne savait déjà que trop bien.

Avant l'accident, tout avait été là, ses manies, ses habitudes ; seulement, il ne les voyait pas. A présent, il les observait d'un œil extérieur, comme s'il s'agissait de quelqu'un d'autre.

— Quoi ?

Runcorn plissait le front, perplexe ; le tic nerveux de son œil gauche s'était accentué.

— Latterly, répéta Monk. Je suppose que vous avez confié l'affaire à un collègue pendant que j'étais malade ?

— Jamais entendu ce nom-là, répliqua Runcorn d'un ton sec.

— Je travaillais sur le dossier d'un dénommé Latterly. Un cas de suicide, à moins qu'il n'ait été assassiné...

Se levant, Runcorn alla décrocher son pardessus terne et fonctionnel du portemanteau.

— Ah, ça ! Vous aviez conclu au suicide et classé l'affaire plusieurs semaines avant l'accident. Que vous arrive-t-il ? Vous perdez la mémoire ?

— Bien sûr que non, riposta Monk abruptement, sentant une vague de chaleur l'envahir.

Pourvu que cela ne se voie pas sur son visage !

— Mais le dossier a disparu. J'ai pensé qu'il y avait eu du nouveau et que vous l'aviez donné à quelqu'un d'autre.

— Ah !

Grimaçant, Runcorn enfila son manteau et ses gants.

— Eh bien, pas du tout. L'affaire a été classée. Je ne l'ai confiée à personne. Vous n'avez peut-être pas rédigé d'autre rapport. Allons, oubliez donc Latterly qui a sûrement mis fin à ses jours, le pauvre diable, et occupez-vous de Grey, qu'on a manifestement aidé à passer de vie à trépas. Avez-vous réussi à avancer ? Voyons, Monk... vous pouvez faire beaucoup mieux que ça ! Et avec Yeats, ça donne quoi ?

— Pas grand-chose, monsieur.

Monk était piqué au vif, et cela se sentait à sa voix.

Se retournant, Runcorn le gratifia d'un sourire éclatant.

— Alors laissez tomber et cherchez plutôt du côté de la famille et des amis proches.

Il ne cachait pas sa satisfaction.

— Surtout les relations féminines. Il pourrait bien y avoir un mari jaloux là-dessous. Ça y ressemble. Croyez-moi, elle sent le roussi, cette affaire-là.

Il pencha légèrement son couvre-chef, mais au lieu de lui donner une allure désinvolte, celui-ci resta perché de guingois.

— Et vous, Monk, vous êtes le mieux placé pour la résoudre. Vous feriez bien de retourner à Shelburne !

Sur ce trait final, empreint de jubilation, il enroula l'écharpe autour de son cou et sortit.

Monk ne retourna pas à Shelburne le lendemain ni d'ailleurs de toute la semaine. Il entendait y aller le mieux armé possible, à la fois pour mettre de son côté toutes les chances de démasquer l'assassin de Joscelin Grey, ce à quoi le poussait son irréductible sens de la justice, et — chose aussi urgente et essentielle — ménager les susceptibilités en fouillant dans la vie privée des Shelburne ou de quiconque aurait pu donner libre cours à sa fureur née d'une jalousie, d'une passion, d'une perversion. Monk savait bien que les grands de ce monde n'étaient pas exempts de faiblesses à l'instar du commun des mortels, mais pour empêcher qu'on les jette en pâture à la plèbe, ils étaient prêts à se battre jusqu'au bout. Ce n'était pas tant une affaire de mémoire que d'instinct, au même titre qu'il savait comment se raser ou nouer sa cravate.

Le lendemain matin donc, il retourna avec Evan à Mecklenburgh Square, non pas pour relever les traces de l'intrusion, mais pour essayer de mieux cerner la personnalité de Grey lui-même. Bien qu'ils eussent à peine échangé un mot pendant le trajet, plongés chacun dans ses pensées, il était content de n'être pas seul. L'appartement de Grey l'oppressait; il était hanté par la violence dont ces murs avaient gardé l'empreinte. Ce n'était ni le sang ni même la mort, mais la haine. Il avait dû voir des dizaines de morts dans sa carrière, sans en être troublé outre mesure. Il s'agissait souvent d'un décès accidentel, d'un meurtre absurde ou irraisonné : un agresseur qui veut à tout prix l'objet convoité, un voleur qui se trouve bloqué dans sa fuite. Mais dans le cas de Grey, le contexte était tout autre, plus passionnel, plus intime, comme si un lien de haine unissait l'assassin à sa victime.

Il avait froid dans cette pièce, même s'il faisait bon dans le reste de l'immeuble. La lumière filtrant par les hautes fenêtres était pâle, comme si elle absorbait la clarté plutôt que de la dispenser. Le mobilier paraissait étouffant, défraîchi, beaucoup trop massif pour l'appartement, bien qu'en réalité il ne le fût pas plus qu'un autre. Monk regarda Evan pour voir s'il ressentait la même chose, mais le visage expressif du jeune homme était plissé de dégoût à l'idée d'ouvrir le courrier du défunt, tandis qu'il inspectait les tiroirs du bureau.

Monk alla dans la chambre où régnait une légère odeur de renfermé. Comme la dernière fois, il y avait une fine couche de poussière. Il examina les placards, les tiroirs, la table de toilette, la commode. Grey possédait une excellente garde-robe, pas très fournie, mais bien coupée et d'une belle qualité. Il avait incontestablement bon goût, sinon les moyens de le satisfaire pleinement. Monk trouva plusieurs paires de boutons de manchette, toutes plaquées or, dont une gravée aux armoiries familiales et deux à ses propres initiales. Il y avait aussi trois épingles de cravate, dont une avec une grosse perle, un assortiment de brosses en argent et une trousse de toilette en peau de porc. A l'évidence, aucun cambrioleur n'était venu jusqu'ici. Il y avait quantité de jolies pochettes brodées d'un monogramme, des chemises en lin et en soie, des cravates, des chaussettes, une pile de linge propre. Surpris et déconcerté, Monk constata qu'il connaissait à quelques shillings près le prix de chaque article et se demanda ce qui l'avait poussé à s'y intéresser.

Il avait espéré tomber sur des lettres, une correspondance trop intime peut-être pour être mélangée aux factures et au courrier de tous les jours, mais n'ayant rien trouvé, il finit par regagner le salon. Evan, immobile, se tenait devant le bureau. Tout était silencieux dans l'appartement, comme s'ils avaient conscience de profaner la demeure d'un mort.

Loin dans la rue, on entendit un bruit de roues, le cliquetis des sabots et le marchand ambulant qui criait :

— Vieilles fripes ! Vieilles fripes !

— Alors ?

La voix de Monk s'était réduite à un murmure. Surpris, Evan leva les yeux. Il avait les traits crispés.

— Pas mal de lettres ici, monsieur. Je ne sais pas

trop quoi en penser. Il y en a plusieurs de sa belle-sœur, Rosamond Grey; une, plutôt sèche, de son frère Lovel... Lord Shelburne, c'est ça? Un mot récent de sa mère, mais un seul : apparemment, il ne les conservait pas. Quelques lettres de la famille Dawlish, juste avant sa mort, dont une invitation à venir passer une semaine chez eux. Ils entretenaient, semble-t-il, des liens amicaux.

Il esquissa une petite moue.

— L'une est de Miss Amanda Dawlish, visiblement très impatiente de le voir. En fait, il y a un certain nombre d'invitations, portant toutes sur des dates postérieures au décès. Les anciennes, il ne les gardait pas. Et malheureusement, il n'y a pas d'agenda. Curieux.

Il regarda Monk.

— Normalement, quelqu'un comme lui devrait avoir un agenda, non?

— Tout à fait.

Monk s'avança.

— Peut-être que l'assassin l'a pris. Vous en êtes sûr?

— Pas dans le bureau, dit Evan en secouant la tête. J'ai vérifié pour voir s'il y avait des tiroirs secrets. Et pourquoi cacher un agenda, d'ailleurs?

— Aucune idée.

Se rapprochant, Monk scruta le bureau.

— A moins que l'assassin ne l'ait emporté. Peut-être que son nom y figure en abondance. Il faudra voir du côté de ces Dawlish. Il y a une adresse sur les lettres?

— Oui, oui, je l'ai notée.

— Parfait. Quoi d'autre?

— Des factures. Il n'était pas trop pressé de payer, mais ça, je l'ai appris déjà par ses fournisseurs. Trois factures de son tailleur, quatre ou cinq du chemisier, celui que j'ai interrogé, deux du marchand de vin, une lettre cinglante du notaire de la famille en réponse à la demande de rallonger le montant de la rente.

— Un refus, je présume ?
— C'est peu dire.
— Quelque chose d'un club, une maison de jeu ou autre ?
— Non, mais généralement, on ne note pas une dette de jeu sur un papier, même au Boodles, à moins d'être celui qui encaisse. Je ne suis pas censé le savoir, bien sûr, ajouta-t-il dans un sourire. Sauf par ouï-dire.

Monk se détendit.

— Évidemment. D'autres lettres ?
— Une assez froide d'un certain Charles Latterly. Il ne dit pas grand-chose...
— Latterly ?

Monk se figea.

— Oui. Vous le connaissez ?

Evan avait le regard fixé sur lui.

Inspirant profondément, Monk se ressaisit avec effort. Mrs. Latterly à St Marylebone avait parlé de « Charles », et il craignait que ce ne fût son mari.

— J'ai travaillé voilà quelque temps sur une affaire Latterly, répondit-il en s'efforçant de garder un ton calme. Ce doit être une coïncidence. J'ai cherché le dossier hier, mais je n'ai pas réussi à le retrouver.
— Il y avait peut-être un rapport entre lui et Grey, un scandale à étouffer ou...
— Non ! coupa Monk plus brutalement qu'il ne l'aurait voulu, trahissant ainsi ses sentiments.

Il reprit, plus posément :

— Non, absolument pas. Le malheureux est mort, de toute façon. Il est décédé avant Grey.
— Ah...

Evan se tourna vers le bureau.

— Voilà, c'est à peu près tout. Mais grâce à cela, nous pourrons contacter pas mal de gens qui l'ont connu, et ainsi de suite, de fil en aiguille.
— Oui, tout à fait. Je vais quand même prendre l'adresse de Latterly.

— D'accord.

Evan fouilla dans la pile de lettres et lui en tendit une. Monk la parcourut. Elle était froide en effet, mais non impolie ; rien là-dedans ne suggérait une franche animosité, seulement le désir de ne pas poursuivre la relation. Monk la relut trois fois, mais ne vit rien de plus. Il recopia l'adresse et rendit la lettre à Evan.

Après avoir fini d'inspecter l'appartement et pris soigneusement des notes, ils sortirent en passant devant Grimwade dans le hall.

— Allons déjeuner, dit Monk résolument.

Il avait envie de retrouver la foule, d'entendre rire et parler, de voir des hommes qui ne s'intéressaient pas aux meurtres et aux secrets morbides, des hommes absorbés par les petits plaisirs et agacements de la vie quotidienne.

— Volontiers.

Evan régla son pas sur le sien.

— Il y a une bonne auberge à dix minutes d'ici où l'on sert un excellent gratin. C'est-à-dire...

Il s'arrêta net.

— C'est très ordinaire... je ne sais pas si vous...

— Ça m'a l'air parfait, acquiesça Monk. Exactement ce qu'il nous faut. Je suis gelé. Je ne sais pas pourquoi, mais il faisait froid dans cet appartement.

Rentrant la tête dans les épaules, Evan eut un sourire penaud.

— C'est sans doute mon imagination, mais moi, ça me glace. Je n'ai pas l'habitude des homicides. Vous, vous devez être au-dessus de ces considérations sentimentales, mais pour ma part...

— De grâce ! répliqua Monk violemment. Ne vous y habituez pas !

Tant pis s'il dévoilait sa propre sensibilité, son émotion d'écorché vif.

— Je veux dire, ajouta-t-il plus doucement,

conscient d'avoir décontenancé Evan par sa véhémence, qu'il faut garder la tête froide, mais surtout, faites que ça continue à vous bouleverser. Ne soyez pas policier avant d'être un homme.

Maintenant qu'il l'avait dit, cela lui parut sentencieux et extrêmement trivial. Il était gêné.

Mais Evan ne sembla pas s'en apercevoir.

— J'ai un long chemin à parcourir avant d'en arriver là, monsieur. J'avoue que même cette pièce, là-haut, m'a barbouillé l'estomac. C'est mon premier meurtre de ce genre.

Il parlait comme quelqu'un de très jeune et timide.

— Des cadavres, j'en ai déjà vu, mais surtout des accidents, des mendiants morts dans la rue. C'est monnaie courante en hiver. Voilà pourquoi je suis si content de travailler sur cette affaire avec vous. Je n'aurais pas pu mieux tomber pour apprendre le métier.

Monk se sentit rougir de plaisir... et de honte, parce qu'il ne le méritait pas. Ne sachant que répondre, il continua à avancer sous la pluie battante, cherchant ses mots, en vain. Evan marchait à côté de lui ; apparemment, il n'attendait pas de réponse.

Le lundi suivant, Monk et Evan descendirent du train à Shelburne et prirent la direction de Shelburne Hall. Le ciel était bleu et limpide ; le froid vent d'est leur fouettait le visage. Les chevelures vertes des arbres reposaient doucement dans le giron de la terre, murmurantes, sans cesse en mouvement. Il avait plu pendant la nuit ; du sol humide que leurs pas foulaient dans l'ombre montait une odeur fraîche.

Ils marchaient en silence, savourant ce plaisir chacun à sa façon. Monk ne pensait à rien de particulier, sinon à l'immensité du ciel au-dessus de lui, aux champs à perte de vue. Brusquement, les souvenirs affluèrent avec clarté. Il se revit dans le Northumberland : collines basses et mornes, herbe frémissant sous le vent du nord. Le ciel pommelé s'étirant jusqu'à la mer, les cris des mouettes dans les vagues.

Il se souvint de sa mère, brune comme Beth, dans la cuisine, parmi les odeurs de farine et de levure. Elle avait été fière de lui, parce qu'il savait lire et écrire. Il devait être très jeune à l'époque. Il se remémora une pièce ensoleillée, la femme du pasteur lui enseignant l'alphabet, Beth en sarrau qui le regardait, bouche bée. Elle-même ne savait pas lire. Il se revit nettement en train de lui apprendre, des années plus tard, lentement, trait par trait. Son écriture avait gardé les traces de ces heures-là, appliquée, comme par déférence à l'égard de cet art complexe et de son long apprentissage. Elle l'avait tant aimé, admiré sans réserve. Le souvenir s'évanouit, et ce fut comme si on lui avait jeté un seau d'eau froide, le laissant hagard et grelottant. C'était la première fois que le passé resurgissait avec autant de force et d'acuité, et il en fut bouleversé. Il ne remarqua pas les yeux d'Evan sur lui, ni le geste rapide qu'il fit pour détourner la tête par souci de discrétion.

Shelburne Hall se profilait déjà à moins de mille mètres, au milieu des arbres.

— Dois-je intervenir ou simplement écouter ? demanda Evan. Il vaudrait peut-être mieux que j'écoute.

Monk se rendit compte, surpris, qu'Evan avait le trac. Sans doute n'avait-il jamais eu affaire à une marquise, et encore moins pour l'interroger sur des sujets intimes et douloureux. Il n'avait peut-être même jamais vu un château de près. Monk se demanda d'où lui venait sa propre assurance et pourquoi il n'y avait pas songé plus tôt. Runcorn avait raison : il était ambitieux, arrogant... et insensible.

— Occupez-vous donc des domestiques, répondit-il. Ils remarquent tout. Même certains traits de leurs maîtres que ces derniers dissimulent avec succès à leurs pairs.

— Je commencerai par le valet. On est sûrement plus vulnérable dans son bain ou en petite tenue.

Il sourit soudain, amusé par l'incapacité des classes supérieures à se débrouiller sans assistance dans des circonstances aussi banales. Et sa crainte de n'être pas à la hauteur s'estompa.

Interloquée par cette nouvelle visite, Lady Fabia Shelburne le fit patienter près d'une demi-heure, cette fois à l'office, en compagnie de produits d'entretien, d'un bureau fermé à clé avec le registre des vins et les clés de la cave, et d'un fauteuil confortable à côté d'un petit âtre. Visiblement, le bureau de la gouvernante était déjà occupé. Agacé par cette réception cavalière, il ne put cependant s'empêcher d'admirer le sang-froid de la marquise douairière. Elle ignorait totalement le motif de sa venue. Or il était peut-être là pour lui annoncer qui avait assassiné son fils, et pourquoi.

Lorsque enfin on vint le chercher pour l'escorter dans le boudoir rose, curieusement réservé à Lady Fabia, elle l'accueillit, gracieuse et sereine, comme s'il venait juste d'arriver et qu'elle ne portât qu'un intérêt courtois à ce qu'il avait à lui dire.

Sur son invitation, il s'assit en face d'elle dans le même fauteuil rose que la fois précédente.

— Eh bien, Mr. Monk ? fit-elle avec un léger haussement de sourcils. Avez-vous autre chose à me dire ?

— Oui, avec votre permission, madame. Nous sommes convaincus à présent que l'assassin du major Grey avait agi pour des motifs personnels et non qu'il avait frappé au hasard. Il nous faut donc un maximum d'informations sur lui, sur ses relations mondaines...

Lady Fabia ouvrit de grands yeux.

— Si vous imaginez que ses relations mondaines sont capables de commettre un meurtre, alors vous

vous faites une idée totalement erronée du monde, Mr. Monk.

— Hélas, madame, n'importe qui ou presque est capable de commettre un meurtre si on le persécute et qu'on le menace dans ce qu'il a de plus cher...

— Je ne suis pas de votre avis.

Elle détourna la tête, signifiant que le sujet était clos.

— J'aimerais vous donner raison, madame.

Il contint son humeur avec difficulté.

— Mais il y a au moins un individu qui obéit à cette règle, et je suis sûr que vous souhaitez le retrouver, peut-être plus encore que moi.

— Vous avez la langue bien pendue, jeune homme, concéda-t-elle à contrecœur, presque avec reproche. Que voulez-vous donc que je vous dise ?

— J'ai besoin d'une liste de ses amis proches. Amis de la famille, invitations qu'il aurait acceptées ces derniers mois, surtout pour un séjour d'un week-end ou d'une semaine. Éventuellement, une dame qui aurait éveillé son intérêt.

Une imperceptible expression de dégoût altéra les traits de porcelaine de Lady Fabia.

— Il avait beaucoup de charme, me semble-t-il, ajouta-t-il pour toucher son seul point faible.

— C'est vrai.

Les lèvres de Lady Fabia frémirent ; son regard se voila momentanément. Elle mit quelques secondes à recouvrer sa parfaite maîtrise d'elle-même.

Monk attendait en silence, conscient pour la première fois de la force de son chagrin.

— Il se pourrait donc qu'une dame ait succombé à son attrait, inconsidérément au goût de ses autres soupirants, voire de son époux ? risqua-t-il finalement.

Son ton s'était radouci, mais sa détermination à retrouver l'assassin n'avait pas faibli, au contraire ; et elle ne tolérait pas de concessions.

Lady Fabia réfléchit un instant avant d'accepter cette idée. Il l'imagina revoyant son fils tel qu'il avait été de son vivant : élégant, rieur, le regard franc.

— C'est possible, acquiesça-t-elle. Quelque jeune personne indiscrète aurait pu éveiller de la jalousie.

— Quelqu'un qui aurait trop bu ? poursuivit-il avec un tact qui ne lui était guère naturel. Et dont l'imagination enflammée a fait le reste ?

— Un gentleman sait se tenir.

Elle regarda Monk avec une moue imperceptible. Le mot *gentleman* ne lui avait point échappé.

— Même quand il a trop bu. Malheureusement, il y a des gens qui ont tendance à inviter n'importe qui, sans discrimination.

— Si vous voulez bien me donner les noms et les adresses, madame, je mènerai mon enquête avec toutes les précautions possibles et, bien entendu, je ne citerai pas votre nom. Je suppose que les personnes de bonne volonté seront aussi impatientes que vous de découvrir l'assassin du major Grey.

L'argument porta ; elle le reconnut en gratifiant Monk d'un regard direct.

— Tout à fait. Si vous avez de quoi noter, je vais vous les dire.

Elle se pencha vers une table en bois de rose tout près d'elle et ouvrit un tiroir pour en sortir un carnet d'adresses en cuir et or repoussé.

Il était occupé à écrire quand Lovel Grey entra, toujours en tenue d'extérieur... cette fois en pantalon et veste de tweed râpé. A la vue de Monk, sa mine s'assombrit.

— Franchement, Mr. Monk, si vous avez quelque chose à communiquer, c'est à moi qu'il faut vous adresser ! déclara-t-il avec une irritation extrême. Dans le cas contraire, votre présence ici ne se justifie pas, et vous incommodez ma mère. Je m'étonne que vous soyez revenu.

Monk se leva machinalement, contrarié d'avoir à le faire.

— Je suis venu, milord, pour avoir des renseignements complémentaires que Lady Shelburne a eu la bonté de me fournir.

Il sentait le sang lui monter au visage.

— Il n'y a rien ici qui puisse vous intéresser, aboya Lovel. Pour l'amour du ciel, ne pouvez-vous pas faire votre travail sans vous précipiter à Shelburne toutes les semaines ?

Il arpentait la pièce comme un lion en cage, triturant la cravache qu'il avait à la main.

— Nous ne pouvons pas vous aider ! Si vous êtes battu, avouez-le ! Il y a des crimes qu'on ne résout jamais, surtout quand c'est le fait d'un dément.

Monk cherchait à formuler une réponse polie lorsque Lady Fabia elle-même intervint d'une petite voix crispée :

— C'est bien possible, Lovel, mais pas dans ce cas précis. Aussi pénible que cela puisse nous paraître, Joscelin a été tué par quelqu'un qui le connaissait. Et que nous connaissons également, peut-être. Mr. Monk a eu la discrétion de nous en parler d'abord plutôt que de faire le tour de tout le voisinage.

— Seigneur Dieu !

La figure de Lovel s'allongea.

— Vous n'êtes pas sérieuse ! Ce serait monstrueux. Si on le laisse faire, nous serons ruinés.

— Balivernes !

Elle referma le carnet d'adresses d'un coup sec et le rangea dans le tiroir.

— On ne nous ruine pas si facilement. Les Shelburne vivent sur ces terres depuis cinq cents ans, et ils y resteront. Je n'ai aucune intention de permettre à Mr. Monk d'agir de la sorte.

Elle considéra Monk avec froideur.

— C'est pourquoi je préfère lui donner une liste moi-même, avec les questions à poser... et à éviter.

— Ce ne sera pas nécessaire.

Empourpré, Lovel se tourna rageusement de sa mère vers Monk, avant de la regarder à nouveau.

— L'assassin doit figurer parmi les relations londoniennes de Joscelin... à supposer qu'il l'ait connu, ce dont je continue à douter. Quoi que vous disiez, je persiste à penser qu'il a été victime du hasard. Il aurait suffi qu'on l'ait vu au club ou ailleurs avec de l'argent pour vouloir le cambrioler.

— Il ne s'agit pas d'un cambriolage, monsieur, répliqua Monk d'un ton ferme. Il y avait toutes sortes d'objets de valeur bien en vue dans son appartement, auxquels on n'a pas touché, pas plus qu'aux billets dans son portefeuille.

— Et comment savez-vous combien d'argent il avait sur lui, hein ? Il y avait peut-être plusieurs centaines de livres dans son portefeuille !

— D'ordinaire, un voleur, ça ne vous rend guère la monnaie, persifla Monk, déguisant à peine son ton sarcastique.

Mais Lovel était trop furieux pour s'arrêter.

— Et qui vous dit que c'était un voleur « ordinaire » ? J'ignorais que vous aviez poussé vos investigations jusque-là. En fait, j'ignorais qu'il y avait eu des investigations tout court.

— Ordinaire, certainement pas, répondit Monk sans relever la pique. En général, un voleur ne tue pas. Le major Grey se promenait-il souvent avec des centaines de livres dans ses poches ?

Le teint de Lovel frisait l'apoplexie. Il lança la cravache à travers la pièce, visant le canapé, mais elle atterrit avec fracas sur le sol. Il n'y prêta pas attention.

— Bien sûr que non ! cria-t-il. Mais c'était une circonstance exceptionnelle. Il n'a pas seulement été cambriolé et assommé, il a été battu à mort, si vous vous en souvenez.

Les traits pincés de Lady Fabia reflétaient la souffrance et le dégoût.

— Vraiment, Lovel, cet homme fait de son mieux, même si ça vaut ce que ça vaut. Tu n'as pas besoin de l'insulter.

Brusquement, il changea de ton.

— Vous êtes contrariée, maman, et c'est parfaitement naturel. Je vous en prie, laissez-moi faire. S'il y a des choses à dire à Mr. Monk, je m'en occupe. Pourquoi n'iriez-vous pas prendre le thé avec Rosamond ?

— Ne me dicte pas ma conduite, Lovel ! siffla-t-elle en se levant. Je ne suis pas contrariée au point d'être incapable de me tenir correctement et d'aider la police à trouver l'assassin de mon fils.

— Nous n'y pouvons pas grand-chose, maman !

Il recommençait à perdre patience.

— Et encore moins les encourager à harceler le voisinage pour récolter des informations personnelles sur la vie et les amis du pauvre Joscelin.

— C'est un « ami » du pauvre Joscelin qui l'a battu à mort !

Lady Fabia était blanche comme un linge. Une femme de moindre trempe aurait déjà défailli, mais elle se tenait très droite, serrant ses mains pâles.

— Sottises ! riposta Lovel immédiatement. Ce doit être quelqu'un avec qui il jouait aux cartes et qui n'a pas supporté de perdre. Joscelin jouait beaucoup plus qu'il n'a bien voulu vous le faire croire. Il y a des gens qui misent des sommes trop importantes pour eux ; s'ils sont battus, ça leur arrive de dérailler momentanément.

Il soufflait en parlant.

— Les cercles de jeu ne sont pas toujours très sélectifs par rapport à leur clientèle. Voilà probablement comment ça s'est passé pour Joscelin. Pensez-vous sérieusement qu'ici, à Shelburne, on puisse savoir quelque chose là-dessus ?

— Il y a peut-être aussi une histoire de rivalité à cause d'une femme, répondit-elle, glaciale. Joscelin avait un charme fou, tu sais.

— On me l'a rappelé assez souvent, fit-il d'une voix dangereusement doucereuse. Mais tout le monde n'y était pas aussi sensible que vous, maman. C'est un trait plutôt superficiel.

Elle le toisa avec une expression proche du dédain.

— Tu ne comprends rien au charme, Lovel, c'est là ton plus grand drame. Si tu veux bien te donner la peine de demander qu'on nous apporte encore un peu de thé au salon...

Ignorant délibérément son fils, elle ajouta au mépris de la bienséance, comme pour l'ennuyer :

— Vous joindrez-vous à nous, Mr. Monk ? Peut-être que ma belle-fille aura quelques idées à vous suggérer. Elle avait coutume de fréquenter les mêmes manifestations que Joscelin, et puis, les femmes sont souvent plus observatrices lorsqu'il s'agit...

Elle chercha ses mots.

— ... des affaires de cœur.

Elle n'attendit pas la réponse de Monk, comme s'il ne pouvait qu'accepter son invitation, et, toujours sans faire attention à Lovel, se tourna vers la porte et s'arrêta. Il n'hésita qu'une fraction de seconde avant de s'avancer docilement pour lui ouvrir. Elle sortit, royale, sans un regard pour l'un ou l'autre.

L'atmosphère dans le salon était oppressante. Rosamond eut peine à cacher sa stupéfaction à la perspective de boire le thé avec un policier comme si c'était un gentleman, et même la bonne qui apporta les tasses et les muffins paraissait mal à l'aise. Visiblement, elle savait déjà par les ragots d'office qui était Monk. Monk eut une brève pensée pour Evan : avait-il appris quelque chose ?

Lorsque la bonne eut distribué les tasses et les assiettes, Lady Fabia prit la parole d'une voix calme et posée, évitant le regard de Lovel.

— Rosamond, ma chère, la police veut tout savoir des fréquentations mondaines de Joscelin dans les derniers mois avant sa mort. Vous qui avez assisté aux mêmes manifestations, vous devez les connaître mieux que moi. Qui, par exemple, aurait commis l'imprudence de s'intéresser à lui plus que de raison?

— Moi?

Rosamond était soit sidérée, soit meilleure comédienne que Monk ne l'aurait cru lors de leur première entrevue.

— Oui, vous, ma chère.

Lady Fabia lui passa les muffins auxquels elle ne prêta pas attention.

— C'est à vous que je parle. Naturellement, je poserai aussi la question à Ursula.

— Qui est Ursula? interrompit Monk.

— Miss Ursula Wadham, la fiancée de mon deuxième fils, Menard. Vous pouvez me faire confiance pour obtenir d'elle toutes les informations utiles.

Et, sans plus se préoccuper de Monk, elle se tourna vers Rosamond.

— Alors?

— Je ne vois pas à Joscelin de fréquentations... particulières.

Rosamond avait l'air gênée, comme si cette conversation la troublait. En l'observant, Monk se demanda un instant si elle-même n'avait pas été amoureuse de Joscelin, ce qui expliquerait la réticence de Lovel à explorer cette piste-là.

Et si ç'avait été plus qu'une simple attirance?

— Il ne s'agit pas de ça.

Lady Fabia cachait mal son impatience.

— Je vous ai demandé si quelqu'un avait témoigné de l'intérêt à Joscelin, ne serait-ce qu'à sens unique?

Rosamond se redressa. L'espace d'une seconde, Monk crut qu'elle allait tenir tête à sa belle-mère, mais cette impression se dissipa tout aussi vite.

— Norah Partridge avait un faible pour lui, répondit-elle lentement, pesant ses mots. Mais ce n'est pas nouveau, et je vois mal Sir John en prendre ombrage au point de monter à Londres spécialement pour commettre un meurtre. Je pense qu'il tient à Norah, mais pas suffisamment pour aller jusque-là.

— Vous êtes donc plus perspicace que je ne l'aurais cru, dit Lady Fabia, surprise, d'un ton acide. Mais vous connaissez mal les hommes, ma chère. Il n'est pas nécessaire de tenir à quelque chose pour en vouloir à celui qui parvient à vous le dérober, surtout s'il a l'inélégance de le faire publiquement.

Elle pivota vers Monk. Lui n'avait pas eu droit aux muffins.

— Voilà un début de piste pour vous. Je doute que John Partridge soit capable de tuer... ou alors qu'il se serve d'une canne.

Une ombre traversa son regard.

— Mais Norah a eu d'autres admirateurs. C'est quelqu'un de fantasque et qui n'a pas beaucoup de jugeote.

— Je vous remercie, madame. Si vous avez d'autres suggestions?

Pendant près d'une heure, ils passèrent en revue idylles, aventures et liaisons présumées, mais Monk n'écouta qu'à moitié. Il ne s'intéressait pas tant aux faits qu'à la manière de les évoquer. De toute évidence, Joscelin avait été le préféré de sa mère, et si Menard, absent, ressemblait à son frère aîné, il était aisé de comprendre pourquoi. Cependant, quels que fussent ses sentiments, les lois de la primogéniture stipulaient que non seulement le titre et le domaine, mais l'argent pour les entretenir et le train de vie correspondant étaient réservés à Lovel, le premier-né.

Lovel lui-même ne participa guère à la conversation, et Rosamond, juste assez pour contenter sa belle-mère qui l'intimidait apparemment bien plus que son mari.

A sa grande déception, Monk ne vit pas Lady Callandra Daviot. Il aurait aimé entendre son opinion, même si elle eût parlé moins librement devant la famille en deuil que l'autre jour dans le jardin sous la pluie.

Il les remercia tous et s'excusa à temps pour rejoindre Evan et aller boire une chopine de cidre au village avant de reprendre le train.

— Alors ? questionna Monk sitôt qu'ils eurent perdu le château de vue.

— Ah !

Evan ne cachait pas son enthousiasme. Vibrant d'énergie, il marchait à longues foulées, pataugeant dans les flaques sans se soucier d'avoir les pieds trempés.

— C'était passionnant. C'est la première fois que je pénètre dans un vrai château, que je le découvre de l'intérieur. Mon père était clergyman, voyez-vous, et il m'est arrivé de l'accompagner au manoir quand j'étais petit... mais c'était sans commune mesure avec Shelburne. Bonté gracieuse, les choses que ces domestiques voient ! Moi, j'en serais mort de honte. La famille les traite comme s'ils étaient sourds et aveugles.

— Ils ne les considèrent pas comme des êtres humains. Du moins, pas dans le même sens qu'eux. Ce sont deux mondes à part qui ne se rencontrent pas, sinon physiquement. Leur opinion ne compte donc pas. Avez-vous appris autre chose ?

La naïveté d'Evan le fit sourire.

— Je pense bien ! répliqua Evan, joyeux. Naturellement, ils se garderaient de fournir à un policier ou à quelqu'un d'extérieur des renseignements qu'ils jugent confidentiels. Pourquoi scier la branche sur laquelle on est assis ? Ils croyaient tous être muets comme des carpes !

— Alors, comment avez-vous fait? demanda Monk avec curiosité en regardant le visage frais et mobile du jeune homme.

Evan rosit légèrement.

— Je me suis remis entre les mains de la cuisinière.

Il contempla le sol, mais sans ralentir son allure.

— J'ai dénigré abominablement ma logeuse. Démoli sa cuisine et... comme j'étais resté dehors un moment avant d'entrer, j'avais les mains gelées...

Il leva furtivement les yeux sur Monk.

— Très maternelle, la cuisinière de Lady Shelburne, ajouta-t-il avec un sourire satisfait. A mon avis, j'ai été mieux servi que vous.

— Je n'ai pas mangé du tout, rétorqua Monk sèchement.

— Oh, j'en suis navré.

Il n'en avait absolument pas l'air.

— Et à part le déjeuner, que vous ont rapporté vos débuts spectaculaires? s'enquit Monk. Vous avez dû entendre pas mal de choses... pendant que vous étiez occupé à vous faire plaindre et à vous goinfrer aux frais de la princesse?

— Oh oui... saviez-vous que Rosamond vient d'une famille aisée, mais qu'il s'agit d'une fortune récente? Et qu'elle s'est d'abord éprise de Joscelin, mais sa mère l'a poussée à épouser le frère aîné, qui lui aussi faisait partie des prétendants. En bonne fille obéissante, elle s'est inclinée. C'est du moins ce que j'ai déduit de la conversation entre la petite bonne et la blanchisseuse... avant que la femme de chambre ne les fasse taire et qu'on ne les expédie à leurs postes.

Monk siffla entre ses dents.

— Et, poursuivit Evan sans lui laisser le temps de parler, ils ont attendu plusieurs années avant d'avoir un enfant, un fils, l'héritier du titre, qui doit avoir un an et demi maintenant. Une mauvaise langue aurait observé que c'est un vrai Shelburne... mais qu'il ressemble plus à Joscelin qu'à Lovel. C'est ce que le second valet a entendu à l'auberge du village. Le petit a les yeux bleus, vous comprenez... Lord Shelburne est plus brun, et elle aussi... enfin, ses yeux du moins...

Monk s'arrêta au milieu de la route.

— Vous en êtes sûr?

— C'est ce qu'ils racontent, et Lord Shelburne doit être au courant... Juste ciel! s'exclama-t-il, horrifié. Voilà à quoi Runcorn faisait allusion, n'est-ce pas? C'est une très, très sale affaire.

Il était presque comique dans sa consternation; son enthousiasme avait disparu.

— Mon Dieu, qu'allons-nous faire? J'imagine la réaction de Lady Fabia si vous vous aventurez sur ce terrain-là!

— Moi aussi, répondit Monk, la mine sombre. Et je n'ai pas la moindre idée de ce que nous allons faire.

6

Debout à la fenêtre du petit salon de son frère, à Thanet Street, un peu à l'écart de Marylebone Road, Hester Latterly regardait le trafic dans la rue. La maison était plus petite et bien moins belle que celle de ses parents dans Regent Square. Mais après la mort de son père, il avait fallu la vendre. Elle avait toujours cru que, le moment venu, Charles et Imogen quitteraient cette maison pour aller s'installer à Regent Square, mais apparemment, ils avaient eu besoin de fonds pour régler la succession, et à l'arrivée, il ne leur restait rien. Elle vivait donc maintenant chez son frère et sa belle-sœur, et ce, jusqu'à ce qu'elle prenne ses dispositions. De quel ordre, là était la question.

Le choix était limité. Les biens de ses parents avaient été liquidés, toutes les lettres nécessaires, écrites, et les domestiques, pourvus d'excellentes références. Fort heureusement, la plupart d'entre eux avaient réussi à se placer ailleurs. Hester n'avait plus qu'à décider de son propre sort. Bien sûr, Charles lui avait offert l'hospitalité pour le temps qu'elle voudrait... indéfiniment, si tel était son désir. Cette seule idée lui donnait la chair de poule. Vivre en éternelle invitée, ni utile ni décorative, empiéter sur la vie privée d'un couple et, plus tard, de leurs enfants ! Une tante, c'était très bien, mais pas tous les jours au petit déjeuner, déjeuner et dîner.

La vie, c'était autre chose.

Naturellement, Charles avait parlé mariage, mais pour être honnête — comme l'exigeait la situation —, Hester ne correspondait guère à la définition communément admise d'un bon parti. Elle n'était pas désagréable à regarder... un peu grande peut-être : elle dépassait d'une tête beaucoup trop d'hommes à son goût, et au leur. Mais elle n'avait pas de dot et pas de perspectives. Elle venait d'une bonne famille, mais sans aucun lien avec les grandes maisons ; assez distinguée en somme pour avoir des aspirations et élever ses filles dans l'ignorance des tâches utiles, et en même temps pas assez privilégiée pour considérer la naissance comme un atout en soi.

Tout cela eût été remédiable si elle avait eu l'aimable tempérament d'Imogen... mais ce n'était pas le cas. Là où Imogen était douce, gracieuse, pleine de tact et de discrétion, Hester se montrait corrosive, méprisante vis-à-vis de l'hypocrisie, impatiente envers l'indécision et l'incompétence et très peu encline à supporter la bêtise avec complaisance. Par ailleurs, elle aimait lire et étudier plus qu'il ne seyait à une femme et n'était pas exempte d'une certaine arrogance intellectuelle comme tous ceux qui savent réfléchir rapidement.

Bien que ce ne fût pas entièrement sa faute, ses chances de rencontrer et de garder un prétendant ne s'en trouvaient pas accrues pour autant. Elle avait été parmi les premières à quitter l'Angleterre et à embarquer, dans des conditions effroyables, pour la Crimée afin d'offrir ses services à Florence Nightingale à l'hôpital militaire de Scutari.

Elle se rappelait clairement sa première impression de la ville qu'elle avait crue ravagée par la guerre ; le spectacle enchanteur des murailles blanches et des coupoles vertes sur fond de ciel bleu lui avait coupé le souffle.

La suite, bien sûr, avait été tout autre. Elle avait côtoyé la détresse et le gâchis, exacerbés par une incompétence dépassant tout entendement, avec pour seul soutien son courage, son abnégation et son infinie patience envers les victimes. La vue de ces terribles souffrances l'avait endurcie, jusqu'à l'excès peut-être, vis-à-vis des afflictions mineures. Celui qui souffre ne pense pas sur le moment qu'il puisse y avoir pire. Mais Hester ne s'arrêtait pas à ces considérations, à moins d'y être contrainte, or comme les gens détestaient aborder les sujets désagréables, cela lui arrivait très rarement.

D'une très grande intelligence, elle faisait preuve d'un esprit d'analyse déroutant pour son entourage... surtout pour les hommes qui n'attendaient pas ni n'appréciaient cette qualité-là chez une femme. Elle lui avait pourtant permis d'administrer efficacement des hôpitaux pour blessés graves et malades dans un état critique... mais comment le faire valoir dans un simple foyer anglais ? Elle aurait pu gouverner un château fort, organiser sa défense et avoir encore du temps pour elle. Malheureusement, personne n'avait de château fort à diriger... et personne ne les attaquait plus depuis longtemps.

Or elle allait sur ses trente ans.

Le choix réaliste consistait à embrasser la vocation d'infirmière, ce qui était dans ses cordes, bien qu'elle eût soigné davantage de blessures que de maladies courantes dans un pays tempéré comme l'Angleterre, ou alors à accepter une place dans l'administration hospitalière, un emploi subalterne vraisemblablement ; les femmes n'exerçaient pas la médecine et n'avaient pas accès aux postes élevés. Mais la guerre avait changé bien des choses : l'idée du travail à accomplir, des réformes à réaliser l'enthousiasmait plus qu'elle n'aurait voulu l'admettre, compte tenu de ses faibles chances de participation.

Et puis, il y avait le journalisme, même s'il ne lui rapporterait pas vraiment de quoi vivre. Mais fallait-il y renoncer pour autant... ?

Elle avait besoin d'un conseil. Charles ne pouvait que s'opposer à son projet, comme il s'était opposé à son départ en Crimée. Il allait s'inquiéter pour sa sécurité, sa réputation, son honneur... au nom de tous les périls vagues et indéfinis qui la guettaient à l'extérieur. Pauvre Charles, il avait l'esprit extrêmement conformiste. Elle ne comprenait pas qu'il pût être son frère.

Quant à Imogen, ce n'était même pas la peine de lui demander. Elle n'y connaissait rien et, dernièrement, semblait être rongée par ses propres soucis. Hester avait tenté une approche discrète, mais sans résultat ; elle réussit seulement à en tirer la quasi-certitude que Charles en savait encore moins qu'elle.

Pendant qu'elle regardait par la fenêtre, ses pensées se tournèrent vers sa conseillère et amie d'avant la guerre, Lady Callandra Daviot. Voilà quelqu'un qui saurait quoi faire, comment s'y prendre et comment choisir la voie qui la rendrait heureuse. Callandra ne s'était jamais souciée de respecter les normes et ne considérait pas qu'on désirait seulement ce qui était jugé convenable par la société.

Elle avait souvent invité Hester à lui rendre visite à Londres ou à Shelburne Hall en n'importe quelle saison. Elle avait ses propres appartements au château et était libre de recevoir qui bon lui semblait. Hester lui avait donc écrit aux deux adresses pour lui demander la permission de venir. Et elle venait juste de recevoir la réponse, résolument positive.

La porte s'ouvrit derrière elle, et elle entendit le pas de Charles. Elle se retourna, la lettre à la main.

— Charles, j'ai décidé d'aller passer quelques jours, peut-être une semaine, chez Lady Callandra Daviot.

— Je la connais ? s'enquit-il immédiatement.

— Ça m'étonnerait. Elle frise la soixantaine et ne sort pas beaucoup.

— Tu as l'intention de lui servir de demoiselle de compagnie ?

Il vit tout de suite l'aspect pratique de la situation.

— Ce n'est pas un travail pour toi, Hester. Avec toute l'affection que je te porte, je dois dire que tu n'es pas la personne qu'il faut à une dame âgée, encline à l'isolement. Tu es extrêmement autoritaire ; tu n'as aucune indulgence pour les petits maux de la vie quotidienne. Et tu n'as encore jamais réussi à garder tes opinions, aussi bêtes soient-elles, pour toi.

— Parce que je n'ai jamais essayé ! riposta-t-elle, piquée au vif, même si elle savait qu'il le disait pour son bien.

Il eut un sourire oblique.

— Ça, je m'en doute bien, ma chère. Si tu avais essayé, même toi, tu t'en serais mieux tirée.

— Je n'ai aucune envie de jouer les demoiselles de compagnie.

Elle faillit ajouter que, dans le cas contraire, elle aurait précisément choisi Lady Callandra, mais alors, Charles risquait de s'interroger sur son hôtesse et, partant, sur l'opportunité de lui rendre visite.

— Elle est la veuve du colonel Daviot qui avait été chirurgien à l'armée. Je pense lui demander conseil quant à la position qui me convient le mieux.

Il parut surpris.

— Et tu crois vraiment que son opinion te sera utile ? J'en doute, mais enfin vas-y, si tu y tiens. Ton aide nous a été précieuse, et nous t'en sommes infiniment reconnaissants. Tu as accouru sur-le-champ, abandonnant tous tes amis, pour nous apporter ton soutien moral et matériel dans un moment difficile.

— C'était un drame familial.

Pour une fois, elle se montrait gracieuse de bon cœur.

— Pour rien au monde, je n'aurais voulu être ailleurs. Mais en effet, Lady Callandra a énormément d'expérience, et son avis m'intéresse. Si tu n'y vois pas d'inconvénient, je partirai demain matin de bonne heure.

— Certainement...

Il hésita, gêné.

— Euh...

— Quoi, qu'y a-t-il?

— As-tu... euh... suffisamment de ressources?

Elle sourit.

— Pour l'instant, oui... je te remercie.

Il eut l'air soulagé. Elle savait qu'il n'était pas généreux de nature, mais il ne lésinait pas non plus avec les siens. Sa réticence confirmait l'impression que depuis cinq ou six mois, le ménage avait dû réduire considérablement son train de vie. Il y avait d'autres signes; à son retour de Crimée, Hester avait remarqué que les domestiques étaient moins nombreux. Il ne restait plus que la cuisinière, deux filles de cuisine, une bonne et une femme de chambre, préposée au service personnel d'Imogen. Le majordome était le seul homme du service intérieur. Il n'y avait pas de valet, même pas un groom. C'était la bonne qui cirait les chaussures.

Imogen n'avait pas renouvelé sa garde-robe d'été avec la profusion coutumière, et Charles avait fait réparer au moins une paire de ses bottes. Le plateau d'argent, normalement réservé aux cartes de visite, avait disparu du vestibule.

Il était décidément grand temps qu'elle réfléchisse à sa propre situation et au moyen de gagner sa vie. Une voie académique s'ouvrait certes à elle; les études la passionnaient, mais rares étaient les femmes dans l'enseignement, et les contraintes inhérentes à ce type d'existence ne lui souriaient guère. Elle aimait lire pour le plaisir.

Après le départ de Charles, elle monta et trouva Imogen dans la lingerie, en train d'inspecter les draps et les taies d'oreiller. S'occuper du linge de maison était une tâche importante, même pour un ménage aussi modeste que le leur, surtout en l'absence d'une lingère.

— Excuse-moi.

Hester se joignit immédiatement à elle, examinant les bordures brodées à la recherche d'un accroc ou d'un ourlet défait.

— J'ai décidé d'aller quelque temps à la campagne, voir Lady Callandra Daviot. Je pense qu'elle pourra m'éclairer sur ce que je dois faire...

Devant la mine interloquée d'Imogen, elle s'empressa de préciser :

— Du moins, elle saura mieux les possibilités qui s'ouvrent à moi.

— Ah !

Imogen paraissait contente et déçue à la fois. Les explications étaient superflues ; elle comprenait la décision de Hester, mais sa compagnie allait lui manquer. Elles étaient très proches et, loin de les opposer, leurs différences étaient complémentaires.

— Tu prendras Gwen avec toi. On ne séjourne pas chez les aristocrates sans sa femme de chambre.

— Bien sûr que si, rétorqua Hester résolument. Je n'en ai pas ; donc la question est réglée. Je me débrouillerai très bien, et Lady Callandra sera la dernière à m'en vouloir.

— Et comment vas-tu t'habiller pour le dîner ? fit Imogen, sceptique.

— Pour l'amour du ciel ! Je suis capable de m'habiller toute seule !

La bouche d'Imogen frémit légèrement.

— Oui, ma chère, je m'en suis aperçue ! C'est sûrement admirable pour soigner les malades et tenir tête à un commandement borné...

— Imogen !

— Et tes cheveux, as-tu songé à tes cheveux ? Tu

risques d'arriver à table comme si tu venais d'essuyer une bourrasque.

— Imogen !

Hester lui lança un ballot de serviettes à la tête. Une mèche s'échappa de la coiffure d'Imogen, et les serviettes s'éparpillèrent sur le sol.

Imogen riposta en lui jetant un drap, avec un résultat identique. Elles se regardèrent, échevelées, et éclatèrent de rire. L'instant d'après, elles haletaient, assises dans un enchevêtrement de jupes au milieu de piles de linge propre.

La porte s'ouvrit, et Charles parut sur le seuil, interdit et quelque peu alarmé.

— Mais que se passe-t-il ici ?

Au début, il avait pris leurs gémissements pour des sanglots.

— Vous êtes malades ? Que vous arrive-t-il ?

Constatant qu'il s'agissait d'un accès de fou rire, il parut plus décontenancé encore, et comme elles ne se calmaient pas et ne se préoccupaient pas vraiment de lui, il finit par s'énerver.

— Imogen ! Ressaisis-toi, intima-t-il d'un ton tranchant. Qu'est-ce qui te prend ?

Mais Imogen suffoquait de rire.

— Hester !

Charles s'était empourpré.

— Hester, arrête ! Arrête tout de suite !

Hester le regarda et trouva cela plus hilarant encore.

Charles renifla, décida que c'était une lubie féminine, donc irrationnelle, et sortit, refermant énergiquement la porte afin que les domestiques ne surprennent pas cette scène ridicule.

Hester était une voyageuse aguerrie, et le trajet entre Londres et Shelburne ne méritait même pas qu'on en parle, comparé à la traversée mouvementée du golfe de

Gascogne, puis de la Méditerranée et, via le Bosphore, de la mer Noire jusqu'à Sébastopol. Les vaisseaux bondés, remplis de chevaux affolés et aménagés de la façon la plus rudimentaire, n'étaient pas imaginables pour un Anglais, et encore moins pour une Anglaise. Le voyage en train à travers la campagne ensoleillée fut une véritable partie de plaisir, et le bref parcours en dog-cart jusqu'au château, une fête des sens.

Ils s'arrêtèrent devant la magnifique façade avec son portique de colonnes doriques. Le cocher n'eut pas le temps de l'aider; Hester, qui avait perdu l'habitude du protocole, sauta à terre pendant qu'il finissait d'attacher les rênes. Fronçant le sourcil, il déchargea sa malle. Au même moment, un valet lui ouvrit grande la porte, et un autre valet disparut avec sa malle en haut de l'escalier.

Hester fut introduite au salon où se trouvait Fabia Shelburne. La pièce était très belle; en plein cœur de l'été, les portes-fenêtres ouvertes sur le jardin, la brise qui apportait le parfum des roses et la verdure du parc doucement vallonné rendaient la présence de la cheminée de marbre presque incongrue, et les tableaux aux murs apparaissaient comme un coup d'œil superflu sur un autre monde.

Lady Fabia ne se leva pas, mais sourit en voyant entrer Hester.

— Bienvenue à Shelburne Hall, Miss Latterly. J'espère que le voyage ne vous a pas trop fatiguée. Juste ciel, ma chère, mais vous êtes tout échevelée! Il y a beaucoup de vent dehors. J'ose penser que cela ne vous a pas ennuyée. Quand vous aurez repris vos esprits et que vous vous serez changée, peut-être descendrez-vous prendre le thé avec nous? Notre cuisinière confectionne d'excellents beignets soufflés.

Elle sourit avec une tranquille assurance.

— Vous avez sûrement faim, et nous en profiterons pour mieux faire connaissance. Lady Callandra sera là, ainsi que ma belle-fille, Lady Shelburne. Je ne crois pas que vous vous connaissiez ?

— Non, Lady Fabia, mais je me ferai un plaisir de la rencontrer.

Hester avait remarqué la robe violette de Fabia, couleur moins sombre que le noir, mais néanmoins souvent associée au deuil. Par ailleurs, Callandra lui avait parlé de la mort de Joscelin Grey, sans donner de détails.

— Permettez-moi de vous présenter mes condoléances à la suite de la disparition de votre fils. Je peux comprendre ce que vous ressentez.

Fabia haussa les sourcils.

— Ah oui ? fit-elle, incrédule.

Hester resta sans voix. Cette femme se croyait-elle la seule au monde à avoir perdu un proche ? Le chagrin était quelquefois tellement aveugle !

— Absolument, répondit-elle enfin, d'un ton neutre. Mon frère aîné a été tué en Crimée, et mes parents sont décédés il y a quelques mois, à trois semaines d'intervalle.

— Oh...

Pour une fois, Fabia ne savait pas quoi dire. Elle avait pris la robe sobre de Hester pour une simple tenue de voyage. Son propre deuil lui masquait toutes les afflictions d'autrui.

— Je suis désolée.

Hester sourit ; lorsqu'elle était sincère, elle avait un sourire très chaleureux.

— Merci, dit-elle. Maintenant, si vous le voulez bien, je vais suivre votre conseil et monter me changer avant de vous rejoindre pour le thé. Vous avez parfaitement raison : rien que de penser aux beignets, j'ai déjà faim.

La chambre qu'on lui avait donnée se trouvait dans l'aile ouest, là où Callandra avait ses appartements privés depuis qu'elle avait quitté la nursery. Elle et ses frères aînés avaient grandi à Shelburne Hall. Elle en était partie voilà trente ans pour se marier, mais elle y retournait fréquemment, et maintenant qu'elle était veuve, elle était accueillie au château chaque fois et aussi longtemps qu'elle le désirait.

La chambre de Hester était grande et un peu sombre ; tout un pan de mur était couvert de tapisseries aux couleurs sourdes, et le papier peint était dans les tons verts et gris. Seule note de gaieté, un charmant tableau représentant deux chiens, dont le cadre doré à la feuille captait la lumière. Les fenêtres étaient orientées plein ouest ; par une aussi belle journée, le ciel flamboyait entre les immenses hêtres devant la maison. Plus loin, on apercevait un jardin d'herbes aromatiques, impeccablement tenu et clos de murs, derrière une rangée d'arbres fruitiers. Au fond, les épaisses frondaisons du verger cachaient la vue sur le parc.

Il y avait de l'eau chaude dans le broc en porcelaine blanc et bleu, avec un bassin assorti et une pile de serviettes propres. Sans perdre une minute, Hester se débarrassa de ses jupes lourdes et poussiéreuses, se lava le visage et le cou, puis posa le bassin par terre et y plongea ses pieds endoloris.

Alors qu'elle savourait ce plaisir purement physique, on frappa à la porte.

— Qui est-ce ? demanda-t-elle, alarmée.

Vêtue en tout et pour tout d'une chemise et de pantalons, elle n'était franchement pas à son avantage. Et puisqu'elle avait déjà l'eau et les serviettes, elle ne s'attendait pas à voir une femme de chambre.

— Callandra, vint la réponse.

— Oh... !

Il était certainement absurde de vouloir donner le change à Callandra Daviot.

— Entrez !

La porte s'ouvrit, et Callandra parut, un grand sourire aux lèvres.

— Ma chère Hester ! Comme je suis heureuse de vous voir. J'ai l'impression que vous n'avez pas changé... en profondeur, du moins.

Elle ferma la porte et alla s'asseoir sur une bergère. Callandra n'avait jamais été une beauté : trop large de hanches, un nez trop long et des yeux pas tout à fait de la même couleur. Mais son regard pétillait d'humour et d'intelligence, et ses traits témoignaient d'une remarquable force de caractère. Hester l'adorait ; sa simple vue suffit à la ragaillardir et à lui redonner confiance.

— Possible.

Elle remua les orteils dans l'eau qui commençait à refroidir. C'était une sensation exquise.

— Mais beaucoup de choses se sont passées entre-temps. Ma vie n'est plus la même.

— Vous m'en avez parlé dans vos lettres. Je suis infiniment triste pour vos parents... sachez que toutes mes pensées vous accompagnent.

Hester n'avait pas envie d'aborder ce sujet : la douleur était encore trop vive. Imogen lui avait écrit pour annoncer la mort de son père, sans entrer dans les détails. Elle disait seulement qu'il avait été tué d'une balle tirée, par accident sans doute, d'un des deux pistolets de duel qu'il gardait en sa possession ; ou alors il avait surpris un rôdeur, mais comme c'était arrivé en fin d'après-midi, c'était peu probable. La police avait avancé la thèse du suicide. Par égard envers la famille, la question était restée ouverte. Car outre le fait d'être contraire à la loi, le suicide était un péché contre l'Église : l'homme qui attentait à ses jours n'avait pas droit à la sépulture chrétienne, et sa famille portait indéfiniment le fardeau de l'infamie.

Rien, semblait-il, n'avait été volé ; aucun cambrioleur n'avait été appréhendé. La police avait classé le dossier.

Dans la semaine, Hester recevait une autre lettre, postée en fait quinze jours plus tard, lui apprenant la mort de sa mère. Personne ne disait qu'elle était morte de chagrin : une telle précision eût été inutile.

— Merci, dit Hester avec un petit sourire.

Callandra la regarda un instant. Suffisamment intuitive pour comprendre que parler ne ferait que raviver la blessure au lieu d'accélérer la guérison, elle changea donc de sujet, passant aux questions pratiques.

— Et quels sont vos projets, aujourd'hui ? Au nom du ciel, ne foncez pas tête baissée dans un mariage !

Légèrement étonnée par un conseil aussi peu orthodoxe, Hester répondit néanmoins avec une franchise désabusée :

— Encore faut-il que j'en aie l'occasion. J'ai presque trente ans, un caractère peu commode, je suis trop grande, je n'ai pas d'argent et pas de relations. L'homme qui voudra m'épouser sera extrêmement suspect quant à ses motivations ou à son jugement.

— Le monde ne manque pas d'hommes affligés de l'un ou l'autre de ces défauts, dit Callandra en souriant à son tour. Vous me l'avez écrit vous-même. L'armée du moins pullule d'individus dont les motivations vous semblent suspectes et dont vous exécrez le jugement.

Hester fit la grimace.

— Touché, concéda-t-elle. Mais tout de même, ils gardent une certaine présence d'esprit quand il s'agit de leur propre intérêt.

Elle revit brièvement le chirurgien à l'hôpital militaire, son visage las, son soudain sourire, la beauté de ses mains au travail. Un sinistre matin durant le siège, elle l'avait accompagné jusqu'au redan. Elle se souvenait de l'odeur de la poudre et des cadavres, du froid polaire, comme si c'était hier. Mais l'intimité entre eux avait été si intense qu'elle compensait tout le reste. Elle avait eu l'estomac noué lorsqu'il avait parlé pour la première fois de sa femme. Elle aurait dû savoir — elle aurait dû y penser —, mais cela ne l'avait même pas effleurée.

— Il faudrait que je sois belle ou particulièrement fragile, ou les deux de préférence, pour qu'ils affluent devant ma porte. Or, comme vous le savez, je ne suis ni l'un ni l'autre.

Callandra la regarda avec attention.

— Aurais-je entendu une note plaintive, Hester ?

Les joues en feu, Hester comprit que sa rougeur même venait de la trahir.

— Vous devez apprendre à dominer cela.

Callandra s'enfonça un peu plus dans son fauteuil. Elle s'exprimait avec douceur ; ce n'était pas une critique, mais un simple constat.

— Trop de femmes gâchent leur vie à déplorer ce qu'elles n'ont pas, parce que d'autres ont décidé que c'était ce qu'il leur fallait. Presque toutes les femmes mariées vous diront que c'est un état privilégié et que vous êtes à plaindre parce que vous n'en bénéficiez pas. C'est une énorme ânerie. Le fait qu'on soit heureux ou non dépend en partie des circonstances extérieures, mais surtout du regard qu'on porte sur les choses, si l'on se préoccupe de ce qu'on a ou de ce qu'on n'a pas.

Hester fronça les sourcils, incertaine de bien comprendre ou de croire ce discours.

Impatientée, Callandra se pencha en avant d'un geste brusque.

— Ma chère petite, imaginez-vous réellement qu'une femme qui sourit est forcément heureuse ? Personne de normalement constitué n'aime à se faire plaindre, et le meilleur moyen de l'éviter est de garder ses problèmes pour soi en arborant une mine satisfaite. Tout le monde vous croira alors aussi contente de vous que vous en avez l'air. Avant de vous apitoyer sur vous-même, jetez donc un coup d'œil autour de vous et demandez-vous avec qui vous pourriez ou voudriez changer de place, et quels sacrifices vous seriez prête à consentir pour cela. Telle que je vous connais, vous aurez vite fait le tour.

Hester digéra cette idée en silence, la tournant et retournant dans sa tête. Distraitement, elle retira ses pieds du bassin et se mit à les frotter avec une serviette.

Callandra se leva.

— Viendrez-vous prendre le thé au salon avec nous ? En général, c'est très bon, pour autant que je sache, et je fais confiance à votre appétit. Plus tard, nous discuterons des domaines où vous pourriez exercer vos talents. Il y a du pain sur la planche ; nous avons de grands changements en perspective, et votre expérience, votre sensibilité ne devraient pas rester lettre morte.

— Merci.

Hester se sentit soudain beaucoup mieux. Ses pieds étaient frais et propres, elle avait une faim de loup et, même si l'avenir demeurait incertain, une lueur semblait à présent percer la brume.

— Bien sûr que je descendrai pour le thé.

Callandra regarda sa coiffure.

— Je vais vous envoyer ma femme de chambre. Son nom est Effie, et elle est plus efficace que mon apparence ne vous le laisse croire.

Sur ce, elle sortit gaiement de la pièce, fredonnant d'une riche voix de contralto, et Hester entendit son pas énergique s'éloigner dans le couloir.

Seules les dames s'étaient réunies pour prendre le thé de l'après-midi. Rosamond avait émergé du boudoir où elle était en train de rédiger son courrier. Fabia présidait à la cérémonie, même si la femme de chambre était là aussi pour passer les tasses et les sandwiches au concombre — concombres qui étaient cultivés en serre —, et ensuite les beignets et les cakes.

La conversation fut excessivement urbaine, au point d'être vide de sens. Les sentiments et les opinions n'étaient pas de mise à l'heure du thé. Elles parlèrent mode : quelle couleur et quelle ligne seyaient à qui, quelle serait la tendance de la saison, serait-ce la taille basse ou bien davantage de dentelles, ou peut-être plus de boutons ? Les chapeaux seraient-ils plus grands ou plus petits ? Était-ce de bon goût de porter du vert, et fallait-il en porter d'ailleurs : ne vous donnait-il pas un teint de cire ? C'était si important d'avoir un joli teint !

Quel savon était le meilleur pour conserver l'éclat de la jeunesse ? Les pilules du Dr Untel étaient-elles réellement souveraines pour les indispositions féminines ? Mrs. Wellings jurait qu'elles tenaient du miracle. Mais Mrs. Wellings était encline à l'exagération. Elle était prête à marcher sur la tête pour se faire remarquer.

Régulièrement, Hester croisait le regard de Callandra et s'empressait de baisser les yeux pour ne pas pouffer de rire dans un accès d'hilarité aussi malséante qu'impolie. Car on la soupçonnerait de se gausser de son hôtesse, ce qui serait impardonnable... et vrai.

Le dîner se déroula dans une tout autre atmosphère. Effie, découvrit Hester, était une avenante jeune villageoise, vive et volubile, avec une masse de cheveux auburn naturellement bouclés que bien des maîtresses auraient troqués contre leur dot. Elle était là depuis cinq minutes à peine, fourrageant dans les vêtements, une épingle par-ci, une fronce par-là, jonglant avec les tissus sous l'œil ahuri de Hester, quand elle révéla que la police était venue au château, deux fois déjà, pour enquêter sur la mort du pauvre major, là-haut, à Londres. Ils étaient deux, en fait : l'un, plutôt sinistre, l'air ombrageux et suffisamment intimidant pour faire peur aux enfants, qui avait discuté avec la maîtresse et bu le thé au salon comme s'il se prenait pour un gentleman.

L'autre, en revanche, était une vraie crème, et tellement élégant... on se demandait bien ce qu'un fils de pasteur faisait dans ce métier-là ! Un jeune homme aussi charmant aurait dû se trouver une occupation convenable, comme par exemple prendre l'habit lui-même ou servir de précepteur aux fils d'une bonne famille.

— Seulement voilà! déclara-t-elle, s'emparant d'une brosse et s'attaquant avec détermination à la chevelure de Hester. Les meilleurs des hommes ont parfois des idées bizarres, je l'ai toujours dit. En tout cas, notre cuisinière s'est proprement entichée de lui. Oh, ma bonne mère!

Elle contempla la nuque de Hester d'un œil critique.

— Si je peux me le permettre, Miss, franchement, vous ne devriez pas vous coiffer comme ça.

Elle donna quelques coups de brosse, enroula les cheveux, planta les épingles et regarda à nouveau.

— Là... vous avez de beaux cheveux quand ils sont bien coiffés. Vous devriez en parler à votre femme de chambre... elle ne s'occupe pas bien de vous, sauf votre respect, Miss. J'espère que ça vous convient?

— Et comment! lui assura Hester, stupéfaite. Vous êtes vraiment très douée.

Effie rosit de plaisir.

— Lady Callandra dit que je parle trop, confessa-t-elle avec humilité.

Hester sourit.

— C'est vrai. Mais moi aussi. Merci de votre aide... transmettez ma gratitude à Lady Callandra.

— Bien, Miss.

Effie esquissa une révérence, saisit sa pelote à épingles et s'éclipsa, oubliant de refermer la porte de la chambre. Hester entendit ses pas résonner dans le couloir.

Son apparence avait effectivement changé de façon spectaculaire. Le style strict qu'elle avait choisi pour des raisons pratiques au début de sa carrière d'infirmière s'était considérablement étoffé et adouci. Sa robe avait été expertement rajustée pour paraître moins modeste et plus ample par-dessus le jupon emprunté à l'insu de sa propriétaire; de handicap, sa haute taille devenait ainsi un atout considérable. Le moment venu, elle descendit le grand escalier extrêmement contente d'elle.

Tous deux, Lovel et Menard Grey étaient rentrés pour la soirée, et elle fit leur connaissance au salon avant d'aller prendre place à la longue table vernie, dressée pour six personnes, mais qui aurait pu facilement en accueillir douze. De part et d'autre, l'on pouvait encore rajouter deux rallonges et la transformer en table de vingt-quatre couverts.

Le regard de Hester glissa rapidement sur la tablée, notant les serviettes empesées, brodées d'armoiries familiales, l'argenterie étincelante ornée de la même façon, les gobelets en cristal reflétant les mille lumières du lustre, tour de verre semblable à un petit iceberg illuminé. Il y avait des fleurs du jardin et de la serre, artistement disposées dans trois vases plats en milieu de table. Le tout scintillait et miroitait comme une œuvre d'art.

Cette fois, la conversation roula sur le domaine et sur des matières d'ordre politique. Apparemment, Lovel avait passé la journée au marché de la ville voisine, à discuter d'histoires de terrain, et Menard s'était rendu dans une métairie au sujet de la vente d'un bélier reproducteur et, bien sûr, du début de la moisson.

Le repas fut servi avec diligence par la femme de chambre et les valets, auxquels personne ne prêta la moindre attention.

Ils en étaient au plat principal, selle de mouton rôtie, quand Menard, bel homme d'une trentaine d'années, adressa finalement la parole à Hester. Il était châtain foncé comme son frère, le visage tanné d'avoir passé le plus clair de son temps au grand air. Il aimait la chasse à courre, montait avec hardiesse et tirait le faisan en saison. S'il souriait, c'était de plaisir, mais rarement pour apprécier un trait d'esprit.

— C'est très aimable à vous, Miss Latterly, d'être venue rendre visite à tante Callandra. J'espère que vous resterez quelque temps chez nous ?

— Merci, Mr. Grey, répondit-elle, gracieuse. C'est très gentil de votre part. L'endroit est superbe ; je suis sûre que je m'y plairai.

— Vous connaissez tante Callandra depuis longtemps ?

Il se montrait poli, et elle devinait d'avance le tour que prendrait la conversation.

— Cinq ou six ans. Elle m'a souvent été d'un excellent conseil.

Lady Fabia fronça les sourcils. Visiblement, elle n'arrivait pas à associer Callandra à la notion de bon conseil.

— Ah oui ? murmura-t-elle, incrédule. Et à quel sujet, je vous prie ?

— Pour m'aider à savoir comment employer mon temps et mes capacités.

Rosamond parut perplexe.

— Employer ? répéta-t-elle doucement. Je crains de ne pas comprendre.

Son regard intrigué alla de Lovel à sa belle-mère.

— J'ai besoin d'assurer ma propre subsistance, Lady Shelburne, expliqua Hester avec un sourire.

Les propos de Callandra sur le bonheur lui revenaient dans toute leur signification.

— Je suis désolée, souffla Rosamond, baissant les yeux sur son assiette comme si elle venait de commettre un impair.

— Il n'y a pas de quoi, répliqua Hester rapidement. J'ai déjà vécu quelques expériences inspiratrices et j'espère bien en connaître d'autres.

Elle allait ajouter que c'était merveilleux de se sentir utile, quand elle se rendit compte de la cruauté de cette remarque et ravala gauchement ses paroles en même temps qu'une bouchée de viande en sauce.

— Inspiratrices ? fit Lovel avec un froncement de sourcils. Seriez-vous religieuse, Miss Latterly ?

Callandra toussa copieusement dans sa serviette ; apparemment, elle avait avalé de travers. Fabia lui passa un verre d'eau. Hester évitait de la regarder.

— Non, Lord Shelburne, répondit-elle aussi posément qu'elle put. J'ai été infirmière en Crimée.

Un silence absolu se fit autour de la table. On n'entendait même pas le cliquetis de l'argent sur la porcelaine.

— Mon beau-frère, le major Joscelin Grey, a servi en Crimée, dit Rosamond dans le vide.

Sa voix était douce et triste.

— Il est mort peu après son retour en Angleterre.

— C'est peu dire, ajouta Lovel, les traits crispés. Il a été assassiné dans son appartement londonien, comme vous ne manquerez pas de le savoir. La police est venue enquêter jusqu'ici ! Mais pour le moment, personne n'a été arrêté.

— Je suis terriblement navrée ! fit Hester, sous le choc.

Elle avait soigné un certain Joscelin Grey à l'hôpital de Scutari, mais pas longtemps : sa blessure, bien que sérieuse, n'était rien comparée à d'autres, et notamment à ceux qui avaient contracté une maladie. Elle le revoyait maintenant : il était blond, jeune, avec un grand sourire et une grâce innée.

— Je me souviens de lui...

Les paroles d'Effie lui revinrent clairement en mémoire.

Rosamond lâcha sa fourchette, rougit, puis pâlit à l'extrême. Fabia ferma les yeux et prit une longue et profonde inspiration.

Lovel fixait son assiette. Menard seul regardait Hester ; il n'avait l'air ni surpris, ni attristé, mais son visage fermé reflétait une souffrance cachée.

— Comme c'est extraordinaire, dit-il lentement. Pourtant, vous avez dû voir des centaines de soldats, sinon des milliers. Nos pertes ont été colossales, me semble-t-il.

— C'est vrai, acquiesça-t-elle, la mine sombre. Plus encore qu'on ne l'imagine : dix-huit cents hommes au moins, dont la plupart sont morts pour rien. Les neuf dixièmes ont péri non pas sur le champ de bataille, mais après... de maladie ou de blessures.

— Vous vous souvenez de Joscelin ? demanda Rosamond avec vivacité, sans se soucier de ce bilan macabre. Il a été blessé à la jambe. Du coup, il boitillait... souvent même, il était obligé de se servir d'une canne.

— Seulement quand il était fatigué ! dit Fabia d'un ton sec.

— Ou quand il voulait se faire plaindre, marmonna Menard.

— Cela est indigne !

La voix dangereusement douce de Fabia contenait un avertissement. Son regard bleu se posa sur son deuxième fils avec une aversion glacée.

— Je considère que tu n'as rien dit.

— L'usage veut qu'on ne parle pas en mal des défunts, observa Menard avec une ironie peu coutumière. Ce qui limite singulièrement la conversation.

Rosamond contempla son assiette.

— J'ai toujours eu du mal à comprendre votre humour, Menard, se lamenta-t-elle.

— Peut-être parce qu'il ne fait pas exprès d'être drôle, siffla Fabia.

— Tandis que Joscelin, lui, était un boute-en-train, hein ?

Menard était en colère et ne s'en cachait plus.

— C'est merveilleux, à quoi le rire peut vous mener... il suffit de vous divertir pour que vous fermiez les yeux sur tout le reste !

— J'aimais Joscelin.

Fabia le foudroya du regard.

— J'appréciais sa compagnie. Et je n'étais pas la seule. Toi aussi, je t'aime, mais tu m'ennuies à mourir.

— Vous êtes contente pourtant de récolter les bénéfices de mon travail!

Menard avait le visage en feu; ses yeux lançaient des éclairs.

— Je m'occupe des finances et veille à la gestion du domaine, pendant que Lovel perpétue le nom des Shelburne, siège à la Chambre des lords et remplit ses fonctions de pair du royaume... Quant à Joscelin, il passait son temps à courir les clubs et les salons et à dilapider son argent au jeu!

Le sang déserta lentement le visage de Fabia. Elle s'agrippait à sa fourchette et à son couteau comme à une bouée de sauvetage.

— Et tu continues à lui en vouloir?

Sa voix était à peine audible.

— Il s'est battu, a risqué sa vie au service de sa reine et de sa patrie dans des conditions effroyables; il a vu le sang couler. Et quand il est rentré, blessé, tu lui as reproché de prendre un peu de bon temps avec ses amis!

Menard inspira pour riposter, mais voyant la douleur sur le visage de sa mère, plus profonde que sa fureur, plus forte que tout, il retint sa langue.

— J'ai eu quelques problèmes avec ses dettes, fit-il doucement. C'est tout.

Hester jeta un coup d'œil en direction de Callandra. Sur son visage expressif, la colère et la pitié le disputaient au respect. A qui étaient réservés ces sentiments, Hester l'ignorait. Mais elle eut l'impression que le respect était pour Menard.

Lovel eut un pâle sourire.

— Je crains, Miss Latterly, que la police ne soit

encore dans les parages. On nous a dépêché un type très désagréable, une espèce de parvenu, bien qu'il soit mieux élevé, manifestement, que la plupart de ses collègues. Mais il n'a pas l'air de savoir ce qu'il fait et pose des questions très impertinentes. Si jamais il reparaît pendant votre séjour ici et qu'il vous importune d'une manière ou d'une autre, envoyez-le sur les roses et prévenez-moi.

— Très certainement, acquiesça Hester.

Elle n'avait jamais eu affaire à un policier ; ce genre de fréquentation ne l'intéressait guère.

— Ce doit être très pénible pour vous, ajouta-t-elle.

— C'est vrai, répondit Fabia. Mais nous n'avons pas d'autre choix que de supporter ce désagrément. Il semble bien que le pauvre Joscelin ait été assassiné par quelqu'un qu'il connaissait.

Hester ne trouva rien à répondre à cela ; tout commentaire eût été blessant ou futile.

— Merci pour votre conseil, dit-elle à Lovel.

Et, baissant les yeux, elle s'absorba dans le contenu de son assiette.

Après le dessert, les femmes se retirèrent, et Lovel et Menard passèrent une demi-heure à boire du porto. Ensuite, Lovel enfila sa veste d'intérieur et partit se détendre dans le fumoir, tandis que Menard allait dans la bibliothèque. Personne ne s'attarda après dix heures, invoquant la fatigue de la journée et le besoin de sommeil.

Le petit déjeuner fut servi en abondance : porridge, bacon, œufs, rognons à la moutarde, côtelettes, pilaf de poisson, haddock fumé, toasts, beurre, confitures, compote d'abricots, marmelade, miel, thé et café. Hester mangea peu ; rien qu'à l'idée de goûter à tout, elle se sentait gonfler. Fabia et Rosamond mangeaient chacune dans leur chambre ; Menard était déjà parti, et Callandra n'était pas encore levée. Seul Lovel lui tint compagnie.

— Bonjour, Miss Latterly. Vous avez bien dormi, j'espère ?

— Très bien, je vous remercie, Lord Shelburne.

Elle se servit dans les plats maintenus au chaud sur le buffet et alla s'asseoir.

— Et vous-même, vous allez bien ?

— Comment ? Ah... oui, oui, merci. Je vais toujours bien.

Il piqua du nez sur son assiette chargée de nourriture et ne leva les yeux qu'au bout de quelques minutes.

— Au fait, j'espère que vous aurez la générosité de ne pas tenir compte des propos de Menard, hier soir, au dîner. Chacun de nous a sa façon de réagir face à un deuil. Menard a perdu son meilleur ami, un garçon avec qui il était à l'école, puis à Cambridge. Ça l'a énormément secoué. Il aimait beaucoup Joscelin, vous savez. Seulement, en tant qu'aîné, il se sentait... euh...

Il chercha les mots pour exprimer sa pensée et ne les trouva pas.

— Il se sentait...

— Responsable de lui ? suggéra-t-elle.

Lovel s'anima, reconnaissant.

— Exactement. Il arrivait parfois à Joscelin de jouer trop gros, et c'était Menard qui... euh...

— Je comprends, dit-elle, moins par conviction que pour le tirer d'embarras et mettre un terme à cette conversation pénible.

Plus tard, en marchant sous les arbres avec Callandra par une belle matinée venteuse, elle en apprit bien davantage.

— Balivernes que tout ça ! déclara Callandra, catégorique. Joscelin était un tricheur. Depuis toujours, même dans sa plus tendre enfance. A mon avis, il n'avait pas évolué de ce côté-là, et c'est Menard qui devait rattraper ses bêtises pour éviter le scandale. Il est très sensible à la réputation de la famille, Menard.

— Et pas Lord Shelburne ? s'étonna Hester.

— Lovel n'a pas assez d'imagination pour concevoir qu'un Grey puisse tricher, répondit Callandra sans ambages. Ça dépasse son entendement. Un gentleman ne triche pas. Joscelin était son frère — et donc un gentleman. Par conséquent, il était incapable de tricher. C'est aussi simple que ça.

— Vous n'aimiez pas particulièrement Joscelin ?

Hester scruta son visage. Callandra sourit.

— Pas particulièrement. Je reconnais qu'il avait de l'esprit, et on a tendance à beaucoup pardonner à ceux qui nous font rire. C'était un excellent musicien : on se montre tout aussi indulgent envers quelqu'un qui sait produire de beaux sons... ou disons plutôt reproduire. Car il ne composait pas, à ma connaissance.

Elles continuèrent à marcher dans un silence troublé seulement par les mugissements du vent dans les chênes séculaires. On eût dit un bruit de chute d'eau ou de vagues se brisant inlassablement sur des rochers. Hester trouvait cela très plaisant, et l'air pur, parfumé, lui donnait l'impression de la purifier de l'intérieur.

— Alors ? fit Callandra enfin. Quels sont vos projets, Hester ? Je suis convaincue que vous pouvez obtenir une très bonne place, si vous souhaitez exercer le métier d'infirmière, soit dans un hôpital militaire, soit dans un établissement londonien qui veut bien accepter les femmes.

Elle s'exprimait d'une voix morne, sans enthousiasme.

— Mais... ? enchaîna Hester.

La grande bouche de Callandra frémit dans un semblant de sourire.

— Mais je pense que ce serait du gâchis. Vous êtes une organisatrice-née, et une battante. Ce qu'il vous faut, c'est une cause à défendre. Vous avez acquis des notions très poussées en matière de soins médicaux en

Crimée. Enseignez-les ici, en Angleterre, imposez-les... mettez fin aux maladies secondaires, au manque d'hygiène, à l'ignorance des infirmiers, aux traitements inefficaces qui feraient dresser les cheveux sur la tête à n'importe quelle bonne ménagère. Vous sauverez plus de vies et serez une femme comblée.

Hester ne mentionna pas les dépêches signées du nom d'Alan Russell, mais la vérité contenue dans les paroles de Callandra la réchauffa, la fortifia comme si une dissonance s'était subitement résolue en harmonie.

— Et comment vais-je faire ?

La rédaction d'articles pouvait attendre, suivre son propre cours. Son discours ne pourrait que s'enrichir de connaissances acquises au fil des ans. Bien sûr, elle savait déjà que Miss Nightingale continuerait à se battre avec l'ardeur qui menaçait de consumer ses forces physiques et psychiques pour une réforme capitale du corps médical des armées, mais elle ne pouvait y parvenir seule, même vénérée par la nation tout entière et malgré ses amis haut placés. Les droits et privilèges se ramifiaient dans les sentiers du pouvoir comme les racines souterraines d'un arbre. Les liens de l'habitude, de la sécurité d'une fonction étaient impossibles à trancher. Trop de gens seraient obligés de changer et, ce faisant, avouer leur manque de discernement, leur aveuglement, voire leur incompétence.

— Comment vais-je trouver une place ?

— J'ai des amis, répondit Callandra avec une tranquille assurance. Je me propose d'écrire, très discrètement, pour solliciter des faveurs, faire appel au sens du devoir, remuer les consciences et brandir le spectre de la disgrâce, à la fois publique et personnelle, s'ils refusent de m'aider !

Ses yeux pétillaient ; Hester ne douta pas un instant qu'elle tiendrait parole.

— Merci, dit-elle. Je ferai en sorte que mes efforts justifient les vôtres.

— Certainement. Si je ne le pensais pas, je ne me donnerais pas cette peine.

Callandra régla son pas sur celui de Hester, et elles quittèrent l'abri des arbres pour continuer leur promenade à travers le parc.

Deux jours plus tard, le général Wadham vint dîner avec sa fille Ursula, fiancée depuis quelques mois à Menard Grey. Arrivés de bonne heure, ils rejoignirent la famille au salon avant que le repas ne fût annoncé, et presque immédiatement, la patience de Hester se trouva mise à rude épreuve. Ursula était une jolie fille avec une crinière blonde tirant sur le roux et le teint frais de quelqu'un qui passe beaucoup de temps au grand air. Très vite, d'ailleurs, il devint manifeste qu'elle se passionnait pour la chasse à courre. Ce soir-là, elle portait une robe d'un bleu éclatant que Hester jugea un peu trop voyante ; une teinte plus douce l'aurait davantage mise en valeur, faisant ressortir sa vitalité naturelle. Alors qu'ainsi, l'effet était quelque peu tapageur comparé à la soie lavande de Fabia et à sa blondeur striée de cheveux blancs, Rosamond en bleu si sombre que ses joues en avaient pris la pâleur de l'albâtre, et Hester elle-même en lie-de-vin chatoyant et cependant compatible avec son deuil récent. Elle était secrètement convaincue du reste que jamais elle n'avait porté une couleur plus seyante !

Callandra était en noir avec des touches de blanc, une robe magnifique, cependant pas tout à fait à la mode. Mais Callandra ne recherchait pas l'éclat, seulement la distinction : briller n'était pas dans sa nature.

Grand, corpulent, le général Wadham avait des moustaches en croc et des yeux d'un bleu délavé. Il était soit myope, soit presbyte, Hester n'aurait su le dire ; en tout cas, il avait du mal à fixer son regard sur elle en lui parlant.

— On est de passage, Miss... euh... Miss... ?
— Latterly, lui souffla-t-elle.
— Oui, oui, bien sûr... Latterly.

Il ressemblait en caricature à ces vieilles badernes qui faisaient leur bonheur, à elle et à Fanny Bolsover, lors des longues nuits passées au chevet des blessés et quand elles s'écroulaient, épuisées, sur la paillasse, blotties l'une contre l'autre pour se réchauffer et se racontant des bêtises parce qu'il valait mieux rire que pleurer. Elles se moquaient des officiers car elles n'avaient ni la force ni le courage d'aborder la pitié, la loyauté et la haine de front.

— Une amie de Lady Shelburne, hein ? fit le général machinalement. Charmant... charmant.

Hester sentit la moutarde lui monter au nez.

— Non, de Lady Callandra Daviot, rectifia-t-elle. Une amie de longue date.

— Vous m'en direz tant.

Et, n'ayant rien à ajouter à cela, il passa à Rosamond, davantage disposée à causer de la pluie et du beau temps, selon l'humeur de son interlocuteur.

Lorsqu'on vint annoncer le dîner, faute de gentleman pour l'escorter, Hester fut obligée de se rendre à la salle à manger avec Callandra et, à table, se retrouva placée face au général.

On servit l'entrée, et tout le monde commença à manger, les dames délicatement, les hommes avec appétit. Au début, la conversation fut sporadique, mais une fois la faim apaisée, après le potage et le poisson, Ursula se mit à parler chasse, évoquant les mérites respectifs de tel ou tel cheval.

Hester se taisait. Elle avait eu l'occasion de monter seulement en Crimée, et le spectacle de chevaux blessés, malades ou affamés l'avait tant perturbée qu'elle préférait ne plus y penser. L'esprit ailleurs, elle se préoccupait si peu de ce qui se disait à table que Fabia dut lui adresser la parole trois fois avant qu'elle ne s'en rende compte en sursaut.

— Je vous demande pardon ! fit-elle, embarrassée.

— Vous avez dit, me semble-t-il, Miss Latterly, que vous aviez rencontré mon fils, feu le major Joscelin Grey ?

— Très brièvement, hélas... il y avait tellement de blessés.

Elle avait répondu poliment, comme s'il s'agissait d'une formule banale, mais en son for intérieur, elle revit les hôpitaux où les blessés, les soldats souffrant d'engelures, de faim, de maladies comme la dysenterie et le choléra s'entassaient au point de ne plus pouvoir bouger, avec des rats qui couraient et grouillaient partout.

Pis encore, elle se souvint des ouvrages de terre au moment du siège de Sébastopol, du froid glacial, de la lueur des lampes dans la boue. Grelottante, elle en tenait une pour éclairer le chirurgien ; les reflets de lumière dansaient sur la scie ; les hommes, amas de formes obscures, cherchaient un peu de chaleur. Elle se rappela la première fois où elle avait vu la haute silhouette de Rebecca Box surgissant sur le champ de bataille, un terrain dernièrement occupé par les troupes russes, pour ramasser les corps et les hisser sur ses épaules afin de les ramener derrière les lignes. Sa force n'avait d'égale que son sublime courage. Aucun soldat ne tombait aussi loin qu'elle n'aille pas le chercher pour le transporter sous la tente de l'hôpital.

Les yeux rivés sur elle, ils attendaient tous qu'elle dise autre chose, un mot d'éloge sur Joscelin. Il avait fait la guerre... major dans la cavalerie.

— Je me souviens qu'il était charmant.

Elle se refusait à mentir, même pour faire plaisir aux siens.

— Il avait un délicieux sourire.

Fabia se détendit et se carra sur sa chaise.

— C'était bien Joscelin, acquiesça-t-elle, le regard embué. Un mélange de courage et de gaieté, même dans les conditions les plus dramatiques. Je n'arrive pas à croire qu'il n'est plus... j'ai l'impression que la porte va s'ouvrir à la volée et qu'il va apparaître, s'excusant pour son retard et clamant qu'il a faim.

Hester regarda la table chargée de victuailles, de quoi nourrir la moitié d'un régiment en temps de siège. Comme le mot *faim* leur venait facilement à la bouche !

Se redressant, le général Wadham s'essuya les lèvres avec sa serviette.

— Un homme de qualité, dit-il doucement. Vous devez être très fière de lui, ma chère. Un soldat ne vit pas bien longtemps, mais il honore sa patrie, et on ne peut pas l'oublier.

Dans le silence qui suivit, on n'entendit que le cliquetis des couverts en argent. Ravagé par la douleur, le visage de Fabia criait sa solitude. Rosamond fixait le vide, et Lovel avait l'air malheureux, pour elles ou du fait de son propre chagrin, il était impossible de le dire.

Menard mâchait et remâchait sa nourriture, comme s'il avait la gorge trop nouée et la bouche trop sèche pour l'avaler.

— Glorieuse campagne, reprit finalement le général. Elle vivra dans les annales de l'histoire. Un courage insurpassable. Le Mamelon Vert, les Ouvrages Blancs, tout ça.

Hester crut suffoquer soudain ; des larmes de colère et de révolte lui obstruaient la gorge. Les collines sur l'autre rive de l'Alma lui apparurent plus clairement que les silhouettes des convives autour de la table et le scintillement du cristal. Elle revit le parapet hérissé de fusils ennemis, la Grande et la Petite Redoutes, les barricades d'osier remplies de pierres. Derrière se trouvaient les cinquante mille hommes du prince Menchikov. Elle se souvint de l'odeur de la brise marine. Avec les autres femmes qui suivaient l'armée, elle regardait Lord Raglan, en redingote et chemise blanche, assis raide comme un piquet en selle.

A 1 heure de l'après-midi, le clairon sonna, et l'infanterie avança, épaule contre épaule, droit sur les fusils russes. Ils furent presque tous fauchés. Après quatre-vingt-dix minutes de carnage, l'ordre fut enfin donné, et les hussards, les lanciers et les fusiliers entrèrent en lice, en rangs serrés.

— Regardez bien, dit un major à une épouse de militaire, car la reine d'Angleterre donnerait ses yeux pour voir ça.

Les hommes tombaient comme des mouches. Les couleurs portées haut étaient déchiquetées par les balles. Sitôt qu'un porte-drapeau s'écroulait, un autre prenait sa place, avant d'être abattu et remplacé à son tour. Les ordres se contredisaient; les hommes avançaient et battaient en retraite dans la cohue générale. Les grenadiers parurent, muraille mouvante de bonnets à poil, suivis de la garde noire de la brigade des Highlanders.

Les dragons restèrent inemployés derrière la ligne. Pourquoi ? Lorsqu'on lui posa la question, Lord Raglan répondit qu'il était en train de penser à Agnès !

Hester se rappela s'être risquée après sur le champ de bataille : le sol était imprégné de sang; elle vit des corps déchiquetés, des membres éparpillés un peu partout. Elle avait fait son possible pour soulager la souffrance, jusqu'à tomber presque d'épuisement, étourdie par les bruits et le spectacle de la douleur. Entassés sur des charrettes, les blessés étaient transportés sous les tentes de l'hôpital de campagne. Elle avait travaillé jour et nuit, exténuée, assoiffée, fourbue, frappée d'horreur. Les infirmiers s'efforçaient de stopper l'hémorragie; en guise de calmant, ils ne disposaient que de quelques précieuses gouttes de brandy. Que n'aurait-elle donné alors pour le contenu des caves de Shelburne !

La conversation se poursuivait autour d'elle, enjouée, entre la politesse et l'ignorance. Les fleurs flottaient devant ses yeux, fleurs d'été cueillies par des jardiniers attentifs, orchidées cultivées en serre. Elle se revit marchant dans l'herbe par un chaud après-midi d'été avec des lettres d'Angleterre dans sa poche, parmi les roses sauvages et les pieds-d'alouette bleus qui avaient repoussé dans les champs de Balaklava un an après la charge de la brigade légère, cet absurde exemple de gabegie imbécile et d'héroïsme suicidaire. Rentrée à l'hôpital, elle essaya d'écrire aux siens pour leur raconter comment c'était en réalité, ce qu'elle faisait, ce qu'elle ressentait, le partage, les bons moments, les amitiés, Fanny Bolsover, le rire, le courage. La résignation désabusée des hommes lorsqu'on leur distribuait du café vert en grains, sans aucun moyen de le griller ou de le moudre ; elle les admirait tant qu'elle en avait eu la gorge serrée de fierté. Elle entendait encore maintenant le raclement de la plume sur le papier... et le bruit de papier déchiré.

— Un homme d'exception, disait le général Wadham, le regard perdu dans son verre de bordeaux. Un héros national. Lucan et Cardigan sont parents... vous étiez au courant ? Lucan a épousé l'une des sœurs de Cardigan. Quelle famille !

Il hocha la tête, impressionné.

— Quel sens du devoir !

— Un exemple pour nous tous, renchérit Ursula, les yeux brillants.

— Ils ne pouvaient pas se sentir, dit Hester avant d'avoir eu le réflexe de tenir sa langue.

— Je vous demande pardon ?

Le général la dévisagea froidement, haussant ses pâles sourcils. Toute sa personne respirait l'incrédulité face à tant d'impertinence ; visiblement, il désapprouvait les femmes qui osaient parler plus souvent qu'à leur tour.

Hester bouillait intérieurement. C'était le type même de l'imbécile borné et imbu de lui-même, comme ceux qui avaient causé des pertes incommensurables sur le champ de bataille de par leur refus d'être informé, leur esprit rigide, l'affolement en découvrant qu'ils s'étaient trompés et leurs sentiments personnels au détriment de la vérité.

— Je dis que Lord Lucan et Lord Cardigan se sont détestés au premier coup d'œil, répéta-t-elle clairement dans un silence de mort.

— A mon avis, vous n'êtes pas en position de porter un tel jugement, madame.

Il la considérait avec le mépris le plus total. Elle était moins qu'un subalterne, moins qu'un simple soldat, nom d'un chien... elle était une femme ! Et elle l'avait contredit, ne fût-ce qu'implicitement, devant tout le monde.

— J'étais à la bataille de l'Alma, à Inkerman et à Balaklava, et au siège de Sébastopol, monsieur, répliqua-t-elle sans baisser les yeux. Et vous, où étiez-vous ?

Il rougit furieusement.

— Les bonnes manières et le respect vis-à-vis de nos hôtes me retiennent, madame, de vous donner la réponse que vous méritez, fit-il avec raideur. Puisque le repas est terminé, les dames souhaitent peut-être se retirer au salon ?

Rosamond allait se lever docilement, et Ursula posa sa serviette à côté de son assiette, bien qu'elle n'eût pas fini sa poire.

Fabia ne bougea pas. Deux taches rouges brûlaient sur ses pommettes. Lentement, délibérément, Callandra prit une pêche et entreprit de l'éplucher avec le couteau et la fourchette à dessert, un petit sourire aux lèvres.

Personne ne bronchait. Le silence s'épaississait.

— Je crois que l'hiver va être rude cette année, dit

Lovel finalement. Le vieux Beckinsale pense perdre la moitié de ses récoltes.

— Il raconte ça tous les ans, grommela Menard, vidant son verre de vin sans plaisir, comme s'il voulait simplement éviter le gaspillage.

— Les gens ont tendance à radoter.

Avec soin, Callandra coupa la partie ramollie du fruit et la repoussa sur le bord de l'assiette.

— Voilà quarante ans que nous avons battu Napoléon à Waterloo, et nous croyons toujours que notre armée est invincible, espérant vaincre grâce à la même tactique, la même discipline et le même courage qui ont infligé la défaite à la moitié de l'Europe et provoqué la chute d'un empire.

— Et nous réussirons, parbleu !

Le général abattit sa paume sur la table, faisant tressaillir les couverts.

— Il n'y a pas mieux sur terre que le soldat britannique !

— Je n'en doute pas, acquiesça Callandra. C'est le général britannique en campagne qui est un âne bâté et incompétent.

— Callandra ! Pour l'amour du ciel !

Fabia était atterrée.

Menard cacha son visage dans ses mains.

— On s'en serait peut-être mieux tirés si vous aviez été là, général, continua Callandra sans s'émouvoir, le regardant droit dans les yeux. Au moins, vous avez de l'imagination !

Rosamond ferma les yeux et se laissa glisser à moitié sous la table. Lovel gémit.

Prise d'un fou rire un rien hystérique, Hester plaqua sa serviette sur sa bouche pour l'étouffer.

Le général Wadham opta pour une retraite stratégique avec une grâce surprenante. Il décida d'accepter cette remarque comme un compliment.

— Je vous remercie, madame, répondit-il d'un air compassé. Peut-être bien que j'aurais empêché le massacre de la brigade légère.

Ils en restèrent là. Fabia, avec l'aide de Lovel, se leva et excusa les dames pour les conduire au salon où elles causèrent musique, mode, manifestations mondaines, mariages à venir, programmés ou potentiels, tout en étant excessivement polies les unes avec les autres.

Après le départ des invités, Fabia gratifia sa belle-sœur d'un regard qui aurait dû la foudroyer sur place.

— Callandra... je ne vous le pardonnerai jamais!

— Comme vous ne m'avez jamais pardonné la couleur de ma robe, puisque vous portiez la même, le jour de notre rencontre, il y a quarante ans, rétorqua Callandra. Je m'en ferai une raison, une fois de plus.

— Vous êtes insupportable. Dieu que Joscelin me manque!

Elle se leva lentement, et Hester en fit autant par courtoisie. Fabia se dirigea vers les portes battantes.

— Je vais me coucher. A demain.

Sur ce, elle quitta le salon.

— Vous êtes impossible, tante Callandra.

L'air malheureux et perdu, Rosamond se tenait au milieu de la pièce.

— Je me demande pourquoi vous dites des choses pareilles.

— Je sais, fit Callandra avec douceur. C'est parce que vous n'avez rien connu d'autre que Middleton, Shelburne Hall ou la société londonienne. Hester aurait dit la même chose... et sans doute plus encore, si elle n'était pas là en tant d'invitée. L'imagination de nos militaires s'est ossifiée depuis Waterloo.

Se levant, elle rajusta ses jupes.

— La victoire — même glorieuse et qui a changé le cours de l'histoire — nous est montée à la tête. Nous pensons que pour vaincre, il nous suffit de montrer nos tuniques rouges et d'obéir aux ordres. Dieu seul peut mesurer l'ampleur des souffrances et des pertes causées par l'entêtement. Et nous, femmes et politiciens, bien au chaud dans notre pays, les acclamons à leur retour sans avoir la moindre idée de ce que c'est réellement.

— Joscelin est mort, dit Rosamond d'une voix atone, fixant les rideaux tirés.

— Je le sais, ma chère, répondit Callandra juste derrière elle. Mais pas en Crimée.

— Il est peut-être mort à cause de ça.

— C'est très possible.

Le visage de Callandra s'était radouci.

— Je sais que vous aviez une très grande tendresse pour lui. Il avait cette joie de vivre communicative qui, malheureusement, semble faire défaut aussi bien à Lovel qu'à Menard. Bien, je pense que le sujet est épuisé, et nous aussi par la même occasion. Bonne nuit, ma chère. Pleurez si vous en avez envie : il n'est pas bon de contenir ses larmes trop longtemps. C'est très bien de savoir maîtriser ses émotions, mais il est un temps où il faut que la douleur s'exprime.

Elle enlaça les épaules graciles, les serra brièvement et, sachant que le réconfort allait libérer la peine, prit Hester par le coude et l'entraîna dehors pour laisser Rosamond seule au salon.

Le lendemain matin, Hester s'éveilla tard et avec une migraine. Elle n'avait pas faim et ne se sentait pas le courage d'affronter des membres de la famille au petit déjeuner. La fatuité et l'incompétence rencontrées à l'armée la révoltaient, et l'horreur devant la souffrance ne l'abandonnerait jamais... la colère non plus, vraisemblablement. Mais elle s'était mal conduite au dîner, et ce souvenir la rongeait. Elle avait beau essayer de relativiser sa faute, son mal de tête ne s'améliora pas pour autant. Son humeur non plus.

Elle décida donc d'aller faire un tour au parc, tant qu'elle en avait l'énergie. Elle s'habilla en conséquence et, à 9 heures, marchait déjà d'un pas rapide sur l'herbe au risque de mouiller ses bottines.

Lorsqu'elle aperçut l'homme, elle fut passablement agacée car elle avait envie d'être seule. Il était sans doute inoffensif et avait autant le droit qu'elle d'être là... peut-être même plus ? Il devait occuper une quelconque fonction au domaine. Néanmoins, elle perçut sa présence comme une intrusion dans un monde de vent, de grands arbres, de vaste ciel strié de nuages et d'herbe bruissante.

Parvenu à sa hauteur, il s'arrêta et lui adressa la parole. Il était brun, arrogant, avec un visage régulier et un regard clair.

— Bonjour, madame. Je vois que vous êtes de Shelburne Hall...

— Quel sens de l'observation ! répondit-elle sèchement en jetant un coup d'œil sur le parc désert.

Il n'y avait guère d'autre endroit d'où elle aurait pu surgir, sinon d'un trou dans la terre.

L'homme se raidit : la raillerie ne lui avait point échappé.

— Vous faites partie de la famille ?

Il la dévisageait intensément, ce qu'elle trouva déconcertant, à la limite de l'affront.

— En quoi cela vous regarde-t-il ? demanda-t-elle avec froideur.

Il la scruta avec attention et, soudain, eut l'air de la reconnaître ; pourtant, elle n'avait absolument pas l'impression de l'avoir déjà rencontré. Curieusement, il ne le mentionna pas.

— J'enquête sur le meurtre de Joscelin Grey et je voulais savoir si vous l'aviez connu.

— Oh, mon Dieu, s'exclama-t-elle involontairement.

Elle se reprit aussitôt.

— On m'a déjà accusée de manquer de tact, mais apparemment, j'ai trouvé mon maître.

C'était un pieux mensonge... il n'arrivait pas à la cheville de Callandra !

— Vous mériteriez que je vous annonce que j'étais sa fiancée... avant de tomber en pâmoison !

— Il s'agirait alors de fiançailles secrètes, rétorqua-t-il. Et, comme dans toutes les liaisons clandestines, il faudrait vous attendre à essuyer un certain nombre de camouflets.

— Activité à laquelle vous excellez, manifestement.

Immobile, ses jupes flottaient au vent tandis qu'elle se demandait pourquoi il avait semblé la reconnaître.

— L'avez-vous connu ? répéta-t-il avec irritation.

— Oui !

— Pendant combien de temps ?

— Trois semaines environ, si mes souvenirs sont bons.

— Curieux laps de temps pour connaître quelqu'un !

— Et combien, d'après vous, cela doit-il durer normalement ?

— C'est très court, expliqua-t-il avec une condescendance tatillonne. Vous n'étiez donc pas une amie de la famille. L'avez-vous rencontré juste avant sa mort ?

— Non. Je l'ai connu à Scutari.

— Pardon ?

— Seriez-vous dur d'oreille ? Je l'ai connu à Scutari !

Elle se rappela l'attitude hautaine du général, et tous les souvenirs d'humiliations subies à l'armée lui revinrent en force. Aux yeux des officiers, les femmes n'avaient rien à faire là-bas : si elles représentaient le repos du guerrier, elles étaient totalement dépourvues de cervelle. Les femmes bien nées, on les choyait, régentait et protégeait contre tout, y compris l'aventure ou la liberté de décision. Les femmes du peuple, putains ou bonnes à tout faire, étaient traitées comme du bétail.

— Ah oui, acquiesça-t-il avec un froncement de sourcils. Il a été blessé, c'est vrai. Vous y étiez avec votre mari ?

— Non !

Pourquoi cette question l'avait-elle vaguement froissée ?

— J'étais partie aider Miss Nightingale et ses semblables à soigner les blessés.

Il ne manifesta ni l'admiration ni le respect profond et quasi religieux que ce nom suscitait d'ordinaire. Sa réaction la désarçonna. Seul Joscelin Grey semblait l'intéresser.

— Vous avez soigné le major Grey ?

— Entre autres. Cela vous ennuie qu'on continue à marcher ? Je commence à avoir froid.

— Pas du tout.

Il pivota et lui emboîta le pas sur le sentier à peine visible dans l'herbe menant à un bosquet de chênes.

— Quelle impression vous a-t-il laissée ?

Elle s'efforça consciencieusement de faire le tri entre ses souvenirs et l'image qu'elle s'était forgée à travers les récits des siens, les larmes de Rosamond, l'amour et la fierté de Fabia, le vide qu'il avait laissé dans sa vie, peut-être aussi dans celle de Rosamond, l'exaspération et — quoi d'autre — l'envie de ses frères ?

— Je me rappelle mieux sa jambe que son visage, répondit-elle franchement.

Il lui jeta un regard excédé.

— Ce ne sont pas vos fantasmes qui m'intéressent, madame, ni votre singulier sens de l'humour ! Nous enquêtons sur un crime d'une rare violence !

Hester sortit de ses gonds.

— Espèce de crétin ! cria-t-elle dans le vent. Comment peut-on avoir l'esprit aussi obtus, prétentieux et mal tourné ! Je l'ai soigné. J'ai nettoyé et pansé sa blessure située — au cas où vous l'auriez oublié — à la jambe. Comme il n'avait rien au visage, je ne l'ai pas plus regardé que les dix mille autres blessés et morts que j'ai vus là-bas. J'aurais du mal à le reconnaître s'il venait m'aborder maintenant.

Son interlocuteur écumait de rage.

— Ce serait une occasion mémorable, madame... vu qu'il est mort depuis huit semaines. Il a été réduit en bouillie.

S'il avait espéré la choquer, c'était raté.

Elle déglutit avec effort, sans le quitter des yeux.

— On se croirait au champ de bataille après Inkerman, répondit-elle avec calme. Seulement là-bas, on savait ce qui leur était arrivé... même si tout le monde ignorait pourquoi.

— Nous savons ce qui est arrivé à Joscelin Grey. C'est l'identité de son assassin qui nous échappe. Par chance, je n'ai pas pour mission d'expliquer la guerre de Crimée... juste la mort du major Grey.

— Qui semble vous dépasser complètement, commenta-t-elle d'un ton peu amène. Et je ne peux rien pour vous. Je me souviens simplement d'un garçon tout à fait plaisant, qui supportait la douleur avec la même vaillance que les autres. D'ailleurs, pendant qu'il était en convalescence, il passait le plus clair de son temps au chevet de ses camarades pour les distraire et les soutenir, surtout ceux qui allaient mourir bientôt. Maintenant que j'y pense, c'était quelqu'un d'admirable. Cela m'était sorti de la tête. Il réconfortait les mourants, rédigeait le courrier à leur place, écrivait aux familles pour leur annoncer le décès ; il a dû leur apporter un soutien considérable dans leur détresse. C'est très dur d'avoir survécu à tout ce cauchemar pour être assassiné chez soi.

— Il a été molesté avec une brutalité inouïe... et qui dénote une haine viscérale.

Il la regardait de près, et elle fut frappée par l'intelligence qui émanait de ses traits : c'était inconfortablement intense et inattendu.

— C'était, je pense, quelqu'un qui le connaissait. On ne peut pas haïr un étranger avec cette passion-là.

Elle frissonna. Aussi atroce que fût la guerre, il y avait tout un monde entre un carnage anonyme et la profonde volonté de nuire qui avait causé la mort de Joscelin Grey.

— Je suis désolée, dit-elle, radoucie, mais sans se départir d'une certaine crispation. Je ne sais rien qui puisse vous éclairer sur son éventuel assassin. Autrement, je vous en aurais parlé. Dans les archives de l'hôpital, on doit trouver les noms des gens qui étaient là en même temps que lui, mais vous avez sûrement étudié la question...

A son visage qui se rembrunit, elle comprit immédiatement qu'il ne l'avait pas fait. Elle perdit patience.

— Mais alors, grands dieux, que fabriquez-vous depuis huit semaines ?

— J'ai passé cinq d'entre elles à me remettre de mes propres blessures. Vous posez trop de questions, madame. Vous êtes arrogante, autoritaire, irascible et suffisante. Et vous portez des jugements hâtifs qui ne reposent sur rien. Mon Dieu ! j'ai horreur des femmes intelligentes.

Elle se figea un instant avant que la réponse ne lui monte aux lèvres.

— Et moi, j'aime les hommes intelligents !

Elle le toisa de la tête aux pieds.

— A l'évidence, la désillusion nous guette, l'un comme l'autre.

Sur ce, elle ramassa ses jupes et partit d'un grand pas vers le bosquet, trébuchant sur une ronce en travers du chemin.

— Zut, pesta-t-elle rageusement. Ah, la barbe !

7

— Bonjour, Miss Latterly, dit Fabia sans chaleur en entrant dans le salon à dix heures et quart le lendemain matin.
Frêle et élégante, elle était habillée comme pour sortir. Elle jeta un bref coup d'œil à Hester, notant sa très ordinaire robe de mousseline, puis se tourna vers Rosamond qui, l'air contrit, piquait son aiguille dans son ouvrage de broderie.
— Bonjour, Rosamond. Vous allez bien, j'espère ? Comme il fait un temps agréable, nous devrions en profiter pour rendre visite aux nécessiteux du village. Voilà longtemps que nous n'y sommes pas allées, or c'est votre devoir, ma chère, plus encore que le mien.
Les joues de Rosamond se colorèrent. La voyant lever le menton, Hester pensa qu'il y avait autre chose là-dessous. La famille était en deuil, et Fabia était la plus touchée, du moins en apparence. Rosamond avait-elle voulu revenir à la vie normale beaucoup trop tôt à son goût, pour que Fabia la remette en place de cette façon-là ?
— Certainement, belle-maman, répondit Rosamond sans la regarder.
— Et bien sûr, Miss Latterly viendra avec nous, ajouta Fabia sans consulter Hester. Nous partirons à

11 heures. Cela vous laisse le temps de vous habiller correctement. La journée s'annonce chaude... n'y voyez pas une raison pour oublier votre rang.

Sur cette admonition ponctuée d'un sourire figé, elle les laissa, précisant au moment de sortir :

— Et nous déjeunerons peut-être chez le général Wadham et Ursula.

Rosamond lança son métier à broder dans la corbeille à ouvrage qu'elle manqua : le métier roula sur le parquet.

— Zut, fit-elle dans un souffle.

Elle croisa le regard de Hester et s'excusa. Hester lui sourit.

— Oh, je vous en prie, dit-elle franchement. L'obligation de jouer les dames patronnesses donne assurément envie de jurer comme un charretier. Un simple « zut », c'est très inoffensif.

— Vous ne regrettez pas la Crimée, maintenant que vous êtes rentrée ? demanda Rosamond tout à coup, l'air sérieux et presque effrayé. Je veux dire...

Elle baissa les yeux, embarrassée, n'osant prononcer les mots qui lui brûlaient les lèvres.

Hester se représenta une succession interminable de jours où il lui faudrait être polie avec Fabia, s'acquitter des menues tâches ménagères qu'on lui autorisait, sans jamais se sentir chez elle jusqu'à la mort de Fabia, et peut-être même après, dans une demeure hantée par l'esprit de Fabia, parmi ses affaires, des meubles et un décor choisis par ses soins, marqués d'une empreinte indélébile. Il y aurait les visites du matin, les déjeuners en compagnie de gens convenables, d'une extraction et d'une position similaires, les incursions chez les pauvres... et, en saison, les bals, les courses à Ascot, les régates à Henley, et bien sûr, la chasse en hiver. Au mieux, ce serait plaisant, au pire, fastidieux... mais toujours dépourvu de sens.

Rosamond, cependant, ne méritait pas le mensonge, même dans sa solitude ; pas plus qu'elle ne méritait la cruelle vision de la vérité, telle que la concevait Hester. Ce n'était qu'un point de vue ; Rosamond voyait peut-être les choses différemment.

— Oh oui, ça m'arrive, répondit-elle avec un petit sourire. Mais on ne peut pas guerroyer éternellement. C'est très réel, et tout à fait terrifiant. Ce n'est pas drôle d'avoir froid, de se sentir sale et tellement fatiguée qu'on a l'impression d'avoir été rouée de coups... et les rations de l'armée n'ont rien de ragoûtant. Savoir se rendre utile, c'est formidable, mais il y a des endroits moins pénibles pour ça, et je suis sûre d'en trouver en profusion ici, en Angleterre.

— Vous êtes très bonne, dit Rosamond avec douceur, rencontrant de nouveau son regard. J'avoue que je ne vous imaginais pas aussi attentionnée.

Elle se leva.

— Allons nous changer pour partir... auriez-vous quelque chose de modeste et de démodé, mais de très digne ?

Elle pouffa de rire et fit mine d'éternuer.

— Excusez-moi... quelle question lamentable !

— Oui, presque toute ma garde-robe est comme ça, fit Hester avec un sourire comique. Vert foncé ou bleu défraîchi... comme de l'encre délavée. Ça ira ?

— Parfaitement. Allez, venez !

Menard les conduisit toutes les trois dans un cabriolet ouvert à travers le parc, d'abord jusqu'à la limite du domaine, puis entre les champs de blé mûr vers le village dominé par le clocher de l'église derrière le flanc de la colline. Visiblement, il avait une longue habitude des chevaux et il aimait ça. Il ne chercha pas à entretenir la conversation, estimant sans doute que la beauté du paysage devrait leur suffire en elle-même.

Hester l'observait, laissant Fabia et Rosamond causer dans leur coin. Elle regardait ses mains puissantes tenant légèrement les rênes, l'aisance de sa posture et son expression résolument fermée. La routine des corvées quotidiennes ne semblait pas lui peser. Si elle l'avait déjà vu maussade depuis qu'elle était à Shelburne, parfois en colère ou tendu, agité de tics tel un officier la veille d'une bataille, c'était surtout à table, quand une déchirante note de solitude perçait dans les propos de Fabia, comme si de toute sa vie elle n'avait jamais aimé que Joscelin.

La première maison où ils s'arrêtèrent était celle d'un ouvrier agricole, un minuscule cottage. En bas, dans la pièce unique, une femme au visage tanné, pauvrement vêtue, et sept enfants se partageaient une miche de pain tartinée de saindoux. Leurs jambes nues, maigres et poussiéreuses, dépassaient de leurs simples sarraus ; manifestement, ils venaient de rentrer des champs ou du verger. Même la plus jeune, qui devait avoir trois ou quatre ans, avait les doigts tachés d'avoir cueilli des fruits.

Fabia posa des questions et prodigua des conseils pratiques sur la gestion des finances et la manière de traiter le croup, que la femme écouta dans un silence poli. Hester rougit de tant de condescendance, puis se rendit compte que cela durait, à quelques variantes près, depuis plus d'un millénaire ; chacune des parties se retrouvait dans ce rituel familier, et du reste, elle n'avait pas grand-chose à proposer en échange.

Rosamond parla à l'aînée des filles et, ôtant le large ruban rose de son chapeau, le noua sur la tête de l'enfant, timidement ravie.

Menard attendait patiemment dehors, d'abord parlant tout bas à son cheval, et ensuite dans un silence paisible. En plein soleil, on distinguait de fines rides d'anxiété autour de ses yeux et de sa bouche, et des marques plus profondes de douleur. Ici, dans cette terre riche avec ses grands arbres, le vent et le sol fertile, il se sentait détendu, et Hester entrevit un homme très différent du frère cadet morose et taciturne qu'il était à Shelburne Hall. Elle se demanda si Fabia l'avait déjà remarqué. Ou bien le charme rieur de Joscelin éclipsait-il tout le reste ?

La deuxième visite fut en tout point semblable à la première, sinon que la famille se composait d'une femme âgée et édentée et d'un vieil homme soit trop soûl, soit frappé d'un mal qui l'empêchait de bouger et de parler.

Fabia lui adressa d'énergiques et impersonnelles paroles d'encouragement qui le laissèrent de marbre. Il fit une grimace dans son dos, tandis que la vieille femme acceptait deux pots de confiture de citrons avec une révérence. Elles remontèrent dans le cabriolet et poursuivirent leur route.

Menard les laissa pour aller faire un tour aux champs où les moissonneurs s'activaient déjà dans un océan de blé. Le soleil leur brûlait le dos ; la sueur ruisselait librement. On parla du temps, des délais, de la direction du vent, de la pluie à venir. L'odeur du grain et du chaume coupé enchanta Hester. Debout dans la chaleur, le visage levé vers le ciel et la caresse du soleil sur la peau, elle songea en contemplant cette terre dorée à ceux qui avaient été prêts à mourir pour elle... et pria pour que leurs héritiers l'aiment suffisamment pour la voir avec les yeux du cœur.

Le déjeuner fut une autre paire de manches. Le général les reçut avec courtoisie jusqu'au moment où il aperçut Hester. Sa figure rubiconde se crispa, et il adopta un ton exagérément formel.

— Bonjour, Miss Latterly. C'est très gentil à vous d'être venue. Ursula sera ravie que vous soyez des nôtres.

— Merci, monsieur, répondit-elle tout aussi gravement. Vous êtes très aimable.

Ursula n'eut pas l'air particulièrement ravie de les voir et ne cacha pas sa déception en apprenant que Menard avait préféré rester avec les moissonneurs plutôt que de venir déjeuner chez eux.

Le repas fut léger : du poisson d'eau douce poché avec une sauce aux câpres, un pâté de gibier en croûte, des légumes, un sorbet et un plateau de fruits, suivi d'un excellent stilton.

Apparemment, le général Wadham n'avait ni oublié ni pardonné la débâcle que lui avait infligée Hester lors de leur première rencontre. Son œil froid et vitreux croisa son regard nombre de fois par-dessus la table avant qu'il ne se lance dans la bataille, profitant d'une accalmie entre les commentaires de Fabia sur les roses et les spéculations d'Ursula pour savoir si Mr. Danbury allait épouser Miss Fothergill ou Miss Ames.

— Miss Ames est une jeune personne charmante, remarqua le général en regardant Hester. Une cavalière accomplie ; elle monte comme un homme. Très courageuse. Et jolie par-dessus le marché. Jolie à croquer.

Il contempla la robe vert foncé de Hester d'un œil torve.

— Son grand-père a été tué à la guerre de l'indépendance espagnole... La Corogne, 1810. Je ne pense pas que vous y étiez aussi, Miss Latterly. C'est un peu vieux pour vous, hein ?

Il sourit, comme s'il s'agissait d'une plaisanterie bon enfant.

— 1809, rectifia Hester. C'était avant Talavera et après Vimiero et la convention de Cintra. Sinon, vous avez parfaitement raison... je n'y étais pas.

Cramoisi, le général avala une arête et s'étrangla dans sa serviette.

Fabia, livide de rage, lui passa un verre d'eau.

Hester, plus avisée, retira le verre et le remplaça par du pain.

Le général prit le pain et, ainsi enrobée, l'arête lui glissa sans difficulté dans le gosier.

— Merci, dit-il, glacial, en s'emparant du verre d'eau.

— Mais je vous en prie, répondit Hester d'un ton sucré. C'est très désagréable d'avaler une arête, et tellement facile, même dans le meilleur des poissons... et celui-ci est vraiment délicieux.

Fabia marmonna un blasphème inaudible entre ses dents, et Rosamond se lança, avec une soudaine ferveur, dans la description de la garden-party chez le pasteur.

Plus tard, après que Fabia eut décidé de rester avec Ursula et le général, elle entraîna Hester vers le cabriolet pour reprendre leur tournée des pauvres et lui chuchota rapidement et un peu gauchement :

— C'était atroce. Parfois, vous me faites penser à Joscelin. Il me faisait rire de la même façon.

— Vous avez ri ? Je n'avais pas remarqué.

Hester grimpa dans le cabriolet derrière elle, oubliant de rajuster ses jupes.

— Bien sûr que non.

D'un claquement de rênes, Rosamond fit avancer le cheval.

— Il ne faut surtout pas que ça se voie. Vous reviendrez un jour, dites ?

— Je doute qu'on me réinvite, répondit Hester, désabusée.

— Ah, mais si... tante Callandra vous réinvitera. Elle vous aime beaucoup. Par moments, j'ai l'impression qu'elle s'ennuie ici avec nous. Avez-vous connu le colonel Daviot ?

— Non.

Pour la première fois, Hester regrettait de ne pas

l'avoir rencontré. Elle avait juste vu son portrait : un homme droit, vigoureux, au visage buriné, énergique et plein d'esprit.

Rosamond donna un coup de rênes pour faire accélérer le cheval, et le cabriolet fila sur le chemin en tressautant dans les ornières.

— Il était charmant, dit-elle en regardant devant. Par moments. Il avait un énorme rire quand il était gai... mais aussi un sale caractère, et il était terriblement autoritaire, même avec tante Callandra. Il se mêlait de tout, lui dictait tout ce qu'elle devait faire, quand ça le prenait. Puis il oubliait complètement de quoi il était question, et c'était à elle de recoller les morceaux.

Elle retint le cheval de manière à le reprendre en main.

— Mais il était aussi très généreux. Jamais il n'a trahi la confiance d'un ami. Et c'était un excellent cavalier... bien meilleur que Menard et Lovel, ou que le général Wadham.

Elle pouffa de rire.

— Ils ne pouvaient pas se voir en peinture.

Soudain, Callandra apparaissait à Hester sous un jour nouveau et insoupçonné. Sa solitude, et sa liberté, expliquaient peut-être pourquoi elle ne s'était pas remariée. Qui aurait pu succéder à une figure aussi remarquable ? Et puis, elle avait dû acquérir le goût de l'indépendance. Ou bien avait-elle été plus malheureuse que Hester ne l'avait présumé dans ses jugements hâtifs et somme toute superficiels ?

Elle sourit et, ayant montré à Rosamond qu'elle avait entendu sa remarque, changea de sujet. Elles arrivaient au petit hameau qui était leur destination, et ce fut à la fin de l'après-midi bleu et doré qu'elles rentrèrent à travers les champs où les moissonneurs aux bras nus continuaient à courber le dos. Hester savourait le courant d'air qu'elles créaient dans leur mouvement ; rouler dans l'ombre des immenses arbres qui formaient une voûte au-dessus du chemin étroit était un délice. On n'entendait que le bruit mat des sabots, le grincement des roues et, de temps à autre, le chant d'un oiseau. Le soleil couchant illuminait d'or pâle les chaumes où les laboureurs étaient déjà passés, par contraste avec les blés encore sur pied. Quelques nuages, vaporeux comme de la bourre de soie, s'étiraient sur l'horizon.

Hester regarda les mains de Rosamond sur les rênes, son visage calme et concentré, et se demanda si elle voyait la beauté intemporelle de ce paysage, ou seulement son indéfectible monotonie. Mais bien sûr, c'était une question à ne pas poser.

Hester passa la soirée chez Callandra, dans ses appartements, et ne descendit pas dîner avec la famille, mais le lendemain matin, elle prit le petit déjeuner dans la grande salle à manger où Rosamond l'accueillit avec un plaisir évident.

— Voulez-vous voir mon fils ? proposa-t-elle en rougissant de sa propre audace, et de sa vulnérabilité.

— Mais bien sûr, s'exclama Hester.

Que pouvait-on répondre d'autre ?

— C'est une merveilleuse idée.

Et c'était sans doute vrai. Elle n'était guère pressée de revoir Fabia et ne voulait plus entendre parler du général Wadham et des « bonnes œuvres » au profit de ceux que Fabia considérait comme des « pauvres méritants ». Elle ne tenait pas non plus à traîner dans le parc au risque de tomber à nouveau sur ce policier d'une rare insolence. Elle trouvait ses remarques insultantes et profondément injustes.

— C'est une belle façon de commencer la journée, conclut-elle.

La nursery était une pièce claire orientée au sud, pleine de soleil et de chintz, avec un fauteuil bas près de la fenêtre, un rocking-chair devant la grande cheminée au foyer bien protégé et un parc, puisque l'enfant était en bas âge. La bonne d'enfants, une jolie fille au teint de lis, était occupée à nourrir le bébé âgé d'un an et demi avec des mouillettes de pain beurré trempé dans un œuf à la coque. Hester et Rosamond ne les interrompirent pas, mais s'arrêtèrent pour regarder.

L'enfant, coiffé d'une houppette blonde comme la crête d'un petit oiseau, semblait s'amuser follement. Il acceptait chaque bouchée avec une docilité exemplaire, et ses joues gonflaient au fur et à mesure. Soudain, les yeux brillants, il prit une inspiration et souffla le tout, à la consternation de la bonne. Il jubilait tellement que son visage avait rosi et il s'affala en travers de la chaise, écroulé de rire.

Rosamond était gênée, mais Hester ne put s'empêcher de rire avec le bébé, pendant que la bonne frottait son tablier jusqu'alors immaculé avec un chiffon humide.

— Il ne faut pas faire ça, maître Harry, le gronda-t-elle aussi sévèrement qu'elle osait.

Elle n'était pas vraiment en colère, mais simplement excédée de s'être fait posséder une fois de plus.

— Espèce de petit monstre.

Rosamond le souleva et le serra dans ses bras, pressant la tête blonde avec sa petite touffe de cheveux contre sa joue. Il continuait à gazouiller gaiement et regarda Hester par-dessus l'épaule de sa mère avec la tranquille conviction qu'elle allait l'adorer.

Elles passèrent une heure agréable à deviser paisiblement, puis laissant la bonne à ses occupations, Rosamond montra à Hester la salle de jeux où Lovel, Menard et Joscelin avaient joué durant leur enfance : le cheval à bascule, les soldats de plomb, les boîtes à musique et le kaléidoscope ; ainsi qu'une maison de poupée ayant appartenu à la génération d'avant... peut-être bien à Callandra elle-même.

Ensuite, elles visitèrent la salle de classe avec ses tables et ses étagères de livres. Hester feuilleta distraitement les vieux cahiers d'exercices d'écriture, mains enfantines s'essayant avec application à la calligraphie. En progressant vers l'adolescence, elle tomba sur une composition rédigée d'une main plus experte. Le style en était léger et fluide, étonnamment caustique pour un esprit aussi jeune, avec une pointe de vitriol. Le sujet était un pique-nique en famille ; elle se surprit à sourire en lisant, malgré la lucidité et l'amertume qui perçaient sous cet humour cruel. Elle n'eut pas besoin de regarder la reliure pour savoir que l'auteur de ces lignes était Joscelin.

Elle trouva ensuite un cahier de Lovel et tourna les pages jusqu'à découvrir un texte de la même longueur. Rosamond était occupée à fouiller un petit bureau à la recherche de quelque poème ; elle avait donc tout son temps pour le lire. C'était totalement différent, hésitant, romantique ; au-delà des bois de Shelburne se dressait une forêt où de grands exploits pouvaient s'accomplir, et la femme idéale faisait l'objet d'une vénération, d'un amour pur et intact si loin des réalités terrestres que Hester en eut les larmes aux yeux en songeant à la désillusion qui guettait ce jeune garçon-là.

Refermant les pages remplies d'encre décolorée, elle regarda Rosamond qui, nimbée de soleil, se penchait sur des cahiers de devoirs à la recherche de ce poème particulier cher à son cœur. Voyaient-ils, elle ou Lovel, derrière les princesses et les chevaliers en armure les êtres faillibles, parfois faibles, ou apeurés, souvent bêtes... qui avaient besoin d'infiniment plus de courage, de générosité et de compassion que les personnages de leurs rêves de jeunesse, et qui étaient tellement plus précieux ?

Elle voulait lire une composition de Menard, et il lui fallut plusieurs minutes pour trouver l'un de ses cahiers.

C'était beaucoup plus lourd; l'écriture manquait d'aisance, mais l'on sentait à travers cette prose une passion pour l'honneur, la loyauté et un sens de l'histoire se résumant à une interminable chevauchée de héros bons et fiers, avec des images inattendues empruntées à la légende du roi Arthur. Le style pompeux, peu original, n'affectait pas la sincérité du propos; Hester était sûre que l'homme avait gardé les convictions de l'adolescent qui écrivait avec tant de fougue... et de maladresse.

Rosamond avait fini par trouver son poème. Absorbée, elle ne vit pas Hester venir vers elle et jeter un coup d'œil par-dessus son épaule. C'était un poème d'amour anonyme, très court et très tendre.

Se détournant, Hester alla vers la porte. Elle ne voulait pas la déranger.

Rosamond referma le cahier et la rejoignit quelques instants plus tard, recouvrant son entrain avec un effort que Hester feignit de ne pas remarquer.

— Merci d'être venue, dit Rosamond tandis qu'elles sortaient sur le palier principal avec ses immenses jardinières de fleurs. C'est très gentil à vous de vous être intéressée à tout ça.

— Pas du tout, protesta Hester vivement. C'est un privilège que de découvrir le passé à travers une nursery ou une salle de classe. Je vous remercie de m'avoir emmenée. Et bien sûr, Harry est un amour! Comment ne pas se réjouir en sa présence?

Rosamond rit et fit un petit geste de dénégation, mais visiblement, le compliment lui avait fait plaisir. Elles descendirent ensemble à la salle à manger où le déjeuner était servi et où Lovel se trouvait déjà. Les voyant entrer, il se leva et fit un pas vers Rosamond. Hester crut qu'il allait parler, mais il parut se raviser.

Rosamond attendait, le regard plein d'espoir. Hester s'en voulut terriblement d'être là, mais partir eût été absurde; la table était dressée, et le valet s'apprêtait à les servir. Callandra était partie rendre visite à une vieille connaissance. Hester le savait car cette démarche la concernait, elle. Mais Fabia était absente également, et l'on n'avait même pas mis son couvert.

Lovel intercepta son coup d'œil.

— Maman est souffrante, dit-il un peu sèchement. Elle a préféré garder la chambre.

— Je suis navrée, répondit Hester machinalement. Ce n'est pas grave, au moins?

— J'espère que non.

Sitôt qu'elles eurent pris place, il se rassit et fit signe au valet de commencer le service.

Rosamond poussa Hester du pied sous la table. Cette dernière comprit que le sujet était délicat et eut la sagesse de ne pas insister.

Le repas fut agrémenté de commentaires plats et guindés, lourds de sous-entendus; Hester songeait à la composition d'adolescent, au vieux poème, et à toutes les étapes inexprimées entre le rêve et la réalité.

Ensuite, elle s'excusa pour aller s'acquitter de ce qu'elle jugeait être son devoir. Elle voulait voir Fabia pour demander pardon d'avoir été rude avec le général Wadham. Il l'avait certes cherché, mais en tant qu'invitée de Fabia, elle n'aurait jamais dû la mettre dans l'embarras, malgré toutes les provocations du monde.

Mieux valait le faire tout de suite; plus elle atermoyait, plus ce serait difficile. Elle avait peu de patience pour les petites indispositions passagères : elle avait vu trop de cas désespérés et, étant elle-même de constitution robuste, ne savait pas par expérience à quel point une affection, même mineure, pouvait être invalidante si elle s'éternisait.

Elle frappa à la porte de Fabia et attendit l'ordre d'entrer avant d'abaisser la poignée.

La chambre s'avéra moins féminine qu'elle ne

l'aurait cru. Les murs étaient bleu pâle ; le mobilier, très sobre par rapport au style habituel chargé en falbalas. L'unique vase en argent contenait un bouquet de roses d'été épanouies sur la table devant la fenêtre. Le ciel de lit, comme les voilages, était en mousseline blanche. Sur le mur du fond, à l'abri du soleil, il y avait un beau portrait d'un jeune homme en uniforme d'officier de cavalerie. Il était fin et svelte ; ses cheveux blonds lui tombaient sur le front ; son regard pâle reflétait l'intelligence, et sa bouche, ironique et mobile, pensa Hester en cet instant fugace, une certaine faiblesse.

Assise dans son lit, Fabia était vêtue d'une liseuse en satin bleu ; ses cheveux, brossés et lâchement noués, reposaient en torsade fanée sur sa poitrine. Elle paraissait plus maigre et bien plus âgée que Hester ne l'aurait soupçonné. Soudain, s'excuser devint facile. Car on lisait la solitude sur ce visage blême marqué par les ans, la douleur d'une perte irréparable.

— Oui ? dit Fabia avec une nette froideur.

— Je viens vous présenter mes excuses, Lady Fabia, fit Hester calmement. Je me suis mal conduite hier chez le général Wadham et, en tant que votre invitée, c'était impardonnable. Je le regrette sincèrement.

Surprise, Fabia haussa les sourcils et esquissa un très léger sourire.

— J'accepte vos excuses. Cela m'étonne que vous m'ayez fait la grâce de venir... je ne l'aurais pas cru de vous. Or je me trompe rarement sur le compte d'une jeune femme.

Sa bouche s'incurva, et son visage s'anima soudain, reflet de la jeune fille qu'elle avait été naguère.

— C'était très gênant pour moi de voir le général Wadham dans cet état de... déconfiture. Mais en même temps, j'y ai pris un certain plaisir. C'est un vieil imbécile prétentieux... ses airs supérieurs me fatiguent énormément.

La stupéfaction laissa Hester sans voix. Pour la première fois depuis son arrivée à Shelburne Hall, elle éprouva un élan de sympathie pour Fabia.

— Asseyez-vous, l'invita Fabia, l'œil pétillant.

— Merci.

S'installant dans le fauteuil de la coiffeuse tendu de velours bleu, Hester examina les autres tableaux, moins importants, et les quelques photographies, figées et très artificielles, vu la longueur du temps de pose. Il y avait là un portrait de Lovel et Rosamond, sans doute le jour de leur mariage. Elle avait l'air fragile et radieuse ; lui fixait l'objectif bien en face, avec espoir.

Sur l'autre commode, elle remarqua un vieux daguerréotype représentant un homme entre deux âges, avec de superbes favoris et un air vain et et fantasque. A sa ressemblance avec Joscelin, Hester conclut que ce devait être feu Lord Shelburne. Il y avait aussi une esquisse au crayon des trois frères au temps de leur adolescence, sentimentale et stylisée comme le souvenir que l'on garde des étés d'antan.

— Je suis désolée de vous savoir souffrante, dit Hester doucement. Y a-t-il quelque chose que je puisse faire pour vous ?

— Ça m'étonnerait ; je ne suis pas une invalide de guerre... enfin, pas dans le sens où vous l'entendez.

Hester ne discuta pas. Elle aurait voulu répondre qu'elle avait l'habitude des infirmités de toutes sortes, mais c'était trop banal : elle n'avait pas perdu un fils, or c'était le seul mal dont Fabia se plaignait.

— Mon frère aîné a été tué en Crimée.

Les mots lui venaient difficilement. Elle revit George, sa façon de marcher, son rire, puis l'image s'effaça, et une autre, plus nette encore, prit sa place : Charles, George et elle, enfants. Elle sentit la gorge lui picoter.

— Et mes deux parents sont morts peu de temps

après, ajouta-t-elle rapidement. Si on parlait d'autre chose ?

L'espace d'un instant, Fabia parut déconcertée. Elle avait oublié, et maintenant, elle se trouvait confrontée à un chagrin aussi immense que le sien.

— Je suis navrée, ma chère. Bien sûr... vous me l'avez déjà dit. Pardonnez-moi. Qu'avez-vous fait de beau ce matin ? Voulez-vous prendre le cabriolet plus tard dans l'après-midi ? Ça ne pose strictement aucun problème.

— Je suis allée à la nursery où j'ai fait la connaissance de Harry.

Hester sourit et cligna des yeux.

— Il est adorable...

Et elle entreprit de raconter toute l'histoire.

Elle resta à Shelburne Hall quelques jours de plus, faisant de longues promenades seule dans l'air frais et limpide. Elle aimait la beauté du parc et s'y sentait extraordinairement en paix. Elle envisageait maintenant l'avenir avec plus de sérénité : les conseils que Callandra lui avait prodigués à maintes reprises dans leurs conversations lui semblaient, à la réflexion, de plus en plus judicieux. Depuis le dîner avec le général Wadham, la tension entre les membres de la famille était devenue plus palpable. Bien que masqués par les bonnes manières, l'on sentait à travers une multitude de signes que la souffrance et le malheur faisaient partie intégrante de leur vie.

Fabia possédait un courage qu'elle devait sans doute à la discipline traditionnelle de son éducation et à l'orgueil qui la retenait de dévoiler sa faiblesse. Elle était despotique et dans une certaine mesure égoïste, bien qu'elle fût sûrement la dernière à s'en rendre compte. Mais Hester avait lu la solitude sur son visage, dans les moments où elle ne se savait pas observée, et derrière sa façade de vieille femme sophistiquée, un désarroi quasi enfantin. Indubitablement, elle aimait les deux fils qui lui restaient, mais ils ne lui inspiraient pas une sympathie particulière. Personne n'était capable de la charmer et de la faire rire comme ç'avait été le cas de Joscelin. Ils étaient courtois, mais ils ne la flattaient pas, ne la ramenaient pas par mille petites attentions au temps de sa jeunesse, où elle avait été adulée par une foule d'admirateurs. Avec la mort de Joscelin, elle avait perdu sa joie de vivre.

Hester, qui passait de longues heures en compagnie de Rosamond, s'était prise pour elle d'une sorte d'affection détachée. A plusieurs reprises, elle se remémora clairement les paroles de Callandra sur l'exigence de sourire bravement envers et contre tout, surtout un après-midi alors qu'elles causaient à bâtons rompus au coin du feu. Ursula Wadham était là aussi, surexcitée et débordant de projets pour son mariage avec Menard. Assise face à Rosamond, elle jacassait sans sembler remarquer autre chose que le teint de pêche, la coiffure soignée et l'élégante robe d'après-midi. A ses yeux, Rosamond avait tout ce qu'une femme pouvait désirer : un mari riche et titré, un enfant robuste, la beauté, la santé et le don de plaire. Que demander de plus ?

Hester écoutait Rosamond acquiescer à tous ces plans, aux visions exaltées d'un bonheur sans nuage, mais ne voyait dans ses yeux sombres aucune lueur de confiance ou d'espoir, seulement le chagrin, la solitude et ce courage désespéré qui persiste faute d'autre choix. Elle souriait pour préserver sa paix, éviter les questions et sauvegarder un semblant de fierté.

Lovel était occupé. Au moins, il avait un but, et tant qu'il s'employait à le poursuivre, les sentiments plus obscurs n'avaient pas prise sur lui. C'était seulement au cours du dîner, quand ils étaient tous réunis autour de la table, qu'une remarque occasionnelle trahissait l'impression que quelque chose lui avait échappé, quelque élément précieux dont il était censé avoir la maîtrise. Il n'aurait pas parlé de peur — c'était un mot qu'il abhorrait, et il l'aurait réfuté avec violence —, mais en le contemplant par-dessus la nappe immaculée et le cristal étincelant, Hester pensait que c'était ça et rien d'autre. Elle s'y était souvent heurtée, sous des dehors différents, face au danger physique, grave et imminent. Au début, la menace n'étant pas la même, elle avait cru que c'était seulement de la colère, mais rongée confusément par cette pensée, elle vit soudain son autre face, une souffrance intime, cachée, qu'elle connaissait bien.

Chez Menard aussi, c'était de la colère, la conscience aiguë d'une injustice passée, dont les effets continuaient à le tourmenter. Avait-il trop longtemps couvert Joscelin, le préféré de sa mère, pour la protéger de la sordide vérité ? Ou bien était-ce lui-même qu'il cherchait à protéger, lui et le nom des Shelburne ?

Hester ne se détendait qu'en présence de Callandra, mais il lui arriva de se demander si l'équanimité de Callandra était le fruit d'une longue vie de bonheur ou de la résolution de ses propres conflits intérieurs, un art plutôt qu'un don. C'était un soir, alors qu'elles venaient de souper légèrement dans le salon de Callandra au lieu de descendre dans la salle à manger. Callandra avait fait une remarque sur son mari, depuis longtemps décédé. Hester avait toujours été convaincue qu'il s'agissait d'un mariage heureux, non parce qu'elles en avaient parlé, mais à cause de la sérénité de Callandra elle-même.

A présent, elle se rendait compte de l'aveuglement dont elle avait fait preuve dans ses jugements.

Callandra, qui avait dû le sentir, sourit, gentiment amusée.

— Vous avez beaucoup de courage, Hester, et un appétit de vivre qui est une bénédiction, bien plus que vous ne l'imaginez... mais parfois, ma chère, vous êtes aussi très naïve. Il y a toutes sortes d'épreuves, et bien des façons de les surmonter. Ne croyez pas, si vous en connaissez une, pouvoir les juger toutes. Vous aspirez ardemment à améliorer le sort de votre prochain. Soyez bien consciente que la seule manière d'aider les gens est de les encourager à être ce qu'ils sont, et non ce que vous êtes. Je vous ai entendue dire : « Si j'étais vous, j'aurais fait ceci ou cela. » Mais je ne suis pas vous, et mes solutions ne sont pas forcément les vôtres.

Hester se rappela ce diable de policier qui l'avait accusée d'être arrogante, irascible et Dieu sait quoi encore.

Callandra sourit.

— N'oubliez pas, ma chère, que vous avez affaire au monde tel qu'il est et pas comme vous considérez, à juste titre peut-être, qu'il devrait être. Vous obtiendrez de bien meilleurs résultats non en vous attaquant aux obstacles de front, mais avec un peu de patience et un minimum de flatterie. Prenez le temps de réfléchir à ce que vous voulez réellement, plutôt que de foncer tête baissée sous l'emprise de la colère ou de l'ambition. Nous sommes si prompts à porter des jugements lapidaires... alors que, si nous en savions un peu plus, notre point de vue en serait totalement modifié.

Bien qu'elle eût clairement saisi le sens des propos de Callandra, et qu'elle fût frappée par leur justesse, Hester eut envie de rire.

— Je sais, acquiesça Callandra rapidement. Je prêche mieux que je ne pratique. Mais croyez-moi, quand je veux vraiment quelque chose, j'ai toute la patience qu'il faut pour réfléchir à la meilleure façon d'atteindre mon but.

— J'essayerai, promit Hester avec sincérité. Je ne tiens surtout pas à donner raison à ce malheureux policier.

— Je vous demande pardon ?

— Je l'ai rencontré au cours d'une promenade. Il m'a dit que j'étais autoritaire et arrogante, quelque chose comme ça.

Callandra haussa les sourcils, ne cherchant même pas à garder son sérieux.

— Ah oui ? Quelle témérité ! Et quelle perspicacité, en un temps aussi court. Et vous, comment l'avez-vous trouvé ?

— Incompétent et d'une stupidité crasse !

— Bien sûr, vous ne vous êtes pas gênée pour le lui dire.

Hester lui lança un regard noir.

— Évidemment !

— Je vois. A mon avis, c'est lui qui était dans le vrai. Je ne pense pas qu'il soit incompétent. On l'a chargé d'une tâche excessivement difficile. Il y a beaucoup de gens qui ont dû haïr Joscelin, et c'est très dur pour un policier, désavantagé par sa position, de découvrir de qui il s'agit... et plus dur encore de le prouver.

— Vous voulez dire... vous croyez...

Hester laissa sa phrase en suspens.

— Oui, répondit Callandra. Et maintenant, réfléchissons à ce que vous allez faire. Je vais écrire à quelques-uns de mes amis, et je suis sûre, si vous arrivez à rester polie, à garder pour vous votre opinion des hommes en général et du haut commandement de l'armée de Sa Majesté en particulier, que nous vous obtiendrons une place dans l'administration hospitalière, satisfaisante pour vous et pour tous ceux qui ont le malheur de tomber malades.

— Merci, fit Hester en souriant. Je vous suis très reconnaissante.

Elle contempla ses mains, puis regarda Callandra, une lueur dans les yeux.

— Ça ne me dérange pas de marcher derrière un

homme, vous savez... à condition d'en trouver un qui marche plus vite que moi. Ce que je déteste, c'est d'être ligotée par les conventions, et de faire mine de boiter pour flatter la vanité de quelqu'un d'autre.

Callandra hocha lentement la tête, l'air amusé et mélancolique à la fois.

— Je sais. Il vous arrivera peut-être de tomber, et c'est un autre qui vous ramassera, avant que vous n'appreniez à modérer votre allure. Mais surtout, ne ralentissez pas simplement pour avoir un compagnon ! Dieu Lui-même ne voudrait pas pour vous d'un fardeau inégal qui risquerait de vous briser tous les deux... en fait, Il serait le dernier à le vouloir.

Hester sourit, les genoux sous le menton au mépris de toutes les convenances.

— Je tomberai souvent, oui... j'aurai l'air ridicule et serai sûrement la risée de tous ceux qui ne m'aiment pas... mais c'est toujours mieux que de ne rien entreprendre.

— Certainement, affirma Callandra. Et de toute façon, vous n'avez pas le choix.

8

Le contact le plus productif, Monk et Evan le durent à l'une des dernières relations de Joscelin Grey qu'ils rencontrèrent, grâce non pas à la liste de Lady Fabia, mais aux lettres trouvées dans l'appartement. Ils avaient passé plus d'une semaine dans les environs de Shelburne à questionner discrètement la population sous le prétexte de traquer un voleur de bijoux spécialisé dans les maisons de campagne. Et ils avaient appris pas mal de choses sur Joscelin Grey, sur son train de vie, du moins quand il n'était pas à Londres. Et Monk avait eu la troublante et désagréable surprise de tomber, dans le parc de Shelburne, sur la femme qu'il avait vue en compagnie de Mrs. Latterly à l'église St Marylebone. Au fond, cela n'avait rien d'étonnant — la haute société était un milieu très restreint —, mais son apparition lui avait causé un choc. Il avait revécu la scène à l'église avec sa charge d'émotion sous les arbres séculaires du parc du château balayé par la pluie et le vent.

Elle avait toutes les raisons de rendre visite à la famille, ainsi qu'il le découvrit plus tard. Miss Hester Latterly, qui avait soigné les blessés en Crimée, était une amie de Lady Callandra Daviot. Comme elle le lui avait dit, elle avait connu Joscelin Grey pendant la courte période de son hospitalisation. Il était donc tout à fait normal qu'une fois rentrée, elle vînt présenter ses condoléances en personne. Et il devait être dans sa nature de rudoyer sans ménagement les policiers.

Pour être honnête, il lui avait rendu la monnaie de sa pièce... et en avait retiré une satisfaction considérable. Tout cela serait sans conséquence, si elle n'avait pas eu un lien de parenté avec l'inconnue de l'église dont le visage continuait à le hanter.

Qu'avaient-ils appris ? Joscelin Grey avait été aimé, voire envié pour sa désinvolture, son éternel sourire et son don de faire rire les autres, d'autant plus peut-être qu'il avait l'esprit caustique. Le plus surprenant toutefois fut qu'on le plaignait parce qu'il était le benjamin. Les carrières traditionnellement réservées au plus jeune fils, l'Église ou l'armée, lui étaient soit inappropriées, soit fermées à cause de sa blessure, reçue au service de la patrie. L'héritière qu'il courtisait avait épousé son frère aîné, et il n'avait trouvé personne pour la remplacer, personne du moins dont la famille le jugeât comme un parti acceptable. Car il était invalide de guerre, sans aucun talent monnayable ni perspectives financières.

Evan, qui eut tôt fait de se familiariser avec les us et coutumes de la haute société, ne cachait pas sa perplexité et son désenchantement. Assis dans le train, il regardait par la vitre sous l'œil compatissant et amusé de Monk. Il connaissait ce sentiment, même s'il ne se souvenait pas de l'avoir déjà éprouvé. Était-il possible qu'il n'eût jamais été aussi jeune ? L'idée qu'il traînait son cynisme depuis la naissance lui répugnait profondément.

Se découvrir pas à pas, comme on découvre un étranger, mettait ses nerfs à plus rude épreuve qu'il ne l'aurait imaginé. Quelquefois, il se réveillait en pleine nuit avec la peur de savoir, tourmenté par des déceptions et des remords informulés. Ce doute impalpable était pire qu'une certitude, même la certitude d'être arrogant, insensible et de servir son ambition personnelle au détriment de la loi.

Mais plus il se débattait, plus la résistance se faisait forte ; cela ne venait que par bribes, sans cohérence, un fragment à la fois. Où avait-il acquis sa diction précise et soignée ? Qui lui avait appris à s'habiller et à se mouvoir comme un gentleman, à se comporter avec une telle aisance ? S'était-il contenté de singer ses supérieurs ? Quelque chose de très vague émergea à la surface de sa mémoire, une sensation plutôt qu'un souvenir : il y avait eu quelqu'un qu'il admirait, quelqu'un qui s'était donné de la peine, un mentor — mais sans voix et sans visage, juste une impression de travail, d'effort — et un idéal.

Les gens qui leur fournirent le plus d'informations sur Joscelin Grey, ce furent les Dawlish. Ils habitaient à Primrose Hill, non loin du parc zoologique, et Monk et Evan allèrent les voir le lendemain de leur retour de Shelburne. Ils furent accueillis par un majordome, trop bien dressé pour manifester son étonnement, même face à des policiers sonnant à la grande porte. Mrs. Dawlish les reçut dans le petit salon. C'était une femme menue, au visage doux, aux yeux noisette et aux cheveux châtains qui s'échappaient des épingles.

— Mr. Monk ? fit-elle d'un air interrogateur.

Visiblement, ce nom ne lui disait rien.

Monk s'inclina légèrement.

— Oui, madame, et Mr. Evan. Autorisez-vous Mr. Evan à parler aux domestiques, au cas où ils auraient des informations utiles ?

— C'est peu probable, Mr. Monk.

A l'évidence, cette suggestion lui semblait futile.

— Mais du moment qu'il ne les perturbe pas dans leur tâche, je n'y vois aucune objection.

— Merci, madame.

Et Evan s'éclipsa prestement, laissant Monk debout au milieu de la pièce.

— C'est au sujet du pauvre Joscelin Grey ?

Bien que déconcertée et un peu nerveuse, Mrs. Dawlish paraissait prête à coopérer.

— Que dire ? C'est un drame terrible. On le connaissait depuis peu, vous savez.

— Depuis combien de temps, Mrs. Dawlish ?

— Cinq semaines environ avant... sa mort.

Elle s'assit, et il suivit son exemple avec soulagement.

— Pas plus, à mon avis.

— Mais vous l'aviez invité à séjourner chez vous ? Ça vous arrive souvent avec des gens que vous connaissez à peine ?

Elle secoua la tête. Une autre mèche de cheveux s'échappa de sa coiffure, mais elle n'y prêta pas attention.

— Non, jamais. Mais enfin, comme il était le frère de Menard Grey...

Une expression douloureuse se peignit sur ses traits, comme si, par inadvertance, elle avait réveillé une vieille blessure qu'elle croyait guérie.

— Et puis, Joscelin était tellement charmant, tellement naturel. Et bien sûr, lui aussi a connu Edward, mon fils aîné, qui a été tué à Inkerman.

— Je suis désolé.

Son visage se crispa, et il craignit un instant qu'elle fût incapable de se maîtriser. Rapidement, il enchaîna pour combler le silence et la tirer d'embarras :

— Vous avez dit « lui aussi ». Menard Grey connaissait donc votre fils ?

— Oh oui, fit-elle tout bas. Ç'a été son meilleur ami... pendant des années.

Ses yeux s'emplirent de larmes.

— Depuis l'école.

— Ainsi, vous avez invité Joscelin Grey chez vous.

Il n'attendit pas sa réponse ; elle n'était pas en état de parler.

235

— C'est tout à fait normal, ajouta-t-il.

Une pensée le frappa soudain, faisant naître un espoir insensé. Et si le meurtre n'avait rien à voir avec un scandale récent, si c'était un héritage de la guerre, la conséquence de quelque incident sur le champ de bataille ? C'était très possible. Il aurait dû y penser plus tôt... ils auraient tous dû y penser.

— Oui, dit-elle doucement, en se ressaisissant. Puisqu'il a rencontré Edward pendant la guerre, nous avions envie de lui parler, de l'écouter. Ici, vous comprenez... nous sommes si peu au courant de ce qui s'est réellement passé.

Elle prit une grande inspiration.

— Je ne sais pas si ça aide, dans un sens c'est encore plus dur, mais nous nous sentons... moins exclus. Je sais bien qu'Edward est mort et que pour lui ça n'a plus d'importance ; ce n'est guère rationnel, mais j'ai l'impression d'être plus proche de lui, même si ça fait mal.

Elle le regarda, implorant curieusement sa compréhension. Sans doute avait-elle essayé d'expliquer cela à d'autres, et ils avaient cherché à la dissuader, sans se rendre compte que pour elle, le fait de n'avoir pas participé aux souffrances de son fils, loin de la soulager, ajoutait encore à son chagrin.

— Bien sûr, acquiesça-t-il.

Même si sa propre situation était très différente, n'importe quelle information valait mieux que l'incertitude.

— A force d'imaginer toutes sortes d'horreurs, on est bien plus malheureux en restant dans l'ignorance.

Mrs. Dawlish ouvrit de grands yeux étonnés.

— Vous me comprenez donc ? On a tellement voulu me convaincre d'accepter, mais ça me ronge de l'intérieur, comme un doute affreux. Il m'arrive de lire les journaux, avoua-t-elle en rougissant, quand mon mari n'est pas là. Mais je ne sais que penser. Leurs articles sont...

Elle soupira, triturant un mouchoir sur ses genoux.

— Enfin, on atténue la réalité pour ne pas nous choquer, pour nous éviter de critiquer l'état-major de l'armée. Et puis, il y en a qui se contredisent.

— Je veux bien vous croire.

Il éprouvait une colère irraisonnée devant le désarroi de cette femme et de la multitude silencieuse de ses semblables, qui pleuraient leurs morts et à qui l'on disait que la vérité était trop dure pour elles. Ce n'était peut-être pas faux, elles ne l'auraient peut-être pas supportée ; mais on ne les avait pas consultées, on les mettait devant le fait accompli comme on avait envoyé leurs fils au combat. Pour quoi ? Il n'en avait pas la moindre idée. Il avait étudié quantité de journaux ces dernières semaines pour tenter de s'informer, mais n'en avait retiré qu'une vague notion... quelque chose à voir avec l'Empire ottoman et l'équilibre du pouvoir.

— Joscelin était... plein d'attentions pour nous, reprit-elle doucement, les yeux rivés sur Monk. Il nous a beaucoup parlé de ses impressions, et Edward avait dû ressentir la même chose. Je ne me doutais pas que c'était aussi effarant. Vous savez, vu d'ici...

Son regard anxieux s'assombrit.

— Ce n'était pas très glorieux, figurez-vous... pas vraiment. Tous ces morts, décimés non pas par l'ennemi, mais par le froid et la maladie. Il nous a décrit l'hôpital à Scutari ; il s'y était retrouvé à cause d'une blessure à la jambe. Il avait atrocement souffert. Il avait vu des hommes mourir de froid en hiver. J'ignorais qu'il faisait aussi froid en Crimée. Sans doute parce que c'est à l'est, et j'ai toujours associé l'est à la chaleur. Il disait qu'il faisait chaud en été, chaud et sec. Mais l'hiver, il pleuvait et neigeait sans fin, avec un vent à vous transpercer jusqu'à la moelle des os. Plus la maladie.

Son visage se plissa.

— Je remercie le Seigneur, puisque Edward devait mourir, qu'au moins ç'ait été rapide, une balle ou un coup de sabre, et pas le choléra. Oui, Joscelin m'a été d'un grand réconfort, même si j'ai pleuré comme jamais je n'avais pleuré de ma vie. Pas seulement à cause d'Edward, mais de toutes les femmes comme moi qui ont perdu un mari ou un fils. Vous me comprenez, Mr. Monk ?

— Oui, répondit-il vivement. Oui, je vous comprends. Je regrette infiniment de vous peiner en vous reparlant du major Grey, mais il faut qu'on retrouve son assassin.

Elle frissonna.

— Comment peut-on être aussi abject ? Quel démon doit-il vous posséder pour qu'on s'acharne ainsi sur quelqu'un ? Une bagarre à la rigueur, c'est déplorable mais compréhensible ; en revanche, mutiler un homme après sa mort ! D'après les journaux, ç'a été un carnage. Bien sûr, mon mari ne sait pas que je lis les journaux... ayant connu le pauvre garçon, je me suis sentie obligée de le faire. Vous pouvez comprendre ça, Mr. Monk ?

— Non, absolument pas. De tous les crimes sur lesquels j'ai enquêté, je n'ai rien vu de pareil.

Il ignorait si c'était vrai, mais tel était son sentiment.

— Visiblement, on le haïssait avec une intensité difficilement concevable.

— Je n'arrive pas à imaginer une haine aussi violente.

Fermant les yeux, elle secoua très légèrement la tête.

— Un tel désir de détruire, de... de défigurer. Pauvre Joscelin, avoir été victime d'un tel... individu. J'aurais peur rien qu'à l'idée d'inspirer tant de haine, même si j'y étais totalement étrangère, même si je me savais en sécurité. Je me demande si le pauvre Joscelin était au courant.

Cette question, Monk ne se l'était pas encore posée : Joscelin Grey savait-il que son assassin le détestait ? S'en doutait-il, le croyant simplement incapable de passer à l'acte ?

— En tout cas, il n'avait pas peur de lui, dit-il tout haut. Sinon, il ne l'aurait pas laissé entrer, alors qu'il était seul dans l'appartement.

— Pauvre homme.

Elle se recroquevilla involontairement comme si elle avait froid.

— C'est terrifiant de penser qu'un être habité par la folie meurtrière se promène en toute liberté, un être en apparence comme vous et moi. Je me demande si je n'inspire pas un sentiment d'animosité à mon insu. Je n'y ai jamais songé auparavant, mais maintenant, c'est plus fort que moi. Je ne regarderai plus les gens avec les mêmes yeux. Cela arrive souvent qu'on soit tué par quelqu'un de son entourage ?

— Hélas, oui, madame. La plupart du temps, c'est un membre de la famille.

— Quelle horreur ! fit-elle tout bas, fixant le mur quelque part derrière lui. Et quelle tragédie !

— C'est vrai.

Il ne voulait pas paraître grossier ou insensible à sa détresse, mais il avait son enquête à mener.

— Le major Grey aurait-il parlé de menaces, ou de quelqu'un qui aurait eu peur de lui... ?

Elle le regarda, le front plissé. Une nouvelle mèche de cheveux s'échappa des épingles qui ne tenaient pas.

— Peur de lui ? Mais c'est lui qui a été assassiné !

— Les hommes sont comme les animaux : ils tuent souvent par peur.

— Peut-être. Je n'y avais pas pensé.

Elle hocha la tête avec perplexité.

— Voyons, Joscelin était le plus inoffensif des hommes ! Jamais je ne l'ai entendu dire réellement du mal de quelqu'un. Il était sarcastique, certes, mais on ne tue pas pour une plaisanterie, même si elle n'est pas des plus gentilles.

— Ses sarcasmes, insista Monk, contre qui étaient-ils dirigés ?

Elle hésita, non seulement pour se souvenir, mais parce que cette question semblait la gêner.

Il attendit.

— Contre sa famille surtout, répondit-elle lentement. Du moins, telle était mon impression... et pas seulement la mienne. Il n'était pas toujours aimable vis-à-vis de Menard, mais mon mari vous en parlera mieux que moi... moi, j'aimais bien Menard, sans doute parce que Edward et lui avaient été tellement proches. Edward avait une profonde affection pour lui. Ils avaient tant partagé...

Elle cligna des yeux, et son visage doux se plissa de plus belle.

— Souvent, Joscelin était aussi très dur avec lui-même. C'est déjà plus difficile à comprendre.

— Avec lui-même ? répéta Monk, surpris. J'ai naturellement rencontré sa famille, et un certain ressentiment me paraît tout à fait plausible. Mais pourquoi lui ?

— Ma foi, parce que, étant le benjamin, il n'avait pas de fortune personnelle, et depuis sa blessure, il boitait. Il ne pouvait donc pas envisager de faire carrière dans l'armée. Il se sentait... insignifiant, comme si personne ne le prenait au sérieux. Ce qui était faux, bien sûr. C'était un héros, et très aimé par toutes sortes de gens !

— Je vois.

Monk pensait à Rosamond Shelburne que sa mère avait poussée à épouser le fils le plus nanti. Avait-elle été aimée de Joscelin, ou avait-il été surtout blessé dans son amour-propre, acculé une fois de plus à l'évidence qu'il arrivait à la troisième place ? Si amour il y avait, il aurait souffert seulement parce qu'elle n'avait pas écouté son cœur pour se marier avec l'homme de son choix. Ou bien, attachée par-dessus tout au rang social, s'était-elle servie de Joscelin pour atteindre Lovel? Dans ce cas, il aurait pu accuser le coup différemment et en garder une certaine amertume.

Peut-être ne connaîtraient-ils jamais la réponse à cela.

Il changea de sujet.

— A-t-il fait allusion à une participation quelconque dans les affaires? Il devait avoir d'autres sources de revenu en dehors de sa rente annuelle.

— Oh oui. Il en a discuté avec mon mari et m'en a parlé aussi, pas en détail toutefois.

— Et de quoi s'agissait-il, Mrs. Dawlish?

— D'un investissement, je crois, assez conséquent, dans une compagnie qui faisait commerce avec l'Égypte.

Son visage s'anima brièvement au souvenir des discussions enthousiastes autour du projet.

— Mr. Dawlish a-t-il contribué à cet investissement?

— Il y pensait; pour lui, c'était une opportunité en or.

— Je vois. Puis-je repasser plus tard, quand Mr. Dawlish sera rentré, pour en savoir plus sur cette compagnie?

— Oh, mon Dieu!

Elle se rembrunit aussitôt.

— Je crains de m'être mal exprimée. La compagnie n'est pas encore formée. C'était juste une idée que Joscelin entendait mettre en pratique.

Monk réfléchit un instant. Si Grey envisageait seulement de fonder cette compagnie en persuadant Dawlish d'y participer, comment avait-il fait pour subsister jusque-là?

— Je vous remercie.

Il se leva lentement.

— Je comprends, mais j'aimerais tout de même parler à Mr. Dawlish. Il saura peut-être me renseigner sur la situation financière du major Grey. S'il comptait monter une affaire avec lui, il est normal qu'il ait pris soin de s'informer.

— Oui, oui, bien sûr.

Elle s'efforça en vain de remettre de l'ordre dans sa coiffure.

— Revenez vers 18 heures.

L'interrogatoire des cinq ou six domestiques n'avait rien donné, sinon l'image d'une maisonnée ordinaire, dirigée par une femme paisible et triste qui supportait son chagrin avec courage, un chagrin dont ils étaient tous conscients et qu'ils partageaient chacun à sa manière. Le majordome avait un neveu qui avait servi dans l'infanterie et était rentré infirme. Evan fut atterré par tous ces deuils, tous ces gens obligés de faire face sans le prestige ni la popularité de la famille de Joscelin Grey.

La petite bonne de seize printemps avait perdu un frère aîné à Inkerman. Tout le monde évoqua le souvenir du major Grey, un jeune homme charmant... Miss Amanda était folle de lui. Ils avaient espéré le revoir; l'idée qu'il pût être froidement assassiné sous son propre toit les glaçait d'horreur. Leur double raisonnement stupéfiait Evan : ils étaient choqués d'apprendre l'assassinat d'un gentleman, mais leurs propres morts, ils les considéraient comme une épreuve à subir avec calme et dignité.

Il en sortit avec de l'admiration pour leur stoïcisme et de la colère devant leur résignation. Mais au moment de franchir la porte matelassée donnant sur le grand hall, il lui vint à l'esprit que c'était peut-être la seule solution vivable : réagir autrement serait destructif et, en définitive, futile.

Et il n'avait rien appris sur Joscelin Grey qu'il n'eût pas déjà déduit par ailleurs.

Dawlish était un homme massif, vêtu avec recherche, le front haut et le regard sombre et pénétrant ; mal à l'aise, il n'avait visiblement nulle envie de parler à un policier. Il n'y avait aucune raison d'imputer son attitude à une quelconque mauvaise conscience : avoir la police chez soi, d'une manière ou d'une autre, était extrêmement mal vu en société, or à en juger par le mobilier récent et les photographies plutôt guindées de la famille — Mrs. Dawlish assise dans la pose de la reine —, Mr. Dawlish était quelqu'un d'ambitieux.

Il apparut qu'il ne savait pas grand-chose de l'entreprise dans laquelle il s'apprêtait à investir. Il s'engageait vis-à-vis de Joscelin Grey personnellement ; c'était la raison pour laquelle il lui avait promis des fonds et l'usage de son nom en guise de caution.

— Charmant garçon, déclara-t-il, debout devant la cheminée de la réception. C'est dur, quand on grandit au sein d'une famille, qu'on en fait partie, puis le frère aîné se marie, et tout à coup, on n'est plus rien.

Il secoua la tête d'un air lugubre.

— Drôlement dur quand on n'est pas fait pour l'Église et que l'armée vous congédie pour invalidité. La seule solution, c'est de faire un beau mariage.

Il jeta un coup d'œil sur Monk pour voir s'il suivait.

— Je me demande pourquoi le jeune Joscelin ne l'a pas fait. Il était beau, il plaisait aux femmes. Amanda le portait aux nues.

Il toussa.

— Ma fille, vous savez. La pauvre a été effondrée d'apprendre sa mort. C'est terrible ! Inimaginable.

Il contempla les braises ; une grande tristesse voila son regard, et le pli de sa bouche s'adoucit.

— Un aussi brave garçon. Une chose, c'est la Crimée, mourir pour la patrie et tout le reste. Mais pas ça. Elle a déjà perdu son premier prétendant à Sébastopol, la pauvre petite, et bien sûr, son frère à Balaklava. C'est là qu'il avait rencontré le jeune Grey.

Il inspira profondément pour vaincre des émotions contradictoires qui semblaient le rendre très malheureux.

— Justement, ils s'étaient parlé la veille de la bataille. J'aime à penser que quelqu'un qu'on a connu a tenu compagnie à Edward le soir qui a précédé sa mort. C'est une grande source de...

Il toussa à nouveau et regarda ailleurs, les yeux embués.

— ... réconfort pour nous, mon épouse et moi. La pauvre femme, c'est dur pour elle : notre unique fils, vous comprenez. Cinq filles. Et maintenant ceci.

— Menard Grey aussi, je crois, était un ami proche de votre fils ? dit Monk, autant pour combler le silence que pour faire avancer l'entretien.

Dawlish fixait les charbons.

— Je préfère ne pas en parler, répondit-il d'une voix étranglée. J'avais beaucoup d'estime pour lui, mais il a eu une très mauvaise influence sur Edward... ça, c'est sûr. C'est Joscelin qui a payé ses dettes; au moins, il n'est pas mort dans le déshonneur.

Il déglutit convulsivement.

— Nous nous sommes attachés à Joscelin, le peu de week-ends qu'il a passés chez nous.

Il décrocha le tisonnier de son support et remua vigoureusement les braises.

— J'espère de tout cœur que vous attraperez le fou qui a fait ça.

— Nous ferons notre possible, monsieur.

Monk aurait voulu exprimer toute la pitié que lui inspirait un pareil gâchis. Des milliers d'hommes et de chevaux morts de froid et de faim, massacrés, ravagés par la maladie sur les mornes collines d'une terre étrangère. Même s'il avait su l'enjeu de la guerre de Crimée, il l'avait oublié. En tout cas, ce n'était pas une guerre défensive. La Crimée se trouvait à mille lieues de l'Angleterre. D'après les journaux, cela avait un rapport avec les ramifications politiques de la Turquie et son empire en dislocation. Pas de quoi justifier toutes ces morts pitoyables et le vide qu'elles laissaient dans les familles éplorées.

Dawlish le regardait, attendant qu'il dise quelque chose, une banalité.

— Je regrette que vous ayez perdu votre fils dans de telles conditions.

D'un geste machinal, Monk lui tendit la main.

— Et à un aussi jeune âge. Mais au moins, Joscelin Grey était là pour témoigner qu'il est mort avec courage et dignité, et qu'il n'a pas souffert.

Dawlish lui serra la main sans réfléchir.

— Merci.

Son visage s'était coloré ; il était visiblement ému. Ce fut seulement après le départ de Monk qu'il se rendit compte qu'il avait échangé une franche poignée de main avec un policier comme si ç'avait été un gentleman.

Ce soir-là, pour la première fois, Monk se surprit à songer à Grey avec sympathie. Seuls les bruits lointains de la rue troublaient le silence feutré de son appartement. Du fait de ses menues attentions à l'égard des Dawlish et d'avoir payé les dettes du jeune mort, Grey prenait plus de consistance qu'à travers le chagrin de sa mère ou les souvenirs plaisants mais somme toute superficiels des voisins. Son passé s'était étoffé au-delà de la rancœur de se savoir supplanté par un frère aîné moins brillant, d'avoir été éconduit par une jeune femme trop faible qui, par facilité, avait choisi l'obéissance et les avantages du rang social plutôt que de se battre pour imposer sa propre volonté. Ou peut-être qu'elle n'en avait pas, de volonté, du moins pas assez pour lutter.

Shelburne lui procurait le confort, la sécurité matérielle ; on n'avait pas à travailler, pas de décisions à prendre... si quelque chose de désagréable se présentait, on n'avait qu'à regarder ailleurs. Si l'on rencontrait des mendiants, des malades, des infirmes dans la rue, il suffisait de changer de trottoir. Il y avait le gouvernement pour prendre des mesures sociales, et l'Église, pour régir les mœurs.

Évidemment, la société imposait un code de conduite très rigide, des règles strictes en matière de goût et un cercle restreint d'amis et de loisirs pour passer le temps, mais pour ceux qui avaient grandi là-dedans, la contrainte était minime.

On comprenait d'autant mieux la colère, voire le mépris de Joscelin Grey qui avait vu les cadavres gelés sur les hauteurs de Sébastopol, le carnage à Balaklava, la crasse, les malades et les agonisants à Scutari.

Dehors, dans la rue, un fiacre passa en cahotant ; un cri retentit, suivi d'un éclat de rire.

Brusquement, Monk éprouva le même dégoût étrange, presque impersonnel, que Grey avait dû ressentir en rentrant en Angleterre, dans une famille d'étrangers enfermés dans leur petit monde mesquin et artificiel, qui connaissaient seulement le discours patriotique servi par la presse et n'avaient nulle envie de voir la sordide réalité en face.

Ce sentiment, il l'avait connu après avoir visité les quartiers pauvres, les immondes taudis infestés par les maladies et la vermine, parfois à quelques dizaines de mètres des rues éclairées où les gentlemen circulaient en calèche d'une demeure somptueuse à l'autre. Il avait vu quinze ou vingt personnes entassées dans une seule pièce, âges et sexes confondus, sans chauffage ni installations sanitaires. Il avait vu des enfants qui se prostituaient, des enfants de huit ou dix ans aux yeux las et vieux comme le péché, au corps rongé par les maladies vénériennes ; des enfants de cinq ans ou moins morts de froid dans le caniveau pour avoir été incapables de quémander un abri pour la nuit. Comment leur reprocher de voler ou de vendre pour quelques pence le seul bien qu'ils possédaient au monde : leur propre corps ?

D'où lui venait ce souvenir, alors qu'il ne voyait même pas le visage de son père ? L'impression avait dû être très forte, au point de lui laisser une cicatrice indélébile dans la mémoire. Cela expliquait-il, en partie du moins, l'ardeur de son ambition, son inextinguible soif de perfectionnement, à l'exemple du mentor dont il ne se rappelait pas les traits, dont le nom et la position sociale lui échappaient ? Plût au ciel qu'il en fût ainsi. Il en devenait presque plus fréquentable à ses propres yeux.

Joscelin Grey pensait-il comme lui ?

Monk entendait le venger, voulait qu'il ne fût pas une énigme sans solution, un homme dont on retiendrait davantage la mort que la vie.

Il voulait aussi reprendre le dossier Latterly. Car il pouvait difficilement retourner chez Mrs. Latterly sans connaître au moins les grandes lignes de l'affaire qu'il avait promis de régler. Et il espérait bien retourner chez elle. Réflexion faite, il comptait depuis le début la revoir, lui parler, contempler son visage, écouter sa voix, la regarder bouger... capter son attention ne fût-ce qu'un court instant.

Inutile de consulter ses dossiers : il l'avait déjà fait pratiquement page par page. Il alla donc directement chez Runcorn.

— Bonjour, Monk.

Runcorn n'était pas derrière son bureau, mais devant la fenêtre, l'air tout à fait épanoui. Sa figure au teint d'ordinaire cireux avait pris des couleurs comme au retour d'une promenade au soleil ; ses yeux brillaient.

— Alors, l'affaire Grey, ça avance ? On a quelque chose pour la presse ? Ils nous harcèlent toujours, vous savez.

Il renifla légèrement et tira un cigare de sa poche.

— Bientôt, ils vont réclamer nos têtes, exiger des démissions et tout ça.

Sa posture même respirait la satisfaction : épaules relevées, menton en l'air. Ses chaussures vernies luisaient à la lumière.

— Je n'en doute pas, monsieur, répondit Monk. Mais comme vous l'avez dit vous-même la semaine dernière, l'enquête risque de prendre un tour très déplaisant. Il serait imprudent d'avancer des choses que nous ne serions pas en mesure de prouver.

— Où en êtes-vous, Monk ?

L'expression de Runcorn se durcit, mais il frémissait toujours, comme un chien d'arrêt lancé à la poursuite du gibier.

— Nageriez-vous dans le brouillard comme Lamb ?
— Il semblerait pour le moment qu'il faille chercher du côté de la famille, répliqua Monk aussi posément qu'il put.

Il avait la pénible impression que Runcorn se faisait un plaisir de le mener par le bout du nez.

— Les rapports entre les frères étaient très tendus. Avant d'épouser Lord Shelburne, l'actuelle Lady Shelburne avait été courtisée par Joscelin...
— Il n'y avait pas de quoi l'assassiner, lâcha Runcorn avec mépris. Ç'aurait été plus logique dans l'autre sens : que la victime, ce soit Shelburne. Votre histoire ne tient pas debout.

Monk garda son sang-froid. Il sentait bien que Runcorn le titillait, cherchait à le provoquer au nom de leur lourd passif commun ; la victoire était d'autant plus douce qu'elle était reconnue, savourée en présence de l'autre. Comment, pensa Monk, avait-il pu manquer de discernement à ce point ? Pourquoi ne l'avait-il pas anticipé, voire évité ? Comment pouvait-on être aussi aveugle face à l'évidence ? Ou était-ce simplement parce qu'il était en train de se redécouvrir, pas à pas, de l'extérieur ?

— En soi, non, reprit-il d'un ton calme et léger. Mais à mon avis, la dame avait gardé un faible pour Joscelin, et son fils unique, conçu juste avant le départ de Joscelin pour la Crimée, ressemble davantage à ce dernier qu'au maître du château.

La mine de Runcorn s'allongea, puis lentement, il révéla ses dents dans un grand sourire, son cigare à la main.

— Tiens, tiens. Ma foi, je vous avais prévenu que ça sentait le roussi, non ? Faites très attention, Monk. La moindre allégation en l'absence de preuves, et les Shelburne vous feront tomber avant que vous n'ayez le temps de rentrer à Londres.

« Et c'est précisément ce que tu veux », pensa Monk.

— Certes, monsieur, dit-il tout haut. C'est pourquoi, vis-à-vis de la presse, nous sommes toujours dans le brouillard. En fait, je venais vous voir au sujet de l'affaire Latterly...

— Latterly ! Pour quoi faire, bon sang ? Un pauvre diable qui s'est brûlé la cervelle...

Il fit le tour du bureau et, s'asseyant, chercha des allumettes.

— C'est un crime contre l'Église, pas contre la loi. Auriez-vous du feu, Monk ? On ne s'en serait même pas préoccupés si cette malheureuse n'en avait pas fait tout un plat. Ah, ne vous dérangez pas... les voilà. Qu'ils enterrent donc leurs morts tranquillement, sans histoires.

Il frotta une allumette et l'approcha de son cigare, tirant de petites bouffées.

— Cet homme-là a trempé dans une transaction commerciale qui a mal tourné. Sur ses conseils, tous ses amis avaient investi dans l'affaire, et il n'a pas supporté le scandale. C'est la seule porte de sortie qu'il ait trouvée ; un acte de lâcheté, disent certains, une décision honorable, disent d'autres.

Il souffla la fumée et leva les yeux sur Monk.

— Moi, je dis que c'est complètement crétin. Mais ces gens-là sont très à cheval sur ce qu'ils croient être leur réputation. Il y en a qui entretiennent des domestiques qu'ils n'ont pas les moyens de payer simplement pour sauver les apparences. Ils vous servent un repas de six plats et vivent de pain et de saindoux le reste du temps. Ils allument le feu quand ils ont du monde à la maison, mais autrement, passent leurs journées à grelotter. L'orgueil est un mauvais conseiller, surtout un orgueil de caste.

Une joie maligne illuminait son regard.

— Souvenez-vous-en, Monk.

Il baissa les yeux sur les papiers devant lui.

— Pourquoi diantre perdez-vous votre temps avec Latterly ? Occupez-vous de Grey ; il faut résoudre ce crime, malgré tous les désagréments qu'on risque d'en retirer. L'opinion publique s'impatiente ; on a même soulevé la question à la Chambre des lords. Vous le saviez, ça ?

— Non, monsieur, mais connaissant l'état d'esprit de Lady Shelburne, cela ne m'étonne pas. Avez-vous le dossier Latterly, monsieur ?

— Vous êtes têtu, Monk. C'est une qualité très douteuse. J'ai juste votre rapport écrit concluant au suicide, rien qui nous intéresse. Vous n'allez tout de même pas me réclamer ça ?

— Si, monsieur.
Monk prit le dossier sans le regarder et sortit.

Il devait remettre la visite chez les Latterly à la fin de la journée, une fois qu'il aurait quitté le bureau, puisqu'il n'était plus officiellement chargé de l'enquête. Il s'était certainement déjà rendu chez eux ; il n'aurait pas pu rencontrer Mrs. Latterly par hasard, et encore moins au poste de police. Il jeta un coup d'œil autour de lui, mais la rue lui était inconnue.

Il ne se rappelait que les pavés froids du Northumberland, les petites maisons battues par le vent, les cieux gris, le port en contrebas et les dunes à perte de vue. Il se souvenait vaguement d'un voyage en train à Newcastle, des énormes cheminées au-dessus des toits, des panaches de fumée ; grisé par leur puissance, il s'était imaginé les hauts fourneaux engloutissant des montagnes de charbon, l'acier qu'on laminait pour construire des locomotives qui tireraient les trains à travers tout l'empire. Il en ressentait encore le frisson, l'ivresse qui lui avait coupé le souffle, l'effroi, le goût de l'aventure. Il avait dû être très jeune, alors.

C'était très différent la première fois qu'il était monté à Londres. Il avait vieilli, bien au-delà des dix ans qui s'étaient écoulés selon le calendrier. Sa mère était morte ; Beth avait été recueillie par une tante. Son père avait disparu en mer alors que Beth apprenait tout juste à marcher. Ce départ pour Londres marquait le début d'une nouvelle vie et la fin de l'enfance. Beth l'avait accompagné à la gare ; inconsolable, elle pleurait à chaudes larmes en tortillant son tablier. Elle n'avait pas plus de neuf ans, et lui en avait quinze. Mais il savait lire et écrire, et le monde s'ouvrait à lui.

C'était il y a très longtemps. Il avait la trentaine bien sonnée à présent. Qu'avait-il fait pendant ces vingt dernières années ? Pourquoi n'était-il pas retourné chez lui? Cela restait encore à élucider. Sa carrière dans la police se résumait à son fichier et à l'hostilité de Runcorn. Mais sa vie privée? Ou bien était-il seulement un personnage public?

Et avant la police? Ses archives remontaient à une douzaine d'années; il lui restait donc encore huit ans minimum. Les avait-il passés à étudier, à gravir les échelons, à se perfectionner auprès de son mentor sans visage, les yeux fixés sur le but à atteindre? Il était atterré par son ambition, par sa force de caractère. Une ténacité pareille, c'en était un peu effrayant.

Il était à la porte des Latterly, absurdement rongé par le trac. Et si elle n'était pas là? Il avait si souvent pensé à elle; maintenant, il se sentait stupide, vulnérable, à l'idée qu'elle n'avait probablement pas du tout songé à lui. Il serait peut-être même obligé de décliner son identité. Et il aurait l'air maladroit, lourdaud, s'il disait qu'il n'avait rien de neuf pour eux.

Il hésita, ne sachant s'il devait frapper ou partir et revenir plus tard, sous un meilleur prétexte. Une bonne sortit dans la courette en sous-sol et, afin de ne pas passer pour un rôdeur, il leva la main et frappa.

La femme de chambre qui lui ouvrit haussa imperceptiblement les sourcils.

— Bonsoir, Mr. Monk, voulez-vous entrer, je vous prie?

La courtoisie du ton masquait le désir manifeste de ne pas le voir s'attarder sur le pas de la porte.

— La famille vient de dîner; ils sont tous au salon, monsieur. Souhaitez-vous que je vous annonce?

— Oui, s'il vous plaît. Merci.

Monk lui donna son pardessus et la suivit dans un petit parloir. Elle repartit, et il se mit à arpenter la pièce, incapable de tenir en place. Ce fut à peine s'il prêta attention au mobilier, aux tableaux plaisants mais assez ordinaires et au tapis élimé. Qu'allait-il leur dire? Il avait fait irruption dans un monde qui n'était pas le sien pour avoir cru lire quelque chose sur un visage de femme. Elle devait le trouver repoussant ; d'ailleurs, elle ne l'aurait sûrement pas fréquenté si elle n'avait pas pris à cœur le sort de son beau-père, comptant sur les compétences de Monk pour soulager son chagrin. Le suicide était la pire des infamies ; rien, pas même une faillite financière, ne le justifiait aux yeux de l'Église. En cas de preuve définitive, son beau-père n'avait même pas droit à une sépulture chrétienne.

Il était trop tard pour faire machine arrière ; néanmoins, Monk ne put s'empêcher d'y songer. Il pensa même inventer une excuse, une autre raison pour sa visite, comme par exemple la lettre découverte dans l'appartement de Grey, mais la femme de chambre revint, et il n'en eut guère le temps.

— Mrs. Latterly va vous recevoir, monsieur, si vous voulez bien me suivre.

Docilement, la bouche sèche et le cœur battant, il lui emboîta le pas.

Le salon, pas très grand mais confortable, avait naguère été décoré sans regarder à la dépense par des gens pour qui l'argent n'avait jamais été un problème ni une nouveauté. Bien qu'il eût gardé toute son élégance, le soleil avait par endroits décoloré les rideaux, et les glands des embrasses commençaient à perdre leurs franges. Le tapis était de moins belle qualité que les tables en marqueterie ou le fauteuil de repos. D'emblée, Monk se sentit à l'aise dans cette pièce et se demanda où, au cours de son ascension acharnée, il avait acquis autant de goût.

Son regard se posa sur Mrs. Latterly, près de la cheminée. Elle n'était plus en noir, mais vêtue d'un bordeaux foncé qui rehaussait délicatement sa carnation. Sa gorge, ses épaules étaient aussi frêles et graciles que celles d'une enfant, mais son visage n'avait rien d'enfantin. Elle le fixait de ses grands yeux lumineux dont la pénombre l'empêchait de déchiffrer l'expression.

Rapidement, Monk se tourna vers les autres. L'homme, blond, avec une bouche moins généreuse, devait être son mari. Quant à la femme, assise en face et dont il reconnut immédiatement le visage fier et expressif — ils s'étaient déjà croisés et disputés à Shelburne Hall —, c'était Miss Hester Latterly.

— Bonsoir, Monk, dit Charles Latterly sans se lever. Vous vous souvenez de ma femme ?

Il fit un vague geste en direction d'Imogen.

— Ma sœur, Miss Hester Latterly. Elle était en Crimée au moment de la mort de mon père.

A en juger par son ton acrimonieux, il n'appréciait pas du tout que Monk se mêle de leurs affaires de famille.

Une horrible pensée traversa l'esprit de Monk : aurait-il commis un impair, une indiscrétion quelconque, une maladresse qui aurait ajouté au tragique de la situation ? Se serait-il permis une remarque indélicate, une familiarité ? Le visage en feu, il répondit précipitamment pour alléger la tension :

— Bonsoir, monsieur.

Puis, s'inclinant légèrement à l'adresse d'Imogen et de Hester :

— Madame, Miss Latterly.

Il préférait ne pas évoquer les circonstances malheureuses de leur première rencontre.

— En quoi pouvons-nous vous être utiles ?

D'un signe de la tête, Charles lui indiqua un siège.

Monk s'assit, et une autre idée singulière lui vint à l'esprit. Imogen s'était montrée excessivement discrète, presque furtive, lorsqu'ils s'étaient parlé à St Marylebone. Se pouvait-il que ni son mari ni sa belle-sœur ne fussent informés qu'elle avait poursuivi les démarches au-delà des premières dispositions consécutives au drame et des formalités d'usage? Si tel était le cas, il devait prendre garde de ne pas la trahir.

Il inspira profondément, priant pour pouvoir tenir des propos cohérents, pour se rappeler tant soit peu ce que Charles lui avait dit et ce qu'il avait appris par Imogen. Il allait devoir bluffer, prétendre qu'il y avait du nouveau, un lien avec le meurtre de Grey; c'était le seul autre dossier sur lequel il travaillait et dont il conservait quelque souvenir. Ces gens-là le connaissaient, ne fût-ce que de loin. Il s'était occupé d'eux peu avant l'accident. Grâce à eux, il pourrait sûrement en savoir plus sur lui-même.

Mais ce n'était qu'une demi-vérité. Pourquoi se leurrer? Il était là à cause d'Imogen Latterly. Il n'avait pas de but défini, mais son visage le hantait comme une vague réminiscence du passé, un fantôme de son imagination, du royaume des rêves qui, à force de répétition, prennent corps dans la réalité.

Les yeux rivés sur lui, ils attendaient.

— Il est possible...

Sa voix était enrouée; il se racla la gorge.

— J'ai découvert quelque chose de totalement nouveau. Mais avant de vous en parler, j'ai besoin de preuves, dans la mesure où cela concerne d'autres personnes.

Voilà qui devrait les dissuader, en gens bien élevés, de le presser de questions. Il toussota à nouveau.

— Notre dernière entrevue remonte à un certain temps déjà, et comme, par souci de discrétion, je n'avais pas pris de notes...

— Je vous remercie, fit Charles lentement. C'est très délicat de votre part.

Les mots lui venaient difficilement; à l'évidence, il lui en coûtait d'admettre qu'on trouvait des gens scrupuleux dans la police.

Hester le dévisageait avec une franche incrédulité.

— Pourrions-nous revoir ensemble les faits que nous connaissons déjà ?

Monk comptait désespérément sur eux pour combler les lacunes de sa mémoire. Il savait seulement ce que Runcorn lui avait raconté, informations du reste que ce dernier tenait de lui-même. Franchement, il n'y avait pas de quoi justifier la réouverture de l'enquête.

— Oui, oui, bien sûr.

Une fois de plus, ce fut Charles qui répondit, mais Monk sentit le regard des femmes sur lui : Imogen, anxieuse, les mains crispées dans les amples plis de sa jupe ; Hester, pensive, prête à intervenir vertement. Il devait les chasser de sa tête, tâcher d'être cohérent, reconstituer le tableau à partir des réponses de Charles, sinon il allait se couvrir de ridicule, et il ne le supporterait pas... pas devant eux.

— Votre père est décédé dans son cabinet de travail, commença-t-il. A son domicile, dans Highgate, le 14 juin.

Cela, il l'avait appris par Runcorn.

— Oui. C'était en début de soirée, avant le dîner. Ma femme et moi étions allés passer quelques jours chez mes parents. On était presque tous en haut, en train de se changer.

— Presque tous ?

— Plus exactement tous les deux. Ma mère et moi. Ma femme tardait à rentrer. Elle était allée voir Mrs. Standing, la femme du pasteur, et il s'est avéré que mon père se trouvait dans son cabinet.

La cause du décès, ç'avait été un coup de feu. La question suivante était facile.

— Et combien d'entre vous ont entendu la détonation ?

— On l'a tous entendue, je pense, mais ma femme a été la première à comprendre. Elle était passée par la grille du jardin et arrivait par la véranda.

Monk se tourna vers Imogen.

Elle le considérait en fronçant légèrement les sourcils, comme si elle se retenait de parler. Son regard trouble exprimait la souffrance.

— Mrs. Latterly?

Il avait oublié ce qu'il voulait lui demander. S'apercevant qu'il serrait convulsivement les poings, il s'obligea à ouvrir les mains. Elles étaient moites de sueur.

— Oui, Mr. Monk? fit-elle doucement.

Il tâtonnait à la recherche d'une question sensée à lui poser. Il avait la tête vide. Que lui avait-il dit la première fois? C'était elle qui l'avait contacté; elle lui avait donc raconté tout ce qu'elle savait. Il fallait trouver quelque chose, vite. Ils le regardaient tous. Charles Latterly, distant, désapprouvant son outrecuidance; Hester, exaspérée par son incompétence. Il connaissait déjà son opinion en la matière. Le seul moyen de défense qui lui vint à l'esprit fut d'attaquer.

— Pourquoi avoir pensé tout de suite à un coup de feu, Mrs. Latterly?

Sa voix résonna dans le silence comme le soudain carillon d'une pendule dans une pièce déserte.

— Craigniez-vous déjà à ce moment-là que votre beau-père n'envisage d'attenter à ses jours ou que sa vie ne soit en danger d'une manière ou d'une autre?

Le sang afflua au visage d'Imogen; ses yeux lancèrent des éclairs.

— Bien sûr que non, Mr. Monk, sinon je ne l'aurais pas laissé tout seul.

Elle déglutit et ajouta d'un ton radouci:

— Je connaissais son désarroi, nous le connaissions tous; mais je ne soupçonnais pas que c'était grave au point de le pousser au suicide... ni qu'il avait perdu la maîtrise de ses facultés physiques ou mentales de façon à risquer un accident.

Ce fut une vaillante tentative.

— Si vous avez découvert quelque chose, Mr. Monk, l'interrompit Hester sèchement, vous feriez mieux de contrôler vos sources, puis de revenir nous en parler. Tourner autour du pot comme vous le faites en ce moment est improductif et inutilement perturbant. Et insinuer que ma belle-sœur savait des choses qu'elle nous aurait cachées est tout simplement insultant.

Elle le toisa d'un air dégoûté.

— Franchement, est-ce tout ce dont vous êtes capable ? Je me demande bien comment vous faites pour attraper un criminel, à moins de tomber nez à nez avec lui !

— Hester !

Imogen avait parlé vivement, mais sans la regarder.

— Mr. Monk est obligé de poser cette question. J'aurais très bien pu voir ou entendre quelque chose qui m'aurait troublée... sans m'en rendre compte sur le moment.

Absurdement touché, Monk se dit qu'il ne méritait pas ce plaidoyer.

— Merci, madame.

Il essaya de lui sourire, mais ses lèvres n'esquissèrent qu'une grimace.

— Connaissiez-vous à l'époque l'ampleur de la catastrophe financière qui avait frappé votre beau-père ?

— Ce n'est pas l'argent qui l'a tué, répliqua Imogen pendant que Charles cherchait ses mots et que Hester gardait un silence résigné... provisoirement du moins. C'est la disgrâce.

Elle se mordit la lèvre pour contenir le flot de chagrin qui menaçait de la submerger à nouveau. Lorsqu'elle reprit, ce fut à voix basse, presque dans un murmure, la gorge nouée :

— Voyez-vous, bon nombre de ses amis avaient investi dans l'affaire sur son conseil. Il avait engagé sa réputation, et ils avaient apporté des fonds parce qu'ils lui faisaient confiance.

Monk ne trouva rien à dire : répondre par des banalités à une douleur sincère, cette simple idée le révoltait. Il brûlait de la consoler, tout en sachant que c'était impensable. Était-ce donc de la pitié, ce sentiment qui l'habitait aussi intensément ? L'envie de la protéger ?

— Cette entreprise n'a provoqué que des drames, poursuivit Imogen tout bas en fixant le tapis. Beau-papa, puis la pauvre maman, et maintenant Joscelin.

L'espace d'un éclair, tout parut se figer ; une éternité s'écoula entre le moment où elle avait parlé et celui où Monk comprit ce qu'elle disait.

— Vous avez connu Joscelin Grey ?

Ce fut comme si quelqu'un d'autre avait posé la question à sa place, pendant qu'il les observait à distance, séparé d'eux par une vitre.

Déconcertée par sa confusion apparente, Imogen fronça les sourcils ; le visage en feu, elle évitait de regarder qui que ce soit, et notamment son mari.

— Pour l'amour du ciel ! éclata Charles. Seriez-vous un incapable ou quoi ?

Monk ne savait que dire. Que diable Grey venait-il faire là-dedans ? Était-il censé le connaître ?

Qu'allaient-ils penser de lui ? Comment faire maintenant pour se sortir de cette mauvaise passe ? Ils finiraient par croire qu'il était fou ou qu'il se moquait d'eux. C'était bien là le pire des affronts : la vie n'était peut-être pas sacrée à leurs yeux, mais la mort l'était certainement. Le rouge de la honte lui monta au front. Il sentait la présence physique d'Imogen comme si leurs deux corps se touchaient et le regard de Hester, chargé d'un mépris indicible.

Une fois de plus, Imogen vint à son secours.

— Mr. Monk n'a jamais rencontré Joscelin, Charles, dit-elle calmement. C'est très facile d'oublier un nom quand on ne connaît pas la personne qui le porte.

Hester les contemplait, l'un et l'autre. Dans ses yeux

clairs, perçants, on lisait la certitude naissante que quelque chose ne tournait pas rond.

— C'est normal, reprit Imogen avec vivacité, pour masquer ses sentiments. Mr. Monk n'est arrivé qu'après la mort de papa ; je ne vois pas comment il en aurait eu l'occasion.

Elle ne regardait pas son mari, mais manifestement, c'était à lui qu'elle s'adressait.

— Et si tu te souviens bien, Joscelin n'est plus revenu depuis.

— On peut difficilement lui en vouloir, rétorqua Charles, acerbe, comme s'il reprochait à Imogen d'avoir été injuste. Il a été aussi bouleversé que nous. Il m'a écrit une lettre très urbaine pour présenter ses condoléances.

Enfonçant les mains dans ses poches, il rentra la tête dans les épaules.

— Naturellement, il se sentait mal placé pour venir chez nous, compte tenu des circonstances. Il comprenait parfaitement que notre relation devait s'arrêter là ; c'était très délicat de sa part, je trouve.

Il gratifia Imogen d'un regard excédé, sans prêter attention à Hester.

— C'était quelqu'un de très sensible, fit Imogen, l'air lointain. Il me manque.

Charles pivota vers elle. Il ouvrit la bouche pour parler, puis se ravisa brusquement et, tirant une main de sa poche, la posa sur le bras de sa femme.

— Ainsi, vous ne l'avez pas rencontré ? demanda-t-il à Monk.

Monk tâtonnait toujours.

— Non.

C'était la seule réponse qu'il était en mesure de donner.

— Il s'était absenté de Londres.

Cela, au moins, c'était vraisemblable.

— Pauvre Joscelin.

Imogen semblait ne pas se préoccuper de son mari, ni des doigts qui lui serraient l'épaule.

— Il devait être dans tous ses états. Bien sûr, il n'était pas responsable ; il avait été trompé comme tout le monde, mais il avait tendance à tout prendre sur lui.

Sa voix était douce, triste, sans l'ombre d'un reproche.

Monk ne pouvait que deviner, il n'osait pas poser la question : visiblement, Grey avait participé à l'entreprise qui avait ruiné Latterly père et les amis qui avaient suivi ses conseils. Et Joscelin lui-même aurait perdu de l'argent, au-delà de ce qu'il pouvait se permettre ; d'où peut-être sa tentative d'obtenir une rallonge auprès de sa famille. Justement, la lettre du notaire était datée d'après la mort de Latterly. C'était probablement cette débâcle financière qui avait poussé Grey à jouer gros, voire à se livrer au chantage. S'il avait essuyé une lourde perte, il était sûrement aux abois, traqué par les créanciers, menacé de scandale public. Sa seule valeur commerciale, c'était le charme ; ses talents de boute-en-train lui ouvraient des portes à longueur d'année, avec, à la clé, l'héritière qui le rendrait enfin indépendant, pour qu'il n'ait plus à mendier auprès d'une mère et de frères qu'il n'aimait pas.

Mais qui ? Qui, parmi ses relations, était suffisamment vulnérable pour acheter son silence, et suffisamment désespéré pour aller jusqu'au meurtre ?

Chez qui l'avait-on reçu ? Toutes sortes d'indiscrétions se commettaient durant les longs week-ends à la campagne. Le pire n'était pas ce qui se passait, mais ce qui en transpirait au-dehors. Joscelin serait-il tombé par hasard sur quelque adultère au secret bien gardé ?

Seulement on ne tuait pas pour un adultère, à moins qu'il n'y eût des histoires d'héritage ou autres problèmes familiaux, débouchant sur le divorce avec son parfum de scandale et l'ostracisme total qui s'ensuivait. Pour tuer, il fallait un secret bien plus terrible comme l'inceste, la perversion ou l'impuissance. L'impuissance était une tare monstrueuse, allez savoir pourquoi, la pire des afflictions; un mot qu'on ne prononçait même pas en chuchotant.

Runcorn avait raison : s'il s'aventurait sur ce terrain-là, il serait immédiatement dénoncé aux plus hautes instances; sa carrière serait bloquée, si on ne le renvoyait pas purement et simplement. Jamais on ne lui pardonnerait d'avoir entraîné un homme à sa perte, ce qui ne manquerait pas d'arriver après un scandale aussi épouvantable.

Ils le regardaient tous. Charles ne cachait pas son impatience. Exaspérée à l'extrême, Hester triturait un simple mouchoir de batiste en tapotant du pied rapidement et sans bruit. Son opinion se lisait clairement sur son visage hautement expressif.

— Que croyez-vous savoir au juste, Mr. Monk? s'enquit Charles d'un ton brusque. S'il n'y a rien, je vous prierais de ne plus nous tourmenter en nous reparlant de la tragédie que nous avons vécue. Que mon père ait mis fin à ses jours ou que, l'esprit égaré, il ait été victime d'un accident, cela ne peut être prouvé, et nous vous saurions gré de laisser la parole à ceux qui ont la bonté de privilégier la seconde hypothèse ! Ma mère est morte de chagrin. Un de nos anciens amis a été brutalement assassiné. Si nous ne pouvons pas vous aider, permettez-nous de porter notre douleur comme nous l'entendons et de faire notre possible pour retourner à la vie normale. Mon épouse a eu tort de vouloir chercher à tout prix une explication moins pénible, mais les femmes ont le cœur tendre, et elle a du mal à accepter l'amère vérité.

— Elle m'a demandé seulement de m'assurer que c'était bel et bien la vérité, riposta Monk, indigné parce qu'on osait critiquer Imogen. Pour moi, ce n'est certainement pas une faute.

Et il fixa Charles sans ciller, d'un regard froid.

— Vous êtes trop aimable, Mr. Monk.

Charles considéra Imogen d'un air indulgent, laissant entendre que Monk cherchait à la ménager.

— Mais je suis sûr qu'avec le temps, elle arrivera à la même conclusion. Merci d'être venu; je ne doute pas que vous ayez agi selon votre devoir.

Obéissant, Monk prit congé et se retrouva dans le couloir sans réfléchir à ce qu'il faisait. Il pensait à Imogen, au mépris brûlant de Hester; il s'était laissé impressionner par la maison, par l'assurance hautaine de Charles Latterly et ses efforts somme toute logiques pour présenter le drame familial sous un jour plus acceptable.

Pivotant sur ses talons, il se trouva à nouveau face à la porte close. Il voulait les questionner au sujet de Grey, et il avait une excuse pour le faire; ou plutôt, il n'avait pas d'excuse pour ne pas le faire. Il fit un pas en avant et se sentit ridicule. Il pouvait difficilement frapper comme un domestique demandant la permission d'entrer. Mais il ne pouvait pas quitter cette maison, sachant qu'ils avaient fréquenté Joscelin Grey, qu'Imogen au moins avait eu de l'amitié pour lui, sans essayer de recueillir d'autres informations. Il leva la main, puis la retira.

La porte se rouvrit sur Imogen. Elle s'arrêta, surprise, à quelques pouces de lui, le dos contre les boiseries. Son visage s'empourpra.

— Excusez-moi...

Elle prit une inspiration.

— ... Je... je ne m'étais pas rendu compte que vous étiez encore là.

Lui non plus ne savait que dire; il se sentait bêtement paralysé. Les secondes passaient. Finalement, ce fut elle qui parla :

— Y avait-il autre chose, Mr. Monk ? Qu'avez-vous découvert ?

Sa voix vibrait ; son regard s'était illuminé d'espoir. Il était convaincu maintenant qu'elle était venue le trouver toute seule, en confidence, à l'insu de Hester et de son mari.

— Je travaille sur l'affaire Joscelin Grey.

C'était tout ce qu'il avait à lui répondre. Il errait complètement perdu dans les ténèbres de l'ignorance. Si seulement il arrivait à se souvenir !

Elle baissa les yeux.

— Je vois. C'est pour ça que vous êtes venu. Désolée, j'avais mal compris. Vous... vous désirez savoir quelque chose sur le major Grey ?

C'était loin de la vérité.

— Je...

Il inspira profondément.

— Je m'en veux de vous déranger, si peu de temps après...

Elle se redressa, l'œil noir. Il ignorait pourquoi elle était en colère. Elle, si charmante, si fine ; elle éveillait en lui un écho nostalgique qu'il ne parvenait pas à situer, l'écho lointain d'une douceur oubliée, du temps des rires et de la confiance. Fallait-il être sot pour éprouver un pareil torrent d'émotions face à une femme venue le consulter pour une affaire de famille et qui devait le placer dans la même catégorie qu'un artisan ou un pompier !

— Les malheurs n'attendent pas, fit-elle d'une petite voix crispée. Je sais ce que disent les journaux. Que voulez-vous savoir au sujet du major Grey ? Si nous avions disposé de renseignements utiles, nous vous les aurions déjà communiqués.

— Oui, bien sûr.

Il était accablé par sa colère, éperdument, douloureusement blessé.

— Je... je me demandais simplement s'il y avait d'autres questions que j'aurais dû poser. Mais je n'en vois pas. Bonne soirée, Mrs. Latterly.

— Bonsoir, Mr. Monk.

Elle releva la tête, et il crut la voir cligner des yeux pour chasser ses larmes. C'était absurde... pourquoi pleurerait-elle maintenant ? Serait-ce le dépit ? la déception ? la désillusion parce qu'elle avait espéré plus et mieux de sa part ? Si seulement il pouvait se souvenir !

— Parkin, raccompagnez Mr. Monk à la porte.

Et, sans le regarder, sans attendre la bonne, elle s'éloigna, le laissant seul.

9

Monk n'avait pas d'autre choix que d'en revenir à l'affaire Grey, même si le visage troublant d'Imogen et le regard de Hester, brillant de colère et d'intelligence, continuaient à hanter ses pensées. Il avait tant de mal à se concentrer qu'il devait se faire violence, ne fût-ce que pour entrer dans le détail de l'enquête et tenter d'y voir clair dans l'amas informe des faits et des conjectures.

Assis dans son bureau avec Evan, il passait en revue la masse grandissante d'informations, mais il n'en émergeait rien de concluant car depuis le début, ils procédaient plutôt par élimination. Comme il n'y avait pas eu d'effraction, Grey avait donc ouvert lui-même à l'assassin ; s'il lui avait ouvert, c'était parce qu'il n'avait aucune raison de se méfier de lui. Il y avait peu de chances pour qu'il eût reçu un étranger à cette heure-là ; par conséquent, c'était quelqu'un qu'il connaissait et qui le haïssait secrètement.

Ou bien cette haine n'était-elle pas connue de Grey qui ne la craignait pas pour autant ? Croyait-il l'autre physiquement ou moralement incapable de lui faire du mal ? Même cette réponse, Monk ne l'avait toujours pas.

Le signalement du seul visiteur suspect, fourni à la

fois par Yeats et Grimwade, ne correspondait pas à Lovel Grey, mais il était tellement flou que cela ne tirait pas à conséquence. Si Rosamond avait conçu son enfant avec Joscelin, et non avec Lovel, c'était un mobile suffisant pour un meurtre, surtout si Joscelin lui-même était au courant et ne répugnait pas, à l'occasion, à le rappeler à Lovel. Ce ne serait pas la première fois qu'une pique cruelle, le persiflage de la faiblesse ou de l'impuissance, aurait déclenché un accès de rage incontrôlable.

Evan interrompit ses réflexions presque comme s'il en avait suivi le cours.

— Pensez-vous que Shelburne aurait tué Joscelin lui-même? s'enquit-il anxieusement en fronçant les sourcils.

Il n'avait rien à craindre pour sa propre carrière : ni le système, ni même les Shelburne ne songeraient à le rendre responsable d'un éventuel scandale. Était-il inquiet pour Monk? Cette pensée lui réchauffa le cœur.

Monk leva les yeux sur lui.

— Peut-être pas. Mais s'il avait payé quelqu'un, le travail aurait été plus propre, plus efficace. Et moins violent. Un professionnel ne va pas molester sa victime; il l'étranglera ou la poignardera, ailleurs que sous son toit.

Evan grimaça délicatement.

— Vous voulez dire une agression dans la rue... on guette le bonhomme dans un coin sombre, et couic, terminé?

— Vraisemblablement. Et on laisse le cadavre dans une allée où l'on ne le retrouvera pas de sitôt, de préférence loin de son propre territoire. Ainsi, il sera plus difficile d'établir un lien avec la victime, et on risque moins de se faire reconnaître.

— Et s'il était pressé? S'il n'avait pas le temps de choisir le bon moment et le bon endroit?

Se renversant, Evan se balança sur sa chaise.

— Pressé?

Monk haussa les épaules.

— Pas si c'était Shelburne, en tout cas pas à cause de Rosamond. Il n'était pas à quelques jours, ni à quelques semaines près.

— C'est vrai.

La mine sombre, Evan laissa retomber les pieds de sa chaise.

— Je ne vois pas comment nous allons pouvoir prouver quoi que ce soit. Je ne sais même pas où chercher.

— Trouvez où était Shelburne au moment de l'assassinat, répondit Monk. D'ailleurs, j'aurais dû le faire plus tôt.

— Oh, je me suis renseigné indirectement auprès des domestiques.

Evan était surpris, mais ne cachait pas sa satisfaction.

— Et alors? demanda Monk rapidement.

Il ne voulait pas lui gâcher son plaisir.

— Il n'était pas au château; on leur avait dit qu'il était allé dîner en ville. J'ai vérifié. Il a bien assisté au dîner en question et passé la nuit à son club, du côté de Tavistock Place. Ce n'était pas facile pour lui de se trouver à Mecklenburgh Square au bon moment, car on aurait pu remarquer son absence, mais pas impossible non plus. Il lui aurait suffi de descendre Compton Street, puis Hunter Street, traverser Brunswick Square et Lansdowne Place, passer devant l'hôpital Foundling, remonter Caroline Place... et ça y était. Dix minutes de porte à porte, peut-être moins. Il aurait dû s'absenter trois quarts d'heure minimum, si l'on compte la bagarre avec Grey et le trajet du retour. Mais c'était faisable à pied... facilement.

Monk sourit. Evan méritait qu'on le félicite, et il était content de le faire.

— Je vous remercie. J'aurais dû m'en occuper moi-même. Cela aurait pu prendre encore moins de temps, s'il s'agissait d'une vieille querelle... disons dix minutes à l'aller, dix minutes au retour, et cinq pour la bagarre. Une absence de cette durée-là peut très bien passer inaperçue au club.

Les joues empourprées, Evan baissa les yeux. Il souriait.

— Mais ça ne nous avance pas à grand-chose, observa-t-il, mélancolique. Ç'aurait pu être Shelburne, comme n'importe qui d'autre. J'imagine qu'il faudra enquêter sur toutes les familles sur lesquelles il aurait pu exercer un chantage ? Voilà qui nous rendra encore moins sympathiques que les chasseurs de rats. Vous croyez que c'est Shelburne, monsieur, et que nous ne réussirons jamais à le prouver ?

Monk se leva.

— Je n'en sais rien, mais par Dieu, ce ne sera pas faute d'avoir cherché !

Il songeait à Joscelin Grey en Crimée, confronté à l'horreur de la mort lente en raison de la faim, du froid et des maladies, soumis aux ordres d'un état-major imbécile qui envoyait les hommes se faire déchiqueter par les canons ennemis ; en proie à la peur, à la douleur physique, à l'épuisement, à la pitié aussi, à en juger par ses bons offices auprès des mourants à Scutari... pendant que Lovel restait chez lui, au château, épousait Rosamond, faisait fructifier sa fortune, le tout dans le plus grand confort.

Monk se dirigea vers la porte. Le sentiment de révolte grondait en lui, prêt à éclater. Il tira brutalement sur la poignée, et la porte s'ouvrit à la volée.

— Monsieur !

Evan se souleva de son siège.

Monk se retourna.

Evan ne trouvait pas les mots, ne savait pas comment

formuler la mise en garde qui lui brûlait les lèvres. Cela se voyait sur son visage, dans ses grands yeux noisette, à sa bouche éloquente.

— Ne prenez pas cet air alarmé, dit Monk doucement en repoussant la porte. Je vais à l'appartement de Grey. Il y a là-bas, si je me souviens bien, un portrait de famille. Avec Shelburne et Menard Grey. J'aimerais voir si Grimwade ou Yeats reconnaîtraient l'un d'entre eux. Vous voulez venir?

Evan, dont la physionomie exprimait un soulagement presque comique, sourit malgré lui.

— Oui, monsieur. Très volontiers.

Il prit son écharpe et son manteau.

— Pouvez-vous le faire sans leur dire qui c'est? S'ils savent que ce sont ses frères... enfin, tout au moins Lord Shelburne...

Monk lui jeta un regard oblique, et Evan esquissa une petite moue contrite.

— Oui, bien sûr, marmonna-t-il, suivant Monk dans la rue. De toute façon, les Shelburne nieront et nous en feront voir de toutes les couleurs si jamais on en inculpe un!

Monk savait cela; il n'avait rien prévu, même à supposer qu'on identifie un personnage sur la photographie, mais il se devait de poursuivre l'enquête.

Grimwade, en poste dans sa guérite, les accueillit d'un air jovial.

— Belle journée, monsieur. Il fait doux.

Il lorgna en direction de la rue.

— On dirait que ça va se lever.

— Oui, acquiesça Monk distraitement. C'est bien agréable.

Il n'avait même pas remarqué qu'il était mouillé.

— On va monter chez Mr. Grey, chercher une ou deux bricoles.

— Avec le monde qu'il y a sur cette affaire, vous finirez bien par trouver quelque chose.

Le visage plutôt sinistre de Grimwade prit une expression vaguement sardonique.

— En tout cas, vous m'avez pas l'air de chômer.

Monk était déjà dans l'escalier avec la clé quand le sens de la remarque du portier lui parvint. Il s'arrêta net, et Evan lui marcha sur le talon.

— Pardon, s'excusa-t-il.
— De quoi parlait-il ?

Monk se retourna, fronçant les sourcils.

— Le monde qu'il y a... il n'y a que vous et moi, non ?

Le regard d'Evan s'assombrit.

— Pour autant que je sache, oui. Croyez-vous que Runcorn soit venu ici ?

Monk était comme cloué au sol.

— Pour quoi faire ? Il ne veut pas se mêler de cette histoire, surtout si c'est Shelburne. Il s'en lave complètement les mains.

— La curiosité peut-être ?

Evan semblait avoir d'autres idées sur la question, mais il préféra les taire.

Monk pensait la même chose : Runcorn cherchait une preuve contre Shelburne ; après quoi il s'arrangerait pour que Monk la trouve à son tour et soit obligé d'arrêter le coupable. Ils se dévisagèrent un instant ; ils n'avaient point besoin de paroles pour se comprendre.

— Je vais voir.

Et Evan redescendit lentement.

Plusieurs minutes s'écoulèrent avant qu'il ne revînt. Monk attendit dans l'escalier, réfléchissant à une échappatoire possible, au moyen d'éviter d'accuser Shelburne en personne. Il en arriva ensuite à s'interroger sur Runcorn. A quand remontait leur inimitié ? Ou était-ce juste un homme plus âgé qui redoutait la concurrence d'un rival, un rival plus jeune, plus intelligent ?

Uniquement plus jeune et plus intelligent ? Ou plus âpre aussi, plus implacable dans son ambition, quelqu'un qui s'appropriait le travail des autres, qui cherchait la gloire plus que la justice, qui choisissait les affaires les plus pittoresques, les plus sensationnelles ; quelqu'un même qui faisait porter aux autres la responsabilité de ses propres échecs, bref, un usurpateur ?

Si tel était le cas, alors la haine que Runcorn lui vouait était légitime, un juste retour des choses.

Monk fixa le vieux plafond soigneusement replâtré. Au-dessus se trouvait la pièce où Grey avait été frappé à mort. Il ne se sentait nullement implacable... plutôt désemparé, oppressé par cette sensation de vide à la place de la mémoire, redoutant ce qu'il allait découvrir sur lui-même, craignant d'échouer dans son travail. Ce coup sur la tête, aussi violent fût-il, ne l'avait tout de même pas changé à ce point ? Mais si ce n'était pas la blessure, c'était peut-être la peur. Il s'était réveillé seul et perdu, ne sachant rien, obligé de se reconstituer bribe par bribe, à partir de ce que disaient les autres, de ce qu'ils pensaient de lui, mais sans jamais savoir pourquoi. Il ignorait les motifs de ses actes, les belles justifications et excuses qu'il s'était forgées à l'époque. Tous les sentiments qui l'avaient guidé au mépris du bon sens se trouvaient dans la zone d'ombre qui béait avant le lit d'hôpital et le visage de Runcorn.

Mais il n'avait pas le temps d'y réfléchir davantage. Evan était de retour, les traits altérés par l'inquiétude.

— C'était Runcorn ! souffla Monk, soudain effrayé comme un homme confronté avec la violence physique.

Evan secoua la tête.

— Non. C'étaient deux hommes que je n'ai pas reconnus d'après la description de Grimwade. Il affirme qu'ils étaient de la police ; il avait vu leurs papiers avant de les laisser entrer.

— Leurs papiers ? répéta Monk.

Inutile de demander à quoi ils ressemblaient : il ne se souvenait même pas de ses propres collègues, sans parler des autres départements.

— Oui.

Evan avait l'air soucieux.

— Ils avaient leurs cartes de police, comme nous.

— A-t-il remarqué s'ils venaient de chez nous ?

— Oui, monsieur, répondit-il en plissant le front. Mais je ne vois vraiment pas qui cela peut bien être. Et puis, voyons, pourquoi Runcorn aurait-il envoyé quelqu'un d'autre ? Au nom de quoi ?

— Ce n'est pas la peine de demander, je suppose, s'ils se sont présentés ?

— Malheureusement, Grimwade n'a pas fait attention.

Monk pivota et se mit à gravir l'escalier, plus ennuyé qu'il ne voulait le laisser paraître. Sur le palier, il introduisit dans la serrure la clé que Grimwade lui avait donnée et poussa la porte de Grey. La petite entrée, inchangée, avait un aspect désagréablement familier, comme un avant-goût de cauchemar.

Evan le suivait de près, pâle, le regard troublé, mais Monk savait qu'il pensait à Runcorn et aux deux hommes qui les avaient précédés, plutôt qu'à l'atmosphère macabre du lieu.

Il n'y avait pas à tergiverser. Il ouvrit la deuxième porte.

Derrière lui, Evan, abasourdi, poussa un long soupir.

La pièce était sens dessus dessous. Le bureau avait été renversé, et son contenu, entassé dans un coin... les papiers, apparemment, feuille par feuille. Les fauteuils étaient couchés sur le flanc, les sièges arrachés. Le canapé rembourré avait été éventré d'un coup de couteau. Les tableaux gisaient sur le plancher, à demi sortis de leurs cadres.

— Bonté gracieuse, souffla Evan, pétrifié.

— Je doute que ce soit la police, fit Monk d'un ton calme.

— Mais ils avaient des papiers ! Grimwade les a lus.

— Avez-vous déjà entendu parler d'un bon faussaire ?

— C'étaient des faux ? dit Evan avec lassitude. J'imagine que Grimwade n'y a vu que du feu.

— Si la contrefaçon est bonne, nous non plus n'aurions pas vu la différence, répondit Monk avec une moue dégoûtée.

Certaines lettres de recommandation ou de change étaient si bien imitées que même leurs supposés auteurs s'y trompaient. Au niveau le plus élevé, c'était un commerce hautement ingénieux et lucratif ; au plus bas de l'échelle, ce n'était qu'un expédient pour gagner du temps ou berner les gens pressés ou illettrés.

— Qui est-ce ?

Evan s'avança dans la pièce, contemplant le carnage.

— Et que diable cherchaient-ils ici ?

Le regard de Monk se posa sur les étagères où normalement se trouvaient les bibelots.

— Il y avait là un sucrier en argent, dit-il en ponctuant ses paroles d'un geste de la main. Voyez s'il est par terre, quelque part sous les papiers.

Il se retourna lentement.

— Et il y avait une statuette de jade sur cette table. Ainsi que deux tabatières dans cette alcôve, dont une avec un couvercle incrusté. Jetez donc un coup d'œil dans le buffet ; il devrait y avoir des couverts en argent dans le deuxième tiroir.

— Quelle mémoire prodigieuse vous avez, je ne les avais même pas remarqués !

Impressionné, Evan ne cachait pas son admiration. Il s'agenouilla et examina attentivement le fatras, sans trop bouger les papiers, sinon pour les soulever et regarder au-dessous.

Monk était lui-même surpris. Il ne se rappelait pas avoir prêté une attention aussi méticuleuse aux détails. En principe, il aurait dû se pencher immédiatement sur les traces de lutte, les taches de sang, les meubles en désordre, la peinture éraflée et les tableaux de travers. Il n'avait pas le moindre souvenir de s'être préoccupé du tiroir du buffet, et pourtant, il revoyait clairement la ménagère en argent dans son écrin en velours vert.

Peut-être l'avait-il vue ailleurs ? Ne confondait-il pas cette pièce avec une autre, une pièce du passé où il aurait aperçu un buffet tout aussi élégant ? Chez Imogen Latterly, par exemple ?

Mais il devait chasser Imogen de sa tête... malgré la facilité avec laquelle son image douce-amère revenait le hanter. Ce n'était qu'un rêve, tissé à partir de ses propres souvenirs et aspirations. Il ne pouvait la connaître suffisamment pour être sensible à autre chose qu'à son charme, sa détresse qu'elle combattait avec courage, sa loyauté à toute épreuve.

Avec effort, il revint au moment présent ; Evan en train de fouiller le buffet, la remarque sur sa mémoire.

— Question d'entraînement, répliqua-t-il, laconique, sans bien comprendre lui-même. Vous y arriverez aussi. Ce n'est peut-être pas dans le deuxième tiroir ; vérifiez-les tous.

Evan obtempéra, et Monk se plongea dans la pile de papiers en désordre pour essayer de trouver un indice, la raison de cette intrusion.

— Il n'y a rien là-dedans.

Evan referma le tiroir en grimaçant de dépit.

— Mais c'était bien là ; il y a des compartiments à couverts tapissés de tissu. Ils se sont donné beaucoup de mal pour une douzaine de couverts en argent. A mon avis, ils espéraient trouver plus. Où était le jade, dites-vous ?

— Ici.

Monk enjamba un tas de papiers et de coussins, se demandant, mal à l'aise, comment il le savait, à quel moment il avait pu le repérer.

Il se baissa et inspecta le plancher, replaçant les objets au fur et à mesure qu'il les soulevait. Evan l'observait.

— Pas de jade ? s'enquit-il.

— Non, il a disparu.

Monk se redressa, le dos raide.

— Mais j'ai peine à croire que de simples voleurs auraient dépensé tant de temps et d'argent pour falsifier des cartes de police juste pour quelques fourchettes en argent, une statuette de jade et deux tabatières.

Il regarda autour de lui.

— Ils ne pouvaient guère en emporter plus sans se faire remarquer. Grimwade se serait sûrement méfié en les voyant partir avec des meubles ou des tableaux.

— Ma foi, j'imagine que le jade et l'argenterie ont de la valeur, non ?

— Pas beaucoup, une fois que le receleur aura prélevé sa part.

Monk contempla le capharnaüm en songeant à la bruyante frénésie de cette fouille.

— Le jeu ne vaut pas la chandelle, dit-il, pensif. C'est tellement plus facile de cambrioler un logement qui ne suscite pas l'intérêt de la police. Non, ils cherchaient autre chose ; le jade et l'argenterie, c'était en prime. Du reste, quel cambrioleur professionnel laissera un chaos pareil derrière lui ?

— D'après vous, c'était donc Shelburne ?

D'incrédulité, la voix d'Evan monta d'une demi-octave.

Monk ignorait de quoi il parlait.

— Je ne vois pas ce que Shelburne serait venu chercher ici.

A nouveau, il parcourut la pièce du regard, la revoyant telle qu'il l'avait connue au début.

— Même s'il avait oublié un objet lui appartenant, il aurait pu inventer une douzaine de raisons, puisque Joscelin n'est plus là pour le contredire. Il aurait pu le laisser ici à n'importe quel autre moment, ou l'avoir prêté à Joscelin ; ou Joscelin aurait pu le prendre tout seul.

Il fixa la frise tarabiscotée de feuilles d'acanthe au plafond.

— Et je l'imagine mal engager deux quidams pour mettre l'appartement à sac en se faisant passer pour des policiers. Non, ce ne peut pas être Shelburne.

— Qui alors ?

Cette absence de logique commençait à inquiéter Monk. Le tableau, si cohérent dix minutes plus tôt, n'avait plus aucun sens, comme une image composée de pièces provenant de deux puzzles différents. Mais en même temps, il exultait presque : si ce n'était pas Shelburne, si c'était quelqu'un qui avait partie liée avec des voleurs et des faussaires, alors il n'y avait peut-être pas de chantage, pas de scandale en perspective.

— Je ne sais pas, répondit-il à Evan d'une voix raffermie. Mais cette fois-ci, on n'aura pas besoin de prendre des gants. Personne n'ira réclamer notre tête si nous posons quelques questions gênantes à un faussaire, soudoyons un indic ou serrons la vis à un receleur.

Le visage d'Evan s'épanouit dans un lent sourire ; son regard s'illumina. Monk devina qu'il n'avait pas souvent eu affaire à la pègre, laquelle, par conséquent, gardait à ses yeux toute son aura de mystère. Il allait trouver cet univers-là bien gris : le gris de la misère, le noir de la peur et de la souffrance, son éternelle compagne ; rire bref et amer, humour de galériens.

Il jeta un coup d'œil sur la figure mobile, délicate, d'Evan. C'était impossible à expliquer — les mots ne servent qu'à nommer ce que l'on sait déjà ; or que savait Evan de cette lie de l'humanité qui grouillait dans les bas-fonds de Whitechapel, de St Giles, de Bluegate Fields, de Seven Dials ou de Devil's Acre ? Monk lui-même avait connu la pauvreté dans son enfance. Il se rappelait la faim — cela lui revenait maintenant — et le froid, les souliers percés, la morsure de la bise à travers les maigres habits, les repas composés de pain trempé dans le jus de viande. Il se souvenait vaguement de la douleur des engelures, des démangeaisons féroces quand on commençait à se réchauffer un peu ; il revoyait Beth, lèvres gercées, doigts livides et engourdis.

Mais ce n'étaient pas des souvenirs déplaisants, car au-delà de ces menus désagréments, il avait toujours éprouvé un sentiment de bien-être, une profonde impression de sécurité. Ils étaient toujours propres : vêtements propres, bien que rares et usés, table propre, odeur de farine et de poisson, de vent salé au printemps et en été, quand on ouvrait les fenêtres.

Les images se précisaient dans son esprit ; il se remémorait des scènes entières, des goûts et des odeurs avec, en toile de fond, les gémissements du vent et les cris des mouettes. Le dimanche, tout le monde allait à l'église. Il ne se rappelait pas les sermons, mais il entendait des bribes de musique ; l'on y sentait une solennité, une satisfaction propre à ceux qui croient à ce qu'ils chantent et savent qu'ils le chantent bien.

Sa mère lui avait enseigné les valeurs essentielles : l'honnêteté, le travail, les études. Il savait sans qu'elle eût à le lui dire qu'elle y croyait. C'était un bon souvenir, et il était content de le retrouver, plus que n'importe quel autre. Il ne se représentait pas clairement le visage de sa mère ; chaque fois qu'il y pensait, ses traits se brouillaient, et elle se transformait en Beth telle qu'il l'avait revue quelques semaines plus tôt, souriante et sûre d'elle. Peut-être qu'elles se ressemblaient.

Evan l'attendait, impatient de découvrir enfin le véritable art de l'investigation, de plonger au cœur du crime.

— Oui.

Monk se reprit.

— On aura le champ libre.

« Et tant pis pour Runcorn », pensa-t-il sans toutefois l'exprimer à haute voix.

Il se dirigea vers la porte, Evan sur ses talons. Il était inutile de remettre la pièce en ordre. Mieux valait la laisser en l'état... un jour peut-être ce fatras finirait par livrer un indice.

Il était dans l'entrée, à côté du guéridon, quand il remarqua les cannes dans le porte-parapluies. Il les avait déjà vues, mais trop préoccupé par l'acte de violence commis au salon, il ne les avait pas examinées de près. Et puis, ils avaient en leur possession la canne qui avait servi d'arme du crime. Il en restait quatre, nota Monk. Dans la mesure où Grey marchait avec une canne, il s'était probablement mis à les collectionner. Il n'y avait rien d'étrange à cela, pour quelqu'un qui était aussi attaché aux apparences. Il devait avoir une canne pour le matin, une autre pour le soir, une pour tous les jours et une, plus rustique, pour la campagne.

L'œil de Monk s'attarda sur une canne droite et foncée, couleur acajou, avec une fine bande de cuivre engravée par-dessus à la manière des maillons d'une chaîne. Ce fut une curieuse sensation, proche de l'étourdissement; il en eut la chair de poule. Il savait avec certitude qu'il avait déjà vu cette canne-là, et plus d'une fois.

Evan attendait à côté de lui, se demandant pourquoi il s'était arrêté. Monk s'efforça de s'éclaircir les idées, d'agrandir l'image jusqu'à ce qu'elle englobe le moment et le lieu, jusqu'à ce qu'il voie l'homme qui la tenait. Mais rien ne vint, hormis la très nette impression de déjà vu... et la peur.

— Monsieur ? hasarda Evan qui ne comprenait pas la raison de ce brusque arrêt.

Ils étaient plantés au milieu de l'entrée, et la seule explication, c'était Monk qui la détenait. Mais il avait beau s'escrimer, faire appel à toute sa volonté, il ne voyait que la canne... pas l'homme, même pas la main qui la tenait.

— Vous avez pensé à quelque chose, monsieur ?

La voix d'Evan mit fin à cette gymnastique désespérée.

— Non.

Monk bougea finalement.

— Non.

Il fallait vite trouver une explication sensée, rationnelle, à son attitude. Mais les mots lui échappaient.

— Je me demandais simplement par quoi commencer. Vous dites que Grimwade n'a pas retenu les noms sur les papiers ?

— Non, mais de toute façon, ils n'auraient pas donné leurs vrais noms, n'est-ce pas ?

— Évidemment, mais on aurait pu savoir comment le faussaire avait choisi de les appeler.

C'était une question stupide, et il était bien obligé de chercher une porte de sortie. Car Evan buvait ses paroles comme un élève écoutant l'enseignement de son maître.

— Ce ne sont pas les faussaires qui manquent, à Londres.

Il raffermit sa voix pour bien montrer qu'il savait de quoi il parlait.

— Et il n'y en a pas qu'un seul, je parie, qui a contrefait des cartes de police ces dernières semaines.

— Oui... oui, bien sûr.

Evan n'en demandait pas plus.

— Non, j'ai posé la question sans savoir que c'étaient des cambrioleurs, mais Grimwade n'avait pas fait attention. C'était l'aspect officiel qui l'intéressait.

— Bon, eh bien, tant pis.

A nouveau maître de lui, Monk poussa la porte et sortit.

— Le nom du poste de police devrait suffire.

Evan le suivit sur le palier. Se retournant, il tira la porte et la ferma à clé.

Mais une fois dehors, Monk changea d'avis. Il voulait voir la tête de Runcorn lorsque celui-ci apprendrait le cambriolage et comprendrait qu'il ne serait peut-être pas nécessaire de courir après le scandale pour démasquer l'assassin de Grey. Une voie nouvelle, superbement tracée, s'ouvrait devant lui. Au pire, il échouerait, mais à présent il avait même une vraie chance de réussir.

Il chargea Evan d'une commission anodine, lui donna rendez-vous dans une heure et héla un cab dans la rue bruyante et ensoleillée pour se rendre au poste. Runcorn était dans son bureau ; à la vue de Monk, son regard s'illumina de satisfaction.

— Bonjour, Monk, le salua-t-il, jovial. Alors, toujours au même point ?

Monk fit durer le plaisir, comme on se glisse délicatement dans un bain chaud pour savourer chaque seconde supplémentaire.

— C'est une affaire très déroutante, répondit-il négligemment, regardant Runcorn d'un air faussement préoccupé.

Runcorn se rembrunit, mais sa jubilation était presque palpable.

— Malheureusement, l'opinion publique n'attend pas de nous que nous manifestions notre perplexité, fit-il, prolongeant lui aussi ce jeu du chat et de la souris. Ce n'est pas parce qu'elle est interloquée qu'elle nous accorde ce même privilège. Vous n'insistez pas assez, Monk.

Il fronça imperceptiblement les sourcils et se cala

dans son fauteuil. Le soleil qui entrait par la fenêtre marqua son visage d'une zébrure de lumière. Changeant de ton, il demanda avec une sollicitude onctueuse :

— Êtes-vous sûr de vous être bien rétabli ? Vous n'avez pas l'air dans votre assiette. Dans le temps, vous n'étiez pas aussi...

Il sourit comme si ce mot lui plaisait.

— ... aussi hésitant. La justice était votre premier, en fait votre unique but. Jamais je ne vous ai vu reculer, même devant les missions les plus pénibles.

Une lueur de doute brilla dans son regard hostile. Il était partagé entre la témérité et la prudence, comme quelqu'un qui apprend à monter à cheval.

— D'après vous, c'est cette qualité-là qui vous a valu votre ascension, si rapide.

Il s'interrompit, et Monk imagina une araignée tapie au cœur de sa toile, sachant que la mouche finirait par venir ; c'était une question de tactique, mais elle viendrait.

Il décida d'attendre encore un peu, d'obliger Runcorn à se dévoiler pour mieux prêter le flanc à l'adversaire.

— Ce n'est pas une affaire ordinaire, fit-il d'un ton incertain, sans se départir de son air anxieux.

Il s'assit sur la chaise en face du bureau.

— Je n'ai pas le souvenir d'en avoir rencontré de pareille. Et donc aucun élément de comparaison.

— Un crime est un crime, décréta Runcorn, hochant pompeusement la tête. La justice ne fait pas la différence et, soyons francs, le public non plus : à la limite, il se sent encore plus concerné. Cette affaire réunit tous les ingrédients qu'il affectionne, tout ce qu'il faut aux journalistes pour éveiller les passions, susciter la peur... et l'indignation.

Monk résolut de tergiverser.

— Pas tout à fait. Il n'y a pas d'histoire d'amour, or par-dessus tout, le public aime la petite fleur bleue. Il n'y a pas de femme là-dessous.

— Pas d'histoire d'amour ?

Runcorn haussa les sourcils.

— Jamais je ne vous ai soupçonné de lâcheté, Monk, et encore moins de sottise !

Une expression surprenante, invraisemblable mélange de complaisance et d'inquiétude affectée, se peignit sur ses traits.

— Vous êtes sûr que vous allez bien ?

Pour plus d'effet, il se pencha par-dessus le bureau.

— Vous ne souffririez pas par hasard de maux de tête, hein ? Vous avez reçu un sacré coup, vous savez. Vous ne vous en souvenez probablement plus, mais la première fois où je vous ai vu à l'hôpital, vous ne m'avez même pas reconnu.

Monk chassa résolument l'idée consternante qui venait de se faire jour dans son esprit.

— Une aventure amoureuse, laquelle ? demanda-t-il ingénument, comme s'il n'avait pas entendu la suite.

— Joscelin Grey et sa belle-sœur !

Runcorn l'observait de près, les yeux mi-clos, feignant l'indolence, mais sous ses lourdes paupières, ses prunelles brillaient d'un éclat métallique.

— Pourquoi, l'opinion publique est au courant ?

C'était au tour de Monk d'affecter l'innocence.

— Je n'ai pas eu le temps de feuilleter les journaux. Était-ce bien raisonnable de le leur dire ? ajouta-t-il avec une moue dubitative. Je doute que Lord Shelburne apprécie.

Le visage de Runcorn se crispa.

— Je n'ai encore rien dit, voyons !

Il avait du mal à maîtriser sa voix.

— Mais ce n'est qu'une question de temps. Vous ne pourrez pas atermoyer indéfiniment.

Son regard luisait, presque avec concupiscence.

— Décidément, vous n'êtes plus le même, Monk. Vous qui étiez un battant... C'est comme si vous étiez devenu quelqu'un d'autre, étranger à vous-même. Auriez-vous oublié comment vous étiez autrefois ?

L'espace d'un instant, Monk fut incapable de répondre, de réagir d'une quelconque manière : le choc l'avait cloué sur place. Il aurait dû s'en douter. Trop sûr de lui, il était tombé dans le panneau. Évidemment, Runcorn savait qu'il avait perdu la mémoire. S'il ne l'avait pas compris depuis le début, il l'avait deviné à travers les prudentes manœuvres de Monk, au fait qu'il semblait tout ignorer de leur relation. Runcorn était un professionnel ; il passait sa vie à démêler le vrai du faux, à déterrer les mobiles, à dévoiler les réalités cachées. Fallait-il être un imbécile prétentieux pour s'imaginer qu'il l'avait dupé ! En songeant à tant de stupidité, Monk sentit le rouge de la honte lui monter au front.

Runcorn l'observait ; il l'avait vu rougir. Monk devait se reprendre, trouver une parade ou, mieux encore, une arme. Se redressant, il soutint le regard de son interlocuteur.

— Un étranger à vos yeux peut-être, monsieur, mais pas aux miens. Un homme est rarement aussi simple qu'il en a l'air. Sans doute suis-je moins impétueux que vous ne l'avez cru. Et c'est tant mieux.

Il savourait l'instant, bien que celui-ci n'eût pas la douceur escomptée.

— J'étais venu vous dire que l'appartement de Joscelin Grey avait été cambriolé, ou tout au moins minutieusement fouillé et mis à sac par deux hommes se faisant passer pour des policiers. Ils avaient sur eux de faux papiers tout à fait convaincants qu'ils ont montrés au portier.

Le visage figé de Runcorn s'était couvert de taches

rouges. Monk ne résista pas à la tentation d'enfoncer le clou.

— Ça change tout, hein? ajouta-t-il avec entrain, comme s'ils étaient censés s'en réjouir tous les deux. Je vois mal Lord Shelburne engager un acolyte et se déguiser en sergent de ville pour aller fouiller l'appartement de son frère.

Ces quelques secondes avaient laissé à Runcorn le temps de réfléchir.

— Il aurait très bien pu engager les deux. Ce n'est pas difficile!

Mais Monk était prêt.

— Si ça valait le coup de prendre un risque aussi énorme, pourquoi ne pas l'avoir fait plus tôt? Pourquoi avoir attendu deux mois?

— Quel risque?

Runcorn baissa la voix pour mieux signifier ce qu'il pensait de cette idée saugrenue.

— Tout a marché comme sur des roulettes. D'ailleurs, c'était facile : il suffisait de surveiller l'immeuble pour s'assurer qu'il n'y avait pas de vrais policiers sur place, puis d'entrer avec leurs faux papiers, s'emparer de ce qu'ils cherchaient et ressortir. Ils avaient sûrement dû poster un guetteur dans la rue.

— Je ne parlais pas du risque de se faire prendre, rétorqua Monk avec dédain. Je pensais au danger infiniment plus grave, de son point de vue, de se livrer aux mains d'éventuels maîtres chanteurs.

Il constata avec plaisir que Runcorn, à en juger par son expression, n'y avait pas songé.

— Il a agi incognito, déclara ce dernier, catégorique.

Monk lui sourit.

— S'il était prêt à payer des monte-en-l'air et un faussaire de tout premier ordre pour récupérer son bien, il ne faut pas être bien malin pour comprendre qu'on peut négocier une rallonge avant de le lui rendre. Tout

Londres sait qu'un meurtre a été commis dans cet appartement. S'il est allé jusqu'aux faussaires et cambrioleurs, alors il doit s'agir d'une sacrée pièce à conviction.

Runcorn fixait la table d'un œil torve. Monk attendit.

— Et que suggérez-vous? fit Runcorn enfin. Quelqu'un le voulait, cet objet. Ou d'après vous ce serait un voleur ordinaire qui aurait décidé de tenter sa chance?

Le ton de sa voix, sa moue en disaient long sur le mépris que lui inspirait pareille hypothèse.

Monk éluda la question.

— J'entends découvrir ce que c'est.

Il repoussa sa chaise et se leva.

— C'est peut-être quelque chose à quoi nous n'avons même pas songé.

— Il faudrait être un détective hors pair pour y arriver!

Runcorn avait retrouvé son air triomphant.

Posément, Monk lui rendit son regard.

— Mais je le suis, répondit-il sans ciller. Croyez-vous que j'aie changé de ce côté-là?

En quittant le bureau de Runcorn, Monk ignorait totalement par où commencer. Il avait oublié tous ses contacts; il pouvait très bien croiser un indic ou un receleur dans la rue sans le reconnaître. Et il ne se voyait pas recourir à ses collègues. Si Runcorn le détestait, il y avait de fortes chances qu'ils le détestent aussi, mais lequel en particulier, il n'en avait pas la moindre idée. Faire montre de faiblesse, ce serait s'exposer au coup de grâce. Runcorn savait qu'il avait perdu la mémoire, Monk en était convaincu à présent, même s'il était resté délibérément ambigu. Un seul adversaire, il pouvait encore lui tenir tête tant qu'il n'aurait pas recouvré suffisamment de facultés et de compétences pour les affronter tous. S'il arrivait à résoudre l'affaire Grey, il serait inattaquable, n'en déplaise à Runcorn.

Tout de même, il n'était pas agréable de se savoir haï avec autant d'ardeur et de constance, et qui plus est, comme il commençait à s'en rendre compte, non sans raison.

Luttait-il seulement pour survivre ? Ou bien son instinct le poussait-il à attaquer Runcorn ; non content de découvrir la vérité, de prouver qu'il avait vu juste, il voulait être là avant Runcorn, et surtout que ce dernier le sache ? S'il avait observé la situation de l'extérieur, en spectateur impartial, il n'aurait pas manqué de sympathiser avec Runcorn. Car il venait de se déceler une cruauté, un plaisir de vaincre qu'il n'aimait pas du tout.

Était-ce dans sa nature... ou parce qu'il avait peur ?

Comment s'y prendre pour rechercher les cambrioleurs ? Malgré toute son amitié pour Evan — qui grandissait de jour en jour ; ce garçon avait un enthousiasme, une gentillesse, un humour et une pureté d'esprit que Monk lui enviait —, il n'osait pas se remettre entre ses mains en lui avouant la vérité. Et, pour être honnête (c'était aussi une question d'amour-propre), Evan était la seule personne à part Beth à l'apprécier, voire à l'aimer inconditionnellement. Et cela, il ne supporterait pas de le perdre.

Il ne pouvait donc pas s'adresser à Evan pour avoir les noms des informateurs et des receleurs. Il fallait qu'il se débrouille tout seul. Mais puisqu'il était aussi fort que tout semblait l'indiquer, il devait en connaître pas mal. Eux, ils le reconnaîtraient.

Il était en retard ; Evan l'avait attendu. Il s'excusa, à la surprise de son compagnon, et comprit seulement après que, en tant que son supérieur hiérarchique, il n'avait pas à se comporter de la sorte. Il devait faire attention, surtout s'il voulait dissimuler ses intentions, et ses incapacités, à Evan. Il avait décidé d'aller manger dans une taverne des bas quartiers. Avec un peu de chance, s'il en touchait deux mots au troquet, quelqu'un finirait par l'approcher. A force de changer d'endroit, il pensait, au bout de trois ou quatre jours, tomber sur une piste.

Aucun nom, aucun visage ne lui revint en mémoire, mais l'odeur des gargotes à quatre sous lui parut étrangement familière. D'instinct, il adopta la bonne attitude : se fondre dans le décor tel un caméléon, baisser les épaules, relâcher l'allure, regarder les autres par en dessous. L'habit ne fait pas le moine : un tricheur professionnel, un voleur de calèches, un gentleman cambrioleur s'habillaient aussi bien que n'importe qui... du reste, l'infirmier à l'hôpital l'avait pris pour quelqu'un de la pègre.

Evan, avec son visage franc et ses grands yeux pétillants, avait l'air trop propre pour être honnête. Il était totalement dénué de la rouerie qui caractérise les survivants ; pourtant, certains survivants, parmi les meilleurs, étaient passés maîtres dans l'art de la tromperie, derrière une façade parfaitement innocente. Le monde de la pègre était suffisamment vaste pour toutes les formes de mensonge et d'escroquerie, et aucune faiblesse ne restait inexploitée.

Ils commencèrent un peu à l'ouest de Mecklenburgh Square, en partant de King's Cross Road. La première taverne n'ayant rien donné, ils prirent plus au nord, par Pentonville Road, avant de redescendre vers le sud-est, dans Clerkenwell.

En dépit de toute logique, Monk était prêt à croire, le lendemain, qu'il perdait son temps et que c'était Runcorn qui rirait le dernier quand, dans un estaminet surpeuplé du nom du *Rat qui rit,* un petit homme crasseux, souriant de toutes ses dents jaunes, se glissa sur la banquette à côté d'eux avec un coup d'œil circonspect à l'adresse d'Evan. La salle était pleine de bruit, de forts relents d'ale, de sueur, de corps et de vêtements malpropres, le tout baignant dans une épaisse vapeur de nourriture. Le plancher était jonché de sciure, et dans tous les coins, on entendait un tintement de verres.

— B'jour, Mr. Monk, ça fait un bail qu'on vous a pas vu. Où étiez-vous passé ?

Monk réprima à grand-peine un frisson d'excitation.

— J'ai eu un accident, répondit-il, s'efforçant de parler d'une voix posée.

L'homme l'examina d'un œil critique et, pour tout commentaire, poussa un grognement.

— Paraît que vous en avez après un cambriot ?

— Exact, acquiesça Monk.

Il ne fallait pas avoir l'air pressé, sinon le prix serait trop élevé, or il n'avait guère le temps de négocier ; il devait tomber juste du premier coup afin de ne pas passer pour un bleu. Selon toutes les apparences, le marchandage faisait partie du jeu.

— Ça a de la valeur ? demanda l'homme.

— Possible.

— Bon, fit-il, réfléchissant tout haut. Vous avez toujours été correct, c'est pourquoi j'aime mieux avoir affaire à vous qu'à ces autres argousins. Y en a, c'est des vraies vaches... vous auriez honte, si vous saviez.

Il secoua la tête et renifla avec une grimace de dégoût. Monk sourit.

— Vous voulez quoi ? s'enquit l'homme.

— Plusieurs choses.

Monk baissa la voix, toujours sans regarder son interlocuteur.

— Les objets volés... un fourgue et un bon homme de lettres.

L'homme aussi contempla la table, scrutant les empreintes circulaires des chopes.

— C'est pas les fourgues qui manquent, chef. Un

bon homme de lettres, par contre... Elle était belle, la marchandise ?

— Pas particulièrement.

— Vous la voulez pourquoi, alors ? C'est-y que quelqu'un aurait morflé au passage ?

— Oui.

— Bon, et c'était quoi ?

Monk entreprit de décrire les objets volés le mieux possible ; il ne pouvait guère compter que sur sa mémoire.

— Une ménagère en argent...

Le regard de l'homme exprima un mépris indicible.

Monk abandonna l'argenterie.

— Une statuette de jade, poursuivit-il, haute de six pouces environ. Une danseuse, les bras levés devant elle, pliés aux coudes. C'est du jade rose...

— Ah, ça c'est mieux.

L'homme s'anima. Monk évitait de le regarder en face.

— On en voit pas beaucoup, du jade rose. Autre chose ?

— Un sucrier en argent, de quatre ou cinq pouces, je crois, et une paire de tabatières incrustées.

— Z'étaient comment, les tabatières, chef : en or, argent, émail ? M'en faut plus, à moi !

— Je ne me souviens pas.

— Quoi ? Et le zigomar qui les a perdues, y sait pas non plus ?

Pour la première fois, son regard soupçonneux se posa sur Monk.

— Holà ! Il est calanché ou quoi ?

— Oui, répondit Monk d'une voix égale en fixant le mur. Mais il n'y a aucune raison de penser que ce sont les voleurs. Il était mort bien avant le cambriolage.

— Vous êtes sûr de ça ? Comment savez-vous qu'il était mort avant ?

— Il est mort il y a deux mois, fit Monk avec un sourire caustique. Même moi, je n'aurais pas pu me tromper là-dessus. C'est sa maison vide qui a été cambriolée.

L'homme réfléchit un instant avant de donner son opinion.

Quelque part du côté du comptoir, il y eut une explosion de rires.

— Cambrioler un chtourbe ? dit-il avec dédain. On doit pas toucher gros, hein ? Et pourquoi qu'il vous faut un homme de lettres ?

— Parce que les voleurs se sont servis de fausses cartes de police.

Le petit homme s'esclaffa, ravi.

— Fortiches, les pèlerins ! J'aime ça.

Il s'essuya la bouche avec le dos de la main et se remit à rire.

— Ce s'rait dommage de coffrer des gars qui ont autant de classe.

Monk tira un demi-souverain en or de sa poche et le posa sur la table. L'homme le fixa comme hypnotisé.

— Je veux le faussaire qui leur a fabriqué ces cartes.

Monk reprit la pièce et la glissa dans sa poche interne. L'homme la suivit des yeux.

— Et pas d'entourloupe, le prévint Monk. Je sentirai ta main dans ma poche, et tu t'en souviendras, à moins que tu ne préfères travailler l'étoupe pour quelque temps. C'est très mauvais, l'étoupe, pour des doigts sensibles comme les tiens !

Il grimaça intérieurement devant la brève vision des doigts d'hommes ensanglantés par les cordages qu'ils tressaient sans fin, jour après jour, année après année.

Son interlocuteur tiqua.

— Alors ça, c'est pas gentil, Mr. Monk. Je vous ai jamais rien pris de ma vie.

Il esquissa à la hâte un signe de croix, pour prouver

son honnêteté ou racheter un mensonge, Monk ne le sut pas.

— J'suppose que vous avez fait tous les pégales? ajouta-t-il en plissant le visage. Pas facile de la maquiller, cette demoiselle de jade.

Evan paraissait vaguement perplexe.

— Les monts-de-piété, lui traduisit Monk. En général, les voleurs effacent tout ce qui permet d'identifier une pièce, mais on peut difficilement toucher à un jade sans lui faire perdre de sa valeur.

Il sortit cinq shillings et les tendit au petit homme.

— Reviens dans quarante-huit heures, et si tu as quelque chose pour moi, le demi-souverain sera à toi.

— D'accord, chef, mais pas ici. Y a une gargote qui s'appelle *Au Canard Bleu* dans Plumber's Row... ça donne sur Whitechapel Road. Allez là-bas.

Il examina Monk avec aversion.

— Et changez de pelure, hein; venez pas troussé comme un corbeau! Apportez votre or : j'aurai quelque chose pour vous. A la bonne vôtre, chef, et à la vôtre aussi.

Il coula un regard oblique en direction d'Evan, se laissa glisser de la banquette et se fondit dans la masse.

Monk exultait. Même le plum-pudding qui refroidissait rapidement lui parut mangeable. Il gratifia Evan d'un large sourire.

— Changez de tenue, expliqua-t-il. Ne venez pas habillé comme un prêtre.

— Ah!

Evan se détendit; lui aussi commençait à s'amuser.

— Je vois.

Il contempla cette foule d'inconnus et, derrière leur apparence loqueteuse, son imagination les para de toutes les couleurs du mystère.

Deux jours plus tard, Monk revêtit des habits convenablement usés, son « harnais de traîne-lattes » comme aurait dit l'indic. Malgré tous ses efforts, il n'arrivait pas à se rappeler le nom de cet homme, perdu comme tout ce qu'il avait vécu après l'âge de dix-sept ans. Jusque-là, il avait réussi à rassembler des bribes de souvenirs, y compris de ses deux premières années à Londres, mais il avait beau laisser vagabonder son esprit, couché dans le noir, passant en revue tout ce qu'il savait dans l'espoir de remettre son cerveau en marche, rien ne venait.

Assis en face d'Evan dans la salle du *Canard Bleu,* il lisait sur les traits délicats de son compagnon à la fois le dégoût et le désir de le cacher. En le regardant, Monk se demanda combien de fois il était lui-même venu ici pour être aussi insensible au bruit, à l'odeur, à la promiscuité, tout ce dont il ne se souvenait pas, mais qui inconsciemment était resté gravé dans sa mémoire.

Ils durent attendre près d'une heure, mais quand l'informateur parut, il souriait à nouveau de toutes ses dents et se glissa à côté de Monk sans dire un mot.

Monk n'allait pas faire monter les enchères en manifestant son impatience.

— Tu veux boire un verre? offrit-il.

— Non, juste la guinée. J'ai pas envie de me faire remarquer en trinquant avec vous autres, sauf votre respect. Les troquets, y z'ont l'œil et la jactance, ça les connaît.

— Tout à fait, acquiesça Monk. Mais la guinée, il faut d'abord la gagner.

— Sapristi, Mr. Monk! s'exclama l'homme, offusqué. Vous ai-je déjà doublé, dites?

Monk n'en avait pas la moindre idée.

— Avez-vous retrouvé mon faussaire? demanda-t-il.

— Votre jade, je l'ai pas encore dégoté, pas pour sûr.

— Et le faussaire?

— Vous connaissez Tommy, le mornifleur ?

Monk éprouva un bref instant de panique. Evan le regardait, fasciné par ces pourparlers. Était-il censé connaître Tommy ? Il savait ce qu'était un mornifleur, quelqu'un qui faisait circuler les faux billets.

— Tommy ? répéta-t-il en clignant des yeux.

— Ouais, fit l'homme impatiemment. Tommy l'Aveugle... enfin, qu'il dit. M'est avis qu'il l'est qu'à moitié.

— Et où le trouve-t-on ?

S'il évitait de répondre directement, peut-être arriverait-il à s'en tirer. Il devait, sans montrer son ignorance, recueillir le maximum d'informations possible.

— Où on le trouve ?

L'homme sourit avec condescendance.

— Vous le trouverez jamais tout seul, et n'importe comment, ce s'rait trop risqué. Vous allez vous faire couper cabèche, ça vous pouvez me croire. Moi, j'vous y emmène.

— Tommy fabrique des faux papiers maintenant ? s'enquit Monk, masquant son soulagement par une remarque qu'il espérait anodine.

Le petit homme le dévisagea avec stupeur.

— B'sûr que non ! Y sait même pas écrire son propre nom, alors faire des faux pour les autres, vous pensez ! Mais y connaît un pèlerin qui touche sa bille, question papiers pour fausses poules. Y pense que c'est lui, votre homme.

— Bien. Et au sujet du jade... il y a du nouveau ?

La figure mobile de l'homme se figea en une moue de rongeur outragé.

— Ça, c'est plus dur, chef. J'connais bien un pékin qui en a un, mais y jure ses grands dieux que ça vient d'un rat d'hôtel... et vous avez pas dit que c'était un rat d'hôtel.

— Non, en effet. C'est le seul ?

— Le seul que j'suis sûr.

Monk savait qu'il mentait, bien qu'il eût été incapable de l'expliquer... c'était un ensemble d'impressions trop subtiles pour obéir à l'analyse.

— Je ne te crois pas, Jake, mais tu t'es bien débrouillé, pour le faussaire.

Il fouilla dans sa poche et en tira la pièce d'or promise.

— S'il nous met sur la piste de l'homme que je recherche, tu en auras une deuxième. Et maintenant, conduis-moi chez Tommy l'Aveugle, le mornifleur.

Se levant, ils se frayèrent le passage dans la foule. Une fois dans la rue, Monk se rendit soudain compte, fiévreusement, qu'il venait d'appeler l'homme par son nom. La mémoire lui revenait, pas seulement sa mémoire personnelle, mais toutes les ficelles du métier. Il accéléra le pas, se surprenant à sourire de bon cœur à Evan.

Le quartier misérable où ils se retrouvaient était cauchemardesque, un enchevêtrement de taudis pourrissants, agglutinés les uns aux autres de façon précaire, les poutres rongées par l'humidité, les murs plâtrés et replâtrés. Il y faisait sombre même en plein après-midi de cette fin d'été, et l'air moite collait à la peau. Cela sentait les déjections ; les caniveaux dans les passages couverts étaient jonchés d'immondices. Les rats grouillaient et couinaient dans tous les recoins. Partout, il y avait des gens, massés sur le pas de la porte, allongés sur les pierres, parfois à six ou à huit, certains vivants, d'autres déjà morts de faim ou de maladie. La pneumonie et la typhoïde étaient endémiques ici, et les maladies vénériennes passaient de l'un à l'autre comme des mouches ou des poux.

Monk regarda un enfant dans le caniveau, âgé de cinq ou six ans, le teint cireux dans la pénombre, les traits tirés : impossible de dire si c'était une fille ou un garçon. Et il pensa avec une rage sourde qu'aussi bestial que fût le meurtre de Grey, c'était quand même mieux que la mort abjecte de cet enfant.

Il aperçut le visage d'Evan, blanc dans l'obscurité, les orbites pareilles à deux trous noirs. Il n'y avait rien à dire... les mots étaient inutiles. Il se contenta donc de lui toucher le bras, geste familier qui lui vint tout naturellement dans ce lieu de cauchemar.

Ils suivirent Jake de passage en passage, puis en haut d'une volée de marches qui menaçaient de céder à chaque pas. Au sommet, Jake s'arrêta et parla tout bas, comme si lui aussi était sensible à la désolation générale, comme on parle en présence de la mort.

— C'est un peu plus haut, Mr. Monk, première porte à droite.

— Merci. Tu auras ta guinée quand j'aurais vu Tommy, et s'il peut nous rendre service.

La figure de Jake se fendit d'un large sourire.

— Je l'ai déjà, Mr. Monk.

Il brandit une pièce brillante.

— Vous croyez que j'ai oublié le métier, hein? J'étais un bon tireur, moi, du temps que j'étais jeune.

Il rit et glissa la pièce dans sa poche.

— J'ai eu un maître de première bourre quand j'étais môme. Au plaisir, Mr. Monk; vous m'en devrez une autre si jamais vous coffrez les voleurs.

Monk ne put s'empêcher de sourire. Cet homme-là était un pickpocket, formé par quelqu'un qui apprenait aux enfants à voler et qui vivait des bénéfices de leur butin en échange de leur entretien. C'était un apprentissage de la survie. Souvent, le seul autre choix était de mourir de faim, comme cet enfant dans le caniveau. Seuls les plus agiles, les plus forts et les plus chanceux atteignaient l'âge adulte. Partagé entre la colère et la pitié, Monk ne s'autorisait pas à juger ces malheureux.

— Elle est à toi, Jake, si je les attrape, promit-il.

Et il s'engagea dans le dernier escalier, suivi d'Evan. Une fois en haut, il poussa la porte sans frapper.

Tommy l'Aveugle semblait l'attendre. C'était un petit homme sémillant, d'un mètre cinquante, pas plus, le visage pointu et disgracieux, habillé d'une façon que lui-même aurait qualifiée de « chicos ». Apparemment, il était juste myope car il vit Monk et le reconnut sur-le-champ.

— B'soir, Mr. Monk. Paraît que vous cherchez un homme de lettres, et pas n'importe lequel, hein?

— C'est exact, Tommy. Je veux celui qui a fabriqué des faux papiers pour deux monte-en-l'air qui ont cambriolé un appartement à Mecklenburgh Square. Ils ont pu entrer en se faisant passer pour des policiers.

Le visage de Tommy s'illumina.

— J'aime bien ça, déclara-t-il, hilare. Fallait y penser.

— A condition de ne pas se faire prendre.

— Ça va chercher loin?

Tommy plissa les yeux.

— C'est un meurtre, Tommy. Pour son auteur, ce sera la cravate de chanvre, et pour quiconque sera soupçonné de complicité, le bord de l'eau.

— Tudieu!

Tommy pâlit visiblement.

— J'ai pas envie d'aller en Orstralie, moi! Les bateaux, c'est pas du tout mon truc. Et pis, on est pas faits pour aller au diable. C'est pas naturel. J'ai entendu des histoires horribles sur ces pays-là.

Il frissonna avec ostentation.

— C'est plein de sauvages et de créatures qui ont sûrement pas été fabriquées par un dieu chrétien. Y en a qui ont des dizaines de pattes et d'autres qui ont pas de pattes du tout. Brrr!

Il leva les yeux au ciel.

— C'est une terre païenne, quoi.

— Alors tâche de ne pas te faire expédier là-bas, lui conseilla Monk sans aucune sympathie. Trouve-moi ce faussaire.

— Vous êtes sûr que c'est un meurtre ?

Tommy n'était pas entièrement convaincu. Monk se demanda si c'était vraiment une question de loyauté ou s'il pesait simplement le pour et le contre avant de se décider.

— Évidemment ! répliqua-t-il tout bas, d'un ton calme qui, il le savait, contenait une menace implicite. Meurtre et cambriolage. On a volé de l'argenterie et un jade. Ça ne te dit rien, une danseuse en jade rose, haute de six pouces environ ?

La note aiguë de la peur perça dans la voix de Tommy.

— J'suis pas un fourgue, chef, nasilla-t-il, sur la défensive. Je m'occupe pas de ça... alors essayez pas de me le coller sur le dos.

— Le faussaire, dit Monk d'une voix atone.

— Bon, bon, j'vous y emmène. Y aura quelque chose pour moi, hein ?

L'espoir meurt rarement. Si la misère effroyable qui régnait dans ces lieux n'avait pas réussi à le tuer, Monk ne se sentait certainement pas le cœur de le faire.

— Si c'est mon homme, grommela-t-il.

Tommy les conduisit à travers un nouveau dédale de passages et d'escaliers. Monk s'interrogea sur la distance qu'ils avaient réellement parcourue ; il avait la très nette impression que c'était plus pour brouiller les pistes que pour leur faire franchir quelques centaines de mètres. Finalement, ils s'arrêtèrent devant une grande porte. Après avoir frappé énergiquement, Tommy l'Aveugle s'éclipsa, et la porte pivota devant eux.

La pièce à l'intérieur était claire et sentait le brûlé. Monk entra et, levant machinalement les yeux, aperçut deux lucarnes au plafond. Le mur était par ailleurs percé de hautes fenêtres. Bien sûr... la plume minutieuse du faussaire avait besoin de lumière.

L'homme qui se trouvait là fit face aux intrus. Il était trapu, large d'épaules, avec des mains comme des battoirs. Son visage pâle était incrusté de crasse, et ses cheveux filasse formaient des épis clairsemés sur sa tête.

— Quoi ? fit-il avec irritation.

Quand il parla, Monk remarqua qu'il avait les chicots tout noirs ; il crut même sentir de loin leur odeur fétide.

— Tu as fabriqué des faux papiers pour deux individus se faisant passer pour des policiers du poste de Lime Street.

Ce n'était pas une question, mais une affirmation.

— Mais ce n'est pas toi que je veux, je veux ces deux-là. C'est une affaire de meurtre ; je te conseille donc de bien choisir ton camp.

L'homme ricana ; une moue narquoise étira ses lèvres minces.

— C'est vous, Monk ?

— Peut-être bien, et après ?

Monk était surpris qu'il ait entendu parler de lui. Sa réputation l'avait-elle précédé jusqu'ici ? Apparemment, oui.

— Ils ont piétiné vos plates-bandes, eh ?

Un rire silencieux secoua la montagne de chair.

— C'est à moi qu'on a confié l'enquête, répondit Monk.

Il omit de préciser que le cambriolage n'avait rien à voir avec le meurtre ; il était toujours utile de pouvoir brandir le spectre de la potence.

— Que voulez-vous ?

L'homme avait la voix rauque, comme d'avoir trop ri ou trop crié ; pourtant, on l'imaginait mal dans l'une ou l'autre situation.

— Qui sont-ils ? questionna Monk.

— Allons, Mr. Monk, comment le saurais-je?

Les épaules massives tressautaient toujours.

— Vous croyez que je demande aux gens de se présenter?

— Peut-être pas, mais tu sais qui ils sont. Ne fais pas l'idiot, ça ne te va pas.

— Y en a que je connais, concéda-t-il dans un murmure. Ça, c'est sûr, mais pas tous les fauchés qui tentent leur chance à la cambriole.

— Les fauchés?

Monk le considéra avec dérision.

— Depuis quand rédiges-tu des faux à l'œil? Tu ne fais pas de cadeaux aux traîne-misère. Ils t'ont payé, eux ou quelqu'un d'autre. Dis-moi qui, ça me suffira.

Les yeux étroits de l'homme s'agrandirent imperceptiblement.

— Oh, malin, Mr. Monk, très malin.

Il frappa sans bruit dans ses mains puissantes pour faire mine d'applaudir.

— Alors qui t'a payé?

— Mon commerce est confidentiel, Mr. Monk. Si je commence à donner les noms de mes clients, je suis fichu. C'était un prêteur sur gages, voilà tout ce que je peux vous dire.

— Il n'y a pas de place pour un faussaire en Australie.

Monk regarda les doigts sensibles et délicats de l'homme.

— Le labeur est dur... le climat, rude.

— Vous voulez m'envoyer au bagne, c'est ça?

Il retroussa sa lèvre inférieure.

— Faudra m'attraper d'abord, et vous savez comme moi que vous ne me trouverez jamais.

Pas un instant il ne se départit de son sourire.

— Et y a qu'un imbécile qui s'y risquerait; des choses terribles peuvent arriver à un poulardin ici... il suffirait d'un mot.

— Des choses terribles peuvent arriver à un faussaire qui balance ses clients... il suffirait d'un mot, repartit Monk du tac au tac. Terribles... comme les doigts cassés, par exemple. Et à quoi sert un faussaire sans ses doigts ?

L'homme le regarda fixement. Une haine non déguisée flamba dans ses yeux pâles.

— Et quel mot, Mr. Monk, vu que je vous ai rien dit ?

Sur le pas de la porte, Evan se dandina d'un pied sur l'autre. Monk l'ignora.

— Je n'aurai qu'à faire savoir le contraire.

— Mais vous les avez toujours pas, vos cambrioleurs.

Le murmure rauque, à nouveau tranquille, se teinta d'ironie.

— Je trouverai bien quelqu'un.

— Faut du temps, Mr. Monk, et comment ferez-vous si je parle pas ?

— Ne te réjouis pas trop vite, rétorqua Monk brutalement. Ce ne seront pas forcément les bons : n'importe qui fera l'affaire. Le temps qu'on découvre que je me suis trompé de cible, il sera trop tard pour sauver tes doigts. Les doigts cassés mettent très longtemps à guérir, et c'est très douloureux, paraît-il.

L'homme le traita d'un nom obscène.

— Allons, bon !

Monk le considéra avec dégoût.

— Alors, qui t'a payé ?

L'homme lui lança un regard brûlant de haine.

— Qui t'a payé ?

Monk se pencha en avant.

— Josiah Wigtight, prêteur sur gages, éructa le faussaire. Vous le trouverez dans Gun Lane, à Whitechapel. Maintenant, partez !

— Prêteur sur gages. A qui peut-il bien prêter de l'argent ?

— A ceux qui ont les moyens de le rembourser, espèce d'âne !

— Merci.

Monk sourit et se redressa.

— Merci, l'ami. Ne crains pas pour ton commerce. Tu ne m'as rien dit.

L'homme se remit à jurer, mais Monk se hâtait déjà de descendre l'escalier branlant, suivi d'un Evan anxieux et dubitatif, à qui il ne fournit aucune explication et dont il évita de croiser le regard interrogateur.

Il était trop tard pour se rendre chez le prêteur sur gages le même jour, et son seul désir était de sortir de là entier, avant que quelqu'un ne les poignarde pour leurs habits, aussi pauvres fussent-ils, ou tout simplement parce qu'ils n'étaient pas du quartier.

Il dit brièvement bonsoir à Evan qui hésita, puis répondit de sa voix douce et s'éloigna dans l'obscurité, silhouette élégante, étonnamment juvénile dans la lueur des becs de gaz.

De retour chez Mrs. Worley, il mangea, reconnaissant, un repas chaud, savourant chaque bouchée, non sans remords car il ne pouvait s'empêcher de penser à tous ceux qui étaient heureux d'avoir survécu une journée de plus et de s'être sustentés juste assez pour rester en vie.

Rien de tout cela ne lui était étranger, au contraire d'Evan. Il devait être un habitué des lieux. D'instinct, il avait su s'adapter, changer de démarche, se fondre dans le décor, ne pas avoir l'air d'un intrus, et encore moins d'un représentant de l'autorité. Les mendiants, les malades, les désespérés lui inspiraient une compassion poignante, mêlée d'une colère profonde, inextinguible... mais ils ne le surprenaient pas.

Et son attitude impitoyable à l'égard du faussaire lui était venue tout naturellement, sans aucun calcul de sa part. Il connaissait ces taudis et leurs occupants. Peut-être avait-il dû y survivre lui-même.

Plus tard seulement, quand son assiette fut vide, il se cala dans son fauteuil pour repenser à l'enquête.

Un prêteur sur gages, cela tombait sous le sens. Joscelin Grey aurait très bien pu emprunter de l'argent après avoir perdu le peu qu'il possédait dans l'entreprise de Latterly, et après que sa famille eut refusé de l'aider. L'usurier aurait-il voulu le malmener, l'intimider pour le contraindre à régler sa dette et par là même mettre en garde les autres mauvais payeurs et, comme Grey résistait, la confrontation aurait mal tourné ? C'était plausible. Et le visiteur de Yeats était un homme de main. Tous deux, Yeats et Grimwade affirmaient qu'il était grand, musclé et costaud, d'après ce que l'on devinait à son apparence.

Quel baptême pour Evan ! Il n'avait pas dit un mot en sortant. Même pas demandé si Monk aurait réellement arrêté des innocents pour faire courir la rumeur que le faussaire les avait trahis.

Monk tiqua en se rappelant les propos qu'il avait tenus, propos dictés uniquement par son instinct. C'était cette inflexibilité qu'il ne se soupçonnait guère et qui l'aurait choqué chez n'importe qui d'autre. Était-ce vraiment dans son caractère ? Il s'agissait très probablement d'une menace en l'air, qu'il n'aurait jamais mise à exécution. Ou bien... ? Il songea à la colère qui s'emparait de lui à la simple mention d'un usurier, ce parasite qui vivait aux crochets des pauvres désespérés se raccrochant à la respectabilité, aux quelques normes précieuses qui leur restaient. Parfois, l'honnêteté était leur seul bien, leur unique source de fierté et d'identité parmi la multitude grouillante, laborieuse et anonyme.

Qu'avait pensé Evan de lui ? Cette idée le tourmentait ; il craignait que son jeune collègue ne perde ses illusions, ne juge ses méthodes aussi odieuses que le crime qu'il combattait, alors que ce n'étaient que des mots.

Ou peut-être Evan le connaissait-il mieux qu'il ne se connaissait lui-même ? Evan était au courant de son passé. Et dans le passé, les avertissements avaient peut-être été suivis d'actes concrets.

Et Imogen Latterly, comment aurait-elle réagi ? Cette idée même était absurde. Les quartiers misérables étaient aussi éloignés d'elle que les étoiles dans le ciel. Leur simple vue l'aurait rendue malade de dégoût, sans même parler du fait de s'y aventurer et de frayer avec leurs habitants. Si elle l'avait vu menacer le faussaire dans cette pièce sordide, elle lui aurait interdit à jamais l'accès de sa maison.

Meurtri et furieux, il fixait le plafond. C'était une maigre consolation que de songer au lendemain où peut-être il arrêterait l'assassin de Joscelin Grey. Il abhorrait l'univers qu'il côtoyait ; il rêvait d'un monde propre et raffiné où il pourrait parler d'égal à égal avec des gens comme les Latterly. Charles ne le prendrait plus de haut ; il converserait amicalement avec Imogen et se disputerait avec Hester sans cet arrière-goût d'infériorité sociale. Ce serait un plaisir délectable. Il brûlait de la remettre à sa place, cette jeune personne pleine de morgue.

Mais il avait beau haïr la misère avec passion, il lui était impossible de l'ignorer. Il avait vu les taudis, l'abjection et la désespérance, et leur souvenir ne le quittait plus.

Eh bien, au moins il allait pouvoir trouver un exutoire à sa colère. Il démasquerait l'individu brutal et rapace qui avait payé pour faire molester Joscelin Grey. Ainsi, il serait en paix avec Grey... et Runcorn mordrait la poussière.

10

Monk envoya Evan écumer les monts-de-piété à la recherche du jade rose et s'en fut rendre visite à Josiah Wigtight. Il n'eut aucun mal à trouver l'adresse. C'était à huit cents mètres à l'est de Whitechapel, du côté de Mile End Road. L'étroit édifice était coincé entre un cabinet d'avocat miteux et un atelier de confection où, dans une salle mal éclairée, à l'atmosphère lourde et confinée, les femmes trimaient dix-huit heures par jour à coudre des chemises pour une poignée de pence. Quelques-unes d'entre elles arpentaient le trottoir la nuit; l'argent aussi facilement et honteusement gagné leur assurait le gîte et le couvert. Parmi elles, il y avait peu de femmes ou de filles de pauvres, d'ivrognes ou de marginaux, et beaucoup d'anciennes servantes renvoyées sans références pour une raison ou une autre: l'impertinence, la malhonnêteté, la légèreté de mœurs; parce que la maîtresse les jugeait « effrontées » ou que le maître avait abusé d'elles et s'était fait prendre; bien souvent, elles s'étaient retrouvées enceintes, et donc non seulement inemployables, mais marquées au fer rouge de l'ignominie.

A l'intérieur, le bureau sombre derrière les stores baissés sentait la poussière, l'encaustique et le vieux cuir. Un commis vêtu de noir trônait sur un haut tabouret dans l'antichambre. En entendant Monk entrer, il leva les yeux.

— Bonjour, monsieur, qu'y a-t-il pour votre service ?

Il avait une voix douce et veloutée comme de la vase.

— Vous avez un petit problème ?

Il se frotta les mains comme pour les réchauffer.

— Un problème passager, bien sûr ?

Il sourit de sa propre hypocrisie.

— Je l'espère.

Monk lui rendit son sourire.

L'homme connaissait son métier. Il considéra Monk d'un air circonspect. Ce dernier ne manifestait pas la nervosité dont il avait l'habitude ; il faisait même plutôt penser à un prédateur. Monk se rendit aussitôt compte de sa maladresse. Il avait dû être plus habile dans le passé, plus sensible aux subtilités des apparences.

— Ça dépend de vous, ajouta-t-il pour rassurer le commis et dissiper les soupçons qu'il aurait pu lui inspirer malgré lui.

— Tout à fait. C'est pourquoi nous sommes dans le métier : pour aider les gentlemen qui se trouvent momentanément dans l'embarras. Bien sûr, il y a des conditions...

Il exhuma une feuille de papier blanc et attendit, la plume en l'air.

— Si vous voulez bien me fournir les détails, monsieur.

— Mon problème n'est pas d'ordre pécuniaire, répondit Monk avec l'ombre d'un sourire.

Il détestait les usuriers, la jouissance avec laquelle ils se livraient à leur ignoble commerce.

— Du moins, pas pour le moment. J'aimerais discuter affaires avec Mr. Wigtight.

— Certainement.

L'homme acquiesça avec un petit sourire entendu.

— Certainement. Toutes les affaires se traitent avec Mr. Wigtight, à l'arrivée, Mr... euh?

Il haussa les sourcils.

— Je n'ai pas besoin d'un prêt, déclara Monk d'un ton plus cassant. Dites à Mr. Wigtight que c'est au sujet de quelque chose qu'il a égaré et qu'il souhaite vivement récupérer.

— Égaré?

L'employé plissa son visage blême.

— Égaré? De quoi parlez-vous, monsieur? Mr. Wigtight n'égare rien.

Et il renifla, outragé.

Se penchant en avant, Monk posa les deux mains sur le comptoir, et l'homme fut obligé de lui faire face.

— Allez-vous me conduire auprès de Mr. Wigtight? fit-il distinctement. Ou dois-je aller m'informer ailleurs?

Il ne voulait pas se présenter afin de ne pas alerter Wigtight et de profiter ainsi de l'effet de surprise.

— Ah...

L'homme se décida rapidement.

— Oui... oui, monsieur. Je vais vous accompagner chez Mr. Wigtight. Veuillez me suivre, monsieur.

Il referma son registre d'un coup sec et le rangea dans un tiroir. Sans quitter Monk des yeux, il sortit une clé de la poche de son gilet, ferma le tiroir et se redressa.

— Par ici, monsieur.

Le bureau de Josiah Wigtight était très différent de l'anonymat faussement respectable de la réception. Tout, dans cette pièce au luxe affiché, était conçu pour le confort à la limite du sybaritisme. Les grands fauteuils étaient tendus de velours riche en couleur et en texture; le tapis étouffait les sons, et les lampes à gaz qui chuintaient sur les murs étaient habillées de verre rose, répandant une lumière douce et tamisée. Les lourds rideaux étaient tirés pour empêcher l'irruption du jour. Ce n'était pas tant une question de goût ni même de vulgarité, que de plaisir purement sensuel. Au bout de quelques minutes, l'effet se révélait étrangement soporifique. Monk éprouva aussitôt du respect pour Wigtight. C'était très habile.

— Ah! souffla Wigtight, un homme corpulent affalé tel un crapaud géant derrière son bureau.

Sa grande bouche était fendue d'un sourire qui n'atteignait pas ses yeux globuleux.

— Ah, répéta-t-il. Une affaire délicate, Mr...?
— En quelque sorte, acquiesça Monk.

Il décida de ne pas s'asseoir dans le fauteuil moelleux, de peur de s'y enfoncer comme dans un bourbier, de perdre sa capacité de raisonnement. Il sentait qu'il y serait à son désavantage et qu'il ne pourrait pas bouger, si jamais il en éprouvait le besoin.

— Asseyez-vous, asseyez-vous! fit Wigtight avec un geste de la main. On va en discuter. Je suis sûr que nous parviendrons à un accord.

— Espérons-le.

Monk se percha sur l'accoudoir du fauteuil. C'était inconfortable, mais il ne tenait pas à prendre ses aises.

— Vous avez des ennuis momentanés? commença Wigtight. Vous désirez bénéficier d'un excellent investissement? Vous avez un parent, de santé fragile, qui vous accorde sa préférence...

— Merci, j'ai un emploi qui suffit amplement à me faire vivre.

— Vous avez de la chance.

A en juger par sa voix neutre, affable, l'usurier ne le croyait pas : il avait entendu toutes sortes de mensonges et d'excuses nées de l'imagination humaine.

— Plus que Joscelin Grey? demanda Monk de but en blanc.

L'expression de Wigtight changea imperceptiblement... à peine le reflet d'une ombre. Si Monk n'avait pas guetté sa réaction, il ne l'aurait pas remarqué.

— Joscelin Grey?

Manifestement, Wigtight se demandait s'il devait nier le fait qu'il le connaissait ou admettre qu'il avait entendu parler de lui comme tout un chacun. Il opta pour la mauvaise solution.

— Je ne connais pas ce monsieur.

— Son nom ne vous dit rien?

Monk essayait de ne pas trop insister. Haïssant les usuriers plus que de raison, il voulait piéger cet homme gras et flasque, le laisser s'enliser dans ses propres mensonges et le regarder se débattre.

Mais Wigtight avait flairé le piège.

— Des noms, j'en entends tellement, répondit-il, prudent.

— Alors jetez un coup d'œil sur votre registre, suggéra Monk. Et voyez s'il y est, puisque vous ne vous en souvenez pas.

— Je ne garde pas de traces écrites, une fois que les dettes sont payées.

Les gros yeux pâles de Wigtight respiraient l'innocence.

— C'est une question de discrétion. Personne n'aime, vous comprenez, qu'on lui rappelle ses moments difficiles.

— Comme c'est courtois de votre part, persifla Monk. Et la liste de ceux qui ne vous ont pas payé?

— Mr. Grey n'y figure pas.

— Donc, il vous a remboursé.

Une brève note de triomphe perça dans la voix de Monk.

— Je n'ai pas dit que je lui avais prêté de l'argent.

— Dans ce cas, pourquoi avoir engagé deux hommes qui ont pénétré sous une fausse identité dans son appartement et l'ont mis à sac? Et, accessoirement, ont volé l'argenterie et quelques bibelots?

Enchanté, il vit Wigtight grimacer.

— C'est une maladresse, ça, Mr. Wigtight. Vous choisissez mal vos sbires. Un bon professionnel ne se serait jamais servi au passage. C'est trop dangereux... un chef d'inculpation de plus, et la marchandise est facile à localiser.

— Vous êtes de la police! comprit soudain Wigtight, venimeux.

— Exact.

— Je n'embauche pas de voleurs.

Il louvoyait maintenant, essayant de gagner du temps pour réfléchir.

— Vous embauchez des collecteurs qui se trouvent être aussi des voleurs. La justice ne fait pas la différence.

— Je fais appel à des gens pour collecter mon argent, c'est vrai. Je ne peux pas me déplacer pour aller voir tout le monde moi-même.

— Et combien en visitez-vous avec de faux papiers, deux mois après leur assassinat?

Le teint de Wigtight vira au gris sale, couleur de poisson mort. Monk crut un instant qu'il allait avoir une attaque, mais ne s'en émut pas le moins du monde.

Il se contenta d'attendre pendant que Wigtight luttait pour recouvrer l'usage de la parole.

— Assassinat! fit-il enfin d'une voix blanche. Je jure sur la tombe de ma mère que je n'ai rien à voir là-dedans. Pourquoi moi? Pourquoi aurais-je fait ça? C'est insensé. Vous avez perdu la tête.

— Parce que vous êtes usurier, répliqua Monk amèrement, bouillant de colère et de mépris. Et les usuriers obligent les gens à régler leurs dettes, plus les intérêts, à expiration de créance.

Il se pencha, menaçant, vers Wigtight recroquevillé dans son fauteuil.

— C'est mauvais pour les affaires de laisser filer un

client, ajouta-t-il presque entre ses dents. Ça peut donner des idées à d'autres. Et que deviendriez-vous, si tout le monde refusait de vous payer ? Vos débiteurs se saignent à blanc pour vous enrichir. Mieux vaut se débarrasser d'une brebis galeuse plutôt que de voir déguerpir tout le troupeau, hein ?

— Je ne l'ai pas tué !

Wigtight était effrayé, pas seulement par les accusations, mais par la haine de Monk. Il avait senti sa violence irraisonnée, et Monk savourait sa peur.

— Mais vous avez envoyé quelqu'un... cela revient au même.

— Non ! Ça n'a aucun sens !

La voix de Wigtight monta dans les aigus ; cette note stridente de panique fut douce à l'oreille de Monk.

— D'accord...

Wigtight leva ses mains grasses et molles.

— Je les ai expédiés voir si Grey avait conservé une trace écrite de son emprunt. Je savais qu'on l'avait assassiné, et j'ai pensé qu'il avait peut-être gardé la reconnaissance de dette. Je ne voulais pas être mêlé à cette histoire. C'est tout, je le jure !

A la lueur des lampes, son visage luisait de sueur.

— Il m'avait remboursé. Sainte Mère de Dieu, c'était juste cinquante livres, de toute façon ! Croyez-vous que j'aurais envoyé des tueurs liquider un débiteur pour cinquante livres ? Ç'aurait été de la folie pure. Ils m'auraient tenu jusqu'à la fin de mes jours. Ils m'auraient ruiné... ou conduit au gibet.

Monk le regarda fixement. Avec effort, il dut se rendre à l'évidence : Wigtight était un parasite, mais pas un crétin. Jamais il n'aurait engagé le premier malfrat venu pour assassiner un débiteur, quel que fût le montant de la dette. Il aurait agi plus intelligemment, plus discrètement. Une bonne correction aurait peut-être porté ses fruits, mais pas cela, et pas dans le propre appartement de Grey.

D'un autre côté, il pouvait très bien vouloir s'assurer qu'il ne restait aucune trace de leur transaction, simplement pour s'épargner des ennuis.

— Pourquoi avoir attendu aussi longtemps? demanda Monk d'une voix dénuée d'expression. Pourquoi n'êtes-vous pas allé chercher cette reconnaissance de dette tout de suite?

Wigtight sut qu'il avait gagné. Sa face blafarde et bouffie reluisait comme de la vase sur un crapaud.

— Au début, il y avait trop de vrais policiers dans les parages. Ça entrait et sortait en permanence.

Il écarta les mains en un geste raisonnable. Monk aurait aimé le traiter de menteur, mais il ne le pouvait pas, pas encore.

— Je n'avais personne qui fût prêt à courir ce risque, poursuivit Wigtight. Si vous payez trop, l'autre va penser aussitôt que l'enjeu est plus gros qu'il n'y paraît. Ou que j'ai quelque chose à craindre. Vous, vous recherchiez un voleur, pour commencer. Maintenant, c'est différent : vous vous intéressez à l'argent, aux affaires...

— Comment le savez-vous?

Monk n'avait pas d'autre choix que de le croire, mais il avait envie de le garder encore un peu sur le gril.

— Les nouvelles vont vite ; vous avez interrogé son tailleur, son marchand de vin, examiné ses factures...

Monk se rappela avoir confié ces tâches-là à Evan. Apparemment, l'usurier avait des yeux et des oreilles partout. Au fond, c'était logique, pensa-t-il. C'était ainsi qu'il recrutait ses clients, furetant dans leur vie, guettant le moindre signe de faiblesse. Dieu qu'il détestait cet individu et ses semblables!

— Ah!

Involontairement, son visage trahit sa défaite.

— La prochaine fois, je tâcherai d'être plus discret dans mes investigations.

Wigtight sourit avec froideur.

— A votre place, je ne me dérangerais pas. Ça ne changera rien.

Il reconnaissait le goût de la victoire, un goût aussi familier que celui d'un stilton bien fait et du porto après le dîner.

Monk n'avait plus rien à ajouter, et voir Wigtight jubiler lui soulevait le cœur. Il sortit, passant devant le commis onctueux, bien décidé à inculper Josiah Wigtight à la première occasion, de quoi l'expédier de préférence pour un bon moment derrière les barreaux. C'était peut-être la haine de l'usure et de son pouvoir tentaculaire sur les pauvres gens, ou la haine qu'il éprouvait pour Wigtight en particulier, avec son gros ventre et ses yeux de merlan frit, mais plus vraisemblablement, c'était l'amertume du désappointement, puisque ce n'était pas l'usurier qui avait tué Joscelin Grey.

Voilà qui le ramenait dans la seule autre voie d'investigation. Les amis de Joscelin Grey, les gens dont il aurait connu les secrets. Au bout de ce chemin-là, il y avait Shelburne... et la victoire de Runcorn.

Mais avant de s'engager dans cette direction, vers son inévitable dénouement — soit l'arrestation de Shelburne et la fin de sa propre carrière, soit l'aveu de son impuissance, faute de preuves, et le triomphe de Runcorn —, il allait explorer toutes les autres pistes, aussi vagues fussent-elles, à commencer par Charles Latterly.

Il s'y rendit en fin d'après-midi, à une heure où il pouvait espérer trouver Imogen à la maison et demander raisonnablement à parler à Charles.

Il fut accueilli poliment, mais sans plus, la femme de chambre étant trop bien dressée pour montrer sa surprise. On le fit patienter quelques minutes seulement avant de l'introduire au salon dont le confort discret lui réchauffa à nouveau le cœur.

Charles se tenait près d'un guéridon dans l'embrasure de la fenêtre.

— Bonjour, Mr... euh... Monk, dit-il avec une froideur manifeste. Qu'est-ce qui nous vaut l'honneur de cette nouvelle visite ?

Le cœur de Monk se serra. Il eut l'impression que l'odeur des taudis lui collait à la peau. Peut-être voyait-on au premier coup d'œil quel genre d'homme il était, où il travaillait, à qui il avait affaire. Seulement, il avait été trop préoccupé par ses propres sentiments pour se soucier des leurs.

— J'enquête toujours sur le meurtre de Joscelin Grey, répondit-il avec une certaine raideur.

Bien que sachant Imogen et Hester dans la même pièce, il refusait de les regarder. Il s'inclina très légèrement, sans lever les yeux, puis en fit de même dans leur direction.

— Alors il serait temps d'aboutir à une conclusion, non ? dit Charles en haussant les sourcils. Nous déplorons sa mort, naturellement, puisque nous l'avons connu, mais nous n'avons pas besoin d'un rapport quotidien sur les progrès — ou les lacunes — de votre enquête.

— Tant mieux, rétorqua Monk, sèchement parce qu'il était blessé et que jamais il n'aurait sa place dans cette pièce élégamment défraîchie avec ses fauteuils rembourrés et ses meubles en noyer. Car je n'en aurais pas eu les moyens. C'est parce que vous avez connu le major Grey que j'ai souhaité vous en parler une nouvelle fois.

Il déglutit.

— Bien entendu, nous avons d'abord envisagé l'hypothèse d'un voleur de passage, puis d'une histoire de dettes, de jeu peut-être, ou alors un emprunt. Maintenant que nous avons épuisé ces pistes, nous sommes obligés d'en revenir à ce qui, malheureusement, semblait la solution la plus...

— Je pense avoir été clair, Mr. Monk !

Charles haussa le ton.

— Nous ne voulons rien savoir. Très franchement, je ne tiens pas à perturber ma femme ou ma sœur avec ce genre de conversations. Peut-être que les femmes de votre...

Il chercha le terme le moins insultant.

— ... votre milieu sont moins sensibles, accoutumées hélas à la violence et aux aspects sordides de la vie. Mais mon épouse et ma sœur sont des femmes de qualité ; elles n'ont jamais entendu parler de ces choses-là. Je vous prierai donc de respecter leurs sentiments.

Monk sentit le sang lui monter au visage. Il brûlait de rendre la politesse à Charles, mais la présence d'Imogen, si proche de lui, le troublait profondément. Il se moquait en revanche de ce que pensait Hester : c'eût été un vrai plaisir de se quereller avec elle... revigorant comme un jet d'eau pure et glacée.

— Loin de moi l'intention de perturber qui que ce soit, monsieur.

Il dut forcer les mots, d'une voix sourde, entre ses dents.

— Et je ne suis pas venu pour vous informer, mais pour poser des questions. Je voulais juste vous en fournir l'explication, pour vous permettre de répondre sans crainte.

Charles, à moitié adossé au manteau de la cheminée, cligna des yeux et se raidit.

— Je ne sais strictement rien de cette affaire, et bien évidemment, ma famille non plus.

— Sinon, nous vous aurions aidé, bien sûr, ajouta Imogen.

Un instant, Monk crut qu'elle était gênée par l'attitude aussi outrageusement hautaine de son mari.

Se levant, Hester traversa la pièce.

— Jusque-là, on ne nous a encore posé aucune question, dit-elle à Charles, conciliante. Comment savoir si nous pouvons y répondre ou non ? Je ne parle pas pour Imogen, naturellement, mais moi, ça ne me dérange pas du tout. Si tu es capable de discuter d'un meurtre, alors je le suis aussi. C'est notre devoir, non ?

— Ma chère Hester, tu ne sais pas ce que tu dis.

La figure pincée, Charles fit un geste vers elle, mais elle l'esquiva.

— Il s'agit de choses tout à fait déplaisantes, et complètement en dehors de ton expérience.

— Balivernes ! répliqua-t-elle aussitôt. Mon expérience couvre un domaine que tu ne saurais imaginer, même dans tes pires cauchemars. J'ai vu des hommes coupés en deux par un coup de sabre, déchiquetés par un boulet de canon, gelés, affamés, ravagés par la maladie...

— Hester ! explosa Charles. Pour l'amour du ciel !

— Alors ne me dis pas que je ne peux pas survivre à une conversation de salon au sujet d'un malheureux meurtre, acheva-t-elle.

Empourpré, Charles ignora Monk.

— Ça n'a pas effleuré ton esprit, fort peu féminin, qu'Imogen a des sentiments aussi et qu'elle a mené une vie infiniment plus convenable par rapport à celle que tu as choisie ? Franchement, ce que tu peux être insupportable !

— Imogen n'est pas aussi fragile que tu sembles le croire, rétorqua Hester qui avait rosi très légèrement. Et je ne pense pas non plus qu'elle cherche à se voiler la face parce que la vérité est désagréable à entendre. Tu as une bien piètre opinion de son courage.

Monk regarda Charles. S'ils avaient été seuls, il aurait certainement remis sa sœur en place à sa manière... qui ne devait pas être très efficace. Pour sa part, Monk était bien content que ce ne fût pas son problème.

Imogen prit la situation en main. Elle se tourna vers Monk.

— Vous disiez, Mr. Monk, que vous en étiez arrivé à une conclusion inévitable. Expliquez-nous, s'il vous plaît, de quoi il s'agit.

Elle le regardait avec colère, presque avec défi. Il ne connaissait personne d'aussi intensément vivant, d'aussi sensible à la souffrance qu'elle. Il ne trouva pas tout de suite les mots pour lui répondre. Le temps parut s'arrêter. Elle releva un peu le menton, mais ne baissa pas les yeux.

— Je...

Il se tut et recommença.

— Que... que son assassin était quelqu'un qu'il connaissait.

Et il enchaîna comme un automate :

— Quelqu'un de son milieu, de son propre cercle.

— Sottises ! le coupa Charles avec brusquerie, se plantant au milieu de la pièce comme pour l'affronter physiquement. Les gens que fréquentait Joscelin Grey n'assassinent pas leurs proches à tour de bras. Si c'est tout ce que vous avez trouvé, vous feriez mieux d'abandonner l'enquête et de la confier à un collègue plus compétent.

— Tu n'as pas besoin d'être aussi rude, Charles.

Les yeux d'Imogen brillaient ; son visage s'était coloré.

— Nous n'avons aucune raison de soupçonner Mr. Monk d'incompétence et certainement aucun droit de l'en accuser.

Suffoqué par tant d'impertinence, Charles se raidit de la tête aux pieds.

— Imogen... commença-t-il, glacial.

Puis, se souvenant de la vulnérabilité du sexe faible, il changea de ton.

— Cette histoire t'a contrariée ; c'est tout à fait normal. Il vaudrait peut-être mieux que tu nous laisses. Va te reposer dans ta chambre. Reviens quand tu te seras calmée. Que dirais-tu d'une tisane ?

— Je ne suis pas fatiguée et je n'ai pas envie de tisane. Je suis parfaitement calme, et la police souhaite m'interroger.

Elle fit volte-face.

— N'est-ce pas, Mr. Monk?

Il aurait voulu se souvenir de ce qu'il savait d'eux, mais il avait beau se torturer l'esprit, rien ne lui revenait. Toutes ses réminiscences étaient brouillées et teintées par l'émotion irrépressible qu'elle éveillait en lui, une nostalgie pour quelque chose qui lui échappait, comme une musique obsédante qu'on n'arrive pas à saisir, d'une douceur troublante et ineffable, évoquant toute une vie au seuil de la mémoire.

Mais il se conduisait comme un imbécile. La gentillesse d'Imogen, l'expression de son visage lui avaient rappelé une époque où il avait aimé, un aspect plus avenant de son caractère qu'il avait perdu lorsque le cab s'était retourné, le coupant de son passé. Il était autre chose qu'un détective, brillant, ambitieux, caustique, solitaire. Il y avait eu ceux qui l'aimaient, de même que des rivaux qui le détestaient, des subalternes qui l'admiraient ou le craignaient, des malfrats qui connaissaient ses talents, des pauvres qui réclamaient la justice... ou la vengeance. Imogen l'avait aidé à redécouvrir son humanité, une part de lui-même qu'il chérissait tout particulièrement. Il avait perdu ses repères, et s'il voulait survivre à ce cauchemar — Runcorn, le meurtre, sa carrière —, il se devait de les retrouver.

— Puisque vous connaissiez le major Grey, reprit-il, peut-être vous avait-il confié qu'il craignait pour sa sécurité... quelqu'un qui ne l'aimait pas ou le persécutait pour une raison ou une autre.

Il s'en voulait de n'être pas aussi cohérent qu'il l'eût souhaité.

— Aurait-il mentionné quelque jalousie ou rivalité devant vous?

— Aucune. Pourquoi aurait-on voulu le tuer? demanda-t-elle. Il était charmant; jamais je ne l'ai vu chercher querelle aux autres, à part une pique ou deux. Il avait peut-être un humour mordant, mais tout juste de quoi irriter, sans plus.

— Voyons, ma chère Imogen, ça n'a rien à voir! siffla Charles. C'était un cambriolage, il n'y a pas d'autre explication.

Imogen inspira profondément et, sans prêter attention à son mari, dévisagea Monk d'un air grave, attendant sa réponse.

— Je pense au chantage, dit-il. Ou bien à une histoire de jalousie, à cause d'une femme.

— Chantage! souffla Charles, horrifié et incrédule. D'après vous, Grey aurait fait chanter quelqu'un? Et à quel sujet, je vous prie?

— Si nous le savions, monsieur, nous connaîtrions très certainement le coupable, répondit Monk. Et le crime serait résolu.

— Donc, vous ne savez rien.

Une note sarcastique tinta à nouveau dans la voix de Charles.

— Bien au contraire. Nous avons déjà un suspect, mais avant de l'inculper, il nous faut éliminer toutes les autres possibilités.

Monk sentait qu'il était allé beaucoup trop loin, mais la mine satisfaite de Charles, ses airs condescendants l'avaient excédé au point de lui faire perdre son sang-froid. Il avait envie de le secouer, de lui faire ravaler sa superbe.

— Dans ce cas, vous faites erreur, dit Charles, les yeux étrécis. Du moins, il y a de fortes chances.

Monk sourit, acide.

— J'essaie justement de l'éviter, monsieur, en explorant toutes les autres pistes pour recueillir un maximum d'informations. Mais j'imagine que vous vous en êtes déjà aperçu.

Du coin de l'œil, il vit Hester sourire, et cela lui fit grand plaisir.

Charles répliqua par un grognement.

— Nous sommes tout à fait prêts à vous aider, fit Imogen dans le silence. Mon mari ne cherche qu'à nous épargner, ce qui est très délicat de sa part. Mais nous avions une immense affection pour Joscelin, et nous sommes parfaitement capables de répondre à toutes vos questions.

— « Une immense affection », c'est un peu exagéré, ma chère, intervint Charles, gêné. On l'aimait bien, c'est vrai, notamment à cause de George.

— George ?

Monk fronça les sourcils : c'était la première fois qu'il entendait parler de George.

— Mon plus jeune frère, expliqua Charles.

— Il connaissait le major Grey ? s'enquit Monk d'un ton vif. Me serait-il possible de m'entretenir avec lui ?

— Ça m'étonnerait. Mais en effet, il a bien connu Grey. Ils ont même été très proches pendant un moment.

— Pendant un moment ? Auraient-ils eu un différend ?

— Non, George est mort.

— Oh...

Monk hésita, confus.

— Je suis désolé.

— Merci.

Charles toussota et s'éclaircit la voix.

— Nous avions de l'affection pour Grey, mais dire qu'elle était immense, ça non. A mon avis, ma femme a dû transférer la tendresse qu'elle avait pour George sur l'ami de George. C'est assez naturel.

— Je vois.

Monk ne savait que croire. Imogen avait-elle considéré Joscelin uniquement comme un ami de son beau-frère mort, ou bien l'avait-il séduite par son esprit et son don de plaire ? Son visage s'illuminait quand elle parlait de lui. Elle lui fit penser à Rosamond Shelburne : même douceur, même écho des jours heureux, jours de grâce et de gaieté partagée. Charles était-il trop aveugle... ou trop imbu de lui-même pour le remarquer ?

Une pensée hideuse, dangereuse, lui effleura l'esprit, refusant obstinément de s'en aller. Et si la femme en question n'était pas Rosamond, mais Imogen Latterly ? Son vœu le plus cher était de le démentir. Mais comment ? Si Charles avait un alibi, s'il était possible de prouver qu'il avait été ailleurs au moment du crime, alors le problème était réglé une fois pour toutes.

Monk scruta le visage lisse de Charles. Il avait l'air agacé, mais nullement coupable. Avec fébrilité, Monk réfléchit à un moyen détourné pour l'interroger. Son esprit était épais et visqueux comme de la mélasse. Pourquoi, grands dieux, fallait-il que Charles fût le mari d'Imogen ?

Y avait-il une autre solution ? Si seulement il se rappelait ce qu'il savait d'eux ! Sa peur était-elle irraisonnée, fruit d'une imagination délivrée du carcan de la mémoire ? Ou était-ce au contraire la mémoire, revenant lentement, par bribes, qui avait engendré l'appréhension ?

Cette canne dans l'entrée de Joscelin Grey. Son image était claire dans sa tête. Si jamais il pouvait l'agrandir, voir la main, le bras, l'homme qui la tenait... Il en avait un nœud dans l'estomac. Il connaissait le propriétaire de la canne, et il était tout aussi sûr de n'avoir jamais rencontré Lovel Grey dans le passé. Lorsqu'il s'était rendu à Shelburne, personne au château n'avait donné l'impression de le reconnaître. Et pourquoi lui aurait-on joué la comédie ? C'eût été suspect en soi, puisqu'ils ignoraient qu'il avait perdu la mémoire. Non, cette canne engravée d'une chaîne en cuivre n'appartenait pas à Lovel Grey.

Mais elle pouvait être à Charles Latterly.

— Êtes-vous déjà allé chez le major Grey, Mr. Latterly ?

La question lui échappa sans qu'il eût le temps de réfléchir. C'était comme un coup de dés ; seulement, il n'avait plus envie de connaître la réponse. Car une fois le sujet abordé, il serait obligé de poursuivre, ne fût-ce que pour lui-même, dans l'espoir de se prouver qu'il se trompait.

Charles parut surpris.

— Non, pourquoi ? J'imagine que vous avez déjà vu son appartement. Là-dessus, je n'ai rien à vous apprendre.

— Vous n'y êtes jamais allé ?

— Non, je viens de vous le dire. Je n'en ai pas eu l'occasion.

— Ni, comme je le suppose, personne d'autre de votre famille ?

Sachant qu'on allait le taxer d'indélicatesse, voire carrément d'impertinence, il évita de regarder les deux femmes.

— Bien sûr que non !

Charles eut quelque difficulté à se contenir. Il allait continuer, quand Imogen l'interrompit :

— Désirez-vous savoir notre emploi du temps le jour où Joscelin a été tué, Mr. Monk ?

Nulle trace d'ironie dans sa voix : elle le considérait posément, avec gravité.

— Ne sois pas ridicule ! suffoqua Charles, de plus en plus furieux. Si tu es incapable de prendre cette conversation au sérieux, Imogen, tu ferais mieux de nous laisser et de retourner dans ta chambre.

— Mais je suis sérieuse, répliqua-t-elle en se tournant vers lui. Si Joscelin a été assassiné par l'un de ses amis, il n'y a aucune raison pour que nous ne figurions pas au nombre des suspects. Sincèrement, Charles, il serait préférable de posséder un alibi de par le simple fait d'avoir été ailleurs à ce moment-là, plutôt que d'abandonner à Mr. Monk le soin d'enquêter sur nos affaires par lui-même.

Charles blêmit et regarda Imogen comme si elle était une bête venimeuse surgie de sous le tapis et qui l'aurait mordu. Monk sentit son estomac se nouer de plus belle.

— J'étais à un dîner chez des amis, fit Charles d'une voix éteinte.

Pour quelqu'un qui venait de fournir ce qui ressemblait à un alibi, il avait l'air particulièrement accablé. Monk ne pouvait éluder la question; il se devait d'aller plus loin. Il contempla la mine défaite de Charles.

— A quelle adresse, monsieur?
— Doughty Street.

Imogen regardait Monk avec des yeux clairs, candides, mais Hester s'était détournée.

— Quel numéro?
— Cela a une importance, Mr. Monk? demanda Imogen innocemment.

Hester se redressa, attendant sa réponse.

Monk expliqua, surpris de se sentir aussi coupable :

— Doughty Street donne dans Mecklenburgh Square, Mrs. Latterly. C'est à deux ou trois minutes à pied, tout au plus.

— Oh! dit-elle d'une petite voix inexpressive, se tournant lentement vers son mari.

— Vingt-deux, fit-il entre ses dents. J'y ai passé toute la soirée et j'ignorais totalement que Grey habitait à proximité.

A nouveau, Monk parla sans prendre le temps de réfléchir, sinon il aurait hésité.

— J'ai du mal à vous croire, monsieur, puisque vous

lui avez écrit chez lui. Nous avons trouvé votre lettre parmi ses effets.

— Bon sang... je...

Charles se figea.

Monk attendait. Le silence était si profond qu'il crut entendre un bruit de sabots dans la rue. Il ne regardait ni Imogen ni Hester.

— Je veux dire... recommença Charles et il se tut.

Il était impossible d'atermoyer plus longtemps. Monk était gêné pour eux, et désespérément navré. Il se tourna vers Imogen. Il voulait qu'elle le sache, même si elle s'en moquait.

Elle ne bougeait pas. Son regard s'était assombri jusqu'à devenir insondable, mais il n'y lut pas la haine qu'il redoutait. L'espace d'un éclair, il eut l'impression insensée que s'il avait pu lui parler seul à seule, il lui aurait expliqué, lui aurait fait comprendre la nécessité de tout ceci, les impératifs qui le guidaient.

— Mes amis jureront que j'ai passé la soirée avec eux.

La voix de Charles fit irruption dans le cours de ses pensées.

— Je vous donnerai leur nom. C'est ridicule ; j'aimais bien Joscelin, et notre infortune était aussi la sienne. Je n'avais aucune raison de lui vouloir du mal !

— Puis-je avoir leur nom, Mr. Latterly ?

Charles se redressa d'un geste brusque.

— Vous n'allez pas les questionner sur mes faits et gestes au moment du meurtre, pardi ! Je vous dirai leur nom seulement...

— Je serai discret, monsieur.

Charles fit la moue pour signifier ce qu'il pensait d'une vertu aussi délicate chez un policier.

Monk le contemplait patiemment.

— Il sera plus facile que vous me donniez leur nom, monsieur, plutôt que de m'obliger à me renseigner par moi-même.

— Allez au diable !

Charles avait la figure congestionnée.

— Leur nom, monsieur, s'il vous plaît ?

S'approchant d'une petite table, Charles prit un papier et un crayon. Il griffonna quelques lignes, puis plia le papier et le tendit à Monk.

Monk le prit sans le regarder et le mit dans sa poche.

— Merci, monsieur.

— Ce sera tout ?

— Non, malheureusement, j'aimerais vous demander ce que vous savez des autres fréquentations du major Grey, des gens chez qui il aurait séjourné et qu'il connaissait assez bien pour surprendre, même par inadvertance, quelque secret dommageable pour eux.

— Quoi, par exemple, au nom du ciel ?

Charles le toisa avec une aversion extrême. Monk ne voulait pas se laisser acculer à parler de ce qu'il craignait le plus, surtout en présence d'Imogen. Malgré sa position désormais rédhibitoire, il chérissait la moindre miette de son estime comme les fragments d'un trésor brisé.

— Je ne sais pas, monsieur, et en l'absence de preuve formelle, il serait inconvenant d'émettre quelque supposition que ce soit.

— Inconvenant, répéta Charles, sarcastique, d'une voix rauque. Serait-ce donc important pour vous ? Je m'étonne que vous connaissiez le sens de ce mot.

Imogen regarda ailleurs, embarrassée, et Hester se raidit. Elle ouvrit la bouche pour parler, puis décida qu'il serait plus sage de garder le silence.

Charles rosit un peu, mais il n'était pas question qu'il s'excuse.

— Il avait parlé de gens du nom de Dawlish, dit-il avec irritation. Et il me semble qu'il est allé une fois ou deux chez Gerry Fortescue.

Monk nota les détails dont ils se souvenaient concernant les Dawlish, les Fortescue et les autres, mais l'exercice paraissait superflu, et Charles ne cachait pas son profond scepticisme, comme s'il cherchait à amadouer un animal en liberté qu'il eût été dangereux d'exciter. Monk resta uniquement pour justifier sa visite, puisque c'était la raison qu'il avait invoquée.

En sortant, il eut l'impression d'entendre soupirer de soulagement derrière lui, et son imagination lui peignit un rapide échange de regards chargés de connivence : l'intrus était parti ; l'épreuve avait pris fin. Et pendant qu'il marchait dans la rue, ses pensées étaient dans cette pièce claire qu'il venait de quitter, avec Imogen. Il se demandait ce qu'elle faisait, ce qu'elle pensait de lui, si elle le considérait comme un homme ou comme le représentant d'une institution dont elle avait à souffrir plus particulièrement ces jours-ci.

Et pourtant, son regard si direct... Cet instant hors du temps, il avait le sentiment de l'avoir déjà vécu, ou était-ce parce qu'il avait tendance à se focaliser là-dessus ? Que lui avait-elle demandé à l'origine ? Que s'étaient-ils dit ?

Quelle force puissante et absurde que l'imagination : n'était-ce aussi ridicule, il aurait pu croire qu'il y avait des souvenirs très profonds entre eux.

Après le départ de Monk, Charles, Hester et Imogen étaient restés debout au salon, dans la lumière du couchant qui ruisselait par les portes-fenêtres du petit jardin silencieux.

Charles prit une inspiration comme pour parler, regarda sa femme, puis Hester et poussa un soupir. Sans un mot, l'air crispé et malheureux, il se dirigea vers la porte, marmonna une excuse et sortit.

Un flot de pensées se bousculaient dans la tête de Hester. Elle n'aimait pas Monk, il l'exaspérait, mais plus elle l'observait, moins il lui semblait incompétent, comme elle l'avait cru au départ. Ses questions étaient incohérentes, et il n'était visiblement pas près d'arrêter l'assassin de Joscelin Grey, mais son intelligence et sa ténacité ne lui avaient point échappé. Il n'était pas mû que par la vanité ou l'ambition. S'il voulait trouver le coupable, c'était avant tout par souci de justice.

Elle en aurait souri presque, n'eût-ce été aussi douloureux, car elle l'avait vu également témoigner une douceur surprenante à l'égard d'Imogen, une admiration, un désir de protection... qu'il n'éprouvait certes pas pour Hester. Cette expression, elle l'avait déjà vue chez d'autres hommes ; c'étaient précisément les sentiments qu'Imogen avait inspirés à Charles quand ils s'étaient rencontrés. Mais en était-elle consciente elle-même, Hester l'ignorait.

Avait-elle troublé Joscelin Grey aussi ? Était-il tombé amoureux d'elle, de ses yeux lumineux, de cette aura de pureté qui émanait de ses moindres gestes ?

Charles était toujours amoureux d'elle. Il était effacé, assurément un peu pédant, et il s'était montré plus angoissé et irritable que de coutume depuis la mort de leur père ; mais par ailleurs il était intègre, parfois généreux et même drôle... du moins, il l'avait été. Ces derniers temps, il était devenu plus grave, comme si l'ombre du drame familial pesait à jamais sur lui.

Était-il concevable que le charmant, fringant, spirituel Joscelin Grey eût, même momentanément, tourné la tête à Imogen ? Malgré son flegme apparent, Charles en aurait été profondément affecté, et la souffrance aurait pu avoir raison de son sang-froid.

Imogen avait un secret. Hester la connaissait et l'aimait suffisamment pour capter toutes les petites tensions, les silences au lieu des confidences d'antan, une certaine retenue quand elles étaient ensemble. Ce n'était pas Charles qu'Imogen craignait — il n'était pas assez intuitif et ne cherchait pas à comprendre les femmes —, c'était Hester. Imogen était toujours aussi tendre, toujours aussi attentionnée dans les petits détails, prêt d'un mouchoir ou d'un châle en soie, compliment, reconnaissance pour un service rendu, mais elle se montrait prudente, hésitait avant de parler, ne disait que la stricte vérité, et sa spontanéité l'avait désertée.

Quel était donc ce secret ? Quelque chose dans son attitude, une sorte de vigilance accrue, portait à croire que c'était lié à Joscelin Grey, car Imogen semblait à la fois solliciter et craindre le policier Monk.

— Tu ne m'avais pas dit que Joscelin Grey avait connu George, fit-elle tout haut.

Imogen regarda par la fenêtre.

— Ah bon ? Ce doit être parce que je ne voulais pas te faire de la peine, ma chère. J'évitais de te reparler de George, tout comme de papa et maman.

Hester n'eut rien à redire à cela. Elle ne la croyait pas, mais c'eût été bien dans la nature d'Imogen de réagir de la sorte.

— Merci, répondit-elle. C'est très délicat de ta part, compte tenu de l'amitié que tu portais au major Grey.

Imogen sourit, le regard perdu dans le lointain... lequel exactement, Hester ne s'autorisait pas à le deviner.

— Il était drôle, dit Imogen lentement. Et si différent de tous ceux que je connaissais. C'est une mort horrible... mais ça a dû être rapide et beaucoup moins douloureux que tout ce que tu as vu.

Une fois de plus, Hester ne sut que répondre.

Lorsque Monk retourna au poste, Runcorn l'attendait, assis derrière son bureau, le nez dans une pile de papiers. Quand Monk entra, il les posa et fit la grimace.

— Comme ça, votre voleur, c'était un usurier, observa-t-il, ironique. Seulement les usuriers, croyez-moi, n'intéressent pas les journaux.

— Dommage ! riposta Monk sèchement. Cette sale vermine est l'un des symptômes les plus révoltants de la pauvreté...

— Oh, pour l'amour du ciel, ou vous vous faites élire au Parlement, ou vous travaillez dans la police, dit Runcorn, agacé. Mais si vous tenez à votre travail, cessez de courir deux lièvres à la fois. Le rôle d'un policier n'est pas de moraliser, mais de résoudre les crimes.

Monk lui lança un regard noir.

— Si l'on se débarrassait de la pauvreté et de ses parasites, on pourrait prévenir les crimes avant d'en arriver au stade de la résolution, déclara-t-il avec une fougue qui le surprit lui-même.

Il semblait retrouver une ardeur dont il ne se rappelait pas l'origine.

— Joscelin Grey, fit Runcorn d'une voix atone.

Il refusait de se laisser distraire.

— J'y travaille.

— Dans ce cas, vos progrès sont tellement limités que cela en devient gênant !

— Pouvez-vous prouver que c'est Shelburne ?

Monk savait bien où Runcorn voulait en venir, mais il n'allait pas céder. Si Runcorn l'obligeait à arrêter Shelburne avant l'heure, il veillerait à lui en faire endosser publiquement la responsabilité.

Runcorn, toutefois, ne désarmait pas.

— C'est votre travail, dit-il, acide. Ce n'est pas moi qui mène l'enquête.

— Vous devriez, peut-être.

Monk haussa les sourcils comme s'il réfléchissait sérieusement à cette proposition.

— Et si vous preniez le relais ?

Runcorn plissa les yeux.

— Vous vous avouez battu, hein ? demanda-t-il tout doucement, haussant la voix à la fin de sa phrase. C'est trop lourd pour vous ?

Monk le prit au mot.

— Peut-être, si c'est Shelburne. Ce serait mieux que vous procédiez vous-même à l'arrestation, en tant qu'officier supérieur et tout ça.

Runcorn changea de tête, et Monk en éprouva un certain plaisir, mais qui ne dura guère.

— J'ai l'impression que vous avez perdu le courage en même temps que la mémoire, rétorqua Runcorn avec un rictus. Vous capitulez?

Monk prit une profonde inspiration.

— Je n'ai rien perdu du tout, dit-il en détachant les mots. Et surtout pas la tête. Je n'ai pas l'intention de me précipiter pour arrêter un homme contre qui j'ai de fortes présomptions, mais sans plus. Si vous voulez le faire, retirez-moi officiellement l'enquête et allez-y. Et que Dieu vous préserve quand Lady Fabia l'apprendra. Car plus personne ne pourra vous venir en aide, je vous en donne ma parole.

— Espèce de lâche! Par Dieu, vous avez changé, Monk.

— Si j'étais capable auparavant d'arrêter quelqu'un sans preuves, alors il était temps que je change. Alors, vous vous chargez de l'affaire?

— Je vous donne encore huit jours. Cela m'étonnerait que l'opinion publique vous accorde un délai plus long.

— *Nous* accorde, rectifia Monk. Pour eux, nous œuvrons tous dans le même but. Maintenant, avez-vous une suggestion pertinente à faire, par exemple comment prouver que c'était Shelburne en l'absence de témoins? Ou seriez-vous déjà passé à l'acte, à ma place?

Runcorn reçut parfaitement le message. Curieusement, il rougit de colère, presque comme s'il se sentait coupable.

— C'est votre enquête, s'emporta-t-il. Je ne vous la retirerai pas tant que vous n'aurez pas reconnu vous-même avoir échoué ou qu'on ne m'aura pas demandé de vous relever.

— Parfait. Dans ce cas, je continue.

— Mais oui, Monk, allez-y. Continuez si vous le pouvez !

Dehors, le ciel s'était couvert, et il pleuvait à verse. En rentrant chez lui, Monk pensa sombrement que la presse avait raison de le critiquer : il n'était guère plus avancé que lorsque Evan lui avait fait visiter le théâtre du crime pour la première fois. Le seul à avoir un mobile, c'était Shelburne, et pourtant, cette maudite canne l'obsédait. Ce n'était pas l'arme du crime, mais il était sûr de l'avoir déjà vue. Elle ne pouvait être à Joscelin Grey. Imogen avait été claire : Grey n'avait pas remis les pieds chez eux depuis la mort de son beau-père, et bien sûr, Monk lui-même n'était jamais allé chez les Latterly avant cet événement.

Alors à qui était-elle ?

Pas à Shelburne.

Sans qu'il y prenne garde, ses pas l'avaient mené non pas chez lui, mais à Mecklenburgh Square.

Grimwade était dans le couloir.

— B'soir, Mr. Monk. Sale temps, monsieur. Je m'demande où on va... et c'est la vérité. De la grêle ! Déjà, on aurait dit qu'il neigeait, en plein mois de juillet. Et maintenant, voyez ce qui tombe. On mettrait même pas un chien dehors.

Il contempla les habits trempés de Monk d'un œil compatissant.

— Je peux vous aider, monsieur ?

— L'homme qui est venu voir Mr. Yeats...

— L'assassin ?

Grimwade frissonna avec une certaine complaisance mélodramatique.

— Apparemment, concéda Monk. Voulez-vous me le décrire à nouveau ?

Plissant les paupières, Grimwade s'humecta les lèvres.

— C'est pas facile, monsieur. Ça fait un moment déjà, et plus j'y repense, plus c'est flou dans ma tête. Y était grand, ça oui, mais pas 'cessivement, comme qui dirait. C'est pas toujours évident, à distance. Quand y est arrivé, y faisait cinq ou six centimètres de moins que vous, mais en sortant, y m'a paru plus grand. Des fois, c'est trompeur, monsieur.

— Bon, c'est déjà quelque chose. Et son teint : était-il frais, cireux, pâle, basané ?

— Plutôt frais, monsieur. Mais c'était p't-être à cause du froid. Faisait un vrai temps de cochon, pour un mois de juillet. Y a plus de saisons, vous dis-je. Il pleuvait des cordes, avec un vent d'est à vous glacer jusqu'à la moelle des os.

— Et vous ne vous souvenez pas s'il avait une barbe ?

— Je crois pas, ou alors une toute petite qu'on peut planquer sous un cache-nez.

— Et il était brun ? Ou il aurait pu être châtain, voire blond ?

— Ah non, monsieur, pas blond... enfin, pas avec des cheveux jaunes, mais brun, oui. Je me rappelle surtout qu'il avait les yeux gris. J'ai remarqué ça quand il partait : des yeux très perçants, vous savez, comme ces types qui vous plongent en transe.

— Des yeux perçants ? Vous en êtes sûr ? fit Monk, sceptique.

Il se méfiait du sens théâtral du portier.

— Oui, monsieur, plus j'y pense, plus j'en suis sûr. Je me rappelle pas son visage, mais je revois ses yeux quand y m'a regardé. Pas quand y est entré, mais quand y est parti. C'est drôle, ça. Normalement, j'aurais dû le remarquer quand y m'a parlé, mais sur le coup, j'ai rien vu, mais alors rien du tout.

Il regarda Monk avec candeur.

— Merci, Mr. Grimwade. Bon, je monte voir Mr. Yeats, s'il est là. Sinon, je vais l'attendre.

— Oh, il est là, monsieur. Depuis un moment déjà. Je vous accompagne ou vous connaissez le chemin ?

— Je connais le chemin, merci.

Et, avec un sourire sans joie, Monk gravit l'escalier. L'endroit lui était sinistrement familier. Il pressa le pas devant l'appartement de Grey — le souvenir de l'horreur était vivace — et frappa énergiquement à la porte de Yeats. Celle-ci s'ouvrit ; le petit visage inquiet de Yeats parut dans l'embrasure.

— Oh ! fit-il, alarmé. Je... j'allais justement vous parler. Je... euh... j'aurais sans doute dû le faire plus tôt.

Il tordait, triturait avec fébrilité ses mains rougies.

— Mais j'ai entendu parler du... euh... du cambriolage... par Mr. Grimwade, vous savez... et j'ai pensé que vous aviez trouvé l'assassin... donc...

— Puis-je entrer, Mr. Yeats ? l'interrompit Monk.

Il était normal que Grimwade avertisse les voisins ; du reste, comment demander à un vieil homme bavard et solitaire de garder pour lui un événement aussi délicieusement scandaleux ? Mais s'entendre rappeler son fiasco irrita Monk.

— Je... je suis désolé, balbutia Yeats tandis que Monk pénétrait dans l'appartement. Je sais bien... que j'aurais dû vous prévenir plus tôt.

— A propos de quoi, Mr. Yeats ? fit Monk avec une patience laborieuse.

Le petit homme avait l'air bouleversé.

— Mais de mon visiteur, voyons. J'étais sûr que vous étiez au courant, quand vous avez frappé chez moi.

De stupéfaction, la voix de Yeats se fit stridente.

— Votre visiteur, Mr. Yeats ? Vous êtes-vous souvenu d'autre chose ?

Une lueur d'espoir s'alluma dans le cœur de Monk. Serait-ce un début de preuve, enfin ?

— Mais, monsieur, j'ai découvert qui il est.

— Comment ?

Monk n'en croyait pas ses oreilles. La pièce tout entière vibrait autour de lui. Dans un instant, ce drôle de petit bonhomme allait lui révéler le nom de l'assassin de Joscelin Grey. C'était incroyable, étourdissant.

— J'ai découvert qui il est, répéta Yeats. Je sais que j'aurais dû vous le dire tout de suite, mais je pensais...

Monk sortit de sa torpeur.

— Qui ?

Il savait que sa voix tremblait.

— Qui est-ce ?

Décontenancé, Yeats se remit à bafouiller.

— Qui est-ce ?

Monk fit un effort surhumain pour se maîtriser ; il criait presque.

— Mais... mais, monsieur, quelqu'un qui s'appelle Bartholomew Stubbs. Négociant en cartes anciennes, comme il l'avait dit. Est-ce... est-ce important, Mr. Monk ?

Monk était anéanti.

— Bartholomew Stubbs ? répéta-t-il bêtement.

— Oui, monsieur. Je l'ai revu grâce à une relation commune. Et j'ai voulu lui poser la question.

Yeats gesticulait nerveusement.

— J'avais un trac fou, croyez-moi, mais connaissant le sort du pauvre major Grey, je me sentais obligé de l'aborder. Il a été très urbain. Il est parti d'ici sitôt après notre conversation sur le pas de la porte. Un quart d'heure plus tard, il était à la réunion de la ligue de tempérance dans Farringdon Road, près de la maison de correction. J'ai vérifié parce que mon ami y était aussi.

Dans son agitation, il se dandinait d'un pied sur l'autre.

— Il se rappelle clairement l'arrivée de Mr. Stubbs car le premier orateur venait tout juste de commencer son discours.

Monk le dévisagea. C'était incompréhensible. Si Stubbs était parti immédiatement, comme c'était le cas, qui donc était l'homme que Grimwade avait vu sortir plus tard ?

— Est-il... resté à la réunion pendant toute la soirée ? demanda-t-il, abattu.

— Non, monsieur.

Yeats secoua la tête.

— Il y est allé seulement pour retrouver mon ami, qui est aussi collectionneur, un homme très érudit...

— Il est parti !

Monk bondit sur cette explication.

— Oui, monsieur.

Yeats dansotait d'anxiété ; ses mains voltigeaient dans tous les sens.

— C'est ce que j'essaie de vous dire ! Ils sont partis ensemble pour aller souper quelque part...

— Ensemble ?

— Oui, monsieur. Je crains, Mr. Monk, que Mr. Stubbs n'ait pas pu agresser le pauvre major Grey.

Monk était trop secoué, trop atrocement déçu pour réagir. Il ne savait plus où chercher.

— Vous êtes sûr que ça va, Mr. Monk ? hasarda Yeats. Je suis vraiment navré. C'est sûr, j'aurais dû vous en parler plus tôt, mais j'ai pensé que ce n'était pas important, puisqu'il n'était pas coupable.

— Non... non, ce n'est pas grave, fit Monk presque dans un souffle. Je comprends.

— Oh, vous m'ôtez un poids de la conscience. J'avais peur d'avoir commis une erreur.

Monk marmonna quelque chose de poli, une platitude — il ne voulait pas vexer le petit homme — et rebroussa chemin sur le palier. Il descendit l'escalier dans un état second, passa devant Grimwade et sortit dans la rue éclairée par les becs de gaz sans prêter attention aux trombes d'eau qui s'abattaient sur le trottoir.

Il se mit à marcher au jugé, et ce fut seulement quand il se retrouva éclaboussé de boue et qu'une roue de cab le frôla de près qu'il se rendit compte qu'il était dans Doughty Street.

— Et alors! cria le cocher. Regardez où vous allez, chef! Vous voulez vous faire tuer ou quoi?

Monk s'immobilisa.

— Vous êtes libre?

— Oui, chef. Vous allez quelque part? Feriez mieux de monter, tiens, avant d'avoir un accident!

— Oui, répondit Monk sans bouger.

— Ben, venez, s'exclama le cocher, se penchant pour mieux le voir. C'est pas un temps pour traîner dehors. J'ai un collègue qui a été tué un soir comme celui-ci, le pauvre bougre. Le cheval s'est emballé, et le cab s'est retourné. Il s'est cogné la tête contre le trottoir, et paf! Mort sur le coup. Son passager aussi a été amoché, mais paraît qu'il s'en est tiré à la fin. On l'a emmené à l'hôpital. Bon, alors, vous allez passer la nuit là, chef? Montez ou non, mais décidez-vous!

— Votre collègue...

Monk eut l'impression que sa voix était déformée, comme si elle venait de très loin.

— Quand exactement a-t-il été tué, quand cet accident a-t-il eu lieu?

— En juillet, une soirée épouvantable. Un temps de chien. Des grêlons comme des œufs de pigeon. Franchement, où va-t-on... j'vous le demande?

— Quel jour de juillet?

Glacé de l'intérieur, Monk était ridiculement calme.

— Allez, allez, monsieur, fit le cocher d'une voix enjôleuse, comme on parle à un ivrogne ou à un animal rétif. Montez donc vous mettre à l'abri. Ça tombe drôlement... vous allez attraper la mort.

— Quel jour ?

— Le quat', je crois. Pourquoi ? On aura pas d'accident ce soir, j'vous le promets. J'ferai attention comme si vous étiez ma prop'mère. Seulement décidez-vous, monsieur !

— Vous l'avez bien connu ?

— Oui, monsieur, c'était un bon ami à moi. Vous aussi, vous l'avez connu ? Vous habitez par ici, hein ? Il travaillait dans le quartier. Son dernier passager, il l'a pris dans cette rue justement, d'après sa feuille. Je l'avais vu ce soir-là, moi. Alors, vous venez ou non ? J'ai pas toute la nuit devant moi. Si vous sortez vous amuser, faut emmener quelqu'un avec vous. Sinon vous êtes pas en sécurité.

Dans cette rue. Le cocher l'avait pris, lui, Monk, dans cette même rue, à moins de cent mètres de Mecklenburgh Square, le soir de la mort de Joscelin Grey. Qu'était-il venu faire là ? Pourquoi ?

— Ça va pas, monsieur ?

Soudain inquiet, l'homme changea de ton.

— Vous auriez pas bu un verre de trop, dites ?

Il descendit de son siège et ouvrit la portière du cab.

— Non, non, ça va très bien.

Monk monta docilement, pendant que le cocher grommelait dans sa barbe que certains gentlemen, leur famille ne prenait pas assez soin d'eux. Puis il grimpa à son tour et fit claquer les rênes.

Arrivé à Grafton Street, Monk régla la course et se précipita dans la maison.

— Mrs. Worley !

Silence.

— Mrs. Worley ! appela-t-il à nouveau, la voix dure et rauque.

Elle sortit, s'essuyant les mains sur son tablier.

— Oh, mon Dieu, mais vous êtes tout mouillé ! Ce qu'il vous faut, c'est une boisson chaude. Allez vite vous changer : vous êtes trempé comme une soupe. Mais à quoi pensez-vous, voyons !

— Mrs. Worley.

L'intonation de sa voix l'arrêta.

— Que se passe-t-il, Mr. Monk ? Vous avez l'air bien pâle.

— Je...

Les mots venaient lentement, de loin.

— Je ne retrouve pas ma canne, Mrs. Worley. Vous ne l'auriez pas vue ?

— Non, Mr. Monk, et franchement, je ne vois pas pourquoi vous voulez une canne, par un temps pareil. C'est un parapluie qu'il vous faut.

— Vous ne l'avez pas vue ?

Elle était plantée devant lui, opulente et maternelle.

— Pas depuis votre accident, non. Vous parlez de cette canne brun foncé avec une chaîne dorée tout autour que vous aviez achetée la veille ? Drôlement chic, vous étiez... encore que je voie mal à quoi elle pouvait vous servir. J'espère que vous l'avez pas perdue. Si vous l'avez perdue, ça doit être dans l'accident. Car vous l'aviez sur vous ce jour-là, ça, je me le rappelle. Fier comme Artaban, un vrai dandy.

Un rugissement emplit les oreilles de Monk, assourdissant et informe. Aveuglante comme un éclair, une pensée déchira les ténèbres. Il s'était rendu chez Grey le soir du meurtre ; c'était sa canne qu'il avait oubliée dans l'entrée. C'était lui, l'homme aux yeux gris que Grimwade avait vu sortir à dix heures et demie. Il avait dû entrer pendant que Grimwade escortait Bartholomew Stubbs à la porte de Yeats.

Il n'y avait qu'une seule conclusion — monstrueuse et aberrante —, mais c'était la seule qui restait. Dieu sait pourquoi, il avait lui-même assassiné Joscelin Grey.

11

Assis dans le fauteuil de son salon, Monk fixait le plafond. La pluie avait cessé ; l'air était doux et moite, mais il était transi de froid.

Pourquoi ?

Pourquoi ? C'était aussi inconcevablement insensé qu'un cauchemar, et aussi inextricablement, impitoyablement inéluctable.

Il était allé chez Grey ce soir-là et reparti avec une telle hâte qu'il avait oublié sa canne dans le porte-parapluies. Le cocher l'avait pris dans Doughty Street et, quelques kilomètres plus loin, survint l'accident qui lui coûta la vie et priva Monk de mémoire.

Mais pourquoi aurait-il tué Grey ? Comment l'avait-il connu ? Ce n'était pas chez les Latterly : Imogen avait été claire là-dessus. A aucun moment, leurs chemins n'auraient pu se croiser. Si Grey avait été mêlé à une affaire criminelle, Runcorn l'aurait su, et il en aurait retrouvé la mention dans ses propres papiers.

Alors pourquoi ? Pourquoi l'avoir tué ? On ne suivait pas quelqu'un, un parfait inconnu, chez lui pour le frapper à mort à coups de bâton sans raison apparente. A moins d'être fou ?

Était-ce possible qu'il fût... atteint de folie ? Que son cerveau eût été endommagé bien avant l'accident ? Il avait oublié ce qui s'était passé car c'était un autre lui-même qui avait commis ce crime odieux, cet autre dont sa personnalité présente ignorait les actes, comme elle ignorait ses besoins et ses pulsions, voire même jusqu'à son existence ? Et ce sentiment, inexorable, dévorant, passionné... cet effroyable sentiment de haine. Était-ce possible ?

Il devait réfléchir. C'était le seul moyen de comprendre, de revenir à la raison et au monde rationnel, d'analyser les faits point par point... seulement, il n'arrivait pas à y croire. Mais quel homme intelligent et ambitieux accepterait de croire qu'il était fou ? Cette pensée-là aussi méritait réflexion.

Les minutes s'égrenaient, se transformaient en heures qui s'étiraient jusque tard dans la nuit. Au début, il arpenta la pièce, puis, lorsqu'il eut mal aux jambes, il se laissa retomber dans le fauteuil et y demeura immobile, les mains et les pieds engourdis par le froid jusqu'à perdre toute sensibilité, et pourtant, le cauchemar était toujours là, aussi réel et aussi aberrant. Il eut beau se torturer, rassembler les moindres fragments de souvenirs, se redire tout ce qu'il savait depuis les bancs de l'école, Joscelin Grey n'apparaissait nulle part ; il ne voyait même pas son visage. Il n'y avait pas de mobile, pas de lien, aucune trace de colère, de jalousie, de haine, de peur... rien que les preuves. Il était allé là-bas ; il avait dû monter pendant que Grimwade avait laissé son poste pour conduire Bartholomew Stubbs chez Yeats, puis vaquer à quelque autre occupation.

Il était resté chez Joscelin Grey durant trois quarts d'heure. Le voyant sortir, Grimwade l'avait pris pour Stubbs, alors qu'en réalité, Monk avait dû croiser Stubbs dans l'escalier au moment de son arrivée. Grimwade avait bien dit qu'en partant, l'homme lui avait paru plus grand, plus costaud, et qu'il avait notamment été frappé par ses yeux. Monk se rappela les yeux entrevus dans le miroir de sa chambre à son retour de l'hôpital. Ils étaient saisissants, en effet : d'un gris clair et égal, pénétrants, quasi hypnotiques. Mais à l'époque, il y avait cherché le reflet de son âme, une résurgence de sa mémoire... leur couleur lui importait peu. Il n'avait pas fait le rapprochement entre son grave regard de policier et celui de l'inconnu de l'autre soir... pas plus que Grimwade.

Qu'il fût allé chez Grey, c'était incontestable. Mais il ne l'avait pas suivi ; il s'y était rendu plus tard, par ses propres moyens, sachant où le trouver. Il connaissait donc Grey et l'endroit où il habitait. Mais pourquoi ? Pourquoi, au nom du ciel, le haïssait-il au point d'avoir perdu la raison, oublié tout son entraînement, ses principes d'adulte, et de l'avoir frappé à mort, d'avoir continué à frapper alors que même un dément se serait rendu compte qu'il malmenait un cadavre ?

Il avait déjà connu la peur, la peur de la mer lorsqu'il était enfant. Vaguement, il se souvenait de sa force colossale quand l'abîme s'ouvrait pour engloutir hommes, bateaux, jusqu'au rivage lui-même. Il entendait encore ses rugissements comme un écho de son enfance.

Plus tard, il avait dû connaître la peur dans les rues sombres de Londres, dans les taudis des quartiers pauvres ; encore maintenant, le souvenir de la colère et du désespoir, de la faim et de la lutte sans merci pour la survie lui donnait la chair de poule. Mais il était trop fier et trop ambitieux pour l'admettre. Jamais il n'avait reculé devant le danger.

Mais comment affronter les ténèbres, la monstruosité au-dedans de son propre cerveau, de sa propre âme ?

Il s'était découvert bien des traits qui lui déplaisaient : l'insensibilité, l'absence de scrupules, l'ambition implacable. Mais tout cela était supportable, et il pouvait toujours s'amender, se corriger... d'ailleurs, il avait déjà commencé.

Seulement pourquoi aurait-il assassiné Joscelin Grey ? Plus il se débattait avec la réponse, moins elle lui semblait claire. Pourquoi s'était-il impliqué à ce point-là ? Il n'y avait rien dans sa vie, aucune relation personnelle qui pût justifier une telle violence.

La simple hypothèse de la folie ne le satisfaisait pas. Il n'avait pas agressé un inconnu dans la rue, il s'était délibérément rendu chez Grey, or même les fous avaient leurs raisons, aussi tordues fussent-elles.

Il lui fallait trouver la réponse... et la trouver avant Runcorn.

Sauf que ce ne serait pas Runcorn. Ce serait Evan.

Son sang se glaça dans ses veines. C'était cela, le pire : l'instant où Evan apprendrait qu'il avait tué Grey, que c'était lui, l'assassin qui leur avait inspiré à tous deux une telle horreur, une telle répulsion de par sa nature bestiale. Pour Evan, il était et resterait une créature d'une autre espèce, pas tout à fait humaine... alors que pour Monk, le mal était non pas un ennemi extérieur à combattre, mais une partie obscure et retorse de lui-même.

Il était temps de dormir ; la pendule sur la cheminée indiquait quatre heures treize. Mais dès le lendemain, il commencerait une autre enquête. Pour sauver sa raison, il devait découvrir pourquoi il avait tué Joscelin Grey, et le découvrir avant Evan.

Il n'était pas prêt à voir Evan lorsqu'il arriva au bureau le lendemain matin... pas prêt, mais de toute façon, il ne le serait jamais.

— Bonjour, monsieur, fit Evan gaiement.

Monk répondit, mais en tournant la tête afin de lui dissimuler son expression. Il avait beaucoup de mal à mentir, or désormais il serait obligé de mentir tout le temps, tous les jours, dans ses rapports avec tout le monde.

— J'étais en train de réfléchir, monsieur.

Apparemment, Evan n'avait rien remarqué d'inhabituel.

— On devrait examiner tous les autres cas avant d'essayer d'inculper Lord Shelburne. Vous savez, Joscelin Grey aurait très bien pu avoir d'autres aventures. Voyons du côté des Dawlish : ils ont une fille. Il y a aussi la femme de Fortescue, et Charles Latterly pourrait être marié également.

Monk se figea. Il avait oublié qu'Evan avait vu la lettre de Charles sur le bureau de Grey. Et lui qui s'imaginait allégrement qu'Evan ignorait l'existence des Latterly !

La voix d'Evan, douce et affable, le tira de ses pensées. Le jeune homme paraissait soucieux, sans plus.

— Monsieur ?

— Oui, acquiesça Monk précipitamment.

Il devait se reprendre, avoir l'air cohérent.

— Oui, c'est une bonne idée.

Quelle fourberie que d'envoyer Evan fouiller dans les secrets douloureux des autres à la recherche de l'assassin ! Comment réagirait-il, que penserait-il en découvrant que l'assassin, c'était Monk ?

— Si je commençais par Latterly ? disait Evan. On ne sait pas grand-chose de lui.

— Non !

Evan parut déconcerté.

Monk se ressaisit. Lorsqu'il parla, ce fut d'un ton calme, mais il tournait toujours la tête.

— Non, c'est moi qui vais m'occuper des gens d'ici. Vous, je veux que vous retourniez à Shelburne Hall.

Pour gagner du temps, il fallait éloigner Evan de Londres.

— Tâchez d'en savoir plus auprès des domestiques. Liez-vous d'amitié avec les femmes de chambre. Elles sont de service le matin ; il leur arrive d'observer toutes sortes de choses au moment où les gens se méfient le moins. C'est peut-être quelqu'un d'autre, mais Shelburne reste notre suspect numéro un. Quand on a été cocufié par son propre frère, on lui pardonne bien plus difficilement qu'à un étranger : c'est plus qu'un affront, c'est une trahison... et il est toujours là pour vous le rappeler.

— Vous croyez, monsieur ?

Une note de surprise perçait dans la voix d'Evan.

Oh, Seigneur, il ne pouvait tout de même pas savoir, il ne le soupçonnait pas déjà ! Monk se couvrit de sueur froide qui le laissa tout grelottant.

— N'est-ce pas ce que pense Mr. Runcorn ? s'enquit-il, la voix enrouée à force de vouloir feindre la nonchalance.

Quelle solitude que la sienne ! Il se sentait coupé du reste du monde de par son terrible secret.

— Si, monsieur.

Il savait qu'Evan le regardait, perplexe, anxieux même.

— C'est vrai, mais il peut se tromper. Il voudrait bien que vous arrêtiez Lord Shelburne...

Jamais encore il ne l'avait dit tout haut. Jamais il n'avait montré qu'il connaissait les sentiments ou les intentions de Runcorn. Pris au dépourvu, Monk leva les yeux et le regretta aussitôt : le regard d'Evan, inquiet et terriblement direct, croisa le sien.

— Eh bien, il peut toujours attendre... à moins que je n'aie des preuves, fit Monk lentement. Allez donc à Shelburne Hall et voyez ce que vous pouvez trouver. Mais soyez très prudent, écoutez au lieu de parler. Et surtout, pas d'insinuations.

Evan hésita.

Monk ne dit rien. Il n'avait pas envie de discuter.

Finalement, Evan partit, et Monk s'assit sur son propre siège, fermant les yeux pour ne plus voir la pièce. La chose s'annonçait plus dure qu'il ne l'aurait imaginé. Evan avait cru en lui, lui avait donné son amitié. Or si souvent la désillusion tournait à la pitié, puis à la haine...

Et Beth ? Peut-être que là-haut, dans le Northumberland, elle ne saurait jamais. Il suffirait qu'il trouve quelqu'un pour lui écrire et lui dire simplement qu'il était mort. On ne le ferait certainement pas pour lui, mais s'il expliquait, parlait de ses enfants, alors pour elle peut-être... ?

— Vous dormez, Monk ? Ou bien j'ose espérer que vous êtes en train de réfléchir ?

C'était la voix de Runcorn, lourde d'ironie.

Monk rouvrit les yeux. Il n'avait plus de carrière, plus d'avenir. Mais l'un des rares atouts de sa situation, c'était qu'il n'avait plus à craindre Runcorn. Compte tenu du gouffre qui béait sous ses pieds, Runcorn ne pouvait plus rien contre lui.

— Je réfléchissais, répondit-il froidement. Je préfère réfléchir avant d'affronter un témoin plutôt qu'une fois sur place. Pour éviter les silences incongrus ou, pis encore, des propos inconsidérés dans le seul but de combler les blancs.

— Toujours vos gracieusetés, hein ?

Runcorn haussa les sourcils.

— A mon avis, ce n'est pas bien le moment.

Planté devant Monk, il se balançait légèrement sur ses talons, les mains derrière le dos. Soudain, il brandit une pile de journaux quotidiens déployés en éventail.

— Avez-vous lu la presse ce matin ? Il y a eu un meurtre à Stepney, un homme poignardé en pleine rue. Ils disent qu'il est temps que nous fassions notre travail ou que nous passions la main aux instances plus compétentes.

— Pourquoi se figurent-ils qu'il y a un seul individu à Londres capable de poignarder quelqu'un ? demanda Monk avec amertume.

— Parce qu'ils sont en colère et qu'ils ont peur! Ils ont été lâchés par ceux-là mêmes qui étaient censés les protéger. Voilà pourquoi.

Runcorn jeta les journaux sur le bureau.

— Ils se moquent de savoir que vous parlez comme un gentleman et utilisez le bon couteau à table, Mr. Monk, mais ils tiennent beaucoup à ce que vous fassiez bien votre travail et débarrassiez les rues des assassins.

— Vous pensez donc que c'est Lord Shelburne qui a poignardé cet homme à Stepney?

Monk regarda Runcorn droit dans les yeux. C'était un plaisir de détester quelqu'un aussi librement et sans se sentir coupable de lui mentir.

— Bien sûr que non.

Runcorn semblait sur le point d'exploser.

— Mais il serait temps que vous abandonniez vos grands airs et toutes ces urbanités et trouviez le courage d'oublier un instant votre propre carrière pour arrêter Shelburne.

— Vous croyez? Eh bien, pas moi, car je ne suis absolument pas convaincu de sa culpabilité, rétorqua Monk sans ciller. Si vous, vous en êtes sûr, vous n'avez qu'à l'arrêter vous-même!

— Vous me payerez votre insolence! cria Runcorn, se penchant vers lui et serrant les poings avec force. Et je m'arrangerai pour que vous n'arriviez jamais à l'échelon supérieur, tant que je serai en poste. Vous m'entendez?

— Je vous entends très bien.

Monk restait délibérément calme.

— Mais vous n'aviez pas besoin de le préciser, je l'avais compris depuis longtemps... sauf si vous tenez à informer tout le bâtiment? Vous avez une voix qui porte, vous savez. Quant à moi, vous ne m'apprenez rien. Et maintenant...

Se levant, il passa devant Runcorn pour atteindre la porte.

— Si vous n'avez rien d'autre à dire, j'ai encore plusieurs témoins à interroger.

— Je vous donne jusqu'à la fin de la semaine, beugla Runcorn, rouge brique, derrière lui.

Mais Monk descendait déjà chercher son chapeau et son manteau. Le seul avantage de la catastrophe, c'était qu'elle avait balayé tous les désagréments mineurs.

Le temps d'arriver chez les Latterly, lorsque la femme de chambre l'eut fait entrer, il avait déjà opté pour la seule ligne de conduite susceptible de le mener à la vérité. Runcorn lui avait donné une semaine. Et Evan serait de retour bien avant cette échéance. Monk était un homme aux abois.

Il demanda à voir Imogen, seule. La femme de chambre hésita, mais comme c'était le matin, Charles n'était évidemment pas là; et de toute façon, en tant que servante, elle n'avait pas le pouvoir de refuser.

Il arpenta nerveusement la pièce, comptant les secondes, jusqu'au moment où il entendit un pas léger et décidé dans le couloir. La porte s'ouvrit. Il fit volte-face. Ce n'était pas Imogen, mais Hester Latterly.

Au début, il éprouva une immense déception, suivie d'une bouffée de soulagement. Il fallait reporter l'entretien : Hester avait été absente au moment des faits. A moins qu'Imogen ne se fût confiée à elle, elle ne pouvait l'aider. Il serait obligé de revenir. Il voulait la vérité, mais en même temps, la redoutait infiniment.

— Bonjour, Mr. Monk, dit-elle avec curiosité. En quoi peut-on vous être utile, cette fois?

— Vous, malheureusement, ne pouvez m'être d'aucun secours.

Il ne l'aimait pas, mais ce n'était pas une raison pour être désagréable avec elle.

— C'est Mrs. Latterly que j'aimerais voir, puisqu'elle était là au moment de la mort du major Grey. Car vous, vous étiez toujours à l'étranger, si je ne me trompe ?

— En effet. Je regrette, mais Imogen est partie pour la journée et ne rentrera, je le crains, que tard dans la soirée.

Elle fronça imperceptiblement les sourcils. Son regard aigu, pénétrant, gênait Monk. Si Imogen était plus douce et incomparablement moins caustique, Hester possédait une intelligence plus adaptée peut-être à son problème du moment.

— Je vois que quelque chose de grave vous préoccupe, dit-elle sérieusement. Asseyez-vous, je vous prie. Si cela concerne Imogen, je vous serais extrêmement reconnaissante de m'en parler, et je ferai mon possible pour lui éviter de souffrir. Car elle a déjà beaucoup enduré, comme mon frère. Qu'avez-vous découvert, Mr. Monk ?

Il la considéra longuement, scrutant ses grands yeux limpides. C'était une femme d'exception et d'un courage remarquable pour avoir défié les siens et rejoint seule l'une des plus terribles boucheries de l'histoire, et pour avoir risqué sa vie afin de secourir les blessés. Elle ne devait pas avoir beaucoup d'illusions ; cette pensée le réconforta. Il y avait un abîme entre Imogen et lui, un abîme d'horreur, de violence, de souffrance et de haine dont elle n'imaginait même pas l'existence et qui, désormais, collait à Monk comme une ombre, voire comme une seconde peau. Hester, elle, avait vu des hommes dans des situations extrêmes, quand la peur met l'âme à nu et que les langues se délient parce qu'il n'y a plus d'apparences à sauver.

Tout compte fait, ce serait peut-être mieux de lui expliquer.

— J'ai un très gros problème, Miss Latterly, commença-t-il.

C'était plus facile qu'il ne l'aurait cru.

— Je ne vous ai pas dit, ni à vous ni à personne d'autre, toute la vérité au sujet de mon enquête sur la mort du major Grey.

Elle l'écoutait sans interrompre ; étonnamment, elle savait se taire quand il le fallait.

— Je n'ai pas menti, poursuivit-il. Mais j'ai omis l'un des éléments essentiels.

Elle était toute pâle.

— Concernant Imogen ?

— Non ! Non. Tout ce que je sais, je le tiens d'elle... qu'elle connaissait et appréciait Joscelin Grey et qu'il venait les voir en souvenir de son amitié avec votre frère George. Non, cette omission me concerne personnellement.

Il surprit une lueur d'inquiétude dans son regard, mais ne sut pas l'expliquer. Était-ce un réflexe professionnel d'infirmière ou bien avait-elle peur pour Imogen, sachant quelque chose que Monk ignorait ? Mais une fois de plus, elle le laissa parler.

— L'accident que j'ai eu avant de commencer à enquêter sur l'affaire Joscelin Grey s'est doublé d'une grave complication que je n'ai pas mentionnée.

Soudain, il pensa, atterré, qu'elle allait le soupçonner de vouloir se faire plaindre et il sentit son visage s'enflammer.

— J'ai perdu la mémoire, s'empressa-t-il d'ajouter pour dissiper cette impression. Complètement. Quand j'ai repris connaissance à l'hôpital, j'ignorais jusqu'à mon propre nom.

Comme il était loin, ce cauchemar aujourd'hui si minime !

— Quand je me suis suffisamment rétabli pour rentrer chez moi, je me suis retrouvé dans un lieu parfaitement inconnu. Je ne reconnaissais personne ; je ne savais même pas l'âge que j'avais ni à quoi je ressemblais. Quand je me suis vu dans la glace, même là, je ne me suis pas reconnu.

Le visage de Hester exprimait une compassion pure et sincère, sans distanciation ni condescendance. Il ne s'attendait pas à en être aussi ému.

— Je suis profondément navrée, dit-elle tout bas. Maintenant je comprends pourquoi certaines de vos questions semblaient aussi bizarres. Vous avez dû tout réapprendre depuis le début.

— Miss Latterly, je crois que votre belle-sœur est déjà venue me voir pour me demander ou me confier quelque chose — en rapport peut-être avec Joscelin Grey —, mais je ne me rappelle pas quoi. Si elle pouvait me répéter tout ce qu'elle sait de moi, tout ce que j'aurais pu lui dire...

— Et en quoi cela vous aiderait-il dans votre enquête ?

Elle regarda ses mains jointes sur ses genoux.

— D'après vous, Imogen serait mêlée à l'affaire ?

Elle se redressa brusquement, l'air angoissé.

— Vous pensez que Charles aurait pu tuer Joscelin Grey, Mr. Monk ?

— Non... non, je suis persuadé que ce n'est pas lui.

Il était obligé de mentir ; la vérité était inavouable, mais il avait besoin de son aide.

— J'ai retrouvé des vieilles notes à moi, prises avant l'accident, se référant à quelque information importante que je détenais alors, mais que j'ai oubliée. S'il vous plaît, Miss Latterly... demandez-lui de m'aider.

Elle avait pâli légèrement, comme si elle aussi redoutait le dénouement.

— Bien sûr, Mr. Monk. Quand elle rentrera, je lui expliquerai la situation, et si j'ai du nouveau pour vous, j'irai vous trouver. Où pourrait-on se rencontrer pour parler tranquillement ?

Il ne s'était pas trompé : elle avait peur. Elle ne voulait pas que sa famille fût au courant... surtout pas Charles. Il lui sourit avec un humour désabusé dont il perçut le reflet dans ses yeux. Une conspiration absurde les liait ; elle pour protéger les siens dans la mesure du possible, lui pour découvrir la vérité sur lui-même avant qu'Evan ou Runcorn ne se dressent en travers de son chemin. Il devait savoir *pourquoi* il avait tué Joscelin Grey.

— Envoyez-moi un message, et je vous retrouverai dans Hyde Park, au bord du Serpentine, côté Piccadilly. Personne ne prêtera attention à un homme et une femme qui se promènent ensemble.

— Entendu, Mr. Monk. Je ferai ce que je peux.

— Je vous remercie.

Il se leva et prit congé, et elle suivit des yeux sa haute silhouette, reconnaissable entre toutes, tandis qu'il descendait les marches et s'éloignait dans la rue. Il avait une démarche très particulière, aisée comme celle d'un soldat entraîné à la discipline des longues marches, mais qui n'avait cependant rien de martial.

Lorsqu'il eut disparu de vue, elle se rassit, transie, malheureuse, tout en sachant qu'elle ferait exactement ce qu'il lui demandait. Mieux valait apprendre la vérité tout de suite, plutôt que de la découvrir peu à peu par la force des choses.

Elle se fit servir le dîner dans sa chambre où elle passa une soirée solitaire et misérable. Tant qu'elle n'avait pas entendu Imogen, elle n'avait pas le courage de supporter un long tête-à-tête avec Charles, comme à table par exemple. Car elle avait toutes les chances de se trahir et de leur faire du mal à tous les deux. Enfant, elle s'était crue merveilleusement subtile, capable de toutes sortes de subterfuges. A l'âge de vingt ans, elle l'avait mentionné très sérieusement au cours d'un dîner familial. C'était la seule fois où elle se souvenait d'un accès de fou rire général. George avait éclaté le premier, incapable de retenir son hilarité. L'idée même était très drôle. Car Hester était la dernière personne au monde à savoir cacher ses émotions. Sa joie balayait la maison comme un tourbillon ; sa tristesse la plongeait dans la grisaille.

Il serait pénible et inutile de vouloir tromper Charles maintenant.

Ce fut seulement le lendemain après-midi qu'elle eut enfin l'occasion de parler à Imogen en privé. Absente toute la matinée, Imogen rentra en coup de vent, dans un tournoiement de jupes, déposa un panier de linge sur le banc au pied de l'escalier et ôta son chapeau.

— Franchement, je me demande parfois à quoi elle pense, la femme du pasteur ! s'exclama-t-elle avec rage. Elle s'imagine qu'on peut guérir tous les maux de la terre par un beau sermon sur la bonne conduite, une chemise propre et un pot de bouillon maison. Et Miss Wentworth est totalement incapable d'aider une jeune mère avec une ribambelle d'enfants et pas de bonne.

— Mrs. Addison ? devina Hester.

— La pauvre femme ne sait plus où donner de la tête ! Sept enfants... elle est maigre comme un clou et complètement épuisée. A mon avis, elle doit manger moins qu'un oiseau, avec toutes ces petites bouches affamées qui en redemandent en permanence. Et Miss Wentworth qui a ses vapeurs toutes les cinq minutes ! J'ai passé la moitié de mon temps à la ramasser par terre.

— Moi aussi, j'aurais des vapeurs si je portais un corset aussi serré, observa Hester, goguenarde. Sa femme de chambre doit le lacer avec un pied sur le montant du lit. Pauvre petite. Évidemment, sa mère cherche à la marier avec Sydney Abernathy : il a plein d'argent et un faible pour les créatures évanescentes... ainsi, il a l'impression de dominer.

— Il faut que je lui trouve un sermon adapté sur la vanité.

Sans se préoccuper du panier, Imogen alla au salon et se jeta dans un grand fauteuil.

— Je suis fatiguée et j'ai chaud. Demande à Martha de nous apporter de la citronnade. Tu peux atteindre la sonnette ?

Question oiseuse puisque Hester était encore debout. Distraitement, elle tira sur le cordon.

— Ce n'est pas de la vanité, dit-elle, parlant de Miss Wentworth. C'est un problème de survie. Que va-t-elle devenir si elle ne se marie pas ? Sa mère et ses sœurs lui ont mis en tête que la seule alternative, c'est la honte, la pauvreté et une vieillesse pitoyable et solitaire.

— A ce propos, fit Imogen, se débarrassant de ses bottines. As-tu eu des nouvelles de l'hôpital de Lady Callandra ? Celui que tu veux administrer ?

— Je ne vise pas aussi haut ; j'aimerais seulement un poste d'assistante, rectifia Hester.

— Sottises !

Imogen étira ses pieds avec volupté et s'enfonça un peu plus dans le fauteuil.

— Tu ne demandes qu'à mener tout le personnel à la baguette.

La bonne entra et s'arrêta respectueusement.

— De la citronnade, Martha, s'il vous plaît, ordonna Imogen. Je meurs de chaleur. Quel climat ridicule ! Un jour, c'est le déluge, et le lendemain, on suffoque...

— Bien, madame. Madame désire des sandwiches au concombre avec ?

— Oh oui. Volontiers... merci.

La bonne disparut dans un bruissement de jupons. En attendant son retour, Hester parla de la pluie et du beau temps. Elle n'avait jamais manqué de sujets de conversation avec Imogen ; elles étaient proches comme deux sœurs, plutôt que comme deux parentes par alliance au mode de vie diamétralement opposé. Quand Martha eut apporté les sandwiches et la citronnade, elle aborda enfin le problème qui la préoccupait.

— Imogen, ce policier, Monk, est revenu hier...

Imogen, qui s'apprêtait à prendre un sandwich, suspendit son geste. L'air curieux et vaguement amusé, elle ne semblait guère émue. Mais à l'inverse d'Hester, elle savait très bien cacher ses sentiments.

— Monk? Que voulait-il cette fois?

— Qu'est-ce qui te fait sourire?

— Toi, ma chère. Il t'agace énormément, mais au fond, je crois que tu l'aimes bien. Vous n'êtes pas très différents dans un sens; vous supportez aussi mal la bêtise et l'injustice et vous n'hésitez pas à bousculer les gens.

— Je n'ai rien à voir avec lui, rétorqua Hester impatiemment. Et ceci n'est pas une plaisanterie.

Une chaleur irritante lui monta au visage. Par moments, elle aurait voulu maîtriser davantage ces artifices féminins qui pour Imogen semblaient tenir d'une seconde nature. Les hommes ne se précipitaient pas pour la protéger comme ils le faisaient avec Imogen; ils partaient du principe qu'elle était parfaitement capable de s'occuper d'elle-même, compliment dont elle commençait à se lasser.

Imogen mangea son minuscule sandwich.

— Alors tu vas me dire, oui ou non, pourquoi il est venu?

— Tout à fait.

Hester prit un sandwich à son tour et mordit dedans : il était fin comme du papier, et le concombre était frais et croquant.

— Voilà quelques semaines, il a eu un grave accident, à peu près au moment de la mort de Joscelin Grey.

— Oh... je suis désolée. Il est souffrant? A le voir, on le croirait complètement rétabli.

— Il a récupéré physiquement, oui.

Devant la soudaine gravité, la mine inquiète d'Imogen, Hester se radoucit.

— Mais il a reçu un coup violent sur la tête et ne se souvient de rien avant son réveil à l'hôpital.

— Rien? fit Imogen, stupéfaite. Tu veux dire qu'il ne se souvient pas de moi... enfin, de nous?

— Il ne se souvient pas de lui-même, répondit Hester lugubrement. Il ne savait ni son nom ni son métier. Il n'a pas reconnu son propre visage quand il l'a vu dans la glace.

— Comme c'est extraordinaire... et terrible! Moi-même, je ne me plais pas toujours, mais se perdre ainsi, totalement... J'imagine mal qu'on puisse se trouver coupé de son passé, de tout ce qu'on a vécu, aimé ou détesté.

— Pourquoi es-tu allée le voir, Imogen?

— Quoi? Je veux dire... je te demande pardon?

— Tu m'as très bien entendue. Quand nous avons vu Monk pour la première fois à St Marylebone, tu es allée lui parler. Tu le connaissais. J'ai pensé sur le moment qu'il te connaissait aussi, mais c'était faux. Il ne connaissait plus personne.

Baissant les yeux, Imogen choisit soigneusement un autre sandwich.

— Charles n'est pas au courant, je présume?

— C'est une menace? s'enquit Imogen en la regardant franchement.

— Pas du tout! riposta Hester, furieuse contre elle-même d'avoir été aussi maladroite, et contre Imogen qui pouvait penser une chose pareille. J'ignorais que j'avais des raisons de te menacer. Je voulais juste dire que, sauf impossibilité absolue, je n'allais pas lui en parler. C'était à propos de Joscelin Grey?

Imogen s'étrangla avec son sandwich et dut se redresser brusquement pour ne pas étouffer.

— Non, fit-elle quand elle eut repris son souffle. Non, absolument pas. Avec le recul, cela peut paraître idiot, mais sur le moment, j'ai vraiment espéré...
— Espéré quoi ? Pour l'amour du ciel, explique-toi !
Lentement, aidée, houspillée et réconfortée par Hester, Imogen relata par le menu ce qu'elle avait dit à Monk et pourquoi.

Quatre heures plus tard, dans la lueur dorée du soleil couchant, Hester se tenait au bord du lac, regardant les reflets de lumière sur l'eau. Un petit garçon en sarrau bleu passa, portant un bateau sous le bras, en compagnie de sa nurse. Vêtue d'une simple robe de coton, une coiffe en dentelle sur la tête, elle marchait droit comme à la parade. Un musicien de la fanfare la suivit d'un regard admiratif.

Derrière les arbres, deux élégantes remontaient à cheval Rotten Row : leurs montures luisaient ; les harnais tintinnabulaient et les sabots foulaient la terre avec un bruit mat. Les équipages qui brinquebalaient le long de Knightsbridge en direction de Piccadilly, tels des jouets au loin, semblaient appartenir à un autre monde.

Elle entendit le pas de Monk avant de le voir et se retourna alors qu'il arrivait à sa hauteur. Il s'arrêta à un mètre ; leurs yeux se rencontrèrent. Ils n'avaient pas de temps à perdre en politesses. Extérieurement, il paraissait calme — il la regardait posément, sans ciller —, mais elle savait la profondeur du gouffre qui s'ouvrait devant lui.

Elle parla la première.

— Imogen est venue vous voir après la mort de mon père dans l'espoir, précaire, que vous démentiriez la thèse du suicide. La famille était sous le choc. D'abord George, tué à la guerre, puis papa dans ce que la police a eu la bonté de considérer comme un accident, mais qui avait toutes les apparences d'un suicide. Il avait perdu beaucoup d'argent. Imogen s'efforçait de sauver les meubles... par amour pour Charles, et pour ma mère.

Elle s'interrompit un instant, luttant pour recouvrer son calme : la douleur était encore trop vive.

Monk ne bougeait pas, ne disait rien, ce dont elle lui sut gré. Il comprenait manifestement qu'il fallait la laisser parler, si elle voulait arriver au bout de son récit.

Elle reprit lentement sa respiration et poursuivit.

— Pour maman, c'était trop tard. Tout son univers s'était écroulé. La mort de son plus jeune fils, la débâcle financière, le suicide de son mari... elle l'avait perdu, et dans des conditions ignominieuses, qui plus est. Elle est morte dix jours après... elle était brisée, tout simplement...

A nouveau, elle fut obligée de s'arrêter quelques minutes. Sans mot dire, Monk lui prit la main et l'étreignit fermement, avec force. La pression de ses doigts lui fut comme une bouée de sauvetage.

A distance, un chien traversa la pelouse. Un petit garçon courait derrière un cerceau.

— Elle est venue vous voir à l'insu de Charles... il s'y serait opposé. Voilà pourquoi elle ne vous en a pas reparlé ; évidemment, elle ne pouvait savoir que vous aviez oublié. Elle dit que vous l'avez interrogée sur tout ce qui s'était passé avant la mort de papa, et les fois suivantes, vous lui avez posé des questions sur Joscelin Grey. Je vais vous répéter ce qu'elle m'a raconté...

Un couple en tenue de cheval, tiré à quatre épingles, les dépassa au petit galop. Monk lui tenait toujours la main.

— Ma famille a rencontré Joscelin Grey en mars. Jusque-là, ils n'avaient jamais entendu parler de lui, et il est venu les voir tout à fait à l'improviste. C'était un soir. Vous ne l'avez pas connu, mais il avait beaucoup de charme... même moi, je m'en souviens depuis son bref séjour à l'hôpital de Scutari. Il se mettait en quatre pour les autres blessés et, souvent, écrivait des lettres à leur place, quand ils étaient trop mal pour le faire eux-mêmes. Il était souriant, rieur même et plaisantait tout le temps. C'était extraordinaire pour le moral. Bien sûr, sa blessure n'était pas très grave, et il n'avait pas non plus la dysenterie ou le choléra.

Ils se mirent à marcher doucement, côte à côte, pour ne pas se faire remarquer.

Elle repensait à cette époque-là, à l'odeur, à la proximité de la souffrance, à la fatigue permanente, à la pitié. Elle se représenta Joscelin Grey tel qu'elle l'avait vu pour la dernière fois, clopinant dans l'escalier, accompagné d'un caporal, pour gagner le bateau qui allait le rapatrier en Angleterre.

— Il était un peu plus grand que la moyenne, fit-elle tout haut, blond et mince. A mon avis, il boitait toujours... il aurait sûrement boité toute sa vie. Il s'est présenté, leur a dit qu'il était le frère cadet de Lord Shelburne et, naturellement, qu'il avait servi en Crimée avant d'être démobilisé. Il a raconté sa propre histoire, l'hôpital à Scutari, et expliqué que sa blessure l'avait empêché de venir les voir plus tôt.

Se tournant vers Monk, elle lut une interrogation muette dans son regard.

— Il a dit avoir connu George... avant la bataille de l'Alma où George a été tué. Évidemment, toute la famille l'a reçu à bras ouverts. Maman était encore profondément affectée. On a beau savoir qu'un jeune homme qui part à la guerre a des chances de se faire tuer, on n'est en rien prêt à assumer le choc quand ça vous arrive réellement. Papa pleurait son fils, m'a dit Imogen, mais maman avait subi une perte plus grande encore. George était le plus jeune ; elle avait toujours eu un faible pour lui. C'est...

Elle cherchait à capter ses souvenirs d'enfance comme un rayon de soleil dans un jardin clos.

— C'est lui qui ressemblait le plus à papa : il avait le même sourire, la même chevelure, bien qu'il ait été brun comme maman. Il adorait les animaux. C'était un excellent cavalier. C'est donc normal, je suppose, qu'il se soit engagé dans la cavalerie.

« La première fois, ils n'ont pas trop parlé de George à Grey. Ç'aurait été discourtois, comme s'ils n'avaient aucun égard pour sa propre personne. Ils l'ont invité à revenir aussi souvent qu'il le voudrait et que son emploi du temps le lui permettrait...

— C'est ce qu'il a fait ?

Monk ouvrait la bouche pour la première fois. Il avait parlé tout bas, juste pour poser cette simple question, l'air tendu et le regard sombre.

— Oui, plusieurs fois et, au bout d'un moment, papa a jugé convenable de le questionner sur George. Ils avaient reçu des lettres, certes, mais George s'était abstenu d'entrer dans le détail.

Elle sourit avec amertume.

— Tout comme moi d'ailleurs. Je me demande maintenant si nous n'avons pas eu tort. Au moins, j'aurais dû en parler à Charles. Nous vivons dans deux mondes différents à présent, et c'est trop tard : je ne ferais que le perturber inutilement.

Elle regarda derrière Monk un couple qui se promenait dans l'allée bras dessus bras dessous.

— Mais peu importe. Joscelin Grey est revenu ; il est resté dîner, et c'est là qu'il a commencé à évoquer la Crimée. D'après Imogen, il a fait preuve de beaucoup de tact ; il surveillait son langage et, même si maman était bouleversée de découvrir la sordide réalité, il a toujours su respecter la frontière entre la tristesse et l'admiration, et l'horreur pure et simple. Il parlait de batailles, mais sans mentionner les maladies ou la faim. Et il disait tant de bien de George qu'ils en étaient tout fiers.

« Bien sûr, ils l'ont aussi interrogé sur ses propres exploits. Il avait vu la charge de la brigade légère à Balaklava. Il louait le courage extraordinaire des soldats ; jamais on n'avait vu une telle bravoure, un tel sens du devoir. Mais le carnage, disait-il, avait été effroyable parce qu'inutile. Ils avançaient droit sur les canons.

Elle frissonna au souvenir des charretées de morts et de blessés, du labeur nocturne, du désarroi, de tout ce sang. Joscelin Grey avait-il éprouvé aussi violemment ce même sentiment de colère et de pitié ?

— Ils n'avaient aucune chance d'en réchapper, fit-elle si doucement que sa voix se confondit avec le murmure du vent. Cela le rendait furieux. Il a dit des choses terribles, paraît-il, sur Lord Cardigan. C'est à ce moment-là, je crois, qu'il m'aurait été le plus sympathique.

Aussi pénible que lui fût cet aveu, Monk lui-même sympathisait avec Grey. Il avait entendu parler de cette charge suicidaire et, passé le premier frisson d'exaltation, il lui en était resté une rage indescriptible devant l'incompétence monumentale et le gâchis, la fatuité, les jalousies imbéciles qui avaient coûté si cher en vies humaines.

Pour quelle raison, au nom du ciel, avait-il pu haïr Joscelin Grey ?

Elle continuait à parler sans qu'il l'écoute. Tous ces morts, cette souffrance paraissaient l'affecter personnellement. Il eut envie de la toucher, de lui dire simplement, sans paroles, qu'il ressentait la même chose.

Quelle ne serait pas son horreur si elle savait que c'était lui, l'individu qui avait frappé à mort Joscelin Grey dans cet appartement sinistre !

— ... mieux ils le connaissaient, disait-elle, plus ils l'appréciaient. Maman attendait ses visites avec impatience ; elle s'y préparait plusieurs jours à l'avance. Dieu merci, elle n'a jamais su ce qui lui est arrivé.

— Poursuivez, fit-il. Ou est-ce tout à son propos ?

— Oh non, répondit-elle en secouant la tête. C'est loin d'être fini. Comme je viens de le dire, tout le monde l'aimait bien, Charles et Imogen y compris. Imogen pouvait l'écouter des heures parler du courage des soldats et de l'hôpital à Scutari, en partie à cause de moi, je pense.

Il songea à cet hôpital militaire... à Florence Nightingale et ses compagnes. Épuisées par le labeur, stigmatisées par la société. La grande majorité des postes étaient occupés par des infirmiers ; les quelques femmes, parmi les plus rudes et les plus costaudes, étaient tout juste bonnes à nettoyer et à sortir les immondices.

Elle s'était remise à parler.

— C'est un mois environ après leur rencontre qu'il a mentionné la montre pour la première fois...

— La montre ?

Il ne savait rien au sujet d'une montre, sinon qu'ils n'en avaient pas trouvé sur le cadavre. Le constable Harrison en avait découvert une dans un mont-de-piété... mais ce n'était pas la bonne.

— Elle était à Joscelin Grey. Une montre en or d'une valeur inestimable : elle lui avait été offerte par son grand-père qui avait combattu avec le duc de Wellington à Waterloo. Elle était cabossée à l'endroit où la balle d'un mousqueton français l'avait touchée, balle qu'elle avait déviée, sauvant ainsi la vie de son grand-père. Le vieil homme la lui avait donnée quand il avait exprimé à son tour le souhait de devenir soldat. C'était comme une sorte de talisman. Joscelin disait qu'il avait senti le pauvre George anxieux la veille de la bataille de l'Alma, une prémonition peut-être, et il lui avait prêté cette montre. Le lendemain, George a été tué ; il n'a donc pas pu la lui rendre. Joscelin n'a pas insisté ; il a dit simplement que si on la leur retournait avec les effets de George, il serait content de la récupérer. Il l'a décrite très minutieusement, jusqu'à l'inscription à l'intérieur.

— Et il l'a récupérée ?

— Non. Ils ne l'avaient pas. Ils ignoraient ce qu'elle était devenue ; elle ne se trouvait pas parmi les affaires personnelles de George que l'armée leur avait renvoyées. Je peux supposer seulement qu'elle a été volée. C'est le crime le plus abject, mais ça arrive. Ils étaient tous terriblement désolés, surtout papa.

— Et Joscelin Grey ?

— Ça l'a peiné, bien sûr, mais d'après Imogen, il a fait de son mieux pour le cacher. Du reste, il n'en a pratiquement plus reparlé.

— Et votre père ?

Elle fixait sans les voir les feuilles qui volaient au vent.

— Il ne pouvait lui rendre cette montre, ni la remplacer, puisque sa valeur sentimentale était bien supérieure à sa valeur en argent. Aussi quand Joscelin Grey a voulu investir dans une affaire, papa s'est cru moralement obligé d'y participer. D'ailleurs, sur le moment, Charles et lui ont trouvé le projet excellent.

— C'était l'entreprise qui a ruiné votre père ?

Hester se rembrunit.

— Oui. Il a perdu une somme considérable, mais pas tout. S'il a mis fin à ses jours — et c'est un fait qu'Imogen accepte maintenant —, c'est parce qu'il avait recommandé l'investissement à ses amis, dont certains ont perdu beaucoup plus. C'était ça, le pire. Bien sûr Joscelin Grey a souffert aussi. Le coup a été terrible pour lui.

— Et leur amitié a cessé à partir de ce moment-là ?

— Pas tout de suite. C'était la semaine d'après quand papa s'est tué. Joscelin Grey a envoyé une lettre de condoléances, et Charles lui a répondu pour le remercier et lui dire que dans ces circonstances, il était préférable de ne pas poursuivre leur relation.

— Oui, j'ai vu cette lettre. Grey l'avait gardée... je ne sais pas pourquoi.

— Maman est morte quelques jours plus tard, continua-t-elle tout bas. Elle s'est simplement effondrée et ne s'est plus relevée. Certes, l'heure n'était pas aux mondanités ; ils étaient tous en deuil.

Elle hésita avant d'ajouter :

— Et nous le sommes toujours.

— C'est donc après la mort de votre père qu'Imogen est venue me voir ?

— Oui, mais pas tout de suite. Elle est venue le lendemain de l'enterrement de maman. Je ne vois vraiment pas ce que vous auriez pu faire, mais elle était trop malheureuse pour réfléchir, et comment lui en vouloir ? Elle trouvait la vérité trop pénible à accepter.

Ils firent demi-tour et repartirent dans l'autre sens.

— Elle s'est présentée au poste de police ?

— Oui.

— Et m'a expliqué tout ce que vous venez de me dire là ?

— Oui. Vous l'avez interrogée en détail sur la mort de papa : comment c'est arrivé, à quel moment, qui était dans la maison et ainsi de suite.

— Et je l'ai noté ?

— Oui. Vous avez dit que ce pouvait être un meurtre ou un accident, mais vous en doutiez. Vous avez promis d'ouvrir une enquête.

— Savez-vous ce que j'ai fait ?

— J'ai posé la question à Imogen, mais elle n'en sait rien, sinon que vous n'avez pas trouvé de preuves pour réfuter la thèse du suicide. Vous avez dit que vous continueriez à chercher et que si vous aviez du nouveau, vous la tiendriez au courant. Mais vous ne l'avez pas fait, du moins pas avant qu'on vous ait revu à l'église, deux mois plus tard.

363

Il était déçu, et il commençait à avoir peur. Il n'y avait toujours aucun lien direct entre Joscelin Grey et lui, aucun mobile de meurtre. Il fit une dernière tentative.

— Et elle ne sait pas dans quelle direction j'ai enquêté ? Je ne lui ai rien dit ?

— Non. Mais j'imagine, d'après les questions que vous lui avez posées sur papa et les affaires, que vous avez dû chercher de ce côté-là.

— Ai-je rencontré Joscelin Grey ?

— Non. Vous avez rencontré un certain Mr. Marner, l'un des principaux actionnaires. Vous avez parlé de lui. Mais à sa connaissance, vous n'avez jamais vu Joscelin Grey. D'ailleurs, lors de votre dernière entrevue, vous avez été clair là-dessus. Grey était victime de la même mésaventure ; pour vous, le responsable, volontairement ou non, c'était Mr. Marner.

Au moins, il tenait là un début de piste.

— Savez-vous où je peux trouver Mr. Marner aujourd'hui ?

— Hélas, non. J'ai demandé à Imogen, mais elle n'avait pas la moindre idée.

— Connaît-elle son prénom ?

Hester secoua la tête.

— Non. Vous l'avez cité très brièvement. Désolée, j'aurais voulu pouvoir vous aider.

— Mais vous m'avez aidé. Je sais maintenant ce que je faisais avant l'accident. C'est déjà un commencement.

C'était un mensonge, mais il n'avait pas le choix.

— Croyez-vous que Joscelin Grey a été tué à cause de cette histoire ? Peut-être s'était-il renseigné sur ce Mr. Marner ?

Son visage s'était assombri, mais elle ne cherchait pas à se dérober.

— Aurait-il découvert qu'il s'agissait d'une escroquerie ?

Une fois de plus, il ne put que mentir.

— Je ne sais pas. Je vais tout recommencer à zéro. Connaissez-vous la nature de cette entreprise ou au moins les noms des amis de votre père qui l'ont financée? Ils pourraient me fournir les détails.

Elle lui donna plusieurs noms qu'il nota, avec les adresses. Il la remercia, un peu gauchement; il voulait lui exprimer, sans avoir à le dire pour ne pas les embarrasser tous deux, sa reconnaissance... pour sa sincérité, sa compréhension libre de toute pitié, pour cette trêve momentanée dans les disputes et le jeu relationnel.

Il hésita, cherchant ses mots. D'un geste léger, elle posa la main sur sa manche; leurs yeux se rencontrèrent. L'espace d'un fol instant, il se prit à rêver d'amitié, d'une intimité plus grande que dans une relation amoureuse, plus saine et plus honnête. Mais cela ne dura guère. Entre lui et le reste du monde, il y avait le cadavre mutilé de Joscelin Grey.

— Merci, dit-il calmement. Votre aide m'a été précieuse. Merci pour votre temps et votre franchise.

Il sourit et la regarda droit dans les yeux.

— Bonne soirée, Miss Latterly.

12

Le nom de Marner ne disait rien à Monk, et même le lendemain, après s'être rendu aux trois adresses de Hester, il n'apprit que l'activité de l'entreprise : l'importation. Personne, semblait-il, n'avait eu affaire à l'insaisissable Mr. Marner. Toutes les questions et informations venaient de Latterly, par l'intermédiaire de Joscelin Grey. L'opération consistait à importer du tabac des États-Unis d'Amérique et à le revendre avec beaucoup de profit, en accord avec une certaine maison turque. On n'en savait pas plus, excepté bien sûr le nombre de plusieurs chiffres représentant le capital nécessaire au lancement du projet et les bénéfices juteux qui attendaient les actionnaires.

L'après-midi était déjà bien avancé lorsque Monk quitta la dernière maison, mais il n'avait guère le temps de musarder. Il s'acheta un sandwich dans la rue et retourna au poste de police, demander l'aide d'un collègue chargé, avait-il appris, de la répression des fraudes. Peut-être connaissait-il le nom des négociants en tabac ; peut-être retrouverait-il la maison turque en question.

— Marner ? répéta l'homme, affable, se passant les doigts dans ses cheveux clairsemés. Non, je ne vois pas. Vous n'avez pas son prénom, dites-vous ?

— Non, mais il a fondé une compagnie pour importer du tabac d'Amérique, le mélanger avec le turc et le revendre à profit.

L'homme grimaça.

— Quelle horreur... je déteste le turc, mais de toute façon, je préfère le tabac à priser. Marner ?

Il hocha la tête.

— Ce ne serait pas le vieux Zebedee Marner, par hasard ? Vous avez dû vérifier, je suppose, ou vous ne m'auriez pas posé la question. Quel vieux renard, celui-là ! Mais je ne l'ai jamais vu s'intéresser à l'importation.

— Et que fait-il ?

Surpris, l'homme haussa les sourcils.

— Vous perdez la main, Monk ? Que vous arrive-t-il ?

Ses yeux s'étrécirent.

— Vous connaissez sûrement Zebedee Marner. Je n'ai jamais réussi à le coincer, mais chacun sait que la moitié des monts-de-piété, ateliers de confection et maisons closes de Limehouse lui appartiennent, jusqu'à l'île aux Chiens. A mon avis, il doit prélever sa part sur la prostitution enfantine et l'opium aussi, bien qu'il soit trop malin pour y toucher personnellement.

Il soupira, dégoûté.

— Évidemment, tout le monde ne peut pas en dire autant.

Monk osait à peine espérer. Si c'était le même Marner, il y avait là de quoi chercher un mobile. Cette piste-là le ramenait au milieu de la pègre, à la cupidité, à l'escroquerie et au vice. Dans ce contexte, Joscelin Grey aurait eu des raisons de tuer... mais pourquoi était-ce lui, la victime ?

Y aurait-il là-dedans de quoi enfin épingler Zebedee Marner ? Grey était-il en collusion avec Marner ? Pourtant, il avait perdu de l'argent... du moins, selon la version officielle.

— Où puis-je trouver Marner? demanda-t-il d'un ton pressant. J'ai besoin de lui, et je dois faire vite.

Il n'avait pas le temps de rechercher les adresses lui-même. Tant pis si son interlocuteur le jugeait bizarre ou incompétent. Bientôt, tout cela n'aurait plus aucune importance.

L'homme se redressa, regardant Monk avec un intérêt soudain.

— Vous auriez des tuyaux que je n'ai pas, Monk? Ça fait des années que j'essaie d'attraper cet enfant de salaud : chaque fois, il me file entre les doigts. Vous me tiendrez au courant, hein?

Son visage s'était animé; ses yeux brillaient comme s'il venait d'entrevoir une fugitive image de bonheur.

— Je ne cherche pas les honneurs; je ne dirai rien. Je veux seulement voir sa tête quand on viendra le cueillir.

Monk comprenait et regrettait de ne pas pouvoir l'aider.

— Je n'ai rien contre Marner, répondit-il. Je ne sais même pas si l'affaire sur laquelle j'enquête est une escroquerie ou non. J'essaie juste d'élucider les causes d'un suicide.

— Pour quoi faire?

Perplexe, son collègue ne cachait pas sa curiosité.

— Qu'avez-vous à vous intéresser à un suicide? s'enquit-il, penchant légèrement la tête d'un côté. Je vous croyais sur l'affaire Grey. Ne me dites pas que Runcorn vous l'a retirée... il n'y a pas eu d'arrestation!

Ainsi, même cet homme connaissait les sentiments de Runcorn à son égard. N'était-ce donc un secret pour personne? Évidemment, Runcorn avait compris qu'il avait perdu la mémoire! Comme il avait dû rire de la confusion de Monk, de ses tâtonnements!

— Non, répliqua-t-il avec une moue désabusée. Tout cela en fait partie. Grey a participé à l'opération.

— D'importation ?

La voix de l'homme monta d'une octave.

— Quoi, on l'aurait tué pour une cargaison de tabac ?

— De tabac, non, mais il y avait de grosses sommes en jeu, et apparemment, la compagnie a fait faillite.

— Ah bon ? C'est un nouveau départ pour Marner...

— Si c'est bien le même, fit Monk prudemment. Je n'en suis pas sûr. Tout ce que je sais, c'est son nom. Où le trouverai-je ?

— 13, Gun Lane, dans Limehouse.

Il hésita.

— Si vous tombez sur quelque chose, Monk, vous me le direz, hein, du moment qu'il ne s'agit pas du meurtre lui-même ? C'est ça que vous cherchez ?

— Non, non, j'ai juste besoin d'informations. Si je découvre les preuves d'une escroquerie, je vous les rapporterai.

Il sourit faiblement.

— Vous avez ma parole.

Le visage de l'homme s'épanouit dans un sourire.

— Merci.

Parti de bon matin, Monk fut à Limehouse vers 9 heures. S'il n'avait tenu qu'à lui, il serait arrivé encore plus tôt. Depuis qu'il était debout à 6 heures, il réfléchissait à ce qu'il allait dire.

Comme c'était loin de Grafton Street, il prit un cab pour traverser Clerkenwell et Whitechapel en direction du port populeux et encombré. La matinée était calme, et le fleuve miroitait au soleil dont les reflets blancs dansaient sur l'eau entre les péniches noires en provenance du bassin de Londres. En face, il y avait Bermondsey — la Venise des égouts — et Rotherhithe ; devant lui, les Surrey Docks et, le long du bief étincelant, l'île aux Chiens ; puis, plus loin, Deptford et

Greenwich la belle avec ses arbres, son parc verdoyant et l'élégante architecture de l'École navale.

Mais son devoir le menait dans les sordides ruelles de Limehouse, peuplées de mendiants, d'usuriers, de voleurs de tout poil... et Zebedee Marner.

Gun Lane donnait sur West India Dock Road, et il trouva le numéro treize sans difficulté. Il passa devant un individu à la mine patibulaire qui traînait sur le trottoir, puis un autre qui se prélassait sur le pas de la porte, mais personne ne l'importuna : il ne devait pas avoir une tête à faire l'aumône ni une carrure à se laisser dépouiller sans réagir. Il y avait des proies plus faciles. Il méprisait ces hommes et les comprenait en même temps.

La chance lui sourit : Zebedee Marner était là et, après avoir pris quelques renseignements discrets, le commis le conduisit à l'étage supérieur.

— Bonjour, Mr... Monk.

Marner trônait derrière un imposant bureau. Ses cheveux blancs et bouclés lui cachaient les oreilles, et ses mains blanches reposaient sur le dessus en cuir.

— Que puis-je pour vous ?

— Votre réputation est celle d'un financier avisé, Mr. Marner, commença Monk sans sourciller, ravalant sa répulsion. Qui s'y connaît dans un tas de domaines.

— En effet, Mr. Monk, en effet. Auriez-vous de l'argent à placer ?

— Qu'avez-vous à me proposer ?

— Toutes sortes de choses. Quelle somme ?

Sous ses dehors de bonhomie, Marner l'observait attentivement.

— Moi, ce qui m'intéresse, c'est la sécurité, plus que le gain facile, dit Monk sans répondre à sa question. Je ne tiens pas à perdre ce que j'ai.

— Mais bien sûr, qui aimerait cela ?

Écartant les mains, Marner haussa éloquemment les épaules, mais son regard demeurait immobile comme celui d'un serpent.

— Vous désirez investir en toute sécurité.

— Absolument, acquiesça Monk. Et comme je connais beaucoup de gentlemen qui sont dans mon cas, je veux m'assurer que mes recommandations ne leur feront pas prendre de risques.

Le regard de Marner vacilla, et ses paupières s'abaissèrent pour voiler ses pensées.

— Excellent, fit-il calmement. Je comprends parfaitement, Mr. Monk. Avez-vous envisagé l'import-export? C'est un commerce très lucratif, qui marche très bien.

— Il paraît. Mais est-ce fiable?

— Ça dépend. C'est aux hommes de métier comme moi de faire la différence.

Il rouvrit les yeux et croisa les mains par-dessus sa bedaine.

— Et c'est pourquoi vous êtes venu me voir plutôt que d'investir par vous-même.

— Le tabac?

Marner ne broncha pas.

— Excellente marchandise, fit-il en hochant la tête. Excellente. Je vois mal les gentlemen renoncer au plaisir, quel que soit l'état de leurs finances. Tant qu'il y aura des gentlemen, il y aura un marché pour le tabac. Et à moins que notre climat ne change de façon spectaculaire...

Il sourit, et tout son corps s'ébranla dans un accès d'hilarité silencieuse.

— ... nous ne pourrons pas le cultiver, donc nous sommes obligés de l'importer. Avez-vous songé à une compagnie particulière?

— Vous connaissez bien le marché?

Monk contint à grand-peine l'aversion que lui inspirait cet homme, tapi telle une grosse araignée blanche dans son bureau feutré, bien à l'abri dans sa toile grise de mensonges et de faux-semblants. Seules les pauvres mouches comme Latterly s'y laissaient prendre... et peut-être Joscelin Grey.

— Évidemment, répliqua Marner avec suffisance. Je le connais très bien.

— Vous y avez déjà réalisé des affaires ?

— Oui, souvent. Croyez-moi, Mr. Monk, je sais ce que je fais.

— Vous ne vous laisseriez pas abuser au risque de vous retrouver avec une faillite sur les bras ?

— Certainement pas.

Marner le regarda comme s'il avait proféré une grossièreté à table.

— Vous en êtes sûr ? insista Monk.

— Plus que sûr, mon cher monsieur.

Maintenant, il était franchement peiné.

— C'est une évidence.

— Parfait, dit Monk, venimeux. C'est bien ce que je pensais. Alors comment expliquez-vous la débâcle qui a coûté au major Joscelin Grey tout son argent investi dans une opération similaire sur vos conseils ?

Marner pâlit et, l'espace d'un instant, se trouva à court de mots.

— Je... euh... vous assure, vous n'avez pas à craindre que cela se reproduise.

Le regard d'abord fuyant, il fixa Monk droit dans les yeux pour couvrir cette affirmation mensongère.

— Tant mieux, répondit Monk sèchement, mais ça ne me console guère. Cette histoire a déjà coûté deux vies humaines. Avez-vous perdu beaucoup d'argent, Mr. Marner ?

— Moi ? fit Marner, déconcerté.

— Le major Grey, lui, a perdu une somme considérable, non ?

— Oh non... non, on vous a mal informé.

Marner secoua la tête, et ses mèches blanches tressautèrent.

— Il ne s'agit pas vraiment d'une faillite. Ciel, non. Il y a juste eu un transfert de capitaux ; la compagnie a été rachetée. C'est difficile à comprendre quand on n'est pas du métier. Les affaires sont très complexes de nos jours, Mr. Monk.

— J'en ai bien l'impression. Et vous dites que le major Grey n'a pas perdu trop d'argent dans l'opération. Pourriez-vous préciser un peu ?

— Je le pourrais, certes.

A nouveau, le voile tomba sur les yeux sournois.

— Mais c'est le problème du major Grey, et je ne vous en parlerai pas, de même qu'il ne me viendrait pas à l'esprit de lui parler des vôtres. Le pivot de la réussite, c'est la discrétion, monsieur.

Il sourit, content de lui ; il avait, du moins en partie, recouvré sa contenance.

— Je n'en doute pas, acquiesça Monk. Mais comme je suis de la police et que j'enquête sur le meurtre du major Grey, ma curiosité n'est pas tout à fait du même ordre.

Il baissa le ton, et sa voix se fit singulièrement menaçante. Il vit Marner tiquer.

— Vous qui respectez la loi, je suis sûr que vous vous ferez une joie de m'apporter votre concours. J'aimerais voir vos comptes à ce propos. Combien exactement le major Grey a-t-il perdu, Mr. Marner, à la guinée près ?

L'air offusqué, Marner releva le menton.

— La police ? Vous aviez dit que vous vouliez faire un placement !

— Je n'ai rien dit de tel... c'est vous qui l'avez décidé. Combien Joscelin Grey a-t-il perdu d'argent, Mr. Marner ?

— Eh bien, à la guinée près, Mr. Monk... rien du tout.

— Mais la compagnie a été dissoute.

— Oui, oui, c'est vrai... pas de chance. Mais le major Grey a retiré la somme qu'il avait investie au dernier moment, juste avant le... le rachat.

Monk pensa au policier qui lui avait donné l'adresse de Marner. S'il le poursuivait depuis des années, son heure avait enfin sonné.

— Ah!

Changeant radicalement d'attitude, il se cala dans son fauteuil, souriant presque.

— Il n'a donc pas été personnellement touché par cette banqueroute?

— Non, absolument pas.

Monk se leva.

— Dans ce cas-là, elle ne pourrait constituer un mobile de meurtre. Désolé d'avoir abusé de votre temps, Mr. Marner. Et merci pour votre coopération. Vous avez. bien sûr, des documents qui le prouvent... juste pour mes supérieurs?

— Oui, oui, certainement.

Marner s'était détendu à vue d'œil.

— Un instant, je vous prie...

Se levant, il s'approcha d'un gros fichier, ouvrit un tiroir et en sortit un petit carnet relié à la manière d'un classeur. Il le posa, ouvert, sur le bureau devant Monk.

Monk le prit, le parcourut des yeux, nota la date à laquelle Grey avait retiré son argent et le referma d'un coup sec.

— Je vous remercie.

Il glissa le carnet dans la poche interne de son pardessus. Marner tendit la main pour le récupérer et, comprenant qu'il ne l'aurait pas, se demanda visiblement s'il devait le réclamer ou non. Pour finir, il décida qu'il risquait de susciter un intérêt indu pour la question et plaqua un sourire sur sa grande face lunaire.

— A votre service, monsieur. Que ferait-on sans la police? Avec toute cette criminalité, cette violence...

— Et tous ces escrocs qui en sont la cause. Bonne journée, Mr. Marner.

Une fois dehors, Monk regagna d'un pas énergique West India Dock Road, réfléchissant intensément. Si Zebedee Marner n'avait pas trafiqué ses comptes, Joscelin Grey, jusque-là plutôt honnête, avait incontestablement été averti à temps pour retirer ses billes, laissant Latterly et les autres sombrer dans le naufrage. C'était déloyal, mais pas franchement illégal. Il serait intéressant de connaître les actionnaires de la firme qui avait repris le commerce du tabac et de savoir si Joscelin Grey en faisait partie.

S'était-il déjà trouvé en possession de ces renseignements ? Marner n'avait pas paru le reconnaître. A en juger par son comportement, tout ceci était nouveau pour lui. Et c'était sûrement vrai, sinon jamais Monk n'aurait pu se faire passer auprès de lui pour un investisseur potentiel.

Mais même si Zebedee Marner le voyait pour la première fois, il n'était pas exclu qu'il eût découvert tout cela avant la mort de Grey : en ce temps-là, il avait toute sa mémoire ; il connaissait ses contacts, savait à qui s'adresser, qui soudoyer, qui menacer, et de quoi.

Seulement pour l'instant, c'était impossible à vérifier. Dans West India Dock Road, il héla un cab et s'installa pour le long trajet, absorbé dans ses réflexions.

Au poste de police, il alla trouver l'homme qui lui avait donné l'adresse de Marner, lui raconta l'entrevue, lui remit le carnet et montra ce qu'il pensait être l'opération frauduleuse. Son collègue exultait, comme quelqu'un qui se prépare à assister à un somptueux festin. Monk connut un bref et intense moment de satisfaction.

Mais son triomphe fut de courte durée.

Runcorn l'attendait dans son propre bureau.

— Toujours pas de coupable ? fit-il avec une joie mauvaise. Pas de chef d'accusation ?

Monk ne se donna pas la peine de répondre.

— Monk !

Runcorn abattit son poing sur la table.

— Oui, monsieur ?

— Vous avez expédié John Evan à Shelburne pour interroger le personnel ?

— En effet. N'est-ce pas ce que vous vouliez ?

Il haussa un sourcil sardonique.

— Des preuves contre Shelburne ?

— Ce n'est pas là que vous les trouverez. Nous connaissons son mobile. Ce qu'il nous faut, c'est l'opportunité, un témoin qui l'aurait vu sur le lieu du crime.

— Je vais commencer à chercher, répliqua Monk avec une amère ironie.

Il riait intérieurement ; Runcorn le savait et enrageait d'autant plus qu'il en ignorait la raison.

— Vous auriez dû y penser depuis un mois ! cria-t-il. Que diable vous arrive-t-il, Monk ? Prétentieux, dur et arrogant, vous l'avez toujours été, mais vous étiez un bon policier. Maintenant, j'ai l'impression d'avoir affaire à un demeuré. On dirait que ce coup sur la tête vous a détraqué le cerveau. Peut-être devriez-vous aller vous reposer quelque temps ?

— Je me sens parfaitement bien.

Du fond de sa détresse, Monk avait envie d'effrayer cet homme qui le haïssait et qui allait avoir le dernier mot.

— Mais vous devriez sans doute reprendre l'enquête. Vous avez raison : elle piétine.

Il regarda Runcorn avec de grands yeux.

— Les hautes instances exigent des résultats... si vous le désirez, je vous laisse ma place.

Runcorn serra les dents.

— Ne me prenez pas pour un imbécile. J'ai fait rappeler Evan. Il sera là demain.

Brandissant son doigt épais, il l'agita sous le nez de Monk.

— Si vous n'arrêtez pas Shelburne cette semaine, je vous retire le dossier.

Il pivota et sortit, laissant la porte gémir sur ses gonds.

Monk le suivit des yeux. Il avait fait revenir Evan. Son temps était compté, plus encore qu'il ne l'aurait cru. Très vite, Evan arriverait à la même conclusion que lui, et ce serait la fin.

Effectivement, Evan rentra le lendemain, et Monk le retrouva au déjeuner. Ils s'installèrent dans une auberge à l'atmosphère lourde et moite, imprégnée d'effluves de corps agglutinés, de sciure, d'ale renversée et de légumes bouillis composant un mélange indéfinissable.

— Du nouveau ? demanda Monk pour la forme.

Il eût semblé étrange qu'il ne le fît pas.

— Beaucoup d'indications, répondit Evan avec un froncement de sourcils. Mais je me demande parfois si je ne les vois pas uniquement parce que je les cherche.

— Vous voulez dire que vous les imaginez ?

Evan leva les yeux sur lui. Ils étaient d'une limpidité terrifiante.

— Vous ne croyez pas vraiment que c'est lui, n'est-ce pas, monsieur ?

Comment aurait-il pu savoir aussi vite ? Rapidement, Monk passa en revue toutes les réponses possibles. Evan serait-il capable de démêler le vrai du faux ? Connaissait-il tous les mensonges d'avance ? Était-il suffisamment adroit, suffisamment subtil pour tendre, tout en douceur, une souricière à Monk ? Était-il concevable que toute la police fût au courant ? Attendait-on seulement qu'il se dévoile, qu'il signe sa propre sentence ? Un bref instant, il céda à la panique, et le joyeux brouhaha dans la salle se transforma en un vacarme infernal... informe, absurde, menaçant. Tout le monde savait ; ils attendaient juste qu'il se trahisse, et l'énigme serait résolue. Ils surgiraient alors avec rires, menottes, questions, félicitations pour la solution d'un nouveau crime ; il y aurait un procès, un bref emprisonnement, puis la corde solide et serrée, une douleur rapide... et le néant.

Mais pourquoi ? Pourquoi avait-il tué Joscelin Grey ? Sûrement pas parce que Grey avait échappé à la banqueroute d'une compagnie de tabac... et peut-être même en avait profité ?

— Monsieur ? Monsieur, vous vous sentez bien ?

La voix d'Evan perça le brouillard, son visage anxieux apparut devant lui.

— Je vous trouve un peu pâle. Vous êtes sûr que ça va ?

Se redressant, Monk se força à soutenir son regard. Si on lui accordait un vœu, un seul, ce serait qu'Evan ne fût jamais au courant. Imogen Latterly n'avait été qu'un rêve — lui rappelant l'existence d'un autre luimême, plus doux, plus vulnérable, sensible à d'autres valeurs que son ambition —, mais Evan était un ami Monk en avait peut-être eu en dehors de lui, mais il ne s'en souvenait pas.

— Oui, fit-il prudemment. Oui, je vous remercie. Je réfléchissais, c'est tout. Vous avez raison : je ne suis pas du tout convaincu que ce soit Shelburne.

Avec empressement, Evan se pencha en avant.

— Je suis heureux de vous l'entendre dire. Ne vous laissez pas bousculer par Mr. Runcorn.

Ses longs doigts jouaient avec le pain ; il était bien trop excité pour manger.

— A mon avis, c'est quelqu'un d'ici, de Londres Voyez-vous, j'ai relu les notes de Mr. Lamb et le nôtres, et plus je lis, plus je pense qu'il s'agit d'une histoire d'argent.

« Joscelin Grey a vécu sur un grand pied, chose qu'il n'aurait pu se permettre s'il n'avait touché que sa rente annuelle.

Renonçant à toute idée de repas, il reposa sa cuillère.

— Donc, soit il se livrait au chantage, soit il gagnait au jeu, ou alors, plus vraisemblablement, il avait une combine que nous ignorons. Si c'était une activité honnête, nous en aurions retrouvé une trace, et les autres personnes concernées se seraient manifestées aussi. De même, s'il avait emprunté de l'argent, le prêteur aurait réclamé un remboursement sur ses biens propres.

— Sauf si c'était un aigrefin, répondit Monk machinalement.

Glacé intérieurement, il voyait Evan se rapprocher de plus en plus du fil qui le conduirait à la vérité. D'une minute à l'autre, ses mains fines, sensibles, allaient s'en saisir.

— Mais si c'était un aigrefin, dit Evan rapidement, une lueur dans l'œil, il n'aurait pas consenti un prêt à quelqu'un comme Grey. Ces gens-là font extrêmement attention à leur argent. Ça, je l'ai appris. Ils ne prêtent pas une deuxième fois avant d'avoir récupéré la première somme, avec intérêts ou une hypothèque sur les biens.

Une mèche de cheveux lui tomba sur le front; il ne parut pas s'en apercevoir.

— Cela nous ramène toujours à la même question : où Grey a-t-il pris l'argent pour rembourser sa dette, sans parler des intérêts? Il était le dernier des trois frères, rappelez-vous, et ne possédait aucun bien. Non, monsieur, il avait une combine, j'en suis sûr. Et je crois savoir où il faut chercher.

Pas à pas, il se rapprochait du but.

Monk ne disait rien; l'esprit en effervescence, il

cherchait une solution, n'importe laquelle, pour détourner Evan de son idée. Il ne pourrait se dérober éternellement ; son heure viendrait, mais avant, il fallait qu'il sache pourquoi. L'explication semblait toute proche, à portée de sa main.

— Vous n'êtes pas d'accord, monsieur ?

La déception d'Evan se lisait clairement dans son regard. Ou bien était-il déçu parce que Monk avait menti ?

Monk se ressaisit brusquement. Il voulait juste un peu plus de temps pour réfléchir.

— J'essaie d'analyser la situation, fit-il, s'efforçant de masquer son désespoir. Oui, il se pourrait très bien que vous ayez raison. Dawlish avait parlé d'une opération commerciale. Je ne sais plus ce que je vous ai dit là-dessus ; je crois que c'était encore à l'état de projet, mais il pouvait y avoir d'autres participants.

Dieu qu'il détestait mentir ! Surtout à Evan... cette trahison-là était la pire de toutes. Il se refusait à envisager sa réaction lorsqu'il apprendrait la vérité.

— Il serait bon d'étudier la question plus en détail.

Le regard d'Evan s'illumina à nouveau.

— Formidable. Vous savez, je suis persuadé qu'il n'est pas trop tard pour arrêter le coupable. A mon avis, nous touchons au but : encore deux ou trois indices et nous aurons tout le tableau.

Savait-il seulement à quel point il brûlait ?

— C'est possible, acquiesça Monk, conservant son calme au prix d'un effort surhumain.

Il contempla son assiette pour éviter de regarder Evan en face.

— Tâchez néanmoins d'être discret, d'accord ? Dawlish est un homme d'influence.

— Bien sûr, monsieur, bien sûr. De toute façon, je n'ai pas de soupçons à son égard. Et que dites-vous de la lettre de Charles Latterly, celle qu'on a retrouvée chez Grey ? Elle était drôlement sèche, non ? A ce propos, j'ai appris pas mal de choses sur lui.

Il prit enfin une cuillerée de son ragoût.

— Saviez-vous que son père s'était suicidé quelques semaines avant la mort de Grey ? Dawlish était une relation d'affaires à venir, mais Latterly pouvait bien en être une du passé. Qu'en pensez-vous, monsieur ?

Dans son excitation, il avalait la nourriture presque sans mâcher, indifférent à son goût et à sa consistance.

— Peut-être qu'il y a eu anguille sous roche ; le vieux Mr. Latterly s'est tué parce qu'il était impliqué, et le jeune Mr. Charles, celui qui a écrit la lettre, a assassiné Grey pour se venger.

Monk inspira profondément. Encore un peu de temps, c'était tout ce qu'il lui fallait.

— Le ton de cette lettre était trop réservé pour quelqu'un de violent au point de tuer par vengeance, dit-il avec précaution, s'attaquant à son propre plat. Mais j'y jetterai un œil. Occupez-vous de Dawlish et voyez aussi du côté des Fortescue. Nous ne savons pas grand-chose de leurs rapports avec Grey.

Il n'allait pas laisser Evan poursuivre Charles pour le crime que lui, Monk, avait commis. Charles aurait du mal à se défendre et, bien que Monk n'eût aucune sympathie pour lui, il n'avait pas entièrement perdu toute notion d'honneur... et puis, c'était le frère de Hester.

— Oui, conclut-il, essayez aussi les Fortescue.

L'après-midi, alors qu'Evan s'élançait plein d'ardeur sur les traces de Dawlish et de Fortescue, Monk retourna au poste et alla voir son collègue chargé des fraudes. A sa vue, le visage de l'homme s'éclaira.

— Ah, Monk, je vous dois une fière chandelle. Ce bon vieux Zebedee, enfin !

Il agita triomphalement un cahier.

— J'ai fait un saut chez lui, fort du carnet que vous

m'avez rapporté, et j'ai fouillé tout le bâtiment. Les rackets qu'il dirigeait!

Il gloussa, ravi, et eut un léger hoquet.

— Escroqueries et arnaques en tout genre, la moitié des crimes et du vice dans Limehouse... Dieu sait combien de milliers de livres sterling lui sont passé entre les mains, à cette vieille canaille.

Monk était content ; voilà au moins une carrière autre que la sienne qu'il aurait aidé à promouvoir.

— Bravo, dit-il, sincère. Cette espèce particulière de vampires, j'aime bien les savoir au fond d'un cachot.

Son collègue eut un grand sourire.

— Moi aussi, surtout celui-là. Au fait, cette compagnie d'importation de tabac était une supercherie. Vou le saviez, ça?

Il eut un nouveau hoquet et s'excusa.

— Il y avait bel et bien une compagnie, mais qu n'avait aucune chance de réussir dans le commerce Votre ami Grey a retiré son argent au bon moment. S'i n'était pas mort, je crois que je l'aurais inculpé aussi

Inculper Grey? Monk se figea. La pièce s'évanoui excepté une petite lueur dansant devant ses yeux et l visage de son interlocuteur.

— Vous croyez? Vous croyez seulement?

Il osait à peine le demander. L'espoir était comm une douleur physique.

— Je n'ai pas de preuves, répondit l'homme sar remarquer la jubilation de Monk. A vrai dire, il n'a rie commis d'illégal. Mais il était dans le coup, j'en me trais ma main au feu. Seulement, il était trop futé po enfreindre la loi. C'est lui cependant qui a monté l'op ration... et qui a apporté l'argent.

— Mais il en a pâti lui-même, protesta Monk q avait peur d'y croire.

Il résista avec difficulté à l'impulsion de sais l'homme et de le secouer.

— Vous en êtes absolument certain ?

— Évidemment, fit l'autre en haussant les sourcils. Je ne suis peut-être pas aussi brillant que vous, Monk, mais je connais mon affaire. Votre Grey était parmi les meilleurs ; c'est ce qu'on appelle travailler proprement.

Il s'installa plus confortablement dans son fauteuil.

— Pas trop d'argent, histoire de ne pas éveiller les soupçons, petits bénéfices et aucune faute à se reprocher. S'il n'en était pas à son coup d'essai, ça devait lui faire un joli revenu. Mais comment il obtenait de tous ces gens qu'ils lui confient leur argent... ça me dépasse. Si vous voyiez les noms des investisseurs !

— Oui, dit Monk lentement. Moi aussi, j'aimerais savoir comment il a fait pour les convaincre. Je crois que je donnerais n'importe quoi pour avoir la réponse.

Il réfléchissait fébrilement, comparait les pistes, les indices.

— Il y avait d'autres noms dans ce calepin... des associés de Marner ?

— Juste son employé, celui qui est à la réception.

— Pas d'associés, il n'avait pas d'associés ? Quelqu'un qui aurait été au courant de la participation de Grey ? Qui a touché l'essentiel de la somme, si ce n'est pas Grey ?

L'homme hoqueta doucement et soupira.

— Un certain, assez nébuleux, « Mr. Robinson ». Une bonne partie de cet argent a servi à couvrir l'opération, à brouiller les pistes. Rien ne prouve que ce Robinson était réellement au fait de ce qui se tramait. Nous l'avons à l'œil, mais pour le moment, on n'a pas de quoi l'épingler.

— Où est-il ?

Monk voulait savoir s'il avait déjà rencontré ce Robinson, lorsqu'il avait enquêté sur Grey la première fois. Si Marner ne l'avait jamais vu, peut-être Robinson le connaissait-il ?

L'homme griffonna une adresse sur un bout de papier et le lui tendit.

C'était juste au-dessus d'Elephant Stairs dans Rotherhithe, sur l'autre rive. Monk plia le papier et le mit dans sa poche.

— Je n'ai pas l'intention de marcher sur vos plates-bandes, promit-il. J'aimerais juste lui poser une question, et ça concerne Grey, pas l'affaire du tabac.

— Pas de problème, répondit son collègue en soupirant d'aise. Un meurtre, c'est plus important qu'une escroquerie, du moins quand il s'agit d'un fils de lord

Il soupira à nouveau et hoqueta en même temps.

— Évidemment, quand c'est un pauvre marchand ou une femme de chambre, c'est une autre histoire. Tou dépend de celui qui a été tué ou cambriolé, n'est-ce pas ?

Pour toute réponse, Monk le gratifia d'une petite moue désabusée, puis le remercia et partit.

Robinson n'était pas à Elephant Stairs, et il lui fallu l'après-midi pour le retrouver. Il finit par le débusque dans une gargote de Seven Dials et apprit ce qu'il vou lait savoir presque avant que Robinson n'ouvre l bouche. A sa vue, ce dernier parut se crisper, et so regard devint méfiant.

— Bonjour, Mr. Monk, je ne pensais pas vou revoir. Qu'est-ce que c'est, cette fois ?

Un frisson d'excitation parcourut Monk. Il déglut avec effort.

— Toujours la même chose...

Robinson avait une voix basse et sifflante ; Monk e fut saisi car elle lui était familière. Il se couvrit d sueur. Il se souvenait enfin, il était en train de recouvre la mémoire. Il regarda fixement l'homme en face de lu

Le visage étroit, en lame de couteau, de Robinson s ferma.

— Je vous ai déjà dit tout ce que je savai

Mr. Monk. Et d'ailleurs, quelle importance maintenant, puisque Joscelin Grey est mort ?

— Vous n'avez rien omis la première fois ? Vous le jurez ?

Robinson eut un grognement de mépris.

— Mais oui, je le jure, fit-il avec lassitude. Soyez gentil, allez-vous-en. Vous êtes trop connu par ici. Je ne veux pas qu'on me voie avec un policier. Les gens vont croire que j'ai des choses à cacher.

Monk ne prit pas la peine de discuter. La répression des fraudes finirait bien par le rattraper.

— Bien, dit-il simplement. Dans ce cas, je ne vous importunerai plus.

Il sortit dans la rue grise qui grouillait de camelots et de petits vagabonds, sachant à peine où il mettait les pieds. Ainsi, il avait été au courant pour Grey avant d'être allé chez lui, avant de l'avoir tué.

Mais pourquoi cette haine ? C'était Marner, le responsable, le cerveau de l'opération et son principal bénéficiaire. Or, apparemment, il n'avait rien tenté contre Marner.

Il avait besoin de réfléchir, de mettre de l'ordre dans ses idées, de décider au moins où chercher le chaînon manquant.

Chargée d'humidité, l'atmosphère était lourde et étouffante. Il se sentait fatigué, chancelant, écrasé par le poids de ce qu'il venait d'apprendre. Il eut envie de manger un morceau, de boire pour étancher cette terrible soif, se laver de la puanteur des taudis.

Sans s'en apercevoir, il était arrivé à l'entrée d'une taverne. Il poussa la porte et se trouva happé par les odeurs de cidre et de sciure fraîche. Machinalement, il se dirigea vers le comptoir. Il ne voulait pas d'ale, mais du pain frais avec d'âpres pickles maison. Il sentait déjà leur arôme, piquant et un peu sucré.

Le tavernier lui sourit et apporta du pain croustillant,

du fromage à pâte friable de Wensleydale et des petits oignons parfumés. Il lui passa l'assiette.

— Ça fait un bail que vous êtes pas venu, monsieur, dit-il, jovial. C'était trop tard, j'parie, pour voir le gars que vous cherchiez ?

Monk prit l'assiette, gauchement, les doigts gourds. Il n'arrivait pas à détacher les yeux de cet homme. La mémoire lui revenait peu à peu : il savait qu'il le connaissait.

— Quel gars ? fit-il d'une voix enrouée.

— Le major Grey, répondit l'homme en souriant. La dernière fois que vous êtes venu, vous avez demandé après lui. C'était le soir où il a été assassiné ; donc je suppose que vous l'avez pas trouvé.

Quelque chose se profilait aux confins de sa mémoire, le dernier maillon, qu'il lui semblait reconnaître presque.

— Vous l'avez connu ? s'enquit-il lentement, l'assiette dans les mains.

— Ben oui, voyons. Je vous l'avais dit, monsieur.

Le tavernier fronça les sourcils.

— Vous vous rappelez plus ?

Monk secoua la tête. Inutile de mentir à présent.

— Non. J'ai eu un accident ce soir-là. Je ne me souviens pas de notre conversation. Désolé. Pourriez-vous me redire cela ?

Occupé à essuyer un verre, l'homme fit un signe de dénégation.

— Trop tard, monsieur. Le major Grey a été assassiné le même soir. Vous pourrez plus le trouver. Vous lisez pas les journaux ou quoi ?

— Mais vous l'avez connu, répéta Monk. Où ça ? A l'armée ? Vous l'avez appelé « major » !

— J'ai pas le temps, monsieur. Faut que je serve les clients pour gagner ma vie. Revenez une autre fois, hein ?

Monk vida ses poches et posa tout l'argent qu'il avait sur lui, jusqu'à la dernière pièce, sur le comptoir.

— Non, j'en ai besoin tout de suite.

L'homme regarda les pièces qui brillaient à la lumière et, rencontrant les yeux de Monk, y lut l'urgence de sa requête. D'un geste prompt, il ramassa l'argent et l'enfouit dans une poche sous son tablier avant de reprendre le torchon.

— Vous m'avez demandé ce que je savais du major Grey, monsieur. Je vous ai raconté comment je l'avais rencontré et où... c'était en Crimée. Il était major et moi, un simple soldat, bien sûr, mais j'ai longtemps servi sous ses ordres. C'était un bon officier, ni meilleur ni pire qu'un autre. Plutôt courageux même, et juste avec ses hommes. Il savait s'y prendre avec les chevaux, mais c'est courant dans la noblesse.

Il cligna des yeux.

— Tout ça n'avait pas l'air de vous intéresser, reprit-il en astiquant distraitement son verre. Vous avez écouté, mais sans plus. Puis vous m'avez posé des questions sur la bataille de l'Alma où un certain lieutenant Latterly a été tué, mais comme on n'y avait pas été, à la bataille de l'Alma, j'ai pas pu vous parler de ce lieutenant Latterly...

— Le major Grey a passé la soirée avant la bataille avec le lieutenant Latterly.

Monk l'empoigna par le bras.

— Il lui a prêté sa montre. Latterly avait peur, et c'était comme un porte-bonheur, un talisman. Le grand-père de Grey l'avait portée sur lui à Waterloo.

— Non, monsieur, je sais pas pour le lieutenant Latterly, mais le major Grey a jamais été à la bataille de l'Alma et il avait pas de montre spéciale.

— Vous en êtes sûr ?

Sans s'en rendre compte, Monk lui broyait le poignet.

— Et comment que j'en suis sûr, monsieur.

L'homme dégagea sa main.

— J'étais là. Sa montre, c'était une montre ordinaire, plaquée or, aussi neuve que son uniforme. Elle a pas fait Waterloo... pas plus que lui.

— Et un officier nommé Dawlish?

Le tavernier fronça les sourcils en se frottant le poignet.

— Dawlish? Vous m'aviez pas parlé de lui.

— Peut-être. Mais vous vous souvenez de lui?

— Non, monsieur, je vois pas qui c'est.

— Mais vous êtes sûr, pour la bataille de l'Alma?

— Oui, monsieur, je le jure devant Dieu. Quand on a fait la Crimée, monsieur, on risque pas d'oublier les batailles auxquelles on a participé. A mon sens, c'est la pire guerre qu'on ait jamais connue, avec toute cette gadoue, le froid et les hommes qui tombaient comme des mouches.

— Merci.

— Votre assiette, monsieur! Ces pickles, ils ont été faits maison. Vous devriez manger; vous m'avez l'air tout chose.

Monk prit l'assiette, le remercia machinalement et alla s'asseoir à une table. Il termina sa collation sans savoir ce qu'il mangeait et ressortit sous les premières gouttes de pluie. Il se rappelait avoir déjà fait cela une fois. Il se rappelait la lente montée de la colère. Tout cela n'avait été qu'un mensonge, un mensonge brutal et soigneusement calculé pour gagner d'abord la confiance des Latterly, puis leur amitié, et enfin, à force de tromperies, les pousser, par sens du devoir, pour compenser la perte de la montre, à financer sa machination. Grey avait usé de ses talents pour jouer comme d'un instrument sur leur chagrin et leur sentiment d'obligation. Peut-être même en avait-il fait autant avec les Dawlish.

La rage recommençait à couver. Exactement comme la première fois. Il marchait de plus en plus vite, et la pluie le cinglait au visage. Il ne la sentait pas. Pataugeant dans le caniveau, il descendit sur la chaussée pour héler un cab. Et, comme il l'avait déjà fait, il donna l'adresse de Mecklenburgh Square.

Arrivé là-bas, il pénétra dans l'immeuble. Grimwade lui remit la clé. La première fois, il n'avait trouvé personne dans l'entrée.

Il monta. C'était nouveau, étrange, comme s'il revivait cette soirée-là, alors qu'il ne connaissait pas les lieux. Devant la porte, il hésita. La première fois, il avait frappé. Maintenant, il introduisit la clé dans la serrure. La porte céda sans difficulté. Il entra. Ce fameux soir, Joscelin Grey était venu lui ouvrir, vêtu de gris perle, beau, souriant, juste un peu surpris. Il revoyait la scène comme si elle s'était déroulée quelques minutes plus tôt.

Négligemment, nullement perturbé, Grey l'avait invité à le suivre. Il avait glissé sa canne dans le porte-parapluies, sa canne en acajou avec une chaîne en cuivre engravée dans la poignée. Elle y était toujours. Puis il avait rejoint Grey au salon. Un petit sourire aux lèvres, Grey semblait très à l'aise. Monk l'informa de l'objet de sa visite : la compagnie de tabac, la faillite, la mort de Latterly, le fait que Grey avait menti, qu'il n'avait pas connu George Latterly et n'avait jamais eu de montre.

Grey, qui leur avait servi à boire, se retourna pour lui tendre son verre. Son sourire s'élargit.

— Un petit mensonge inoffensif, mon cher, fit-il d'un ton léger, enjoué et serein. Je leur ai parlé de l'excellent garçon qu'était ce pauvre George, courageux, charmant, aimé de tous. C'est ce qu'ils voulaient entendre. Qu'importe que ce soit vrai ou non ?

— C'était un mensonge, cria Monk. Vous n'avez

jamais vu George Latterly. Tout ce qui vous intéresse, c'est l'argent.

Grey sourit.

— Parfaitement, et qui plus est, j'ai l'intention de recommencer. J'ai une réserve inépuisable de montres en or et autres, que ça vous plaise ou non. Je continuerai tant qu'on se souviendra de la guerre de Crimée... et on n'est pas près de l'oublier. Grâce à Dieu, ce ne sont pas les morts qui manquent.

Monk le dévisageait, impuissant ; il en aurait pleuré de rage comme un enfant.

— Je ne connaissais pas Latterly, poursuivit Grey. J'ai relevé son nom sur la liste des victimes. Il y a une foule de gens là-dessus, vous n'avez pas idée. Mais les meilleurs, je les ai obtenus des pauvres diables eux-mêmes... que j'ai vus mourir à Scutari, malades, en sang, crachant tripes et boyaux. J'ai écrit des lettres d'adieux à leur place. Ce pauvre George aurait pu être un fieffé poltron, pour tout ce que j'en sais. Mais à quoi bon dire ça à la famille ? J'ignorais totalement comment il était, mais il ne fallait pas être très malin pour deviner ce qu'ils avaient envie d'entendre ! La pauvre petite Imogen l'adorait, et on la comprend. Charles est un type mortellement ennuyeux ; il me fait penser à mon frère aîné, un autre bêcheur dans son genre.

Une expression envieuse, malveillante altéra momentanément ses traits. Il toisa Monk d'un air entendu.

— Et comment ne pas faire plaisir à la délicieuse Imogen ? Je lui ai longuement parlé du personnage extraordinaire de Florence Nightingale. J'ai dû en rajouter un peu côté héroïsme, vous savez, ces « anges de miséricorde » qui veillent toute la nuit au chevet des mourants. Si vous aviez vu sa tête !

Il rit, mais quelque chose dans le visage de Monk, l'ombre d'un souvenir ou d'un rêve peut-être, lui fit comprendre en un éclair sa faiblesse.

— Ah, Imogen ! soupira-t-il. On est même devenus assez proches.

Cette fois, son sourire ressemblait à un rictus.

— J'aime sa façon de marcher, tout feu tout flamme, pleine de promesses et d'espoir.

Il regarda Monk, et un lent sourire illumina ses yeux, vieux comme le désir même. Il gloussa sottement.

— J'ai l'impression que vous aussi, vous avez le béguin pour Imogen.

— Espèce de bellâtre, elle a autant de chances de vous toucher que de sortir elle-même ses ordures !

— Elle est amoureuse de Florence Nightingale et de la glorieuse campagne de Crimée.

L'œil brillant, il soutint le regard de Monk.

— J'aurais pu la prendre n'importe quand, toute pâmée et frémissante.

Il fit la moue et rit presque en regardant Monk.

— Je suis soldat ; j'ai connu la réalité du feu et du sang, je me suis battu pour la reine et pour la patrie. J'ai vu la charge de la brigade légère ; j'ai été hospitalisé à Scutari, parmi les mourants. Que croyez-vous qu'elle pense d'un minable petit flic londonien qui passe sa vie à fouiner dans les immondices, entre les tarés et les mendiants ? Vous n'êtes qu'un charognard qui nettoie les saletés des autres... incontournable comme les égouts.

Il but une longue gorgée de brandy, contemplant Monk par-dessus le bord de son verre.

— D'ailleurs, ce n'est pas dit que je n'y retourne pas pour ça, quand ils auront enfin oublié ce vieil imbécile qui s'est brûlé la cervelle. Voilà longtemps que je n'ai pas eu autant envie d'une femme.

Ce fut alors, face à cette bouche ricanante, que Monk avait saisi son verre et jeté le brandy au visage de Grey. Il se rappelait sa colère fulgurante comme si c'était un rêve dont il venait de se réveiller. Il en sentait encore la chaleur et le goût de bile sur sa langue.

L'alcool avait brûlé Grey aux yeux, mais ce fut surtout son amour-propre qui avait été irrémédiablement atteint. Lui, un gentleman, déjà privé de fortune par un caprice de la naissance, se faisait insulter sous son propre toit par une espèce de mufle, un policier parvenu ! Ivre de fureur, il s'empara de sa propre canne et l'abattit sur les épaules de Monk. Il avait visé la tête, mais Monk avait anticipé le coup.

Ils s'empoignèrent dans un corps à corps sans merci. Monk ne se contentait pas de se défendre... il aurait voulu écraser cette face goguenarde, la réduire en bouillie, lui faire ravaler ses paroles, effacer toute pensée d'Imogen et le punir pour tout le mal qu'il avait causé à sa famille. Mais par-dessus tout, il voulait lui donner une correction si mémorable que plus jamais il n'abuserait de la crédulité des proches éplorés, leur racontant des histoires de fausses dettes et dépouillant les morts de leur unique héritage, la véridicité du souvenir chez ceux qui les avaient aimés.

Grey se débattit ; pour un invalide, il faisait preuve d'une force surprenante. Soudés l'un à l'autre, ils luttaient pour se saisir de la canne, se cognant aux meubles, renversant les sièges. La violence même de ce combat servit d'exutoire à toute la peur, la rage contenue, la pitié déchirante, et il sentait à peine les coups, même lorsque la canne de Grey atterrit sur son thorax, lui fracassant plusieurs côtes.

Mais le poids et la force de Monk finirent par l'emporter, et peut-être que sa fureur était plus grande encore que celle de Grey, nourrie par des années de jalousie.

Il se rappelait clairement l'instant où il avait arraché la lourde canne des mains de Grey et l'avait frappé, pour anéantir la monstruosité, le sacrilège, l'infamie contre lesquels la loi ne pouvait rien.

Puis il s'était arrêté, hors d'haleine, terrifié par sa

propre brutalité et par l'intensité de sa haine. Étalé sur le plancher, Grey jurait comme un charretier.

Monk avait pivoté pour gagner la sortie, laissant la porte osciller sur ses gonds. Il redescendit, titubant, le col relevé, le nez dans son écharpe pour cacher la meurtrissure sur son menton. Dans l'entrée, il passa devant Grimwade. Une sonnette tinta; Grimwade quitta son poste et gravit l'escalier.

Dehors, la tempête faisait rage. A peine eut-il ouvert la porte qu'une rafale de vent le projeta en arrière. Rentrant la tête dans les épaules, il plongea sous la pluie battante qui lui fouetta le visage, drue et glacée. Le dos à la lumière, il s'enfonçait dans l'obscurité d'un réverbère à l'autre.

Un homme arrivait en face, se dirigeant vers l'entrée éclairée et la porte restée ouverte. L'espace d'une seconde, Monk entrevit son visage avant qu'il ne s'engouffre dans l'immeuble. C'était Menard Grey.

Tout devenait clair à présent, tragiquement clair : ce n'était pas la mort, odieusement exploitée, de George Latterly qui avait conduit à l'assassinat de Joscelin Grey, c'était celle d'Edward Dawlish... et la trahison par Joscelin de tous les idéaux chers à son frère.

La joie s'évanouit tout aussi soudainement; le soulagement l'abandonna, le laissant gelé et grelottant. Comment prouver cela? C'était sa parole contre celle de Menard. Grimwade était monté pour répondre au coup de sonnette; il n'avait donc rien vu. Menard était entré par la porte que Monk avait laissée ouverte dans la bourrasque. Il n'avait aucune preuve matérielle... juste cette image de Menard brièvement aperçu à la lueur du bec de gaz.

On allait le pendre. Il imaginait déjà le procès : lui, dans le box des accusés, essayant vainement d'expliquer quel genre d'individu était Joscelin Grey, et que ce n'était pas lui, Monk, mais le propre frère de Joscelin qui l'avait tué. Il voyait la mine incrédule des jurés, leur dédain pour quelqu'un qui tentait de se disculper en proférant des accusations insensées.

Le désespoir l'écrasa comme une chape de plomb. Et il commençait à avoir peur. Il y aurait quelques semaines dans une cellule aux murs de pierre, les gardiens taciturnes, partagés entre le mépris et la pitié, puis le dernier repas, le prêtre, le court trajet jusqu'à l'échafaud, l'odeur de la corde, la douleur, le manque d'air... et l'inconscience.

Il avait sombré dans une torpeur née de la désolation quand il entendit du bruit dans l'escalier. La poignée s'abaissa, et Evan parut dans l'encadrement de la porte. C'était l'instant qu'il avait le plus redouté. Mentir n'avait aucun sens : Evan savait, et il avait l'air malheureux. De toute façon, Monk n'avait pas envie de mentir.

— Comment avez-vous su? demanda-t-il doucement.

Evan entra et ferma la porte.

— Vous m'avez envoyé chez les Dawlish. J'ai retrouvé un officier qui avait servi avec Edward Dawlish. Il ne jouait pas, et Joscelin Grey n'a jamais réglé ses dettes. Tout ce qu'il savait sur lui, il le tenait de Menard. Il a pris un sacré risque en inventant cette histoire-là pour la famille... mais ça a marché. S'il n'était pas mort, ils l'auraient soutenu financièrement. Et puis que Menard avait entraîné Edward dans la chute, ils lui ont interdit leur porte. Jolie trouvaille de la part de Joscelin.

Monk le regarda. A première vue, cela semblait logique. Et pourtant, il n'y avait même pas de quoi semer le doute dans la tête d'un juré.

— A mon avis, son argent venait de là... de ce qu'il escroquait les familles des morts, continua Evan. Et vous voir vous intéresser de près à l'affaire Latterly, ne faut pas être devin pour comprendre qu'il les a probablement floués aussi. C'est pour cette raison que le père de Charles Latterly s'est suicidé.

Son regard était immense de détresse.

— Est-ce la conclusion à laquelle vous êtes arrivé la première fois... avant l'accident ?

Donc, lui aussi était au courant, pour sa mémoire. C'était sans doute plus apparent que Monk ne l'aurait cru : ses tâtonnements, son incapacité à s'orienter dans la ville, à retrouver ses anciens repères... et même à appréhender la haine de Runcorn. Mais quelle importance, à présent ?

— Oui.

Monk parla très lentement, comme si le fait de détacher les mots pouvait les rendre plus crédibles.

— Mais je n'ai pas tué Joscelin Grey. Nous nous sommes battus ; j'ai dû le blesser... lui, en tout cas, ne m'a pas raté. Il était cependant bien vivant et en train de m'insulter quand je suis parti.

Il scruta, trait par trait, le visage d'Evan.

— En sortant dans la rue, j'ai croisé Menard Grey. Il avait la lumière en face, et moi, je lui tournais le dos. Il se dirigeait vers la porte de l'immeuble qui était restée ouverte.

Un soulagement douloureux, désespéré se peignit sur la physionomie d'Evan. Il parut décharné, très jeune et épuisé.

— C'est donc Menard qui l'a tué.

Ce n'était même pas une question.

— Oui.

Monk fut submergé de reconnaissance. Même en l'absence de tout espoir, c'était un trésor qui n'avait pas de prix.

— Mais je n'ai aucune preuve.

— Voyons... commença Evan.

Les protestations moururent sur ses lèvres : il se rendit compte que Monk avait raison. Toutes leurs recherches n'avaient abouti à rien. Menard avait un mobile, mais Charles Latterly également, ou Mr. Dawlish, ou n'importe quelle autre famille que Joscelin avait trompée, un ami qu'il aurait déshonoré — ou bien Lovel Grey, qu'il avait peut-être trahi de la manière la plus vile entre toutes — ou Monk lui-même. Or Monk était venu ici. Maintenant qu'ils le savaient, ils comprenaient aussi à quel point ce serait facile à prouver : il suffisait de retrouver la boutique où il avait acheté cette canne d'un modèle original... objet de sa fierté. Mrs. Worley s'en souviendrait, de même que de sa disparition. Lamb se rappellerait l'avoir vue chez Grey le lendemain du meurtre. Imogen Latterly serait bien obligée d'admettre que Monk avait enquêté sur la mort de son beau-père.

Les ténèbres s'épaississaient autour d'eux ; la lumière vacillait.

— Il faudrait amener Menard à avouer, dit Evan finalement.

Monk rit avec amertume.

— Et comment comptez-vous vous y prendre ? Il n'y a pas de preuves, et il le sait. Personne ne croira que je l'ai vu et que j'ai gardé le silence jusqu'à maintenant. On va penser que je cherche à me disculper par ce moyen lamentable et somme toute stupide.

En vain Evan se torturait l'esprit pour le démentir. Monk ne bougeait pas du fauteuil, vidé, exténué par ses émotions qui l'avaient conduit de la terreur à la joie avant de le replonger dans le désespoir.

— Rentrez chez vous, fit Evan avec douceur. Vous n'allez pas rester ici. Il y a peut-être...

Tout à coup, une idée germa dans son cerveau, et i sentit son cœur s'emballer. Il y avait bien quelqu'un qu pouvait les aider. C'était un risque, mais ils n'avaien plus rien à perdre.

— Oui, répéta-t-il, rentrez chez vous... et je vous y rejoindrai. J'ai juste une course à faire. Une personne à voir.

Il pivota sur ses talons et sortit précipitamment, laissant la porte entrouverte.

Il descendit l'escalier quatre à quatre — plus tard, il se demanda comment il ne s'était pas rompu le cou —, passa en trombe devant Grimwade et se rua dehors, sous la pluie. Il courut le long du trottoir jusqu'à Doughty Street où il arrêta un cab. Le cocher avait relevé le col de son pardessus et enfoncé son chapeau tuyau de poêle sur ses yeux.

— J'suis pas en service, chef, répondit-il hargneusement. Fini, terminé. J'rentre souper.

Mais Evan grimpait déjà sur la banquette, lui criant l'adresse des Latterly.

— J'vous dis que j'irai nulle part, fit le cocher, haussant la voix. Sauf chez moi pour souper. Vous avez qu'à trouver quelqu'un d'autre !

— Conduisez-moi à Thanet Street ! hurla Evan. Police ! Et dépêchez-vous ou je vous fais sauter votre licence.

— Sales cognes, grommela le cocher.

Mais comme apparemment il avait affaire à un fou, il décida qu'il serait plus simple en définitive d'obéir à ses ordres. Levant les rênes, il donna un coup sur la croupe mouillée du cheval, et ils partirent au petit trot.

Une fois dans Thanet Street, Evan descendit et lui ordonna d'attendre, sous peine de perdre son gagne-pain.

Hester était à la maison lorsque la femme de chambre médusée ouvrit à Evan. Il ruisselait de partout, et son visage étonnant, laid, sublime, était blanc comme un linge. Les cheveux plaqués en désordre sur son front, il la fixait avec des yeux suppliants.

Hester ne connaissait que trop bien ce mélange de détresse et d'espoir.

— Pouvez-vous venir avec moi? fit-il d'un ton pressant. S'il vous plaît! Je vous expliquerai tout en chemin. Miss Latterly... je...

— Oui.

Elle ne perdit pas de temps en tergiversations. Refuser eût été impensable. Et il fallait faire vite, sinon Charles ou Imogen allaient sortir du salon, intrigués, et découvrir ce policier trempé et fébrile dans le vestibule. Elle ne pouvait même pas aller chercher sa mante... à quoi lui servirait-elle d'ailleurs dans ce déluge?

— Oui... allons-y.

Et elle se dirigea vers la porte. Indifférente à la pluie qui lui fouettait le visage, elle traversa le trottoir, enjamba le caniveau bouillonnant et monta dans le cab sans leur laisser le temps de l'aider.

Evan grimpa derrière elle, claqua la portière et enjoignit au cocher de les emmener à Grafton Street. Dans la mesure où il n'avait pas été payé, ce dernier n'eut pas d'autre choix que de s'exécuter.

— Que se passe-t-il, Mr. Evan? demanda Hester sitôt qu'ils se furent mis en route. J'ai l'impression que c'est grave. Avez-vous trouvé l'assassin de Joscelin Grey?

Il n'y avait plus à hésiter; les dés étaient jetés.

— Oui, Miss Latterly. Mr. Monk a repris toutes les étapes de sa première enquête... grâce à vous.

Il prit une grande inspiration. Maintenant que le moment était venu, il avait froid; il tremblait, mouillé jusqu'aux os.

— Pour gagner sa vie, Joscelin Grey entrait en contact avec les familles des officiers tués en Crimée. Il prétendait avoir connu le défunt, lui avoir rendu service... soit en lui prêtant de l'argent, soit en payant ses dettes ou en lui confiant un objet de valeur personnel comme cette montre qu'il avait paraît-il donnée à votre frère. Et puisque la famille ne pouvait le lui retourner

— dans la mesure où l'objet en question n'existait pas —, elle se sentait redevable, et Grey en profitait pour obtenir des invitations, un appui, une recommandation ou un soutien financier. D'ordinaire, cela se limitait à quelques centaines de guinées ou un séjour aux frais de ses hôtes. Mais dans votre cas, il a causé la ruine et la mort de votre père. D'une manière ou d'une autre, Grey se moquait éperdument du sort de ses victimes et avait la ferme intention de continuer.

— Quelle bassesse, dit-elle doucement. Quel triste personnage. Je suis contente qu'il soit mort... et je plains presque celui qui l'a tué. Mais vous ne m'avez pas dit qui c'était.

Soudain, elle aussi eut froid.

— Mr. Evan... ?

— Oui, Miss Latterly... Mr. Monk est allé chez lui, à Mecklenburgh Square, pour le confondre. Ils se sont battus ; Mr. Monk l'a assommé, mais il était vivant, et même pas grièvement blessé, quand Mr. Monk l'a quitté. En sortant cependant, Mr. Monk a vu arriver quelqu'un qui se dirigeait vers la porte restée ouverte.

Le visage de Hester était pâle à la lueur des réverbères se reflétant dans la vitre du cab.

— Qui ?

— Menard Grey.

Il attendit dans l'obscurité, essayant de deviner au ton de sa voix, ou à son silence, si elle le croyait.

— Sans doute parce que Joscelin avait souillé la mémoire de son ami, Edward Dawlish, et menti au père d'Edward pour se faire offrir l'hospitalité, comme chez vous... L'argent aurait suivi.

Elle ne dit rien pendant quelques minutes. Ils cahotaient et brinquebalaient dans le noir ; la pluie martelait le toit et ruisselait sur les vitres, en torrents jaunes sous les becs de gaz.

— Quelle tragédie ! fit-elle enfin, la gorge nouée

d'émotion. Pauvre Menard. Vous allez l'arrêter, j'imagine ? Mais pourquoi être venu me chercher ? Je ne peux rien faire.

— Il nous est impossible de l'arrêter, répondit-il tout bas. Nous n'avons aucune preuve.

— Vous ne...

Elle pivota sur la banquette ; il le sentit plus qu'il ne le vit.

— Mais alors, comment allez-vous faire ? On va croire que c'est Monk. On va l'inculper... on va...

Elle déglutit.

— On va le pendre.

— Je sais. Il faut forcer Menard à avouer. Je pensais que vous auriez peut-être une idée. Vous connaissez les Grey bien mieux que nous, de l'extérieur. Et Joscelin a causé la mort de votre père... et, indirectement, de votre mère.

Elle se tut à nouveau, si longtemps qu'il craignit de l'avoir offensée ou de lui avoir rappelé un chagrin tellement profond que la douleur avait oblitéré tous les autres sentiments. Ils approchaient de Grafton Street ; bientôt, il faudrait descendre pour proposer une solution à Monk... ou bien repartir bredouille. La tâche qui l'attendait alors le rendait malade d'appréhension. Il devrait soit dire la vérité à Runcorn — que Monk s'était battu avec Grey le soir de sa mort —, soit garder le silence, au risque, quasi certain, de se faire renvoyer de la police et, éventuellement, de se faire inculper pour complicité de meurtre.

Ils étaient dans Tottenham Court Road : les trottoirs mouillés brillaient à la lueur des réverbères ; l'eau bouillonnait dans les caniveaux. Le temps pressait.

— Miss Latterly ?

— Oui. Oui, dit-elle résolument. Je viendrai avec vous à Shelburne Hall. J'ai réfléchi ; le seul moyen d'y arriver, c'est de tout raconter à Lady Fabia. Je serai là pour corroborer votre récit. Nous aussi, nous avons été victimes de Joscelin, et elle sera obligée de me croire car je n'ai aucun intérêt à mentir. Cela n'absout pas le suicide de mon père aux yeux de l'Église.

Elle n'hésita qu'une fraction de seconde.

— Ensuite, si vous lui parlez d'Edward Dawlish, on pourra peut-être persuader Menard d'avouer. Il verra bien qu'il n'y a pas d'autre issue... quand sa mère aura compris qu'il a tué Joscelin. Ça va l'anéantir... ça pourrait même la briser.

Elle baissa la voix, presque jusqu'au murmure.

— Et Menard sera peut-être pendu. Mais on ne va pas laisser pendre Mr. Monk à sa place, simplement parce que la vérité est pénible à supporter. Joscelin Grey a fait beaucoup de mal autour de lui. On ne peut pas cacher ce fait-là à sa mère, ni le rôle qu'elle a elle-même joué là-dedans.

— Vous viendrez à Shelburne demain ?

Il tenait à s'en assurer.

— Vous êtes prête à lui expliquer tout ce que votre famille a souffert par la faute de Joscelin Grey ?

— Oui. Et aussi comment Joscelin a obtenu les noms des mourants à Scutari, je m'en rends compte maintenant, pour pouvoir escroquer leurs proches. A quelle heure partez-vous ?

A nouveau, il se sentit soulagé, et impressionné par la rapidité avec laquelle elle s'était décidée. Certes, pour être partie en Crimée, elle devait avoir un courage peu commun, et pour y être restée, une volonté propre à surmonter tous les dangers.

— Je ne sais pas, répondit-il, penaud. Ce voyage n'avait guère de sens jusqu'à ce que vous acceptiez de venir. Lady Shelburne n'allait pas nous croire sur parole, si nous n'avions pas de quoi étayer nos accusations. Disons le premier train après 8 heures du matin ?

Il se souvint soudain qu'il s'adressait à une dame d'une certaine classe.

— Si ce n'est pas trop tôt ?

— Pas du tout.

S'il avait pu distinguer ses traits, il l'aurait vue réprimer un sourire.

— Merci. Dans ce cas, voulez-vous profiter de ce cab pour rentrer chez vous, pendant que je vais en parler à Mr. Monk ?

— C'est la meilleure solution, acquiesça-t-elle. Je vous retrouve demain matin à la gare.

Il chercha à lui dire quelque chose, mais tout ce qui lui vint à l'esprit lui parut rebattu ou vaguement condescendant. Il la remercia donc simplement et descendit dans le froid, sous la pluie. Et, une fois dans l'escalier menant à l'appartement de Monk, bien après que le cab eut disparu dans l'obscurité, il se rendit compte avec consternation qu'il l'avait laissée régler la course.

Le voyage jusqu'à Shelburne commença par un échange animé pour s'achever dans un silence entrecoupé de politesses d'usage. L'arrivée de Hester avait rendu Monk furieux. Il se retint de la renvoyer chez elle uniquement parce que le train roulait déjà lorsqu'elle entra dans le compartiment, les salua et s'assit en face d'eux.

— J'ai demandé à Miss Latterly de venir, expliqua Evan sans sourciller, parce que son témoignage aura plus de poids auprès de Lady Fabia. Nous, elle risque de ne pas nous croire, car il est dans notre intérêt de faire passer Joscelin pour une fripouille. Mais elle aura plus de mal à nier ce qui est arrivé à Miss Latterly et aux siens.

Il eut toutefois la sagesse de ne pas préciser que son histoire personnelle et sa contribution à l'enquête justifiaient moralement la présence de Hester parmi eux. Et Monk le regretta : ainsi au moins, il aurait pu sortir de ses gonds et reprocher à Evan son manque de professionnalisme. En fait, ses arguments étaient parfaitement sensés... en un mot, il avait raison. La déposition de Hester avait toutes les chances de faire pencher la balance de leur côté.

— Je compte sur vous pour intervenir seulement si on vous le demande, lui dit-il sèchement. Ceci est une opération de police, et la situation est extrêmement délicate.

L'idée d'avoir besoin de son aide, entre toutes, l'agaçait prodigieusement. Et pourtant, il ne pouvait le nier. A bien des égards, elle représentait tout ce qu'il détestait chez une femme, l'antithèse de la douceur dont le souvenir restait gravé dans son cœur, mais il fallait lui reconnaître un courage exceptionnel et une force de caractère qui n'avait rien à envier à celle de Lady Fabia Grey.

— Certainement, Mr. Monk, répondit-elle sans broncher, la tête haute.

Il comprit qu'elle s'était attendue précisément à ce genre d'accueil et les avait rejoints tard à dessein pour éviter de se faire congédier. Il était certes des plus improbable qu'elle eût obéi. Quant à la laisser à la gare de Shelburne... non, Monk ne pouvait faire cela à Evan.

Il dévisagea Hester, cherchant quelque chose de cinglant à lui dire.

Elle lui sourit, l'œil limpide, affable. Ce n'était pas tant de l'amitié que de la jubilation.

Le reste du trajet se déroula dans une atmosphère de civilité mutuelle ; peu à peu, chacun s'était absorbé dans ses propres pensées, redoutant la confrontation à venir.

Arrivés à Shelburne, ils descendirent sur le quai.

Dehors, il faisait lourd; le temps était à l'automne. La pluie avait cessé, mais un vent froid soufflait par rafales, transperçant même l'épaisseur de leurs pardessus.

Ils durent attendre un bon quart d'heure le cabriolet qu'ils louèrent pour se rendre au château. Ce voyage-là aussi, ils l'effectuèrent tassés sur la banquette, sans dire un mot.

Un valet leur ouvrit à contrecœur, mais resta sourd à toute persuasion pour les conduire directement dans le grand salon. On les laissa donc au petit salon, que n'égayait ni ne réchauffait le feu mourant dans l'âtre, en attendant que Madame veuille bien les recevoir.

Au bout de vingt-cinq minutes, le valet revint pour les escorter dans le boudoir où Fabia les accueillit, assise sur son canapé favori, pâle et tendue, mais parfaitement maîtresse d'elle-même.

— Bonjour, Mr. Monk. Constable.

Elle gratifia Evan d'un signe de la tête. Puis ses sourcils s'arquèrent, et son regard se fit encore plus glacial.

— Bonjour, Miss Latterly. Vous allez m'expliquer, j'espère, ce que vous faites ici en si curieuse compagnie?

Hester prit le taureau par les cornes avant que Monk ne songe à formuler une réponse.

— Oui, Lady Fabia. Je suis venue vous parler de la tragédie qui frappe ma famille... et la vôtre.

— Vous avez mes condoléances, Miss Latterly.

Fabia la toisa avec une pitié mêlée de dégoût.

— Mais je ne tiens pas à connaître tous vos problèmes, ni à discuter des miens avec vous. C'est une question strictement personnelle. J'imagine que cela part d'un bon sentiment, mais c'est totalement déplacé. Bonne journée à vous. Le valet va vous reconduire.

Malgré l'estocade qu'il s'apprêtait à donner à cette femme, Monk sentit la moutarde lui monter au nez. Sor aveuglement obstiné n'avait d'égal que son total manque de respect pour autrui.

Mais Hester, de marbre, ne broncha pas.

— C'est la seule et même tragédie, Lady Fabia. Il ne s'agit pas de bons sentiments, mais d'une vérité que nous devons tous affronter. Je n'en tire aucun plaisir, croyez-moi, mais je n'ai pas l'intention de faire l'autruche...

Le cou maigre de Fabia se raidit, et sa peau sembla se friper d'un coup, comme si elle avait pris de l'âge depuis le début de la conversation.

— Je n'ai jamais fait l'autruche de ma vie, Miss Latterly, et je n'aime pas beaucoup vos allusions impertinentes. Vous vous oubliez.

— Je voudrais bien pouvoir tout oublier et rentrer chez moi.

Hester cut un sourire fugace.

— Mais c'est impossible. Il serait mieux, je pense, que Lord Shelburne et Mr. Menard Grey assistent à cet entretien, pour éviter de leur répéter toute l'histoire. Ils auront peut-être des questions à poser... le major Grey était leur frère, et ils ont le droit de savoir comment et pourquoi il est mort.

Rigide, Fabia ne bougeait pas, la main à moitié tendue vers le cordon de la sonnette. Elle ne les avait pas invités à s'asseoir ; d'ailleurs, elle allait les prier de partir. Mais la mention du meurtre de Joscelin avait tout changé. Il n'y avait pas un bruit dans la pièce, hormis le tic-tac de la pendule en similor sur le manteau de cheminée.

— Vous savez qui a tué Joscelin ?

Elle regarda Monk sans se préoccuper de Hester.

— Oui, madame.

Il avait la bouche sèche ; le sang battait violemment à ses tempes. Était-ce la peur, la pitié... ou les deux ?

Fabia le défiait du regard, exigeant des explications.

405

Puis, lentement, elle parut se raviser. Quelque chose dans l'expression de Monk la glaça un bref instant. Elle tira sur le cordon et, quand la femme de chambre arriva, ordonna de lui envoyer immédiatement Menard et Lovel. Il ne fut pas question de Rosamond. Puisqu'elle n'était pas née Grey, Fabia semblait considérer que la nouvelle ne la concernait pas.

Ils attendirent en silence, chacun dans son propre monde de désarroi et d'appréhension. Lovel entra le premier ; son regard irrité alla de Fabia à Monk et s'arrêta, surpris, sur Hester. Visiblement, on l'avait dérangé en plein milieu d'une occupation qu'il jugeait bien plus urgente.

— Que se passe-t-il ? demanda-t-il à sa mère, fronçant les sourcils. A-t-on découvert autre chose ?

— Mr. Monk dit qu'il connaît l'assassin, répondit-elle, impassible.

— Qui est-ce ?

— Il ne m'a pas révélé son nom. Il attend Menard.

Désarçonné, Lovel se tourna vers Hester.

— Miss Latterly ?

— La vérité, Lord Shelburne, concerne aussi la mort de mon père, expliqua-t-elle gravement. J'en possède certains éléments qui vous permettront de tout comprendre.

Une ombre passa sur le visage de Lovel, mais avant qu'il ne la questionne plus en détail, Menard entra, les regarda l'un après l'autre et pâlit.

— Monk a découvert finalement qui a tué Joscelin, lui dit Lovel. Et maintenant, pour l'amour du ciel, parlez, on vous écoute. Vous l'avez arrêté, je présume ?

— La procédure est en cours, monsieur.

Monk avait redoublé de courtoisie vis-à-vis d'eux. C'était comme une sorte de distanciation, une forme de défense verbale.

— Alors qu'attendez-vous de nous ?

Il eut l'impression de se jeter dans un puits profond et glacé.

— Le major Grey gagnait sa vie grâce à son passé de militaire pendant la campagne de Crimée...

Pourquoi cette lâcheté, ces circonlocutions écœurantes ?

— Mon fils ne « gagnait » pas sa vie, comme vous dites ! siffla Fabia. C'était un gentleman... il n'avait pas besoin de ça. Il touchait une rente sur les revenus du domaine.

— Qui ne couvrait pas le dixième de ses dépenses, vu son train de vie, fit Menard entre ses dents. Si vous l'aviez regardé de près ne serait-ce qu'une fois, vous vous en seriez aperçus.

— Moi, je le savais.

Lovel fusilla son frère du regard.

— Je croyais qu'il gagnait aux cartes.

— Parfois, oui. Mais à d'autres moments, il perdait... beaucoup plus qu'il ne pouvait se le permettre. Et il continuait à jouer en espérant récupérer son argent, sans se soucier de ses dettes, jusqu'à ce que je les paie pour sauver l'honneur de la famille.

— Menteur, lâcha Fabia avec un dégoût cinglant. Tu as toujours été jaloux de lui, même quand tu étais petit. Il avait plus de courage, plus de cœur et infiniment plus de charme que toi.

Son visage s'adoucit brièvement à cette évocation, puis sa colère flamba de plus belle.

— Jamais tu ne lui as pardonné cela.

Menard rougit lentement et grimaça comme s'il venait de recevoir une gifle. Mais il ne dit rien. On sentait à son regard, au pli de sa bouche que, par compassion pour elle, il lui cachait l'amère vérité.

Monk était au supplice. Vainement, il tenta encore une fois d'imaginer une solution pour éviter d'incriminer Menard.

La porte s'ouvrit. Callandra Daviot entra, vit le soulagement dans les yeux de Hester, la mine méprisante de Fabia et l'expression angoissée de Menard.

— C'est une affaire de famille, déclara Fabia, la congédiant. Vous n'aviez pas besoin de vous déranger.

Callandra passa devant Hester et s'assit.

— Au cas où vous l'auriez oublié, Fabia, je suis une Grey de par ma naissance, contrairement à vous. Je vois que la police est là. Il doit y avoir du nouveau sur la mort de Joscelin... et probablement sur celui qui l'a causée. Que faites-vous ici, Hester ?

A nouveau, Hester prit l'initiative. Pâle, elle s'était raidie comme dans l'attente d'un coup.

— Je suis là car j'ai un certain nombre d'informations sur la mort de Joscelin, que vous ne croiriez peut-être pas, venant de quelqu'un d'autre.

— Alors pourquoi les avoir dissimulées jusqu'à ce jour ? s'enquit Fabia, incrédule. Votre intrusion, et des plus vulgaires, Miss Latterly, ne peut s'expliquer que par votre entêtement, celui-là même qui vous a poussée à partir vagabonder en Crimée. Pas étonnant que vous ne soyez pas mariée.

Hester avait déjà été accusée de vulgarité, et par des gens dont l'opinion lui importait bien plus que celle de Fabia Grey.

— Parce que j'ignorais leur signification, répondit elle posément. Maintenant, je la connais. Joscelin est venu voir mes parents après la disparition de mon frère en Crimée. Il leur a dit qu'il avait prêté une montre en or à George, la veille de sa mort. Pensant qu'elle se trouvait parmi ses affaires, il a demandé qu'on la lui restitue.

Elle baissa la voix ; tous ses muscles s'étaient contractés.

— Il n'y avait pas de montre dans les effets de George. Gêné, mon père a fait son possible pour s racheter auprès de Joscelin : il lui a offert l'hospitalité, a investi de l'argent dans son entreprise... pas seulement le sien, mais celui de ses amis. L'opération a échoué, et tout l'argent placé a été perdu. Malade de honte, mon père a préféré mettre fin à ses jours. Ma mère est morte de chagrin peu de temps après.

— Je suis sincèrement navré que vous ayez perdu vos deux parents, l'interrompit Lovel, regardant Fabia d'abord, puis à nouveau Hester. Mais quel rapport avec le meurtre de Joscelin ? C'est une histoire somme toute banale... un homme honorable qui cherche à payer la dette de son fils mort à son compagnon d'armes.

La voix de Hester trembla ; cette fois, elle sembla sur le point de flancher.

— Il n'y a jamais eu de montre. Joscelin ne connaissait pas George... pas plus qu'il n'a connu les dix ou douze autres officiers dont il avait pris les noms sur les listes des victimes, ou qu'il avait vus mourir à Scutari. Je le sais, j'y étais. Seulement, sur le coup, je n'avais pas compris pourquoi.

Fabia avait les lèvres blanches.

— C'est le mensonge le plus scandaleux — et le plus vil — que j'aie jamais entendu. Si vous étiez un homme, je vous aurais fait fouetter.

— Mère ! protesta Lovel, mais elle n'écoutait pas.

— Joscelin était un garçon merveilleux... courageux, talentueux, plein de charme et d'esprit, continua-t-elle obstinément, la voix lourde d'émotion. Tout le monde l'adorait, sauf quelques-uns, qui étaient rongés par la jalousie.

Son regard glissa sur Menard avec un sentiment proche de la haine.

— Des êtres insignifiants qui ne supportaient pas de voir un autre réussir au-delà de leurs efforts mesquins.

Sa bouche se mit à trembler.

— Lovel, parce que Rosamond aimait Joscelin : il

savait la faire rire... et rêver. Et Menard, ajouta-t-elle durement, parce que Joscelin a toujours été et restera ce que j'ai de plus cher au monde.

Elle frémit et parut se tasser sur elle-même comme pour échapper à quelque abjection.

— Et maintenant, cette femme vient ici distiller ses calomnies, et vous l'écoutez sans rien dire. Si vous étiez des hommes dignes de ce nom, vous l'auriez jetée dehors, et tant pis pour le scandale que cela peut provoquer. Mais à l'évidence, c'est à moi de le faire. Personne ici n'a la notion de l'honneur familial, sauf moi.

Et, une main sur l'accotoir du canapé, elle fit mine de se lever.

— Vous ne jetterez personne dehors sans mon autorisation.

Une note métallique perçait dans la voix calme et crispée de Lovel.

— Ce n'est pas vous qui avez défendu l'honneur de la famille. Vous n'avez défendu que Joscelin... même quand il ne le méritait pas. C'est Menard qui a payé ses dettes et balayé les traces des innombrables tricheries qu'il a laissées derrière lui.

— Tu divagues. Qui t'a raconté ces sornettes? Menard?

Elle cracha son nom.

— Il est le seul à traiter Joscelin de tricheur. Et il n'oserait pas le faire, si Joscelin était encore en vie. Il en a le courage maintenant parce qu'il compte sur ton soutien, pensant qu'il n'y a personne pour démasquer le fourbe et pitoyable menteur qu'il est.

Immobile, le visage torturé, Menard accusa ce coup final. Elle l'avait meurtri, et c'était la dernière fois qu'il avait couvert Joscelin pour l'épargner.

Callandra se leva.

— Vous vous trompez, Fabia. Vous vous trompez depuis toujours. Miss Latterly, qui est ici, peut témoi gner que Joscelin était un tricheur : il soutirait de l'argent aux familles en deuil, trop affectées par leur chagrin pour voir clair en lui. Menard a bien plus de qualités, mais vous étiez trop aveuglée par la flatterie pour vous en rendre compte. C'est sans doute vous que Joscelin a le plus dupée... vous, sa première et dernière victime.

Elle ne broncha pas, même à la vue du visage bouleversé de Fabia qui commençait enfin à entrapercevoir la terrible vérité.

— Vous ne demandiez qu'à être bernée. Il vous disait ce que vous vouliez entendre : que vous étiez belle, gaie, charmante... tout ce qu'un homme aime chez une femme. Il a appris son art grâce à votre crédulité, à votre besoin de rire, de vous divertir, d'être au centre de toutes les attentions, toutes les affections à Shelburne. Il disait cela non parce qu'il le pensait, mais parce qu'il savait que par ce moyen-là, votre amour lui était acquis... et vous l'avez aimé, aveuglément, sans distinction, à l'exclusion de tous les autres. C'est ça, votre drame, ainsi que le sien.

Fabia semblait se recroqueviller à vue d'œil.

— Vous n'avez jamais eu une très haute opinion de Joscelin, fit-elle désespérément, dans l'ultime effort de défendre son univers, ses rêves, ce passé doré qui s'effondrait devant elle — tout ce qu'ils avaient été, non seulement Joscelin, mais aussi elle-même. Vous êtes une méchante femme.

— Non, Fabia, répondit Callandra. Je suis une femme accablée.

Elle regarda Hester.

— Ce n'est sûrement pas votre frère qui a tué Joscelin, sinon vous ne seriez pas venue nous l'annoncer de cette façon-là. Nous nous serions contentés de la version officielle, sans entrer dans le détail.

Avec une infinie tristesse, elle se tourna vers Menard.

— Tu as payé ses dettes. Qu'as-tu fait d'autre ?

Un silence pénible descendit sur la pièce.

Monk avait l'impression que les battements de son cœur le secouaient tout entier. Ils étaient à deux doigts et en même temps très loin de la vérité. Le moindre faux pas, et tout serait perdu ; ils allaient basculer dans un abîme de peur, de doutes chuchotés, d'éternels soupçons et sous-entendus.

Malgré lui, il jeta un coup d'œil en direction de Hester et vit qu'elle le regardait. Dans ses yeux, on lisait clairement les mêmes pensées. Il se retourna précipitamment vers Menard qui était devenu livide.

— Qu'as-tu fait d'autre ? répéta Callandra. Tu connaissais Joscelin...

— J'ai payé ses dettes, dit-il dans un murmure.

— Ses dettes de jeu, acquiesça-t-elle. Et ses dettes d'honneur, Menard ? Ses terribles dettes à l'égard d'hommes tels que le père et le frère de Hester... les as-tu payées aussi ?

— Je... je n'étais pas au courant, pour les Latterly, bredouilla-t-il.

Callandra avait l'air profondément malheureuse.

— Cesse de tourner autour du pot, Menard. Tu n'avais peut-être pas entendu le nom des Latterly, mais tu n'ignorais pas les activités de Joscelin. Tu savais qu'il trouvait de l'argent quelque part, compte tenu des sommes qu'il dépensait au jeu. Ne nous dis pas que tu ne soupçonnais pas sa provenance. Je te connais bien, va. Tu n'aurais pas accepté de rester dans le flou. Joscelin était un tricheur et un escroc ; il n'aurait pas pu gagner cet argent honnêtement, et tu le savais, Menard...

Elle le considérait avec douceur et compassion.

— Tu t'es conduit si honorablement jusqu'à présent... ne gâche pas tout par un mensonge. Cela ne servirait à rien.

Il tiqua comme si elle l'avait frappé. Un instant, Monk crut qu'il allait s'écrouler. Mais il se redressa et lui fit face, comme on affronte un peloton d'exécution qu'on attend depuis longtemps, lorsque la mort n'est plus à craindre.

— Est-ce à cause d'Edward Dawlish?

Elle aussi parlait maintenant en chuchotant presque.

— Je me souviens de votre amitié d'autrefois, et de ton chagrin quand il a été tué. Pourquoi son père s'est-il disputé avec toi?

Menard ne se déroba pas, mais s'adressa à sa mère, d'une voix sourde et dure qui témoignait enfin de toutes ces longues années de manque et de rejet.

— Joscelin lui a dit que j'avais entraîné Edward à jouer au-dessus de ses moyens et qu'il s'était endetté jusqu'au cou auprès de ses camarades en Crimée. Et il serait mort endetté... si Joscelin n'avait pas tout réglé.

L'ironie de la situation n'échappa à personne. Même Fabia cilla, reconnaissant sa cruelle absurdité.

— Au nom de sa famille, poursuivit Menard, la voix enrouée, en regardant Callandra. Puisque c'est moi qui l'avais poussé à la débauche.

Il déglutit.

— Évidemment, il n'y avait pas de dettes. Joscelin n'était même pas affecté dans la zone d'Edward... je l'ai découvert après. Il a menti une fois de plus, pour obtenir de l'argent.

Il se tourna vers Hester.

— Ce n'est pas aussi grave que ce qui vous est arrivé. Au moins, Dawlish ne s'est pas suicidé. Je suis très sincèrement désolé, pour votre famille.

— Il n'a pas obtenu d'argent.

Enfin, Monk prenait la parole.

— Il n'en a pas eu le temps. Vous avez tué Joscelin avant qu'il ne puisse le toucher. Mais il avait demandé.

Il y eut un silence de mort. Callandra cacha son

visage dans ses mains. Hébété, Lovel ne comprenait pas. Fabia était brisée. Plus rien n'avait d'importance. Le sort de Menard ne l'intéressait guère. Joscelin, son bien-aimé Joscelin, venait de se faire assassiner sous ses yeux, et d'une manière beaucoup plus atroce. On lui avait volé non seulement le présent et l'avenir, mais la précieuse douceur de son passé. Tout avait été anéanti ; il ne restait plus qu'une poignée de cendres.

Chacun attendait, partagé entre l'espoir et la crainte de l'irrémédiable. Fabia seule avait déjà reçu le coup de grâce.

Monk serrait les poings si fort que ses ongles lui rentraient dans les paumes. Tout n'était pas gagné. Menard pouvait encore nier ; ils n'avaient pas suffisamment de preuves contre lui. Runcorn voulait des faits, des faits bruts. Et s'il s'en prenait à Monk, qui viendrait alors à son secours ?

Le silence, comme une lente douleur, grandissait de seconde en seconde.

Menard regarda sa mère. Elle remarqua son geste et, ostensiblement, détourna la tête.

— Oui, dit-il finalement. Oui, c'est vrai. C'était un être méprisable. Je ne pensais pas seulement à moi ou à Edward Dawlish, mais à ce qu'il allait continuer de faire. Il fallait l'arrêter... avant que l'affaire n'éclate au grand jour et que le nom de Grey ne serve à désigner l'individu qui escroque les familles de ses camarades morts, subtil et sordide avatar de celui qui fouille le champ de bataille le lendemain pour dépouiller les cadavres.

S'approchant de lui, Callandra posa la main sur son bras.

— Nous ferons appel aux meilleurs avocats, fit-elle doucement. Tu as beaucoup de circonstances atténuantes. Je doute qu'on te juge coupable.

— Sûrement pas.

La voix de Fabia grésilla, à peine audible, presque un sanglot. Elle fixait Menard avec une haine indicible.

— Moi, je m'en occuperai, rectifia Callandra. J'en ai largement les moyens.

Elle se tourna à nouveau vers Menard.

— Je ne te laisserai pas, mon cher. Pour le moment, tu vas sans doute être obligé de suivre Mr. Monk... mais je ferai le nécessaire, je te le promets.

Menard lui prit brièvement la main ; on eût dit qu'il souriait presque. Puis il regarda Monk.

— Je suis prêt.

Evan se tenait à la porte, une paire de menottes dans la poche. Monk secoua la tête, et Menard sortit lentement, flanqué des deux policiers. La dernière chose que Monk entendit fut la voix de Hester, à côté de Callandra :

— Je témoignerai en sa faveur. Quand le jury saura ce que Joscelin a fait subir à ma famille, ils comprendront peut-être...

Interceptant le regard d'Evan, Monk reprit espoir. Si Hester Latterly allait lutter pour Menard, la bataille ne serait pas aisément perdue. Il maintenait toujours Menard au coude... mais avec douceur.

IMPRIMÉ EN FRANCE PAR BRODARD ET TAUPIN
6646W - La Flèche (Sarthe)
N° d'édition : 2918
Dépôt légal : juillet 1998
Nouveau tirage : septembre 1999